감찰무녀전

김이삭 장편소설

監察巫女傳

고즈넉
이엔티!

차례

설자
楔子

옛날, 아주 먼 옛날에 한 여아(女兒)가 있었습니다.

깊고도 깊은 구중궁궐에서 불을 때던 아이였지요. 아이는 숯검정으로 염이라도 한 듯 항상 꾀죄죄했습니다. 자리에 있는 듯 없는 듯 조용히 살았답니다.

하루는 대궐에 작은 불이 났습니다. 그것도 대군의 침실에서요.

침실 등불을 관리하던 복이처(僕伊處, 내전 침실의 등불 켜기, 불 때기 등 여러 잡일을 맡은 곳) 나인이 목숨을 잃을 신세가 되었지요. 아이는 그 나인이 평소 자신을 괴롭히던 이들 중 한 명이라는 걸 알았습니다. 하지만 오래 고민하지는 않았습니다. 자신에게 잘못한 적이 있다고 하여 목숨을 빼앗겨도 되는 건 아니니까요.

그날 밤 아이는 복이처 나인을 심문하던 상궁들을 찾아갔습니다. 감찰상궁과 궁정상궁이었지요. 날붙이 같은 눈빛으로 궁인들의 얼굴에서 핏기를 앗아가곤 해 인두껍을 쓴 호랑이라고 불리던 이들이었답니다. 그러나 아이는 두려워하지 않았습니다. 그들의 시선이 자신에게 오래 머물지 않을 거라는 걸 알았거든요.

아이는 말없이 향낭 하나를 건넸습니다. 검게 그을린, 아주 화려한 수가 놓인 비단 향낭이었지요. 안에는 작게 잘린 종이가 가득했고요. 기름을 빳빳하게 먹인 종이인 유단(油單)이었습니다. 불이 났던 침실에도 타다 만 유단이 여러 장 있었답니다.

어디서 났냐는 감찰상궁의 추궁에 아이는 아궁이에서 주웠다고 답했습니다. 감찰상궁은 아무 말도 하지 않았습니다. 더는 물어볼 필요가 없었거든요. 아니, 더는 물어보지 말아야 했습니다. 이 향낭의 주인은 대군이니까요. 왕비가 나이 어린 대군들에게만 주었던 선물이니 틀림이 없었지요.

감찰상궁은 향낭을 다급하게 소매 안으로 감췄습니다. 아이는 무심한 얼굴로 그걸 보다가 곧장 자리를 떠났답니다.

나인은 죄가 없었습니다. 침전에 불을 낸 건 대군이니까요. 대군은 알았을까요. 자신의 호기심과 주저함 그리고 두려움이 누군가의 목숨을 앗아갈 수도 있다는 것을요.

그러나 이 죄는 이대로라면 나인이 짊어지게 될 터였습니다. 진상을 알릴 수 없거든요. 재하자(在下者, 나이가 적거나 항렬이 낮은 사람)는 유구무언이지요. 윗전에게 죄를 물을 수는 없으니까요.

감찰상궁이라면 손쉬운 해결책을 택할 것입니다. 나인을 엄히 단죄해 모든 걸 끝내는 거지요. 하지만 궁정상궁은 달랐습니다. 그녀는 재하자를 위해 목소리를 내는 사람이었거든요. 그래서 아이는 일부러 궁정상궁이 함께 있을 때 찾아와 향낭을 건네주었답니다.

아이가 떠난 뒤, 궁정상궁은 밤새도록 아이를 생각했습니다. 특히 아이의 손을요. 화상으로 물집이 잡힌, 불긋한 손이었지요. 여러 생각이 한곳에 모였다가 순식간에 흩어졌을 때, 궁정상궁의 가슴에는 강한 확신이 남았습니다. 자기 뒤를 이을, 제 손으로 키워낼 재목을 찾았다는 확신이요.

이제껏 궁정상궁은 적당한 아이를 찾고 있었거든요. 누구를 상대하든 두려워하지 않는 아이를, 누구보다 집요한 아이를요. 감찰상궁은 궁녀를 처벌하지만, 궁정상궁은 내외명부(궁중을 비롯해 종친, 문무관의 아내 등 품계를 받는 여인)의 여인을 단죄합니다. 나보다 약한 이를 상벌하는 것과 나보다 강한 이의 죄를 입증하는 것은 전혀 다른 일이랍니다.

아이는 제 발로 찾아왔습니다. 증거까지 손에 쥐고서요. 증거를 얻기 위해 꺼지지 않은 불에 손을 뻗었겠지요. 또한 궁정상궁이 있다는 걸 알고 찾아온 게 분명했습니다. 궁정상궁이 그 자리에서 모든 걸 보았으니 감찰상궁도 차마 나인의 목숨을 앗아가는 처분을 내리지는 못할 것입니다. 그 아이는 나인의 목숨을 살려주기 위해 왔던 겁니다.

무엇보다 궁정상궁은 아이가 자기 주제를 잘 알고 있다는 것이 매우 마음에 들었습니다. 정오품 궁정도 가끔은 감당할 수 없는 일이 있거든요. 단죄를 위해 휘두른 칼이 도로 날아와 자기 목을 치기도 하니까요. 불을 때는 궁비(宮婢)가, 그것도 나인이 아닌 각심이가 감히 대군의 죄를 고할 수는 없는 것처럼요.

그럴 때는 머리를 써서 빠져나갈 구멍을 만들어놔야 했습니다. 아이가 대군의 죄를 고하지 않고, 우연히 주운 '척' 향낭을 넘겨줬던 것처럼 말입니다.

며칠 뒤 궁정상궁은 아이의 처소를 바꿔주었습니다. 나름의 방법으로 각심이였던 아이를 생각시로 만들어 주었고, 비슷한 또래인 다른 아이와 같은 방을 쓰게 하였지요. 다른 아이는 수방(繡房, 수놓는 일을 맡아 하던 곳)에서 일하는 또 다른 재목이었습니다. 궁정상궁이 될 만한 자질이 있는 아이지요.

복이처 아이는 대나무를 닮았고, 수방 아이는 소나무를 닮았습니다. 곧지만 속이 비어 유연한 대나무와 해풍에 자기 몸을 비틀며 자랄지라도 절대 흔들리는 법이 없는 소나무는 궁정으로 키워내기에 손색이 없는 재목이었지요.

크고 작은 일을 두 아이에게 맡겨 그 재능을 살피고 서로 실력을 겨루게 한다.

언젠가 때가 되면 더 적합한 아이를 택할 생각이었습니다.

그것은 궁정상궁의 뜻이었으나 혼자만의 착각이기도 했습니다. 아이들은 재목이 아닌 사람인 것을요. 피와 살로 이루어진 몸에 보이지 않는 마음을 담고 있는 사람이요.

아이들은 자라나 여인이 되었습니다. 그들은 함께 지내면서 가랑비에 옷이 젖듯 서로에게 물들었고, 마음을 나누었습니다. 서로를 나의 세상을 침범하며 경쟁하는 이가 아니라 나의 세상을 함께 가꾸는 이로 여겼지요. 누구보다 예리하게 죄상을 가늠하던 궁정상궁도 두 사람의 마음을 알아차리지는 못했습니다. 그럴 수 있을 거라고 생각해 본 적이 없었으니까요.

그러던 어느 날, 궁에 수상한 소문이 돌았습니다. 세자빈이 남인(男人, 남자)의 마음을 사로잡는 삿된 술법을 찾는다는 소문이었지요.

궁정상궁은 두 사람을 빈궁으로 보냈습니다. 따로 언질을 주지는 않았지만, 두 나인은 그게 무슨 뜻인지 알고 있었습니다. 경쟁과 시험이었지요. 그래서 평소처럼 각자 조사를 했습니다.

며칠 뒤, 복이처 나인은 조사를 그만두었습니다. 수방 나인에게 더는 조사하지 말라고 조언하면서요. 세자빈이 알아낸 술법을 실행에 옮겼거든요. 그것도 나라의 근본인 세자를 상대로요. 이 사실이 알려지면 궁에 피바람이 몰려올 게 분명했습니다. 물론 세자빈의 피는 아니겠지요.

세자빈은 폐위로 그치겠지만, 관련된 궁인들은 살아남지 못할 것입니다. 어쩌면 진상을 알린 궁인도요. 세자빈의 고모는 선왕의 후궁이었습니다. 막강한 힘을 발휘하는 왕실의 어르신이었지요. 세자빈의 폐위에 일조하였다는 이유로 암암리에 괘씸죄를 물을지도 몰랐습니다.

그러나 수방 나인은 복이처 나인의 말을 듣지 않았습니다. 궁정상궁이 그러하였듯 복이처 나인도 착각한 게지요. 수방 나인이 당연히 자기 말을 들어줄 거라고요.

마음을 내어주었다고 하여 신념까지 내어주는 건 아니랍니다. 수방 나인은 그런 사람이 아니었습니다. 비틀릴지언정 절대 흔들리지 않는 소나무의 기백을 지닌 사람이었거든요.

결국 일어나지 않기를 바랐던 일이 일어나고야 말았습니다. 세자빈은 폐위되었고, 세자빈의 궁녀가 참형을 당했습니다. 복이처 나인이 가장 두려워했던 일도 일어났지요.

방으로 돌아간 복이처 나인은 끊어지는 숨을 간신히 잇고 있는 수방 나인을 발견했습니다. 누군가가 그녀를 공격한 겁니다. 복이처 나인은 피를 흘리고 있는 수방 나인의 상처를 손으로 힘껏 지혈하면서 물었습니다. 대체 누가 그랬냐고요.

세자빈의 고모? 참형을 당한 궁녀의 동무?

하지만 죽어가는 이는 홀로 남을 사람에게 이렇게 말할 뿐이었습니다.

너는 나처럼 살지 마. 꼭 살아 나가. 오래오래 행복하게. 내 몫까지.

그날 복이처 나인의 세상은 무너지고 말았답니다.

궁궐의 일상은 궁인들의 죽음을 쉽게 지워냈습니다. 누구도 수방 나인의 죽음을 이야기하지 않았지요. 그러나 복이처 나인의 가슴에는 절대 사라지지 않을 상처가 남았습니다. 아물지 않는 상처는 눈물을 쏟아내기도 했고, 피처럼 붉은 분노를 쏟아내기도 하였습니다. 하지만 그녀는 아무것도 할 수 없었습니다. 오직 시간만이 무정하게 흘러갈 뿐이었지요.

홀로 남게 된 복이처 나인은 감찰나인이 되었습니다. 이 사실을 아는 이는 감찰상궁과 궁정상궁뿐이었지요. 감찰나인의 업무는 다른 궁녀를 감찰하는 거니까요. 누구도 그 정체를 몰라야 했습니다. 감찰나인이면서도 복이처 나인이었던 그녀는 이런저런 일을 했습니다. 하고 싶은 일이 아닌, 해야 하는 일이었지요.

그렇게 몇 해를 보냈더니 높은 자리에 오를 기회가 오더군요. 정칠품 전정(典正)의 자리였습니다. 다른 나인을 살피며 음지에서 일하는 감찰나인과 달리 궁정을 보좌하는 전정은 양지에서 일했습니다. 떳떳하게 일하는 자리였지요. 그 말은, 흠이 있어서는 안 된다는 뜻이기도 했습니다. 모두가 지켜보니까요. 그러니 흠이 있는 이가 그 자리에 앉을 수는 없을 것입니다.

드디어 기회가 온 게지요. 높은 자리가 아닌, 이곳을 떠날 기회가요. 이곳을 떠난다면 벗어날 수 있을 겁니다. 익숙한 풍경에 깃든 지독한 추억에도, 궁궐 어딘가에 있을 원수를 향한 분노와 증오에도, 사랑하는 이를 지키지 못했던 자기 자신을 향한 혐오에서도요.

궁궐만 떠난다면 행복해질 수 있을 거라고, 그녀는 그렇게 믿었습니다.

복이처 나인은 궁에서 쫓겨날 방법을 강구했습니다. 아주 오래 고민해야 했지요. 다른 이에게 피해를 주지 않으면서도 자신의 목숨을 보전할 수 있어야 했거든요. 그럼요, 죽을 수는 없지요. 상실의 슬픔을 끌어안은 채 끝을 가늠할 수 없는 시간을 견뎌야 할지라도 말입니다. 그건 그 아이의 마지막 당부였으니까요.

몇 달 뒤 무더운 여름이 찾아왔습니다. 한밤의 더위에 지친 이들이 무서운 이야기를 나누면서 한기를 찾는 계절. 우물물에 비친다는 새하얀 얼굴에서부터 흔들리는 나뭇가지 사이로 슬그머니 뻗어져 나온다는 가녀린 팔까지, 오싹하면서도 매력적인 괴소문은 여름의 열기뿐만 아니라 궁녀들의 마음도 앗아가곤 했습니다.

괴소문 중에는 창호지 너머로 들리는 울음이나 웃음처럼 형체가 없는 것도 있었고, 특정한 사람에 관한 구체적인 것도 있었습니다. 가령 젊은 나이에 전정 궁관이 될 궁녀에게 사실은 괴이한 능력이 있다는 게지요. 이제껏 남몰래 여러 사건을 해결해 올 수 있었던 건, 들리지 않는 것을 듣고 보이지 않는 것을 볼 수 있었기 때문이라고 요. 감찰무녀. 궁인들은 그 궁녀를 두고 감찰무녀라고 하였습니다.

소문은 순식간에 궁궐 안에 퍼졌고 어느새 감찰상궁의 귀까지 전해졌습니다. 감찰궁녀가 누구인지 궁인들은 몰랐지만, 감찰상궁은 소문 속 존재가 누구인지 알았습니다. 감찰나인으로 일하다가 전정의 자리에 오르게 되는 이는 한 명뿐이니까요.

그게 다른 흠이었다면 감찰상궁도 눈을 감아주었을 겁니다. 궁정 상궁이 마음으로 키워낸 아이가 아닙니까. 하지만 전정이었습니다. 내명부와 외명부의 여인을 단죄하는 궁정을 보좌하는 자리요. 신병에 걸린 이가 어찌 그런 자리에 오를 수 있겠습니까.

잘못하다가는 자신도 큰 화를 당할 수 있기에 감찰상궁은 서둘러 그 나인을 불렀습니다. 소문의 진위를 물었으나, 항변을 들을 수 없었지요. 침묵은 긍정이었습니다. 감찰상궁은 내치기로 결심했습니다. 될 수 있으면 빠르게, 파문 없이 고요히 말이지요.

마침 궁정상궁이 공무로 출타 중이었습니다. 이번만큼은 궁정상궁도 물러서지 않으려고 할 것입니다. 남은 아이라고는 저 아이 하나뿐이니까요. 그 절박함이 모두의 목을 조르겠지요. 사태는 가뭄에 일어난 들불처럼 걷잡을 수 없게 될 것입니다. 그러니 서둘러 쫓아내야 했습니다.

마침내 그 나인은 궁을 떠났습니다. 남은 거라고는 '무산'이라는 자기 이름뿐이었지요. 그러나 무산은 후회하지 않았습니다. 뒤도 돌아보지 않고 궁을 나섰지요.

이제 가짜 소문을 진짜로 만들어야 했습니다. 궁으로 돌아온 궁정상궁이 자기 소식을 듣더라도 도로 데려갈 수 없게 말입니다. 억울하게 쫓겨난 궁인일 뿐이라면 궁정상궁이 어찌어찌 힘을 쓸 수도 있겠지만, 삿된 술법을 행하는 무녀라면 궁정상궁도 감히 법도를 뒤흔들며 궁인으로 만들 수 없거든요. 그럼요, 정오품 궁정에게 그 정도의 힘은 없었습니다. 힘 있는 나라님조차 함부로 법도를 뒤흔들 수는 없는걸요.

무산은 그 길로 성저십리에 있는 무당골로 들어갔습니다. 다행히 무당골에는 별스러운 자들이 많이 살았습니다. 먼눈으로 앞날을 바라보는 이도 있었고, 다른 이를 위해 치성으로 기원하는 이도 있었으며, 만물의 이치를 파고드는 이도 있었지요.

궁에서 쫓겨난 나인이 무녀가 되어 살기에 아주 좋은 곳이었습니다.

설령 그 무녀가 가짜라 할지라도요.

監察巫女傳

1장
一章

왜바람이 불면 밤이 운다. 문은 덜컹거리면서 꺽꺽 울고, 고장(古牆, 오래된 담장) 너머로 솟아난 각시괴불나무는 가지와 잎을 이리저리 흔들면서 소슬히 운다. 면면히 이어지는 울음 사이로 알 수 없는 소리가 포개진다. 깊은 처마 아래로 몸을 숨기고 있는, 알 수 없는 이가 흥얼거리는 소리다.

바람을 타고 전해지는 목소리는 이어지다가도 끊어지고, 자취를 감추다가도 다시 존재를 드러낸다. 그 소리에 깨어난 몇몇이 겹이불 안에 몸을 숨기며 숨을 죽인다. 소리를 내지 말아야 한다. 깨어 있다는 걸 들키지 말아야 하니까.

그들은 두려워한다. 누군가 듣는다는 걸 알아챈 **그것**이 혹시라도 자신을 찾아올까 봐.

그것은 화가 난 게 분명하다.

혼담이 오간 뒤로 기이한 일이 끊이지 않는다. 밤이면 알 수 없는 소리가 울려 퍼지고, 낮에도 빈방에서 소리가 새어 나온다. 멀쩡하던 장독이 느닷없이 깨지고, 누군가 다친다. 불을 얻기 위해 심어둔, 가문의 명맥처럼 절대 꺼지지 말아야 할 불씨마저 꺼진다.

액운이다.

그것이 더 큰 액운을 내릴 것이다.

그것은…… 그것은…… 그것은…….

* * *

천지 만물이 제 빛깔을 드러내던 봄이 지나고 녹음이 짙어지는 여름이 다가왔다. 그러나 무당골에는, 음기가 가득해 양기마저 늦게 찾아온다는 이곳에서는 입하가 지났는데도 봄의 기운이 선연했다.

무산은 대청 위에 대자로 누운 채 몰려오는 식곤에 눈을 감았다. 코끝에 풀냄새가 어른거렸다. 선선한 아침 바람을 따라 제 몸을 흔들면서 춤을 추는 댓잎도 소리로 다가와 고막을 두드렸다.

무산은 머릿속에 죽림을 그려보았다. 아직 죽순이 올라오지 않아 푸른빛을 잃지 않은 죽림을. 가서 조릿대를 꺾어올까? 잎과 줄기를 덖으면 석죽차를 만들 수 있었다. 그러나 푸르름으로 가득 찼던 머릿속은 빠르게 분홍빛으로 채워졌다. 강한 음기로부터 마을을 지켜주기라도 하듯 빙 둘러서 자라난 복사나무들에 복사꽃이 만개했다.

화차! 오랜만에 꽃잎을 덖을까?

평소라면 가지를 보는 것만으로도 벽사 나무에 손도 대지 말라는 호통을 들었겠지만, 오늘은 달랐다. 무당골에 무녀가 없기 때문이었다.

모두 나라님의 명을 받고 기우제에 갔다.

그러니 기회는 오늘뿐이었다. 조릿대 새순은 초여름까지 언제든 꺾을 수 있지만, 복사꽃은 무당골이 텅 비지 않는 이상 몰래 꺾을 수 없었다. 어쩌면 다시 오지 않을 기회였다.

무산은 자리에서 벌떡 일어났다. 대청에서 내려가 곧장 고방으로 갔다. 소쿠리와 광주리 사이에서 잠시 고민하다가 껍질 벗긴 등나무를 엮어 만든 커다란 광주리를 머리에 얹었다. 사립문을 열고 나서자 멀리서 산새 지저귀는 소리가 들렸다. 무산은 조심스레 걸음을 옮겼다.

무녀는 마을에 없지만, 판수(맹인 무당)는 마을에 있었다. 이번 기우제엔 무녀와 승려만 부른 탓이었다. 앞을 못 본다고 해서 아무것도 모르는 건 아니었다. 판수는 소리와 냄새만으로도 무슨 일이 일어나는지 알았다. 잡귀를 쫓아내며 마을을 지켜주는 복사나무에 누가 감히 올랐는지를, 탐스럽게 피어난 도화를 꺾어 광주리 가득 담았는지를 말이다.

무산은 마을 어귀에 장승처럼 선 복사나무들을 살피다가 가장 흐드러지게 꽃을 피운 나무 한 그루를 보며 입맛을 다셨다. 광주리를 뒤집어쓴 채 그대로 나무를 기어올라 튼실해 보이는 가지 위에 앉았다. 그런 뒤에는 두 갈래로 뻗어나간 가지 사이에 광주리를 내려놓고 팔을 뻗으며 꽃을 꺾었다.

벌들은 윙윙 울며 머리 위를 맴돌았고, 꽃향기를 머금은 바람은 치맛자락을 흔들면서 무산을 스치고 지나갔다. 꽃잎이 수북이 쌓이며 광주리를 채웠을 때쯤, 예상치 못한 목소리가 들렸다.

"거기가 어디라고 엉덩이를 들이밀어! 집에서 쫓겨나야 정신을 차리지!"

석명의 목소리였다. 무산은 화들짝 놀라 반사적으로 몸을 돌렸다. 갑작스럽게 움직이는 바람에 몸이 기우뚱하더니 곧장 바닥으로 곤두박질쳤다.

나무도 함께 흔들렸는지 가지에 얹어둔 광주리도 같이 떨어졌다. 쿵 소리와 함께 엉덩이에 통증이 일었다. 동시에 머리를 뒤덮으면서 후드득 꽃비가 쏟아졌다. 얼떨결에 광주리를 뒤집어쓴 무산은 뒤늦게 목소리의 주인을 떠올렸다.

석명은 기우제에 갔다. 무당골에 있을 리 없었다. 그렇다면 이 목소리의 주인은 판수 돌맹이었다. 그는 본업인 독경보다 복화술을 잘하는 이였다. 입술을 움직이지 않고서도 남의 목소리를 그대로 모방해 뱉어냈다. 돌맹이 석명의 목소리를 흉내 내 저를 놀렸던 게 어디한두 번이던가.

지은 죄로 제 발만 안 저렸어도 이렇게 놀라지는 않았을 것이다. 나무에서 떨어지지도, 광주리를 떨어뜨려 꽃을 쏟지도 않았을 것이다. 애써 꺾은 복사꽃이 흙먼지와 뒤섞인 모습에 무산은 화가 치밀었다.

내가 저걸 어떻게 땄는데. 돌멩이 저놈을 진짜!

짜증스레 머리를 덮은 광주리를 벗으려던 무산은 시선 끝에 있는 마른 신을 보고 멈칫했다. 푸른 실로 수를 놓은 백피혜(白皮鞋)였다.

숨이 턱 막히면서 가슴이 저릿해졌다. 시야도 흐려졌다. 무산은 광주리를 마저 벗은 뒤 조심스레 고개를 들었다.

나비를 잡으려고 손을 뻗는 아이보다 가만가만히. 하얀 신이 나비처럼 날갯짓하며 달음박질하지 않도록.

머리 위에 수북이 얹혀 있던 복사꽃이 마저 떨어지면서 희고 붉은 비가 한 번 더 내렸다. 흩날리던 꽃잎이 땅에 내려앉으면서 시야가 뚜렷해졌다. 그곳에 서 있는 이는 백피혜를 신은 그 아이가 아니라, 투박한 짚신을 신은 돌멩이었다.

당연한 일이었다. 그 아이는 이곳에 있을 수 없었다.

이미 저세상으로 갔으니까.

하지만 무산은 그 당연한 사실을 받아들이는 데에도 시간이 필요했다. 머릿속 생각이 휘발하고, 몸에서는 힘이 빠져나갔다. 엉덩이의 통증도 잊은 채 무산은 우두커니 앉아 있었다.

"어……?"

돌멩의 얼굴에서 핏기가 가셨다. 무산이 나무에서 떨어진 것 같은데 아무 소리도 나지 않았기 때문이었다. 무산은 앓는 소리를 내지도, 화를 내지도 않았다.

이럴 리가 없는데…….

놀란 돌멩이 고개를 숙이며 귀를 기울였다.

"……."

주위는 여전히 고요했다.

"뭐야. 왜 말을 안 해? 설마 머리라도 박은 거야? 기절한 건 아니지?"

다급해진 돌멩은 대나무 지팡이로 땅을 두드리며 다가갔다. 지팡이 끝이 곧 무산의 허벅지에 닿았다. 툭. 툭툭. 툭툭툭. 무산은 그제야 정신을 차렸다. 허벅지를 찌르는 지팡이를 손으로 탁 쳐내곤 자리에서 벌떡 일어나 치마를 털었다.

돌멩은 그제야 안심한 듯 웃었다.

"깜짝이야. 죽은 줄 알았잖아. 쿵 하는 소리가 제법 크던데."

"……."

"……화났어?"

돌멩은 잠시 무산의 기색을 살피다 항변이라도 하듯 폭포수처럼 말을 쏟아냈다.

"야, 그러길래 복숭아나무에는 왜 올라가서. 그거 수호수야, 수호수. 마을을 지키는 축귀 나무! 아까 옆집 할배가 그러더라. 네가 커다란 걸 머리에 이고 밖으로 나갔다고. 내가 너한테 몇 번이나 말했지. 판수라고 다 나처럼 앞 못 보는 게 아니라고. 잘 안 보이는 거지, 아예 안 보이는 게 아니라니까. 소리랑 냄새만 감춘다고 피할 수 있는 게 아니에요. 너 방금 간인(看人, 증인) 한 명 남긴 거야."

"……."

무산은 돌멩의 말을 귓등으로도 듣지 않았다. 꽃잎이 상하지 않도록 엄지와 검지로 복사꽃을 하나씩 집으며 광주리 안에 찬찬히 담을 뿐이었다.

그걸 아는지 모르는지, 돌멩은 계속 떠들어댔다.

"비가 온 것도 아닌데 꽃이 다 사라져 봐. 누가 따갔다는 걸 바로 알겠지. 옆집 할배가 네 얘기 꺼내면 금방 들통날걸? 그러면 석명이 가만있을 것 같아?"

"……"

"너 내 말 듣고 있는 거 맞아?"

꽃잎을 모두 주워 담은 무산은 그제야 허리를 펴며 손을 툭툭 털더니 말했다.

"그래서? 내가 땄다는 거 다들 알 거라는 거 아니야. 어차피 먹을 욕인데 꽃이라도 남겨야 하는 거 아냐?"

무산의 반문에 돌멩은 씨익 웃으며 말했다.

"네가 광주리를 가지고 돌아가지 않으면 되지. 빈손으로 돌아가서 옆집 할배한테 슬쩍 보여주면 되잖아."

"그럼 꽃이랑 광주리는 어쩌고?"

"날 주면 되잖아. 광주리는 나중에 돌려줄게."

무산은 돌멩을 흘겨보았다. 호시탐탐 복사꽃을 노려왔던 건 돌멩도 마찬가지였다. 무산이 커다란 걸 들고 나갔다는 말에 혹시나 하는 마음에 곧장 달려왔겠지. 어쩌면 기척을 감추면서 오래 기다렸을지도 모른다. 무산이 광주리 가득 복사꽃을 담을 때까지 말이다.

이런 능구렁이 같은 놈.

자신이 사기꾼이라면 돌멩은 날강도일 것이다. 네놈에게 주느니 거름으로 쓰겠다는 말이 목구멍까지 솟구쳤다. 입 밖으로 막 욕을 쏟아내려는데, 돌멩의 뒤편으로 뻗은 길에서 아주 작은 무언가가 나타났다. 무당골로 이어지는 유일한 길을 따라서 누군가가 이곳으로 오고 있었다.

 "……."

 "싫어?"

 "……."

 "잘 생각해 봐. 너 그러다가 진짜 쫓겨난다. 석명이 가만두지 않을 거라고."

 "……."

 점처럼 작던 인영(人影)이 조금씩 커졌다. 한 명이 아니라 두 명이었다. 양반 행색을 한 사람과 커다란 쪽지게를 진 사환 한 명.

 저 사람은…….

 무산도 본 적 있는 이였다. 무산은 고개를 기울이며 생각을 해보다가 씨익 웃으며 말했다.

 "네가 오해를 한 모양인데, 이 복사꽃은 내가 마시려고 딴 게 아니야. 손님한테 주려고 딴 거다?"

* * *

 무산과 돌멩은 입맛이 비슷한 것 말고도 공통점이 많았다.

무산이 신병에 걸린 척해 제 발로 궁에서 나온 궁인이었다면, 돌멩은 제 발로 관습도감(음악에 관한 일을 맡아보던 관아)에서 나온 관현맹인이었다. 천인인 돌멩은 본래 관습도감에서 직책을 얻을 수 없었지만, 두 해 전 제도가 바뀌면서 칠품 검직을 제수받았다. 배가 순풍을 만났으니 돛을 올려 앞으로 나아가는 게 인지상정일 것이다. 하지만 돌멩은 돛 대신 닻을 택했다.

관직과 녹봉도 포기하고 무당골로 이사를 왔고, 삭사(鑠邪, 귀신을 뼈까지 녹여버림) 독경, 즉 벽사(辟邪) 독경을 전문으로 하는 판수가 되었다. 향악과 당악의 '악' 소리만 들어도 몸을 부르르 떠는 걸 보면 관습도감으로 돌아갈 마음이 전혀 없는 듯했다.

돌멩에게 물은 적은 없지만, 무산은 그 이유를 알 것 같았다. 편경을 제작해 음률을 정확하게 만들었다는 박연이 악공들의 연주를 관장하고, 절대음감을 지녔다는 성상이 그 연주를 들었으니까. 번데기 앞에서 주름 잡고, 공자 앞에서 문자 쓰는 상황이 아닌가. 평안감사도 자기가 싫으면 그만이라는데, 그런 가시방석은 더 말할 필요도 없었다.

물론 석명은 이런 무산과 돌멩을 두고 배때기에 기름기가 껴서 간이 튀어나온 놈들이라고 했다. 쫄쫄 굶어 뱃속 기름이 다 빠지면 세상살이의 어려움을 깨달을 거라고, 그때쯤이면 튀어나온 간도 도로 들어가고 옛 선택을 후회할 거라고 했다.

어쩌면 석명의 말이 맞을지도 모른다. 언젠가는 그렇게 될지도 몰랐다. 괜히 나왔다고, 돌아가고 싶다고, 그렇게 생각할지도. 하지만 아직은 아니었다.

무당골에서 배를 곯던 무산과 돌멩은 세상살이의 어려움을 타개할 방법을 찾았다. 둘이 손을 잡고 사기를 치기 시작한 것이다. 무산은 감찰나인 시절 사건을 조사하면서 갈고닦은 실력으로 벽사를 청한 이들의 사정을 알아냈고, 돌멩은 관현맹인 시절 음률을 연구하면서 익혔던 복화술로 귀신 목소리를 흉내 냈다.

두 사람이 손을 잡으면 속일 수 없는 이가 없었다. 특히 지은 죄가 많은 탐관오리는 쉬이 두 사람의 덫에 걸려들었다.

그 말인즉슨, 평소 앙숙처럼 물고 뜯다가도 사기 칠 때만큼은 두 사람의 죽이 아주 잘 맞았다는 거였다. 바로 지금처럼.

"그러니까, 자네 두 사람이 석명 무녀의 제자라는 건가?"

이제 겨우 약관이 지났을 젊은 남인의 물음에 무산과 돌멩은 고개를 끄덕였다.

처음에 무산은 광주리 안에 든 꽃잎을 비싸게 팔려고 했다. 벽사 부적으로 유명한 석명을 몇 번이나 찾아왔던 이였다. 귀신에게 시달리는 게 틀림없었다. 평범한 복사꽃이 아니라 무당골 어귀에서 피는 복사꽃이 아니던가. 아주 후한 값으로 사줄 거라 짐작했다.

하지만 무산은 사환의 쪽지게를 보고 생각을 바꿨다. 쪽지게에는 족히 스무 필은 되어 보이는 베가 쌓여 있었다. 벽사 부적의 대가라기에는 과한 재물이었다. 저자는 석명을 데려가려고 온 게 분명했다.

사족들은 가문의 문제를 비밀스레 해결하기 위해 무녀를 집으로 데려가곤 했다.

죽은 이의 혼례인 명혼(冥婚)이나 살을 날리는 저주 혹은 대수대
명(代壽代命, 액운을 다른 존재에게 옮김)을 위해서.

저자는 무얼 위해 석명을 데려가려는 걸까.

어쨌든 석명은 오늘 무당골에 없었다. 재물이 필요한 무산과 돌멩
만 있을 뿐이었다. 베 스무 필이면 몇 년간은 무세포(巫稅布, 무당이
조세로 바치는 피륙)를 걱정할 필요가 없을 것이다.

조금 전 무산은 천연덕스럽게 말을 걸면서 사족에게 아는 체를 했
다. 도움이 필요한 손님이 찾아올 테니 예서 맞이하라는 석명 무녀
의 말이 있었다고. 그래서 아침부터 기다리고 있었다고 했다.

사람들은 그 말을 듣고 모두 놀랐다. 사족과 사환은 석명 무녀의
영험함에 놀랐고, 돌멩은 황당한 말이라 놀랐다. 석명이 무산에게
따로 당부를 남길 리가 없기 때문이었다. 석명에게 무산은 불신 그
자체였다.

무산을 거둔 것도 지척에 두고 감시하려고 그런 것 같던데…….

무산의 거짓을 확신한 돌멩은 따로 꿍꿍이가 있다는 걸 알아챘다.
그것도 돈이 나오는 꿍꿍이. 그렇다면 능청스레 맞장구를 쳐주는 게
당연했다.

"네, 맞습니다. 저는 독경으로 마를 물리치고, 무산은 벽사합니다."

사족 남인이 무산과 돌멩의 행색을 찬찬히 훑어보았다. 기억 속
무언가를 가늠하는 듯한 시선이 제법 오래 무산의 얼굴에 머물렀다.

곧이어 아, 하는 소리를 내며 무산을 알아보았다.

"그렇군. 두 사람도 벽사를 할 수 있다는 거지. 내가 지난번에 특

별히 당부하였었지. 다행히 그 말을 잘 알아들은 것 같군."

무산은 남인이 했다는 그 특별한 당부도 기억하고 있었다. 다음이 마지막이니 절대 이렇게 온화하게 나오지는 않을 거다, 뭐 이런 말이었다. 당부가 아니라 경고였다. 남인이 짜증을 담은 손길로 힘껏 소매를 털고 떠났을 때, 대청에 앉아 있던 무산은 속으로 그를 비웃었다.

거참, 일머리가 없는 양반이네. 사람을 봐가면서 방법을 바꿔야지. 아가리에 자시오, 할 때는 마다하다가 아가리에 처먹으라고 해야 먹는다는 이언(俚言, 속어)도 석명과는 무관했다. 석명은 아가리에 자시오, 할 때도 마다하고, 아가리에 처먹으라 해도 안 처먹는 사람이었다. 아마 목에 칼을 대도 소용이 없을 것이다.

차라리 지푸라기라도 잡듯 매달려야 했다. 돌처럼 보이는 석명에게도 제법 무른 구석은 있으니까. 갈 곳 없는 자신을 거둬준 것만 봐도 그랬다.

아니지, 이렇게 재물을 한 아름 짊어지고 찾아온 걸 보면 저 남인도 꽉 막힌 사람은 아닌 것 같은데…… 다른 것도 아니고 벽사 부적을 써주는 걸 거부하다니. 석명은 대체 왜 그랬던 거지?

무산이 뒤늦게 석명의 의중과 이번 일의 경중을 가늠하는 사이, 돌맹이 다음 말을 이었다.

"그럼요, 그래서 저희 둘이 꼭두새벽부터 마을 어귀에 나와 있었습니다. 귀한 손님을 누추한 곳까지 직접 오시게 할 수는 없지요."

이번엔 무산이 황당해했다. 상황도 잘 모르면서 거짓말을 술술 뱉어내다니. 그냥 거짓말도 아니고 아부성이 다분한 거짓말이었다. 게다가 함께 마을로 들어갈 가능성까지 차단하지 않았는가. 꼬리가 길면 석명에게 밟히기 마련이었다. 마을에는 아직 판수들이 남아 있으니까.

무산은 돌멩의 순발력에 감탄하며 눈앞의 일에 집중했다.

남인은 묘한 얼굴로 두 사람을 보더니 고개를 끄덕이며 말했다.

"준비를 끝내놨으니 따로 채비하지 않아도 되네. 바로 출발하지. 족히 열흘은 머물게 될 걸세."

남인은 말을 끝내자마자 바로 몸을 돌리며 걸음을 재촉했다. 지게를 진 사환도 말없이 그 뒤를 따랐다.

돌멩은 대나무 지팡이로 무산의 다리를 툭 치며 소곤거렸다.

"뭐야, 무슨 일인데?"

무산은 복사꽃이 담긴 광주리를 머리에 이며 말했다.

"베 스무 필짜리 일이니까 제대로 해라. 이번에는 간인도 없으니까 석명이 절대로 모를 거야. 일만 잘 끝내면, 너 오 할, 나 오 할, 이렇게 반반씩 나누자."

베 스무 필이라니. 이게 웬 횡재인가. 이 정도 재물이면 올해 보릿고개는, 아니, 내년 보릿고개까지도 걱정이 없었다. 돌멩은 부리나케 고개를 끄덕였다.

그러자 무산이 씨익 웃으며 말했다.

"대신 복사꽃은 네가 딴 거다?"

* * *

사환이 든 행등(行燈)이 숲길 위를 부유했다.

행등은 밤하늘에 뜬 별처럼 방향만 일러줄 뿐, 해처럼 주위를 밝히지는 못했다. 한 손으로 광주리를 머리에 인 무산은 남은 손으로 돌멩의 옷깃을 붙잡은 채 천천히 발을 내디뎠다.

돌멩의 대나무 지팡이가 어둠이 내려앉은 길을 툭툭 두드리며 방향을 일러주었지만, 그 소리를 해석할 수 있는 건 그 자신뿐이라 무산은 돌부리에 차이고 나뭇가지에 긁히며 앓는 소리를 내기 바빴다. 다섯 번째 넘어질 뻔하였을 때, 욕지거리가 목구멍에서 새어 나왔다.

"아오, 십……."

아차 싶었지만 이미 엎질러진 물이었다. 기우뚱했던 몸을 세우고 중심을 잡은 무산은 어스름한 행등 빛에 드러난 남인의 뒷모습을 보았다.

분명 들었을 텐데…….

남인은 돌아보지 않았다.

해가 진 뒤로는 계속 저랬다. 처음엔 돌멩의 지팡이 소리가 거슬렸는지 몇 번 돌아보곤 했지만, 시간이 지나자 더는 신경도 쓰지 않았다. 끼니때나 눈을 마주쳤을까. 그것도 육포와 뭉친 밥을 건네줄 때 마주친 거였다. 사족 남인과 사환은 아예 말을 하지 않았다. 침묵 수행이라도 하는 것처럼 입을 꾹 다물었다.

그렇게 급박한 일인가?

하룻밤 유숙하지 않는 것도 그렇다. 그래봤자 서너 시진 차이 아 닌가. 사족 나리가 같이 있으니 문전박대 당할 일도 없을 터이고, 하룻밤 거둬준 집주인에게 답례로 건넬 재물이 없는 것도 아니었다. 그런데도 쉬지를 않았다. 야금을 앞둔 한성부 사람들처럼 서두르기만 했다. 쉴 새 없이 움직이는 발걸음에는 조급함이 담겨 있었다.

무산은 잰 발걸음 소리를 들으며 사족 남인과 사환의 지난밤을 궁금해했다.

혹시 저들은 지난밤에도 잠들지 않았던 걸까? 밤새 무당골까지 걸어왔던 걸까?

무산의 호기심은 곧 의문이 되었고, 이어지는 의문은 추측을 낳았다. 어쩌면 저들은 잠을 잘 시간이 없을 정도로 긴박한 상황에 놓인 걸지도 모른다고. 그렇게 생각하자 가슴 한쪽이 불편해졌다.

하지만 사환의 등짝에 있는 묵직한 지게의 윤곽이 두 눈에 담기는 순간, 불편함은 순식간에 흩어졌다. 지금 중요한 건 칠 년 전 가슴 깊이 묻어놓은 죄책감과 양심이 아니라 저기 얹힌 재물이었다. 저 재물에 저와 돌멩의 일 년이 달려 있었다. 먹고 사는 것보다 중요한 것이 어디에 있단 말인가. 무산은 마음을 갈무리하며 머리를 굴렸다. 저들에게 어떤 부적을 써줄지, 무슨 말을 해줄지를 고민했다.

몸이 지쳐서 더는 생각조차 할 수 없게 되었을 때였다. 사환이 든 행등이 네 사람을 관목 수풀로 인도했다. 길옆으로 우거진 관목이었다. 여기를 지난다고? 행등으로 수풀을 비추던 사환이 이리 지나가라며 고갯짓했다.

사환이 앞장서고 사족 남인이 그 뒤를 따랐다. 먼저 지나간 사환이 건너편에서 행등으로 땅을 비춰주었다. 무산은 그제야 높게 자란 관목 사이에 있는 좁은 샛길을 볼 수 있었다.

이곳에 실이 있다는 걸 알고서 찾는 게 아닌 이상 우연이나 추측에 기대서는 찾아낼 수 없는 길이었다. 비좁은 길은 무성하게 뻗어나간 나뭇가지로 완벽하게 감춰져 있었다.

어떻게 잘 지나가면 나뭇가지에 할퀴지는 않을 것 같은데…….

문제는 돌멩이었다. 앞이 보이는 이들이야 행등의 불빛에 기댈 수 있겠지만, 돌멩은 아니었다. 자세히 일러줘야 할 것 같았다.

"돌멩아……."

무산이 말을 뱉는 순간, 막 샛길에서 벗어나던 사족 남인이 멈칫했다.

그는 휙 몸을 돌리더니 오른손 검지를 제 입술에 대며 조용히 하라는 신호를 주었다. 무산은 입을 꾹 다물었다. 대신 돌멩의 손을 붙잡아 관목 수풀 사이에 난 길을 느끼게 해주었다. 왼쪽에 있는 나무, 공백 그리고 오른쪽에 있는 나무. 역시 돌멩은 눈치가 빨랐다. 말없이 고개를 끄덕였다.

관목 수풀을 굽이지며 관통하는 샛길에서 빠져나왔을 때, 무산은 길이 전혀 달라진 걸 눈치챘다. 발에 닿는 땅의 느낌이 아예 다르달까. 부는 바람과 흐르는 빗물이 만들어 낸 숲길이 아니라 사람이 공을 들여 다져놓은 길이었다.

수십 걸음을 더 걸었을 때, 달빛 아래 커다란 무엇이 서 있는 게 보였다. 사람의 형상과 닮았지만, 사람은 아닌 무언가였다. 그 옆에는 가느다란 장대가 우뚝 솟아 있었고, 장대 끝에는 새가 앉아 있었다.

그때 강한 산바람이 산줄기에서 미끄러지듯 내려왔다. 머리에 진 광주리에서 복사꽃이 회오리를 그리듯 춤을 추며 휘날렸다. 장대 위 검은 새도 몸을 흔들었다. 날아오를 듯 움직였으나 결국에는 날개도 펼치지 못하고 위태롭게 버둥거렸다.

무산은 장대와 함께 휘청이는 그 둔탁한 움직임을 보고서야 저것이 무엇인지를 눈치챘다. 솟대. 저건 분명 솟대였다. 땅과 하늘을 이어줄 수 있다는 영험한 동물이자 장대 위에 앉아 있는 나무 조각. 그렇다면 옆에 놓인 커다란 건 장승일 것이다. 사람보다 커다란 장승은 고개를 숙이고 있었는데 마치 마을 경계를 지나는 이들을 굽어보고 있는 듯했다. 누가 마을에 들고, 누가 마을을 나가는지를 확인하는 것처럼.

장승과 솟대가 있는 곳이라. 마을 입구가 분명했다.

남인은 재게 걸었고, 장승과 솟대를 지나자마자 걸음을 멈췄다. 사환도 마찬가지였다. 그런데 장승과 솟대를 지난 사환이 한숨을 내쉬었다. 들이켜고 내쉬는 숨과 함께 쪽지게도 천천히 들썩였다. 무산은 이상하다고 생각했다. 그 반응이 '드디어 도착했다'보다는 '이제 안전해졌다'에 가까웠기 때문이었다.

찬찬히 곱씹어 볼 요량으로 이들의 반응을 뇌리에 남긴 무산은 돌멩을 부축하려고 팔짱을 꼈다. 맞닿은 팔에 진동이 전해졌다. 돌멩은 녹초가 되어서 후들거리는 다리로 겨우 서 있었다. 이제껏 그는 초행길을 이렇게 오랫동안 걸어본 적이 없었다. 시각을 제외한 모든 감각을 동원해 걸음을 옮겼기에 그 피로감이 상당했을 터였다.

이토록 고생했으니 베 스무 필만은 무슨 수를 써서라도 얻어야겠 나는 생각이 들었다. 투지를 불태운 무산은 한 팔로 돌멩을 업다시 피 부축하며 장승과 솟대를 지났다.

그러자 남인이 나지막한 목소리로 말했다.

"다 왔네. 이제 해치 아범을 따라가게. 해치 아범네 집에서 눈을 붙인 뒤 명일 내가 기별을 넣으면 마을 끝 기와집으로 찾아오게나."

그러고는 가장 중요한 이야기가 남았다는 듯 잠시 숨을 고르더니 제법 단호한 목소리로 말했다.

"여기서부터는 말을 내뱉지 말게나. 해가 뜨기 전까지는 조용히 해야 하네."

여기 올 때까지도 말을 거의 내뱉지 못했는데 여기 와서도 말을 말라니.

무산의 미간에 실개천처럼 얕은 주름이 생겼다가 빠르게 사라졌 다. 이리 당부하는 걸 보면 나름의 이유가 있을 터였다. 무당골까지 몇 번이나 찾아와 벽사를 의뢰한 이가 아닌가. 복잡한 사정이 있을 게 분명했다.

말이야 해도 그만, 안 해도 그만이지. 무산이 고개를 끄덕이자, 남 인은 사환에게 따로 눈짓하고는 마을 안쪽으로 가버렸다.

무산은 멀어지는 그를 보며 마을 풍경을 눈에 담았다. 커다란 기 와집 하나와 크고 작은 초가집 십여 채가 보였다.

샛길을 걸을 때만 해도 캄캄했지만, 마을 안으로 들어서자, 눈앞이 환해졌다. 달빛 덕분이었다. 마을 안에 달빛이 고여 있는 듯했다. 푸르고 하얀 달빛이었다.

사환이 손으로 방향을 가리키며 다시 길을 안내했다. 보이지 않는 괴귀라도 내쫓는 듯 행등으로 이리저리 비추면서 앞서 걸었다.

돌맹을 부축해 따라가는 내내 무산은 마을을 살펴보았다. 웅장한 기와집 뒤로는 높고 험준한 산이 있었고, 산자락에 자리 잡은 마을은 울창한 숲과 짙은 녹음에 둘러싸여 있었다.

뭐랄까, 일부러 숨겨놓은 듯한 마을이었다. 조금 전의 샛길처럼 우연히 발견할 수는 없는, 설사 마을의 존재를 알더라도 따로 안내받지 못한다면 쉬이 찾아낼 수 없는, 그런 마을 같았다.

* * *

"아이고, 죽겠다."

바닥에 등을 대자마자 기절하듯 잠들었던 돌맹은 돋을볕에 눈을 뜨자마자 끙끙거렸다. 삭신이 쑤시네, 이러다 장송가를 듣겠네, 한참 앓는 소리를 하더니 무산이 반응을 보이지 않자 몸을 반대로 돌리면서 연거푸 푸념했다.

"내가 무슨 부귀영화를 누리겠다고 이 고생을 하나."

"……"

"아이고, 아이고. 이래서야 정근(精勤, 무경巫經 의식)을 하겠나."

"대체 원하는 게 뭐야?"

"나 육 할, 너 사 할."

"그게 되겠니?"

"……아이고, 아이고."

자리에서 일어난 무산은 한쪽 발로 돌멩의 허리를 툭툭 쳤다.

"씨알도 안 먹히는 소리니까 그만 포기하고 일어나. 난 마을 좀 돌아보고 올게. 어제 그 사족도 댓바람부터 부르지는 않겠지."

돌멩의 손이 무산의 치맛자락을 붙잡았다.

"야야야."

"아, 왜?"

무산이 짜증스레 대답하자 돌멩이 씨익 웃으며 말했다.

"그럼 복사꽃 반반."

무산은 어이가 없다는 듯 치마를 힘껏 잡아당기며 말했다.

"그러시든지."

그제야 돌멩은 만족스러운 얼굴로 벌떡 일어나서는 주먹으로 온몸을 두드렸다.

"빨리 갔다 오라고. 여기 뭔가 이상해. 지난밤에 진짜 아무 소리도 안 들리더라."

그렇게 코를 골면서 잤는데 다른 소리가 들리겠냐?

무산은 혀를 쯧쯧 차며 문을 열고 나섰다.

솔거노비인 해치 아범의 집은 초가사간으로 부엌과 안방, 대청, 건넌방으로 이루어져 있었다. 무산과 돌멩이 지난밤 머문 곳은 건넌방이었다. 무산은 대청과 마당을 둘러보았다. 밤에 왔을 때는 휑한 것 같았는데 세간살이가 제법 많았다.

툇마루를 지나 짚신을 신고 나가려는데 안방 쪽에서 끼익, 소리가 들렸다. 살짝 열린 독창 사이로 어떤 아이가 저를 보고 있었다. 저 아이가 해치인가? 손을 흔들어 주었더니 아이가 얼른 창문을 닫았다.

무산은 닫힌 창문을 잠깐 보았다가 마당을 지나 밖으로 나섰다.

마을 안 초가집 곳곳에서 연기가 솟아올랐다. 꼭 가로로 피어오르는 골안개 같았다. 아직 한산하지만, 곧 분주해질 것이다. 밭을 매고 논의 피를 뽑기 위해 집을 나설 테니까. 돌아다니는 외지인을 본다면 경계심이 일어날 터. 지금은 될 수 있으면 마을 사람들과 마주치지 말아야 했다. 다행히 해치 아범의 집이 마을 초입에 있어 그럴 가능성이 적었다.

무산은 제일 먼저 어젯밤에 지났던 마을 입구를 찾았다. 제액초복(除厄招福)을 한다는 솟대와 석장승이 세워진 곳. 햇귀가 내려앉아서 그럴까, 지난밤과는 판이한 분위기였다. 어제의 장승이 사람을 굽어보며 감시하는 듯했다면, 오늘의 장승은 사람을 반기는 것 같았다.

무산은 장승의 모습을 눈여겨보았다. 화강암으로 만든 동그란 얼굴과 인자한 미소.

축귀를 위해 세웠다면 무서운 얼굴로 만들었을 터인데, 왜 이렇게 인자한 얼굴이지? 무산은 장승의 아랫부분을 살펴보았다.

왕신(王神)이라는 글귀가 보였다.

왕인 신이라. 죽은 왕을 모시는 건가? 어떤 이들은 왕신이 액운을 물리치고 재복을 안겨주며 마을을 지켜줄 거라 믿었다. 보통은 큰 업적을 세운 왕이나 억울한 죽임을 당한 왕을 모셨다.

그러나 여기 석장승의 외향은…….

분명 여성이었다. 여성인 왕을 모시는 경우도 있던가? 무산은 무당골에서 들었던 이야기들을 반추해 보았지만, 떠오르는 게 없었다.

어차피 때가 되면 알게 되겠지만, 미리 조사해 둘 필요가 있었다. 그래야 사람들이 무녀의 능력을 의심하지 않을 테니까. 신력에 감탄하며 기꺼이 재물을 내어줄 테니까. 특히 지은 죄가 많은 이들일수록 사람을 쉽게 믿지 않는 법이었다. 그런 이들의 마음을 얻으려면 만반의 준비를 해야 했다.

그렇다면 어제 지나쳤던 샛길로 다시 가볼까. 마을 밖으로 향하려는데, 누가 무산의 치마를 붙잡았다.

"아주머니, 마을 밖으로 나가면 안 돼요."

무산의 시선이 저절로 아래로 향했다. 둥근 이마와 커다란 눈망울을 가진, 머리카락을 곱게 꼰 여아였다. 독창 사이로 저를 지켜보던 아이.

"네가 해치구나?"

아이는 말없이 고개를 끄덕였다. 이제 일고여덟 살은 되었을까. 아는 건 제법 많지만, 아는 것을 감추는 데에는 능숙하지 않은 나이였다.

무산은 아이를 보고 다정하게 웃으며 말했다.

"왜 마을 밖으로 나가면 안 될까?"

* * *

무당골 사람들은 다른 이의 마음에 담긴 희로애락을 읽으며 공명했고, 신에게 의지하며 도움을 간구했다. 또한 죽은 이도 잊지 않았다. 영산, 수비, 객귀 등 모두가 피하는 잡귀와 잡신들을 뒷전에서 풀어먹였다. 사람들에게 천대받았지만, 그런 자신도 누군가를 도울 수 있다는 걸 잊지 않았다. 그것이 그들의 업이자 삶의 자세였다.

하지만 모두가 그런 건 아니었다.

어떤 이들은 금기로 먹고살았다. 사람의 마음을 어루만지고 죽은 이를 생각하는 대신, 다른 이를 위해 할 수 있는 일을 고민하는 대신, 금기로 사람을 옥죄면서 머리와 몸을 지배했다. 석명은 그런 이들을 볼 때마다 욕을 퍼부었다.

"네가 그러고도 무격이더냐!"

무산은 석명의 욕을 들으면서 생각했다. 돌맹과 손잡고 사기를 치고 있다는 걸 절대 들키지 말아야겠다고. 석명이 알게 되었다가는 집에서 쫓겨나는 게 문제가 아니라 그날로 이승과 작별할지도 몰랐다.

한 번은 집으로 돌아가 이렇게 묻기도 했다.

"금기가 뭐가 어때서? 부적 쓸 때도 금기가 있잖아. 다섯 가지나."

그러자 석명은 못 들을 걸 들었다는 얼굴로 무산을 쳐다보았다. 한참 뒤, 석명의 입에서 끊어진 구슬주렴처럼 말이 와르르 쏟아졌다.

"너는 다섯 금기와 일곱 경계를 대체 뭐로 보는 게야. 부적에 지저분한 걸 묻히지 말아라. 부적을 쓰기 전에는 육식하지 말라. 몸을 정결하게 해라. 부적을 쓸 때는 진심을 담아 정성껏 써라. 이게 저놈들이 말하는 금기와 어디가 같단 말이냐. 이렇게 기본적인 것도 안 지키면, 그게 부적이더냐? 종이에 그린 그림이지. 화공도 그림을 그릴 때는 자세를 단정히 하고 정성껏 그리는 법이야. 하물며 천지신명의 힘을 빌려 삿된 것을 내쫓는 벽사 부적이 아니냐. 그 정도 정성은 당연한 게지. 너 같으면 부탁하러 온 이가 지저분한 몰골로 냄새나 풍기면서 마지못해 말을 뱉으면 그 부탁을 들어주겠느냐? 내쫓지나 않으면 다행이지. 너도 다 알고 있던 것 아니냐. 하긴, 너는 그걸 머리로 아는 거지, 가슴으로 믿는 게 아니지."

"……그 사람들이 말하는 금기는 어찌 다른데?"

석명은 굳은 입매로 바짝 다가오더니 목소리를 내리깔며 말했다.

"이유가 없어."

이유가 없다. 어쩌다 이런 금기가 생긴 건지, 어째서 지켜야 하는 건지, 그 이유를 알 수 없다. 하지만 무엇보다 강력하게 생활에 뿌리를 박는다. 금기가 사라진 뒤에도 그것은 지박령이 되어 흩어지지 않는다. 관습이라는 흔적으로 남아 사람들을 옭아맨다.

아주 오래오래 사람을 지배한다.

그때 석명이 지었던 표정을, 그때 그 목소리를 무산은 시간이 지나도 잊을 수 없었다. 불쑥불쑥 떠올라 반추를 거듭했다. 궁 생활을 떠올리게 만드는 말이라서 그랬던 걸까.

금기는 궁에도 많았으니까.

궁에서 금기는 무조건 지켜야 하는 규칙이었으며 의심할 수 없는 이치였다. 그것이 생기게 된 이유도, 지켜야 하는 이유도 일절 알려고 하지 말아야 했다. 의구심을 갖지 말아야 했다. 그것은 금기를 위한 금기였다. 의문을 품는 것도, 집요하게 파고들며 알려고 하는 것도 모두 금지되었다. 금기를 어긴 자에게는 반드시 큰 재앙이 닥쳤다.

천앙(天殃)이 아닌, 사람이 만든 재앙이.

그리고 이 마을은…….

온갖 금기로 이루어진 곳이었다.

* * *

"그러니까……."

돌멩은 광주리 안에 든 복사꽃 향기를 킁킁 맡으며 말을 이었다.

"마을 밖으로 나가면 왕신이 잡아간다고?"

무산은 잘 마를 수 있도록 광주리 안에 든 꽃잎을 이리저리 뒤섞으며 말했다.

"맞아."

"왕신이라면, 어느 왕을 모시는데?"

"석장승은 여성이던데?"

"선덕왕을 모시는 건가?"

"뭐, 그럴지도 모르지."

"그런데 우리는 어떻게 데려온 거야? 마을 밖으로는 못 나간다며."

"다 못 나가는 건 아니야. 매년 정월에 마을 밖으로 나갈 수 있는 사람을 뽑는대. 완전히 고립되어 살 수는 없을 거 아냐. 올해는 해치 아범이 뽑혔어."

아이는 외부인인 무산을 경계하지 않았다. 자기 아비가 마을로 데려온 사람이라는 걸 알기 때문이었다. 아이의 호의 덕분에 무산은 제법 많은 정보를 얻을 수 있었다.

초승달 모양의 산과 울창한 숲에 둘러싸인 마을은 보름달 안에 갇힌 형국이었다. 범도 쉬이 내려올 수 없을 정도로 산세가 험해 마을에 출입할 수 있는 유일한 방법은 어제 지났던 숲을 통과하는 것뿐이었다.

아이는 이제껏 외부인이 마을로 들어온 걸 본 적이 없다고 했다. 아주 폐쇄적인 마을이었다.

왕신을 모시는 폐쇄적인 마을⋯⋯.

왕신을 모시는 이들에게는 지켜야 할 금기가 많았다. 절대 마을 밖으로 나가서는 안 된다. 숲에서 소란을 피워 마을의 존재를 외부인에게 알려서는 안 된다. 왕신의 허락을 받고 밖으로 나간다면 어둠이 내려앉은 밤에만 마을 경계를 통과하라. 밤은 왕신의 시간이니 보호를 받을 수 있다. 하지만 함부로 떠들어 왕신을 방해해서는 안 된다.

잠자코 듣던 돌맹이 생각난 듯 물었다.

"같이 왔던 그 사족은 누구지? 올해는 해치 아범이 뽑혔다면서. 밖으로 어떻게 나갔대?"

"주인집 사위라던데? 정확히는 가주의 자형. 윗전에게는 그 금기라는 게 일부만 적용되는 것 같더라고. 구체적으로 어찌 다른지는 잘 모르겠지만."

"가주의 자형이라고? 가주가 엄청 젊은가 보네."

"그런가 봐."

"그럼 여긴 주인과 솔거노비만 모여 사는 마을인 거네?"

돌멩은 바깥의 기척을 살피다가 나지막하게 말했다.

"네가 나간 사이에 내가 이 집 아주머니와 아주 중요한 이야기를 나눴는데 말이야."

"그 짧은 사이에?"

무산은 돌멩의 친화력에 혀를 내둘렀다. 음률을 연구한 이답게 돌멩은 목소리만 들어도 상대방의 기분을 잘 파악했고, 천성은 극성스러우나 겉으로는 곰살맞게 굴어 쉽게 사람의 호감을 샀다. 어디 그뿐이던가. 얼굴까지 잘생겨 가끔은 그것만으로도 사람의 마음을 얻었다.

"너랑 무슨 사이냐고 묻더라고."

무당골 사람들이 들으면 기가 차서 실소를 흘릴 만한 물음이었다. 잔뜩 무게를 잡길래 뭐 대단한 정보라도 물어온 줄 알았더니.

"그게 이렇게 목소리까지 낮추면서 할 말이야?"

"아니, 그걸 말하려는 게 아니라. 좀 들어봐. 같은 스승을 모시고 살고 있어서 사실상 오누이 사이라고 했거든. 그랬더니 뭐라는 줄 알아? 마을에 과년한 여인이 한 명 있대. 여기는 외부와 단절되어 있어 혼처를 찾기 쉽지 않다고. 혹시 관심 있으면 알려달라는 거야. 이렇게 잘생긴 판수라면 틀림없이 그 사람도 좋아할 거라나."

"지금 여인에게 인기 많다고 나한테 자랑하는 거야?"

"그러면서 자기 이야기를 막 하더라고."

"짜증 나니까 요점만 좀 말해줄래?"

이번엔 돌멩이 목소리를 더 낮추고 말했다.

"내가 놀라운 걸 알아냈거든. 해치 어멈은 양인인데, 해치 아범은 천인이래. 그러니까 두 사람은 금지된 사랑을 한 거지! 여기 양천교혼(良賤交婚)한 사람 엄청 많다? 그거 걸리면 강제 이혼당하잖아. 어떻게 안 걸렸지?"

"처음 본 너한테 그런 얘길 해줬다는 게 더 놀랍다. 널 뭘 믿고?"

"그게…… 요즘 걱정이 많다고 그러길래 내가 경을 좀 읊어줬거든. 안택(安宅)으로. 그러니까 이런저런 걸 다 들려주던데?"

참 신기한 일이었다. 궁에서는 모두가 마음을 숨겼다. 절대 속마음을 털어놓지 않았다. 특히 모르는 이에게는 더더욱 그랬다. 그래서 무산은 감찰할 때도 떠도는 소문에서 믿을 만한 정보를 골라내고, 이를 기반으로 확실한 증거를 찾아야 했다.

누가 작정하고 감찰상궁에게 고발했다면 모르겠지만, 음지에서 감찰했던 무산은 쥐고 있는 패가 없었다. 그래서 낮은 이도 쉽게 접할 수 있는, 낭설로 치부되어 모두가 무시하는 소문에서부터 시작해야 했다.

그런데 무녀가 되자 상황이 달라졌다. 쉽게 사람의 속내를 들을 수 있었다. 상대가 진짜든 가짜든 그저 들어주고 있다는 것만으로 사람들은 미주알고주알 털어놓았다. 물론 그 말이 반드시 진심이거나 진실인 건 아니었다. 사람은 모든 걸 다 안다는 천지신명에게도 자기 허물을 숨기기 마련이니까.

왜일까. 왜 사람들은 조석으로 마주하는 이도 믿지 못하면서 무격을 신임할까.

사실 무산은 그 이유를 알고 있었다.

무격은 그들의 이야기를 들어주니까. 그들을 재단하지도, 그들의 죄과를 비난하지도 않으니까. 목소리에 귀 기울여주고 공감하니까. 다른 이의 고통에 함께 슬퍼하고 기쁨에는 함께 웃어주며 불안에는 함께 걱정해 주니까. 짓밟히고 버려진 이들 옆에 서서 천지신명만큼은 마음을 알아줄 거라고 위로해 주니까.

사람들에게는 무격이 동아줄이었던 것이다.

하지만 무산은 아니었다. 무산은 가짜였다. 무녀의 마음가짐이 없었다. 무산은 무당골에 온 뒤로 신력(神力)이 없는 이도 무녀가 될 수 있다는 걸 알았다. 무녀의 마음만 가졌다면 누구든 무녀가 될 수 있었다. 하지만 마음이 없다면 뛰어난 신력을 가져도 가짜일 뿐이었다.

그 점이 무산과 돌맹의 차이점이었다. 돌맹은 그 마음을 가진 사람이었다. 앞을 보지 못하는 만큼 더 열심히 들었고, 남들에게도 보이지 않는 것이라 하여 못 들은 체하지 않았다. 무산과 손을 잡고 사기를 칠 때 돈 많은 양반만을, 그중에서도 탐관오리를 노리는 것도 그래서였다. 아마 그렇게 번 재물도 남을 돕는 데 쓰고 있을 거다. 그러니 허구한 날 궁상맞지, 쯧쯧.

무산은 돌멩처럼 살고 싶지 않았다. 진짜 무녀가 되고 싶지도 않았다. 그런 게 되어 뭘 한단 말인가. 잿불만 남은 자기 가슴이 다시 활활 타오른다면……. 그건 아마 무녀가 되고 싶어서가 아니라…….

그 아이를 위해서…….

돌멩이 말했다.

"야, 여기 앞에 사람이 있어요. 너는 진짜 매번 이러더라? 대체 무슨 생각을 하는 거야?"

"어? 아, 어떻게 안 걸렸냐고? 호패법도 사라졌잖아. 인보법(隣保法, 인구의 유망流亡을 막기 위해 이웃끼리 서로 돕고 감시하게 하던 법)은 남았지만, 걱정 안 해도 될걸?"

"갑자기 뭔 소리야. 내가 언제 그런 걸 물었다고……. 아, 아까 그건 내가 진짜로 물어본 게 아니라, 놀라서 그런 거지. 양천교혼했는데도 걸린 사람이 없어서."

무산도 돌멩의 '어떻게 안 걸렸지?'가 질문이 아니라는 건 알았지만 서둘러 화제를 돌려야 했다. 안 그러면 대체 무슨 생각을 한 거냐고 캐물을 테니까.

"다 같은 처지라 신고할 사람도 없을 거야. 이렇게 폐쇄적인 마을이라면 총패(摠牌, 인보법에 의해 1백 호戶를 관리하던 이)나 수령이 보낸 사람이 찾아올 리도 없고. 오더라도 가주가 알아서 처리했겠지. 솔거노비가 가주 허락도 없이 양인과 혼인했을 리는 없으니까. 가주가 도와주고 있을걸?"

"한성부였으면 바로 걸렸을 텐데. 하긴 조선 팔도에 호적에 오르지 않고 숨은 이들이 열에 대여섯은 된다더라. 유민도 많고."

잠시 생각해 보던 무산이 고개를 갸우뚱하며 말했다.

"근데 가주가 좀 이상하다. 그런 혼인을 왜 허락해 줬지? 가노(家奴)가 양인 여성에게 장가드는 건 금기 중의 금기라 주인에게도 죄를 물을 터인데?"

돌멩은 중요한 게 생각났다는 듯 지팡이로 땅을 쿵 치며 말했다.

"아, 그거 왕신 때문이야! 왕신이 마을 노비끼리 성혼하거나 다른 가문의 노비와 성혼하는 걸 허락하지 않는대. 될 수 있으면 자기보다 신분이 높은 사람과 혼인해야 한다던데? 그래서 여기 솔거노비들도 주로 양인과 혼인한대."

그 말에 무산의 머릿속 여러 조각이 하나로 맞춰졌다.

혼인.

그리고 왕신.

억울한 죽음을 맞은 왕.

왕처럼 모셔야 한다는 처녀 귀신.

아, 이 마을은 손각시를 모시는 마을이었다.

* * *

사람들에게 손각시는 악신이었다. 정확히는 신도 아니었다. 악귀였다. 원귀 중의 원귀가 처녀 귀신이라 하지 않던가. 옥황상제나 시왕을 두려워하는 마음에 경외가 깔려 있다면, 손각시를 두려워하는 사람들의 마음에는 혐오와 공포가 깃들어 있었다.

그건 죽은 처녀의 시신을 어찌 묻는지만 봐도 알 수 있었다.

사람들은 죽은 이의 혼백이 손각시가 되지 않도록 남성의 성기를 가진 짚 인형을 만들어 관에 넣거나 남인의 옷을 입혀 거꾸로 묻었다. 음택(陰宅, 묫자리)은 더했다. 사람들이 오가는 길목에 가시나무를 빙 둘러 관을 묻었다. 그래야 혼백이 사람들에게 짓밟히고, 가시에 찔리니까. 그렇게 하면 혼백이 인세(人世)로 넘어오지 못할 거라 믿었다.

사람들은 손각시를 왜 그렇게 두려워했을까. 인간을 초월하는 능력을 지녀서?

하지만 인간의 범주를 뛰어넘은 신선과 부처에게는 절대 저렇게 하지 않았다. 누군가 옥황상제상이나 관음상을 길목에 묻어 사람들에게 밟히게 하였다면, 불경하다고 난리를 쳤을 것이다.

무산은 사람들이 처녀 귀신을 두려워하는 이유가 따로 있다고 생각했다. 혼인하지 않고 죽었다고 해서 다 손각시가 되는 건 아니었다. 그렇게 따지면 궁궐은 손각시 때문에 아사리판이 되었을 것이다. 계례식을 치르기는 해도, 사실상 혼인하지 않은 여인이 수백 명이나 되는 곳이니까.

보통은 젊은 여인이 갑작스러운 죽음을 맞았을 때, 그중에서도 사인이 타살이나 자살일 때, 사람들은 죽은 이가 손각시가 될 거라고 믿었다. 그 원한이 관 안에 잠든 이의 혼백을 깨우고, 깨어난 혼백이 여귀가 되어 무덤 밖으로 나올 거라고, 손이 되어 자기들을 찾아올 거라고 믿었다.

그게 손각시였다. 손이 되어 찾아오는 각시.

혼인하지 않았기에 손각시는 종속된 가문이 없었고, 어디든 찾아갈 수 있었다. 또한 의례를 통해 길들여진 적도 없었다. 그 말은 손각시를 통제할 수 있는 이가 없다는 뜻이었다. 생전에는 약자였을 이가, 어쩌면 산 자의 죄 때문에 죽임을 당한 걸지도 모르는 이가, 누구도 억누를 수 없는 힘을 가지고 인세로 돌아온다.

자신을 짓밟았던 이들에게 복수하기 위해서.

그래서 사람들은 손각시를 두려워했다. 그 원한에서 자유로운 이가 없기 때문이었다. 심지어 죄를 짓지 않은 이들도 말이다. 누군가는 울고 있는 이를 외면했을 터이고, 누군가는 더는 시끄럽게 굴지 말라며 입을 틀어막았을 테니까. 복수는 법률의 이치가 아닌 마음의 이치를 따랐다. 누구도 그 원한 앞에서는 무고할 수 없었다.

그렇다면 모두가 기피하는 손각시를 왕신으로 모시는 가문은, 대체 어떤 가문일까?

어떤 사연이 있기에 손각시를 모시는 걸까…….

그 사연 속에 숨어 있는 두려움이 이 가문의 비밀이자 허점일 것이다.

이걸 알아내야 제대로 재물을 뜯어낼 수 있을 터인데…….

꼬리에 꼬리를 물고 이어지던 생각이 턱 막히면서 머리가 돌아가지 않았다. 무산은 화력이 죽은 아궁이에 땔감을 넣는 것처럼 밥 한 숟가락을 입안으로 밀어 넣었다. 무산이 말 한마디도 뱉지 않고 밥만 먹자, 돌맹이 혀를 차며 말했다.

"너 또 머리 굴리고 있지? 여기 사람이 있어요. 님 혼자 드시는 게 아니에요. 인정머리 없게 앞에 사람이 앉아 있는데 말 한마디 안 하고 밥만 먹냐."

무산은 그제야 입을 열었다.

"준비를 제대로 못 했으니까. 우리가 모르는 게 너무 많아. 그럼 곤란해."

"걱정도 팔자셔. 손각시 모시는 곳이면 말 다 했지. 처녀한테 죄를 지은 거야. 그것도 혼인 때문에. 싫다는데 억지로 혼인시켰거나, 좋다는데 안 된다고 막은 거겠지. 사람 사는 곳은 다 비슷해. 여기라고 딱히 다를 게 없어요. 적당히, 그냥 임기응변으로 해."

"너는 그게 되어도, 난 그게 안 돼."

무산이 마지막 한 숟가락을 무 짠지와 함께 입에 넣고 우물거릴 때, 사람이 찾아왔다. 주인집으로 넘어오라는 기별을 가지고.

"판수는 여기 남고, 무녀만 따라오라 하셨습니다."

마당에서 외치는 노복의 목소리에 무산은 숟가락을 내려놓았다. 돌맹이 어쩔 수 없다는 듯 어깨를 으쓱하자, 무산은 나지막한 목소리로 말했다.

"갔다 올 테니까, 너는 네 할 일을 해."

방에서 나오자 마당에 서 있는 노복이 보였다. 노복은 말없이 앞장섰고, 무산은 그 뒤를 따랐다. 노복의 시선은 줄곧 앞을 향했지만, 무산은 그가 지금 자신을 관찰하고 있다는 느낌이 들었다.

그건 마을 사람들도 마찬가지였다. 사람들 시선이 곳곳에서 따라붙었다. 대청에 앉아 볏짚과 비사리를 엮으며 둥구미를 만들던 사내도, 군불아궁이에 장작을 조금 넣은 뒤 커다란 돌로 아궁이 입구를 막던 아낙도, 그 옆에서 장난을 치며 이맛돌에 손을 대어보던 아이도, 모두 무산을 보았다.

무산은 저들이 지금 누구를 보고 있는 건지 궁금해졌다. 낯선 이방인인지 아니면 문제를 해결하러 온 무녀인지.

어느새 고샅에 들었다. 고샅은 역신이 쉬이 찾아올 수 없도록 마을 길에서 벗어나게 만든 외진 길이었다. 고샅의 끝자락에 대문채가 있었다. 웅장한 솟을대문이 아닌 소박한 평대문이었다. 노복이 대문을 열고는 무산을 어딘가로 데려갔다.

대문간 행랑채를 지나고, 중문간 행랑채를 지난 뒤 안채와 곳간채를 지났다. 네다섯 명 보이던 사람들이 한두 명이 되고, 더는 아무도 보이지 않았다.

곧이어 사주문(기둥이 네 개인 문)에 당도했다. 노복이 걸음을 멈추자 무산은 맞배지붕을 올려다보았다. 높은 돌담으로 가려진 이곳은 틀림없이 사당일 것이다. 그것도 왕신의 신체를 봉안한 곳이겠지. 서북쪽에 있는 사당이니 틀림없었다. 조상을 모시는 사당은 동북쪽에 두기 마련이니까.

문을 보던 무산의 두 눈이 가늘어졌다. 문이 없었다. 영혼의 문이라 불리는 사주문이 막혀 있었다. 커다란 나무판을 덧대 누구도 오 갈 수 없게 막아놓았다.

"여기로 가야 합니까?"

부산의 물음에 노복이 고개를 끄덕였다.

"문이 막혀 있는데요?"

"담을 넘어서 들어가십시오."

"담을 넘으라고요?"

그때 뒤에서 다른 목소리가 들렸다.

"맞네. 담을 넘게나."

무산과 돌멩을 이 마을로 데려왔던 이였다. 이제껏 분주하게만 움 직였던 발걸음이 오늘은 유달리 여유로웠다.

무산은 잠시 생각해 보다가 물었다.

"저만 가는 거군요?"

"그렇지. 처남이 안에 있으니 가서 직접 이야기를 해보게."

"가주가 저 안에 있다고요?"

가주의 자형이라는 이는 옆의 노복을 흘깃 보더니 묘한 웃음을 드 러내며 말했다.

"요즘 저 안에서 살다시피 한다네."

* * *

동쪽으로 들어가 서쪽으로 나오라는 당부에 동쪽 담으로 다가간 무산은 잠시 주위를 살폈다. 외진 사당이라 오가는 이가 없었다. 무산은 노복이 건네준 사다리를 팽개치듯 내려놓고는 담 옆 나무를 두 손으로 올라 담 안쪽으로 몸을 날렸다.

털썩, 소리와 함께 흙먼지가 일었다. 번거롭게 무슨 사다리를. 삼엄한 궐의 담도 부지기수로 넘었는데, 이런 담 하나 못 넘을까.

무산은 손을 툭툭 털며 두리번거렸다.

'一' 자형의 사당은 정면 세 칸, 측면 두 칸으로 이루어져 규모가 제법 컸다. 앞에는 퇴(退)를 한 칸 둬 마루를 깔았고, 퇴 측면은 심벽으로 막혀 있었다. 또 전면에는 분합문이, 후면에는 쌍여닫이 당판문이 달려 있었다. 그런데 사당 앞에 계단이 없었다.

주인은 사당 동쪽 계단을, 손님은 서쪽 계단을 오르는 게 법도라는 주동객서(主東客西)라는 말이 있을 정도로 사당에는 계단이 있기 마련이었다. 그런데 이곳에는 계단이 없었다.

계단을 없애 오르내릴 수 없게 하고, 문을 막아 드나들 수 없게 하는 건가.

그 저의가 뚜렷했다. 가문 사람들은 사당 안에 있는 왕신이 밖으로 나오는 것을 원하지 않는다. 손각시가 집 안에 갇혀 있기를 바란다.

그런다고 왕신이 된 손각시가 오가지도 못하는 신세가 되겠는가.

고생하는 건 손각시가 아니라 사람일 것이다. 그중에서도 가장 고생하는 건 벽사를 위해 들락날락해야 하는 자신일 터이고.

무산은 한숨을 내뱉으며 다시 사당을 살펴보았다. 기단이 담처럼 높지는 않았지만, 타고 오를 나무나 발 디딜 만한 기물이 없었다. 어쩔 수 없이 힘으로 올라야 했다. 단 위에 양손을 얹고 힘을 주어 몸을 올렸다.

웃차, 하며 단 위에 제대로 올라선 순간, 사당 안쪽에서 소리가 튀어나왔다.

"누구냐!"

곧이어 문이 벌컥 열렸다. 열린 문 사이로 두 눈이 퀭한 남인이 몸을 날리듯 뛰쳐나왔다. 그것도 멍석과 짚을 들고서. 아직 이립도 되지 않았을 것 같은 젊은 남인이었다.

그는 화들짝 놀라 멍석을 떨어뜨리더니 무산을 유심히 보았다. 그의 시선이 햇빛이 그려낸 무산의 그림자에 유독 오래 머물렀다. 무산은 그가 꼴깍 침을 삼키는 소리도 들을 수 있었다.

"자네가…… 자형이 데려온 무녀인가?"

무산이 천천히 고개를 끄덕이자 남인은 떨어뜨린 멍석을 주워들어 흙먼지를 털었다. 새하얗게 질려 있던 얼굴에도 차츰 혈색이 돌아왔다. 숨을 얕게 뱉은 남인은 도로 사당 안으로 들어갔다.

"따라오게."

안으로 들어선 무산은 제 두 눈을 의심했다. 사당 안 풍경이…… 노동에 시달리는 여염집 같았다. 곡식이나 채소를 담는 짚 그릇인 멱둥구미, 흙이나 재, 거름을 담아 나를 때 쓰는 삼태기, 껍질을 벗긴 짚 줄기인 꽤기로 엮은 짚신, 비옷인 도롱이까지. 짚으로 만들 수 있는 기물들이 이미 만들어졌거나 지금 만들어지고 있었다.

"이건……."

"내가 만들고 있는 것들일세."

"그렇군요……."

"군자는 글 읽는 여가에 울타리를 매고 담을 쌓고 뜰을 쓸고 변소를 치고 말을 먹이고 물꼬를 보며 방아 찧는 일을 해야 한다지. 그래야 근골이 단단해지고 마음도 안정이 된다고 하네."

무산은 예의상 고개를 끄덕였다. 이자는 알고 있을까. 그것이 노비를 가진 군자에게는 하나의 소양이자 택할 수 있는 여가 활동 중 하나겠지만, 노비에게는 당연한 생활이자 거부할 수 없는 노동이라는 것을.

무산은 그를 훑어보며 어떤 사람인지 가늠해 보고자 했다. 무산이 돌멩과 손을 잡고 속였던 이들 중에는 대놓고 횡포를 부리는 양반도 있었지만, 온화한 군자를 표방하면서도 실제로는 음험하기 그지없는 위군자도 있었다. 후자보다는 전자를 속이기가 좀 더 수월한데……. 무산의 시선이 그의 편복포에 잠시 머물렀다. 낡았지만 잘 관리된 무명 철릭이었다.

남인이 아차, 하며 말을 이었다.

"미안하네. 나는 이 집의 가주일세. 본래 사람을 만나면 먼저 자리를 청하고 그 안부를 묻는 것이 예절이라지."

가주는 바닥에 쌓인 짚을 대충 발로 치우고는 들고 있던 멍석을 바닥에 깔았다.

"앉게나."

"예……."

무산은 멍석 위에 앉았다. 헤진 부분을 짚으로 기웠는지 멍석 곳곳에 다른 무늬가 보였다. 가주는 해명이라도 하듯 말했다.

"그 멍석은 내가 직접 만든 게 아니라 기우기만 한 걸세. 대신 다른 건 내가 만들었네."

"네, 그렇군요."

"집안 재산을 잘 관리해 집을 보전하는 것이 녹봉을 구하는 것보다 낫다고 하지 않는가. 그게 우리 가문의 가풍일세."

"네……."

냅뜰성이 있는 양반인가, 아까부터 묻지도 않았는데 별 이야기를 다 하는 것 같았다. 뭐 그게 아무 말 없이 앉아만 있는 것보다는 낫겠지만. 그나저나 과거 준비는 하지 않고 가계만 관리하는 사족이라. 이렇게 알뜰한 사람이라면 재물을 뜯어내기가 쉽지 않겠는데…….

무산이 머리를 굴리는 사이, 그녀의 머릿속을 알 리 없는 가주는 온화한 낯으로 무산을 보았다.

"자형이 무슨 일인지 자세히 말해주지는 않았을 거야. 본래 군자는 언어를 장황하게 쓰지 말아야 하거든. 나도 본론만 간결히 말하겠네. 내가 자네를 부른 이유는 여탐굿을 부탁하기 위해서일세."

"여탐굿이요?"

무산의 두 눈에 이채가 감돌았다. 여탐은 어떤 일에 관해 어르신의 뜻을 미리 여쭙는다는 뜻이었다. 보통은 혼인이나 환갑처럼 큰일을 앞두었을 때 여탐굿을 해 조상의 뜻을 물어보았다.

하지만 이 마을은 조상에게 여탐굿을 하지 않을 것이다. 조상신보다 더 중요한 신을 모시고 있으니까…….

"맞네. 다만 조상신의 뜻을 묻는 여탐굿이 아니라……."

가주가 잠시 머뭇거리는 사이, 무산이 말을 이어주었다.

"왕신의 뜻을 묻는 여탐굿이로군요."

이번에는 가주가 두 눈을 휘둥그렇게 뜨며 무산을 보았다.

"우리 마을이 왕신을 모신다는 걸 어찌 알았나? 자네 스승에게도 그렇게 자세히 말해주지는 않았는데……."

그러더니 아, 하는 얼굴로 말을 이었다.

"마을 어귀에 있는 장승을 보았지?"

"예, 그리고 그 왕신이 손각시라는 것도 압니다."

가주의 두 눈에도 빛이 번뜩였다. 잠시 말을 고르는 얼굴에 진지한 낯빛이 떠올랐다. 조금 전 대화에서는 찾을 수 없었던, 그런 안색이었다.

"하지만 여탐굿은 눈속임일세. 내가 진짜로 원하는 건……."

"벽사로군요."

그렇지 않고서야 석명을 찾아올 리 없었다. 석명은 벽사에 능한 무녀였다. 가주는 왕신으로 모시고 있는 손각시를 내쫓으려는 것이다.

가주는 고개를 끄덕이며 무산을 빤히 보았다. 이번에는 그가 무산의 속내를 가늠하는 듯했다. 무산은 자신을 살피는 가주의 눈빛에서 짙은 불신을 읽었다. 그는 괴력난신을 믿지 않는다. 그런데도 무녀를 데려와 벽사하고 싶어 한다.

"어려운 일이라는 건 알고 있네. 왕신단지를 없애면 큰 화를 당한

다지? 그러니 자네 스승도 몇 번이나 거절했던 거겠지. 내 보수는 섭섭지 않게 쳐줄 것이네. 해줄 수 있겠는가?"

베 스무 필이면 섭섭하지 않은 보수가 아니라 아주 후한 보수였다. 할 수 없어도 할 수 있다고 대답해야 했다. 무산은 입에 침도 바르지 않고 거짓말을 내뱉었다.

"그럼요, 걱정하실 것 없습니다."

가주의 얼굴에 금세 웃음기가 떠올랐다. 어둠을 가르며 솟아나는 여명을 닮은 웃음이었다. 무산은 가주가 괴력난신을 믿지는 않지만, 이번 벽사를 매우 중히 여긴다는 걸 알아챘다. 그렇다면 베 스무 필은 가주 말대로 섭섭하지 않은 보수에 불과할지도 모른다. 쿡 찔러보면 좀 더 줄지도…….

기회를 놓치지 않고 무산은 아주 단호한 목소리로 말했다.

"그때 가져오셨던 베 외에도 쌀 다섯 섬을 추가로 주십시오."

"그때 가져갔던 베가 스무 필이나 된다는 걸 아는가?"

"압니다."

그러자 가주가 웃으며 말했다.

"조선통보는 어떠한가?"

"조선통보 한 문에 쌀 한 되라고 하지만, 실제로 쌀 한 되를 사려면 동전을 열두 문이나 내야 하지요. 가치가 갈수록 떨어지니 받지 않겠습니다."

"셈이 확실한 사람이군."

"손각시가 아닙니까. 그 정도는 받아야지요."

가주는 피식 웃더니 옆에 있던 짚신을 건네주었다.

"마른 짚신을 신고 오래 걸으면 금세 닳기 마련이지. 여기까지 오느라 고생하였네. 이건 내가 주는 선물일세."

"이런 걸 주신다고 해서 쌀 다섯 섬이 없는 일이 되는 건 아닌데요."

"쌀 다섯 섬은 줄 걸세. 이건 내가 주고 싶어서 주는 거고."

무산은 사당 안으로 들어갈 때 섬돌 위에 벗어놓았던, 자기 짚신을 떠올렸다. 많이 닳기는 했다.

무산은 가주가 건네주는 짚신을 받고는 예의상 고맙다고 했다. 가주는 곱게 키운 자식을 내어주는 부모처럼 짚신을 보더니 굳은 얼굴로 말했다.

"자네가 확실히 해주겠다고 하였으니 진짜 본론을 말하겠네. 여탐굿은 자네를 마을로 불러오는 구실에 불과했네. 마을 사람들은 벽사를 원하지 않거든. 벽사 무녀를 데려온 걸 알면 큰 소란이 일어날 거야."

"그래서 아까 눈속임이라고 하신 겁니까?"

"그렇지. 사람들은 자네가 여탐굿을 위해 마을로 온 줄 알고 있으니까. 원래는 이따금 마을을 찾아와 왕신의 살기를 눌러주던 무녀가 있었거든. 그런데 십 년 전쯤 종적을 감췄네. 그 뒤로 마을도 혼란스러워졌지. 결국 모친이 우리에게 맞는 무격을 찾으러 마을 밖으로 나가셨네. 기회는 지금뿐이야."

"……"

"자네 스승이 몇 번이나 거절해서 내가 어찌나 조급했던지. 그때는 모친이 마을 안에 계셨거든. 자형이 마을 밖으로 나가려고 이런저런 핑계를 대야 했지. 그런데 벽사 무녀로 제일간다는 자네 스승을 찾아갔더니 이 일은 자기가 할 수 있는 게 아니라고, 다른 이의 일이라면서 딱 잘라 거절하지 않았겠나. 모친이 마을을 떠나신 날, 자형이 마지막으로 무당골을 찾아간 거라네. 자네 스승이 그때도 거절했다면, 무당골에 있는 사람 중 아무나 붙잡고 데려왔을지도 모르네."

사실 아무나 붙잡고 온 거나 마찬가지였지만, 무산은 굳이 말하지 않았다.

"그래서 마을에 열흘 정도 머물 거라고 하셨군요. 그 안에 끝내야 하니까."

"그렇지. 모친이 돌아오시기 전까지…… 반드시 끝내야 하네."

"자당의 반대에도 굳이 하시려는 이유가 있습니까?"

무산의 의문에 가주는 쓸쓸한 표정을 짓더니 곧 고개를 끄덕였다.

"이제는 내가 가주가 되었으니까. 더는 손각시에게 좌지우지되고 싶지 않네. 사람들이 이대로 살아가도록 그냥 내버려 둘 수가 없어."

"……."

단호한 의지가 드러나는 말이었지만, 얼굴에서는 불편함과 불안함이 엿보였다. 무산은 가주의 말에 담긴 상황의 파편들을 하나로 맞춰보았다.

가주의 부모는 왕신을 믿었다. 금기를 중요시했다. 가주의 부친은 세상을 떠났고, 그가 가주가 되었다. 또한 가문은 조력자였던 무녀를 잃었다. 가주의 모친은 새로운 조력자를 찾으려 마을을 떠났지만, 가주와 그의 자형은 더는 손각시를 모시고 싶어 하지 않는다. 그래서 모친이 마을을 떠난 사이 여탐굿을 핑계로 벽사에 능한 무녀를 데려왔다.

이들은 손각시를 내쫓고 싶어 한다. 그러나 마을 사람들이 반대하는 벽사를 가주가 일방적으로 밀어붙일 수는 없을 것이다.

그런 일을 모친이 돌아오기 전에 급히 해치우겠다니. 그게 생각처럼 쉽게 되겠는가.

"마을 사람들이 반대할 것입니다. 마을에 사는 양민들은 물론이요, 노비들도 반대할지 모릅니다. 어떤 이들은…… 마을을 다스리는 왕신을 지키고 싶어 할 겁니다. 어떤 새에게는 조롱(鳥籠)이 자신을 가둔 감옥이겠으나 어떤 새에게는 안온한 집일 수도 있거든요. 나리께서 밀어붙여 벽사 의식을 치른다 해도, 사람들이 진심으로 기원하지 않으면 소용이 없습니다. 그건 나리도 아시겠지요."

"어찌 되었든…… 반드시 쫓아내야 하네."

"손각시는 잡귀 잡신이 아닙니다. 칼로 위협을 하거나 음식을 조금 떼어 나눠준다고 해서 순순히 물러나지 않아요."

"그럴 수도 있겠지. 하지만 공자께서도 무민지의(務民之義), 경귀신이원지(敬鬼神而遠之)라고 하셨네. 나는 사람의 도리에 힘쓸 뿐이야. 벽사로 왕신을 쫓아낼 수 있다면 좋겠지만, 그렇지 못하더라도 상관없어. 자네 탓을 하지는 않을 거야. 그건 내가 안고 가야 하는 문제니까."

"그 말씀은…….".

"마을 사람들이 왕신이 쫓겨났다고 생각하기만 하면 된다는 거네."

음? 마을 사람들을 속여 달라고, 왕신을 쫓아낸 것처럼 사기를 쳐 달라고 말하는 것 같은데……. 무산은 설마 하는 마음에 반문했다.

"그러니까 더는 왕신이 이곳에 없다고 모두가 생각하게끔, 그렇게 믿게끔 만들어 달라, 이겁니까?"

가주는 진지한 얼굴로 고개를 끄덕였다. 사기꾼에게 사기를 쳐달라고 부탁하는 사람이라니. 다른 무격이 이 말을 들었다면 화를 냈을 것이다. 하지만 자신은 아니었다. 이런 횡재가, 아니, 이런 우연이! 무산은 위로 올라가려는 입꼬리를 애써 가누며 이렇게 말했다. 아직 가장 큰 문제가 남아 있기 때문이었다.

"그것도 제대로 된 의식을 할 수 있어야 가능한 일이지요. 여탐굿을 하러 왔다는 무녀가 갑자기 왕신을 내쫓으면, 마을 사람들이 두고만 보겠습니까? 저를 가만두지 않겠지요."

"그렇지. 그래서 자네가 지금부터 협조를 좀 해줘야겠네. 사당 밖으로 나가면 마을 사람들에게 소문을 좀 내주게나. 가주가 며칠 내내 사당에서 머물며 짚이나 꼬고 있는 것은, 손각시에게 홀려서 그런 거라고. 왕신이 가문을 해하기 시작했으니 반드시 쫓아내야 한다고 말이야."

* * *

무산은 서쪽 담을 넘자마자 자신을 기다리던 두 사람과 마주쳤다. 가주의 자형과 노복이었다. 무산은 엄청난 사실을 알게 되었다는 듯 심각한 얼굴을 하고는 이렇게 말했다.

"죄송하지만 급히 논의할 일이 있어 잠시 해치 아범네로 가야 할 것 같습니다."

가주의 자형은 잠시 묘한 눈빛으로 무산을 보더니 격양된 목소리로 말했다.

"그게 무슨 소리인가! 혹시 처남에게 무슨 일이라도 있는 건가?"

아니, 이 양반은 사기를 쳐본 적이 없나? 처음부터 저런 말을 하면 의심을 사기 마련인데! 그것도 저렇게 어색한 말투로!

무산은 속으로 혀를 차고는 더 이상의 대화는 거절하겠다는 투로 단호하게 말했다.

"지금으로서는 뭐라 자세히 말씀드릴 수 없습니다. 일단은 저와 같이 왔던 판수와 논의해야 할 것 같습니다."

그러자 그는 옆의 노복을 곁눈질하며 말했다.

"무슨 일이기에? 심각한 일인가? 설마, 사당에 계신 왕신과 관련된 일은 아니겠지?"

"급할수록 돌아가라고 하지 않습니까. 워낙 중요한 사안이라 일단은 판수와 머리를 맞대고 방법을 찾아봐야 합니다. 잠시 기다려 주시겠습니까?"

이쯤 되자 그도 눈치를 챈 것 같았다. 흠흠, 하고 헛기침을 연거푸
했다.

"그러지. 그러면 논의가 끝나는 대로 나를 찾아오게나."

가주의 자형은 짐짓 걱정하는 척 돌담 너머를 바라보더니 큰 소리
로 한숨을 내쉬며 자리를 떠났다.

지켜보던 노복의 얼굴이 눈에 띄게 굳었다. 무산은 가주와 그의
자형이 제법 오랫동안 판을 준비해 왔다는 걸, 저렇게 어색한 연기
로도 누군가를 속일 수 있다는 걸 깨달았다. 그렇다면 자신도 좀 더
적극적으로 나설 필요가 있었다. 남은 시간이 많지 않으니까. 가주
의 어미가 돌아오기 전에 모든 일을 끝내야 했다.

노복은 주인이 더 이상 보이지 않자 나지막한 목소리로 물었다.

"혹시 주인 나리께 무슨 일이 생긴 겁니까?"

무산은 입술을 깨물며 고민하는 척하다 먼저 한숨부터 내뱉었다.

"사람들에게 사당 근처로는 얼씬도 하지 말라고 하십시오. 지금
제가 해드릴 수 있는 말은 그것뿐입니다."

"그럼 주인 나리 식사는 어찌합니까? 사당에 틀어박혀 나오지를
않으세요. 식사도 제물(祭物)로 하겠다고 하셔서 요즘 저희가 삼시
세끼 맞춰서 제물을 들여가고 있습니다."

"제물을 먹는다고요? 언제요, 제물을 치울 때요?"

"아니요, 제단에 내려놓기 무섭게 바로 드십니다. 마치 걸신이라
도 들린 것처럼……."

노복은 아차, 하는 얼굴로 입을 다물었다. 무산은 속으로 혀를 내

둘렀다. 사족이 사람을 속이려고 작정하면 이렇게까지 하는구나 싶었다. 다른 것도 아니고 제삿밥을 뺏어 먹다니. 무산은 큰일이라는 얼굴로 노복에게 물었다.

"언제부터 그러셨습니까?"

"며칠 전부터요. 아예 사당에서 기거하십니다."

"……."

"어렸을 때부터 몰래 사당을 드나드셨다는 건 돌아가신 나리만 모를 뿐 마님과 저희는 알고 있었습니다. 하지만 오래 머물지는 않으셨거든요. 돌아가신 나리가 알면 경을 치실 테니까요. 그런데 주인 나리의 혼담이 오간 뒤로 사당에 머무는 시간이 길어졌습니다. 그러다 마님이 마을을 떠나자……."

노복은 더는 말을 잇지 못했다. 무산은 주위를 둘러보곤 속삭이듯 당부했다.

"끼니때가 되면 차라리 저를 부르십시오. 제가 제물을 들여가겠습니다. 그리고……."

무산은 한 걸음 더 다가서 속삭였다.

"마침 제게 복사꽃이 있습니다. 무당골의 수호수인 복사나무에서 따온 게지요. 복사나무가 벽사 나무인 건 아시지요? 무당골 사람들의 치성을 받고 자라난 나무이니 효과는 확실할 겁니다. 그걸 가져다드릴 테니 음식에 넣으십시오. 색과 향이 짙은 음식이어야 합니다. 그래야 그것이 눈치를 채지 못해요. 음…… 그래요, 약식이 좋겠네요."

"벽사? 그것……? 그 말씀은……."

놀라 노복이 목소리를 높이자 무산은 조용히 하라고 손짓했다.

"쉿, 아직은 조심하셔야 합니다. 그것이 듣고 있으니까요. 이제까지는 계단이 없고, 문이 막혀 있어 밖으로 나오지 못했지요. 하지만 가주는 다릅니다. 충분히 오갈 수 있습니다. 가주의 몸을 완전히 집어삼키게 되면, 그때는……."

무산은 일부러 말을 끝맺지 않았다. 잇지 않은 말은 노복의 머릿속에서 저절로 이어졌을 것이다. 그가 가지고 있는 가장 큰 두려움과 함께. 노복의 낯빛이 새파랗게 질렸다.

준비된 배가 바다 위에 떠있으니 살짝 밀기만 하면 되었다.

무산이 밀어낸 배가 스르륵 나가더니 온갖 파문을 일으키며 항해를 시작했다.

* * *

무산은 돌멩을 끌고 숲으로 들어갔다. 마을 경계인 숲에는 좀처럼 사람이 오가지 않았다. 비밀스러운 얘길 나누기에 적당한 곳이었다.

"그래서 그자가 뭐라고 그랬다고?"

"손각시를 내칠 수 있으면 좋겠지만, 내치지 못하더라도 우리 탓을 하지는 않을 거래. 마을 사람들이 손각시가 사라졌다고 믿는 게 제일 중요하다나."

돌멩은 기가 찬다는 듯 혀를 쯧쯧거렸다.

"그래도 이번 가주는 정신이 멀쩡한가 보네."

"정신이 멀쩡해 보이지는 않던데……."

"내가 그사이에 덕주 어멈이랑 얘기를 나눴는데……."

"누구?"

"덕주 어멈 말이야. 왜 있잖아, 해치 네서 서른 걸음 정도 걸어가면 칡 냄새 많이 나는 집이 나오잖아. 그 집 어멈."

"전혀 모르겠는데."

"네가 그렇지. 서낭당에 있는 돌무덤도 너보다는 사람에게 관심이 많을 거야."

돌멩이 한심하다는 얼굴로 보았다. 앞이 보이지 않으니 무산을 볼 수 없는데도, 무산은 때때로 돌멩이 자신을 보는 것 같다고 생각했다. 외면이 아닌 내면을 꿰뚫어 보는 것 같달까. 특히 한심하다는 듯 바라볼 때는 소름이 끼칠 정도였다.

물론 이번에는 조금 다른 의미로 소름이 끼쳤다. 하루 만에 마을 사람들과 이렇게 친해지다니. 정말 놀라운 친화력이었다.

돌멩이 이야기보따리를 풀어놓기 시작했다.

"아무튼 그 집에서 들었어. 이 마을 손각시에 관한 이야기."

그 속에 담긴 건 왕신이나 손각시 혹은 처녀 귀신이라고 불리던, 미리라는 이름을 가진 한 여인의 삶과 죽음이었다.

* * *

지금의 가주가 태어나지도 않았을 때, 가주의 어미가 마을의 유일한 아씨로 있었을 때 일이었다.

그때 마을은 지금처럼 폐쇄적이지 않았다. 마을의 길목을 가린 울창한 수풀도 그때는 없었다. 대신 그 자리에는 마을 입구를 알려주는 나무 장승이 서 있었다. 그렇기에 괴한에게 쫓기던 소녀도 그 안으로 도망쳐 올 수 있었다.

제비부리 모양으로 접힌 붉은 댕기가 잔뜩 흐트러진 채 머리카락과 함께 휘날렸다. 머리카락과 함께 땋지 않았더라면 진작에 저 멀리 날아갔을 것이다.

괴한의 커다란 손이 검고 붉은 댕기 머리를 막 붙잡으려 할 때, 화살 하나가 바람을 가르며 날아와 괴한의 손에 꽂혔다.

소녀는 괴한의 비명을 뒤로한 채 사력을 다해 달렸다. 그 달음박질 끝에는 다른 소녀가 있었다. 철릭을 입고 검은 중립을 쓴, 등에 화살통을 메고 커다란 활을 들고 있던 소녀였다.

사냥놀이를 하러 숲으로 들어섰던 소녀는 도망치는 소녀와 그 뒤를 쫓는 괴한을 보고 주저 없이 화살을 날렸다.

소녀가 다른 소녀를 구해준 것이다. 차라리 이렇게 끝났다면 모두에게 좋았을 텐데, 두 사람의 인연은 여기서 그치지 않았다. 아씨가 구해준 건 괴한에게 쫓기던 소녀가 아니라 추노객에게 쫓기던 노비였다. 소녀는 자신이 노비가 아니라 납치된 양인이었다고 했지만, 이를 증명할 수는 없었다. 소녀를 데려가겠다는 추노객의 성화에 아씨는 대체 무슨 생각을 한 건지 값을 치러주었다. 노비의 몸값과 화살값을 주었다. 손을 꿰뚫은 화살의 값.

마을 사람들은 이 일을 두고 이렇게 말하곤 했다. 그날 마을에는 쏜 살과 함께 저주의 씨앗이 심어졌던 거라고.

그렇게 미리라는 이름을 가진 소녀는 이 가문의 솔거노비가 되었고, 아씨는 그 아이의 주인이 되었다. 미리는 아름다웠다. 아씨만큼이나, 어쩌면 아씨보다 더. 미리도 그걸 알고 있었다. 그래서 점점 영악하게 굴었다. 한낱 노비가 반가의 여식인 아씨와 친우가 될 수 있다고 믿으며 허물없이 지냈다. 미모로도 지고 싶지 않았는지 미리는 아씨를 만날 때마다 몸을 단장했다. 몸을 단장한 미리는 아씨처럼 화려하지는 않았으나 매우 수려하였다.

마을 사람들은 분수를 모른다며 눈살을 찌푸렸지만, 아씨는 개의치 않았다. 아이고, 우리 아씨. 사람이 저렇게 착해서야. 저러다가 기어오를 터인데. 사람들의 걱정에도 아씨는 미리를 아꼈다. 그래서 미리에게 이런저런 패물을 내어주었다. 은은한 향을 내뿜는 각향 노리개나 금박을 찍어 장식한 댕기, 소뿔로 만든 빗치개까지. 미리는 곧 아씨처럼 화려해졌다.

차라리 미리가 이성이었더라면 좋았을 것을. 그러면 남녀유별을 구실로 갈라놓을 수라도 있었을 텐데.

마을 사람들은 미리를 경계하고 아씨를 걱정했다. 그러나 가문 사람들은 이를 문제라고 보지도 않았다. 신분이 유별했기 때문이었다. 미리는 노비고, 자기 여식은 사족이니까. 미리가 아무리 날뛰어봤자 제 여식을 뛰어넘을 수는 없었다. 혹시라도 오만방자하게 군다면 다른 곳에 팔아버리면 그만이었다. 오히려 가주는 네가 저 아이를 아끼니 곁에 두고 지내라면서 미리를 측근으로 삼아 곁에서 보필하노록 했다.

몇 달이 지나고 몇 년이 지났는데도 미리와 아씨는 사이가 좋았다. 반면에 지켜보는 마을 사람들의 시선은 여전히 곱지 않았다. 지금은 미리가 웃는 낯으로 아씨를 대하지만, 언젠가는 가면을 벗고 본색을 드러낼 거라고 걱정했다. 이들의 수군거림은 곧 현실이 되었다. 아씨의 혼담이 오가면서 두 사람의 관계가 틀어진 것이다.

혼담의 물꼬를 튼 건 매파가 아니라 아씨의 오라비였다. 그는 다른 사내들처럼 혼인 후 췌거(아내의 본가에 들어가 사는 것)하고 있었는데, 처가가 있는 한성부에 둥지를 틀었기에 고향으로 돌아오고 싶어 하지 않았다. 이대로 쭉 한성부에 머물고 싶어 했다. 그렇게 되려면 자기가 아닌 여동생이 마을을 관리해야 했다. 고향에 남아 가문을 이어야 했다. 그래서 문안 인사를 드리러 본가로 돌아오면서 무턱대고 친우를 데려왔다. 사실상 신랑감을 소개한 거였다.

그런데 아들 친우를 본 가주가 정말로 남자 측 가문에 혼담을 넣어버렸다.

나름의 이유는 있었다. 가세가 기우는 가문의 사람이었으나 성품이 인자하면서도 학식이 뛰어났으며 외모도 수려했다. 또한 차자였다. 평생 처가살이를 해도 상관없었다.

혼담을 넣은 가주는 가연(집안 잔치)을 핑계로 여식과 그를 서로 만나게 했다. 그는 아씨를 보고 얼굴을 붉혔고, 미리는 넋이 나간 얼굴로 그를 훔쳐보았다. 사람들은 미리가 남인을 보고 반했다고, 아씨 것을 탐하더니 결국 아씨의 남인마저 탐한다고, 이제 곧 가면을 벗을 거라고 수군거렸다.

미리가 정말로 그 남인을 마음에 두었는지는 알 수 없었으나 그가 미리의 마음에 있는 무언가를 건드린 것은 확실했다. 미리는 자기가 아무리 예쁘게 꾸며도 아씨가 될 수 없다는 걸 깨달았다. 자신은 노비였으니까. 사족인 아씨는 수려한 남인과 혼인하게 될 것이다. 하지만 자기는 아무리 노력해도 사족이 될 수 없었고, 마음에 둔 이와 혼인할 수도 없었다. 그럴 리는 없겠지만 혹시라도 아이가 태어난다면, 그 아이조차 노비의 신분에서 벗어날 수 없을 것이다.

마침 가문은 노비 소유권을 두고 다른 가문과 다투고 있었다. 가문의 외거노(外居奴)가 다른 가문의 비(婢)와 혼인해 아이를 낳은 것이다. 노비수모법을 따라야 하니 태어난 아이는 노 주인이 아닌 비 주인의 소유였다. 하지만 그 아이를 키우는 데는 분명 아비인 노의 노력도 들어갈 터였다. 그래서 가문은 다른 가문에게 그 노력의 값을 배상하라면서 소송을 걸었다.

어디 그뿐이던가. 마을 사람들에게도 함부로 다른 가문의 노비와 혼인하지 말라면서 엄포를 놓았다. 이들에게 노비는 식솔이 아니라 가축이었으니까.

현실을 깨달은 미리는 좌절했다. 질투에 휩싸이기도 했다. 그래서 미리는 아씨를 괴롭혔다. 불처럼 화를 내다가도 얼음처럼 차갑게 돌변했다. 어찌나 시달렸는지 활기차고 강인했던 아씨의 두 눈에 눈물 마를 날이 없었다. 결국 보다 못한 가주가 불호령을 내리며 미리를 곳간에 가뒀다.

가여운 아씨. 마음씨가 비단결이었던 아씨는 그렇게 당했으면서도 광에 갇힌 미리를 꺼내 달라며 가주에게 매달렸다고 한다. 미리를 위해 간청했던 이는 아씨 한 명뿐이었다. 가문 사람들은 어디서 감히 노비 따위가, 하며 미리를 괘씸히 여겼고, 마을 사람들은 미리가 반상의 법도를 어지럽힌다며 처벌을 달가워했다.

이때 사람들은 몰랐을 것이다. 자기 마음속에 제 손으로 씨앗을 하나씩 심었다는 것을.

그것은 언젠가 발아해 두려움이라는 형상을 갖출 터였고, 마음에 깊이 뿌리박을 터였다.

마음과 몸을 뒤덮고 마을을 집어삼키며 커다랗게 자라날 터였다.

며칠 뒤 어느 깊은 밤이었다.

행랑채에 사는 노복 하나가 소피가 마려워 뒷간을 가다가 샛담 너머에서 이상한 걸 보았다. 별채 대청마루 깊숙한 곳, 윗방 분합문 앞에 무언가 있었다. 소리를 엿듣는 듯 문에 귀를 댄 채 두 눈에 괴이한 빛을 번뜩이는 여귀였다. 혼비백산한 노복은 곧장 도망쳤다.

그 뒤로도 목격담은 몇 번이나 이어졌다.

결국 가문 사람들 귀에도 이 소문이 들어갔다. 별당 윗방이 누가 머무는 곳이던가. 여식과 곧 혼례를 올릴 남인이, 장차 아씨와 함께 가주가 될 사람이 머무는 곳이었다. 가문 사람들은 크게 분노했고, 그날 밤에 마을 사람들의 외출을 금했다. 함부로 외출하면 귀신이 붙는다는 귀신날처럼 모두 방에서 꼼짝도 하지 말라고 했다.

마을 사람들은 그날 밤 어떤 일이 있었는지 자세히 알지 못했다. 바람결에 희미하게 전해지는 비명과 통곡 소리를 들으면서 유추할 뿐이었다. 지금 이 마을에 귀신처럼 무서운 일이 벌어지고 있다고.

다음 날, 창고에 갇혀 있던 미리가 숨을 거둔 채 발견되었다.

누군가는 미리의 오만방자함에 분노한 가주가 목숨을 거둔 게 아니냐며 입방아를 찧었고, 누군가는 미리가 숨을 거둔 건 그 전일지도 모른다고 말을 보탰다.

모두가 미리에 대해 수군거렸다.

미리의 죽음은 그렇게 소문이 되어 마을에 퍼지다가 곧 잠잠해졌다. 그들은 미리의 죽음을 진심으로 슬퍼하지 않았으니까. 빨리 잊고 싶어 했다. 하지만 미리는 이대로 사라지려 하지 않았다.

마을 곳곳에서 괴이한 일이 벌어지기 시작했다.

밤이면 알 수 없는 소리가 울려 퍼졌다. 여인의 비명 같기도 했고, 통곡 같기도 했다. 낮에는 빈방에서 소리가 나기도 했다. 멀쩡하던 장독이 하룻밤 사이에 느닷없이 깨져 있고, 사람들의 크고 작은 부상이 이어졌다. 절대 꺼지지 말아야 하는 불씨마저 꺼졌을 때는 소문에 모르쇠로 일관하던 가주마저 당황했다.

그것이 손각시가 되어 돌아왔다.

마을 사람들은 모두 겁에 질렸다. 분합문 앞에 앉아 소리를 듣던 여귀의 모습을 기억하고 있었기에 함부로 외출하지도, 소리를 내지도 않았다. 특히 해가 졌을 때는 불어오는 바람에도 소스라치게 놀라고, 창호지를 뚫고 전해지는 달빛에도 심란해했다. 그 두려움이 어찌나 컸는지 아씨의 혼약도 없던 일로 해야 하는 게 아니냐는 볼멘소리까지 나왔다.

미리는 아씨의 혼인을 싫어했으니까. 혼인하지 못하고 죽은 손각시는 산 자의 혼인을 싫어하니까.

그러니 혼인은 손각시가 된 미리의 역린이었고 이제 이 마을의 동티였다.

사람들의 추측이 옳다고 증명이라도 하듯 아씨는 갈수록 몸이 좋지 않았다. 잘 먹지도, 자지도 못했다. 파리하게 말라가는 모습을 보자니, 곧 송장이 될 것만 같았다.

결국 보다 못한 가주가 무녀를 데려왔다. 조선 팔도 제일간다는 흑무였다.

달빛처럼 서늘한 기운을 지녔던 무녀는 마을을 둘러보고는 저택 서북쪽에 사당을 짓게 했다. 그러고는 그 안에 신체(神體)를 봉안했다. 왕신단지였다. 그렇게 손각시는 왕신이 되었다.

흑무는 다 죽어가는 아씨에게 혼례복을 입혀 사당에서 지내게 했다. 귀한 여식을 왕신에게 제물로 바칠 수는 없다며 가문 사람들이 반대했지만, 그게 싫으면 장례를 치르라는 말에 더는 입을 열지 못했다. 대신 가문 사람들은 남인의 눈치를 보았다. 여식이 입고 있는 옷은 본래 그와의 혼례식에서 입어야 할 옷이었으니까. 하지만 남인은 개의치 않았다. 그는 정말로 아씨를 연모했다.

사람들의 걱정과 달리 아씨는 며칠 뒤 건강을 되찾았다. 잘 웃었고, 잘 먹었다. 그러자 무녀도 주기적으로 찾아와 왕신의 상태를 살펴보겠다는 말을 남기고는 마을을 떠났다.

그 뒤로 마을은 평화로워졌다.

아씨는 혼례를 치렀고, 남인은 그냥 손님이 아니라 백년손님이 되었다. 하지만 평화는 오래가지 않았다. 몇 년 뒤, 어떤 외거노비가 세를 내러 가문을 찾았다가 솔거노비와 눈이 맞은 것이다. 둘은 같이 살고 싶어 했지만, 가주는 불편한 기색을 내비쳤다.

처음에는 마을 사람들도 그 이유를 몰랐지만, 곧 가주가 무엇을 걱정한 것인지 알게 되었다. 왕신이 분노한 것이다.

불어오는 바람에 여곡성이 전해지고, 멀쩡하던 두레박이 쪼개졌다. 예전처럼 다시 기이한 일들이 이어졌다. 결국 가주는 사당의 계단을 없애고 문을 막았다. 금기도 그때부터 생겨났다. 가끔은 마을 사람이 이해할 수 없는 금기도 있었지만, 왕신이 원하는 거라는 가주의 말에 누구도 반박할 수 없었다.

그렇게 미리는 마을의 진짜 왕신이 되었다. 왕처럼 모셔지는 신이 되었다. 다만 성군이 아니라 폭군이었다. 폭군이 되어 마을을 지배한 것이다.

* * *

돌맹의 말이 끝난 지 오래였지만, 무산은 무슨 생각을 하는지 잠잠했다. 이리 생각해 보고 저리 생각해 보다가 이렇게 말했다.

"미리는…… 아씨를 사랑했던 건가?"

돌멩은 고개를 끄덕였다.

"그랬겠지. 마을 사람 중에는 그렇게 생각하는 이가 아무도 없었겠지만. 다들 미리가 신분이 높은 아씨를 질투했다고, 그래서 아씨의 남인까지 마음에 품었던 거라 여겼을 거야."

"그렇겠지……."

사람들은 늘 그런 식이었다. 남주인이 총애하던 젊은 비(婢)가 시신이 되어 가택 밖에서 발견되면, 사람들은 그녀를 시샘했던 여주인이 죽인 게 확실하다고 생각했다. 그런 일이 아예 없었던 건 아니었지만, 매번 그랬던 것도 아니었는데도.

사실 흉수는 누구든 될 수 있었다. 심기가 뒤틀렸던 남주인일 수도 있고, 남주인의 총애를 받는 게 부러웠던 노(奴)일 수도 있으며, 우연히 길을 지나다 마주친 사람일 수도 있었다. 여주인이 시샘했던 사람도 사실은 젊은 비가 아니라 비를 총애하던 남주인일 수도 있었다.

어느 것이 진실인지 누가 확신할 수 있단 말인가. 증좌가 있다면 또 모르겠지만.

미리가 광에 갇혀 굶어 죽은 게 아니라 그날 밤 누군가에게 죽임을 당했던 걸지도 모르는 것처럼 증거가 없는 이상 아무것도 확신할 수 없었다. 흉수는 가주일 수도 있고, 아씨의 오라비일 수도 있으며, 혼인을 기대하던 손님일 수도 있다. 심지어는 아씨일 가능성도 있었다.

그걸 어찌 한쪽 이야기만 듣고 알 수 있겠는가. 가장 중요한 희생

자의 목소리를 들을 수 없는 것을.

생각이 여기에 닿자 무산은 마음이 저릿해졌다.

왜 그 아이는 내게 홍수를 알려주지 않았을까…….

그때 미간을 찌푸리던 돌멩이 입을 열었다.

"그런데 덕주 어멈 말만 들으면 금기라는 게 너무 늦게 생긴 것 같지 않아? 무녀가 해준 말도 아니잖아. 왕신단지를 모신 뒤에 아씨가 혼인했다면…… 그랬는데도 별일이 없었던 걸 보면, 손각시도 어느 정도 해원(解冤)했던 것 같은데."

"웅? 응. 그렇지. 어쨌든 금기는 가주의 입에서 나온 말이니까 그걸 다 믿을 수는……."

무산은 내뱉던 말을 끊었다.

왕신.

금기.

혼인.

노비.

노비수모법.

가축.

가산.

통제.

아, 그렇네. 그 금기로 덕을 보는 이가 있었다. 왕신 말고 멀쩡히 살아 있는 사람 중에서.

"그렇다면…… 금기는 가주가 만든 건가?"

"뭐? 가주가? 왜?"

돌멩의 반문에 무산이 고개를 끄덕이며 말을 이었다.

"맞아, 가주가 그런 거야. 가문의 이익을 위해서. 그래야 노비들의 혼인을 통제할 수 있으니까. 여기 마을 노비들은 양인과 혼인했다고 했지?"

"어, 맞아!"

원칙적으로 양인과 천인은 통혼할 수 없었다. 그것이 나라의 법도였다. 하지만 나라가 무슨 수로 두 사람의 마음을 가르고, 혼인을 막을 수 있겠는가. 나라님도 모든 걸 막을 수는 없었다. 그렇기에 왕신의 금기로 이루어진, 이 폐쇄적인 마을이 무릉도원이 될 수 있었다. 가주는 그런 사람들의 마음을 교묘하게 이용했다.

양인이 늘어나면 국고가 채워지고, 천인인 노비가 늘어나면 주인의 곳간이 채워진다. 이건 종부종모법, 천자수모법, 노비종부법 등 제도의 이름이 바뀌고 그 형태가 바뀌더라도 절대 변하지 않았다. 양반들은 시종일관 노비의 자식을 가지고 재산을 증식했다. 교묘하게 법을 피해 가거나 불법을 저지르기도 했으며, 일천즉천(一賤則賤)을 빌미로 아이의 소유권을 가져가기도 했다.

"그 사이에서 태어난 아이들은 모두 가문의 차지니까. 심지어 한쪽 부모인 양인의 도움으로 가문의 노비가 될 아이를 키우는 거잖아. 일석이조였겠네. 어쩐지…… 금기가 이렇게 많은 데도 사람들이 반발하지 않더라니. 왕신을 내쫓는 것도 내키지 않아 하고."

"아니, 그게 무슨 소리야. 혼자 결론을 내리지 말고 차근차근 설명해 줄래?"

"여기 노비들은 왕신의 금기 때문에 주로 양인과 혼인하잖아. 근데 양인과 천인이 혼인해서 자식을 낳으면, 그 자식은 천인이 되는 거야. 부모 중 한쪽이 천인이면 그 자식도 천인이라고 해서 일천즉천이라고 하거든. 즉 가문의 재산이 되는 거지. 물론 이것도 나라에 안 걸렸을 때 얘기고, 걸리면 상황이 달라지지만."

"어떻게 달라지는데?"

"사노비였던 아이가 국고로 환수되어 공노비가 될걸?"

"뭐?"

"어쨌든 양인이 될 수는 없어. 뭐, 양인 중에서도 사족이라면 선왕 때 종부법이 있었으니 양인이 될 수 있었겠지만. 근데 여기 사는 양인들이 양반은 아닐 거 아니야. 농민이겠지. 아마 갈 곳 없는 유민이었을 걸? 외출이 자유로운 가문 사람들이 그런 유민들만 밖에서 데려와 노비와 혼인시켰을 테고. 그래서 다들 쉬쉬했던 거야. 양인은 겨우 찾은 거처에서 쫓겨날 수 없었을 테고, 노비는 자식을 공노비로 만드느니 자기가 잘 아는, 그나마 좋은 주인이 있는, 이제껏 살아온 곳에서 키우는 게 낫다고 생각했던 거겠지."

"……"

"해치네 집 세간살이 봤어? 아, 미안. 넌 못 보지. 초가삼간이긴 해도 세간살이가 제법 많았어. 다른 집들도 마찬가지였고. 평소에 섭섭지 않게 챙겨줬을 거야. 그러니 저들은 이런 속셈을 가진 가문일 거라고는 생각도 못 했겠지. 의심도 안 했겠지."

"잠깐, 나 머리가 아파지기 시작하는데……."

"그러니까 그 가주라는 작자가 노비들의 혼인으로 가산을 늘리려고 일부러 금기를 만들어서 퍼뜨린 거라고. 아까 가주가 사당에서 그랬거든. 뭐야, 그 표정은. 왜 놀라? 아, 죽은 가주 말고 살아 있는 애 말이야. 왕신 사당에서 짚 꼬는 애. 걔가 그러더라, 녹봉을 버느니 집안 재산이나 잘 관리해서 집을 보전하는 게 여기 가풍이래. 난 또 재물을 아끼라는 말인 줄 알았지. 그 집안 재산이라는 게 노비를 가축처럼 키워 수를 불리는 걸 의미할 줄이야."

"그러면 혼인에 대한 금기도 가주가 만들어 낸 거고, 마을 밖으로 나가거나 숲에서 조용히 해야 한다는 것도 다 가주가 만들어 낸 거라고?"

"그렇지. 괜히 외지인이 들어와서 유숙이라도 하면 곤란하니까. 아직 혼인하지 않은 사람들은 금기로 묶어둔 거고, 혼인한 사람들을 사실상 금기로 지켜준 거야. 첫날에 여기 왔을 때, 뭔가 이상하다고 생각했거든. 해치 아범이 석장승을 지나는데 안도의 한숨을 내쉬었거든. 마치 마을로 돌아와서 다행이라는 것처럼……. 석장승 표정이 인자한 것도 그렇고. 왕신의 역할이 두 가지라서 그런 거였어. 금기로 옭아매고, 금기로 지켜주고."

돌멩은 손가락으로 자기 입술을 툭툭 치며 제 생각을 꺼냈다.

"그런데 지금의 가주는 왜 사람들을 속이면서까지 왕신을 내쫓으려고 하지? 자기 밥그릇을 발로 차는 거 아닌가?"

"그게 자기 밥그릇이라는 걸 모르니까. 자기가 차린 밥상이 아니잖아. 외조부가 차린 밥상이지."

돌멩은 어이가 없다는 듯 콧바람을 내뿜더니 지팡이로 땅을 쿵 치며 말했다.

"그 밥상 제대로 엎어야겠다. 완전 나쁜 놈들이잖아?"

돌멩의 분노에 무산은 씁쓸하게 웃었다.

정말 그럴까? 왕신의 금기로 보호받고 있다고 생각하는 사람들도 그렇게 생각할까?

왕신이 사라진다면, 더 큰 두려움에 시달리지 않을까?

새장 안에 갇힌 새는 자기가 사는 곳이 감옥인지 집인지 구분할 수 없으니까. 자기가 하늘을 나는 새고, 새장은 사람이 새를 가두기 위해 만든 물건에 불과하다는 것을 알아야만, 그래야 제대로 선택할 수 있을 것이다. 새장에 남을지, 밖으로 나갈지를.

하지만 무산은 사람들에게 굳이 이를 알려주지 않을 생각이었다. 그게 자신과 무슨 상관인가. 사기꾼에게 사기를 쳐달라고 했으니 열심히 사기나 치면 그만인 것을. 재물만 벌면 그만인 것을. 괜히 밝혔다가는 저만 피해를 볼지 몰랐다.

한참을 씩씩거리던 돌멩은 콧김을 내뿜으며 물었다.

"그래서 가주에게 얼마를 받기로 했다고?"

"베 스무 필에 쌀 다섯 섬."

"이야……. 엄청난데."

"엄청나지. 그리고 다 내 덕이야. 그래서 말인데 나 육 할에 너 사 할이 좋을 것 같아."

* * *

젊은 가주의 혼담이 오간 뒤로 왕신이 분노한 것 같다. 처음에는 가수가 이상해졌다. 예전에는 가내 살림은 물론 마을 대소사도 살뜰히 도맡았는데, 언제부턴가 두문불출하며 짚만 꼬았다.

그다음은 가택이었다.

멀쩡하던 장독대가 하룻밤 사이에 깨져 있고, 잠긴 곳간에서는 이상한 소리가 들린다. 그리고 이제 마을에서도…….

깊은 밤이면 누군가 마을을 배회하는 것 같다. 사방에 귀를 기울이며 소리를 찾는다.

그것이다.

이십 년 전처럼 **그것**이 돌아왔다.

계단을 없애고, 문을 막았는데, 대체 어떻게 나온 걸까.

십 년 넘게 살기를 눌러주지 못해서 그런 걸까.

결국 마님이 왕신의 살기를 눌러줄 무녀를 찾으러 마을 밖으로 나갔다.

그런데 **그것**이 눈치를 챈 것 같다. 가주의 상태가 급격히 나빠졌다. 아예 사당에 기거하면서 왕신에게 바치는 제물을 먹는다. 왕신이라도 된 것처럼.

보다 못한 가주의 자형이 혼인 여탐굿을 해줄 무녀를 데려오겠다며 해치 아범을 데리고 무당골로 나갔다.

그런데 무당골에서 데려온 무녀가 무서운 말을 했다.

가주가 **그것**에게 완전히 먹히면 **그것**이 자유롭게 오갈 수 있다고.

마을을 배회하며 소리를 찾던 누군가는 가주였던 걸까.

이제껏 **그것은** 가주를 노린 적이 없었다······.

왜 이번 가주를 집어삼키려고 하지? 가주를 마음에 품었나?

그렇다면 여탐굿도 소용이 없을 것이다. **그것**은 절대 허락하지 않을 것이다.

그것은 분노해 우리를 해칠 것이다. 더는 우리를 지켜주지 않을 것이다.

마을을 지키려면 왕신을 쫓아내야 한다. 분노한 손각시를 내쫓아야 한다.

그것을 내쫓고, 모두가 조용히 지내면 된다.

그럼 쫓겨난 왕신도 우리를 찾을 수 없을 테고, 바깥 위험도 우리를 침범할 수 없다.

무녀도 말했다. 조용히 하라고, **그것**이 듣고 있다고.

* * *

사당 안에 들어온 무산은 제기 위에 쌓인 약식을 홀랑홀랑 먹어 치웠다. 정말 오랜만에 먹는 약식이었다. 조금 전, 담 너머에 있는 노비로부터 제물을 넘겨받았을 때, 무산은 아차 싶었다. 색과 향이 강한 음식을 생각하다가 자기도 모르게 약식을 언급했던 것이다. 약식이라니. 약식만큼은 먹지 않으려고 하였는데······. 그러나 칠 년간 외면했던 음식이 눈앞에 놓이자, 무산은 그 유혹을 노서히 이겨낼 수가 없었다. 게다가 가주가 먼저 권하기까지 했다. 무산이 뚫어져라 쳐다보고 있어서 예의상 물어본 거겠지만.

어차피 가주는 앞으로 보지 않을 사람이 아니던가. 이 사람 앞에서는 약식을 먹어도 상관없겠지. 딱 오늘만. 오늘 하루만. 앞으로는 절대로 먹지 않을 거야.

그렇게 다짐한 무산은 결연한 눈빛으로 약식을 들이켜듯 먹었다. 그 결과, 오늘 점심을 모조리 빼앗기게 생긴 가주는 점점 초조해졌다. 그러나 대접을 소홀히 하는 인색한 가주가 되고 싶지는 않았던 가주는 헛기침하며 이렇게 물을 뿐이었다.

"며칠 뒤에 벽사 부적을 쓰겠다고? 자형은 뭐라고 하던가?"

입안 가득 약식을 문 채로 무산이 어깨를 으쓱하며 대답했다.

"제가 당부한 대로 준비하겠다고 했습니다. 부적을 쓰려면 재료가 있어야 하니까요."

"뭐가 필요한데?"

"태워서 먹는 부적이면 괴황지랑 주사(朱砂)를 준비하면 되고, 가지고 다니는 부적이면 괴황지와 송연묵(松煙墨)을 준비하면 됩니다."

"주사? 그건 명나라에서 공물에 대한 답례로 보내주는 것 아닌가. 그걸 어찌 구해?"

"못 구하지요. 국무(國巫)가 아니고서야 못 구합니다. 대신 동물의 피를 쓰면 됩니다. 제일 좋은 건 닭 피지요. 주사의 또 다른 이름이 계혈옥(鷄血玉)이거든요."

"그렇다면 종이와 닭 피, 송연묵을 준비하겠군."

"예. 그리고 마을 사람들 입단속을 시키겠지요. 부적을 쓸 때 주변에서 소란을 피우면 안 된다는 게 다섯 금기 중 하나거든요."

어느새 제기를 깨끗하게 비운 무산이 소매로 입술을 쓱 닦고 일어나 사당을 살펴보았다. 가주의 시선이 텅 빈 그릇에 머물렀다. 배가 아우성을 쳤다. 참자. 인(仁)은 곧 인(忍)일지니. 참아야 하느니라. 가주는 두 눈을 질끈 감으며 되물었다.

"다섯 금기? 그건 무엇인가?"

"원래는 알려드리지 않는 것인데, 약식에 대한 답례라 생각하고 자세히 설명해 드리지요."

"⋯⋯."

"첫째, 임신한 여인의 손에 닿으면 안 된다. 어떤 법사들은 임신한 여성이 불길하고 부정해서 그렇다고 우기던데, 저는 반대라고 생각합니다. 삼신할미가 태아를 보호하고 있기에 다른 천지신명이 힘을 쓸 수 없는 게지요. 둘째, 부적에 더러운 것을 묻히지 말라. 이건 너무 당연하니 따로 설명할 필요가 없겠지요."

가주가 고개를 끄덕이자 무산은 말을 이었다.

"셋째, 주변 사람이 소란을 피워서는 안 된다. 이건 아까 이야기했으니 넘어가고요. 넷째, 불합한, 즉 맞지 않는 부적을 쓰면 안 된다. 이것도 크게 두 가지로 나눌 수 있습니다. 하나는 내 마음에 맞지 않는 것이지요. 필체가 마음에 들지 않는다든지, 농담(濃淡)이 애매하다든지. 그림을 그린 화공 본인도 흡족해하지 않는데, 어찌 그 그림이 다른 이의 마음을 움직일 수 있겠습니까. 부적도 똑같습니다. 무격의 마음에도 들지 않는데, 천지신명의 마음에는 어찌 들겠습니까? 그리고 다른 하나는 부적의 뜻이 상황과 맞지 않는……."

그때 왕신단지를 올려놓은 시렁 아래를 살피던 무산이 두 눈을 가늘게 떴다. 어느새 경청하던 가주가 끊어진 말을 물었다.

"상황이 맞지 않는다고? 어찌 맞지 않는데?"

무산은 시렁 아래에 붙은 부적을 오래 살펴보다 허공에 검지로 무언가를 쓰기 시작했다. 부적에 적힌 것을 외우려는 것 같았다.

"……이보게?"

가주가 몇 번 더 부르자 무산은 그제야 다시 화제로 돌아갔다.

"전혀 맞지 않는 부적을 쓴 겁니다. 축귀를 하겠다면서 귀를 부르는 초혼부(招魂符)를 쓴다면 큰일이 나겠지요?"

가주는 고개를 끄덕이며 말했다.

"그렇겠지. 그러면 마지막은?"

"다섯째, 제단을 지저분하게 하지 말라. 더러운 걸 묻히는 사람들이 생각보다 많거든요. 이러면 천지신명이 도와주기는커녕 노하여 화를 내신다고 하지요."

"자네는 그런 걸 어디서 배운 건가?"

"석명 무녀에게 배웠습니다. 예전에 석명이, 아니, 스승님이 명나라에 간 적이 있거든요. 거기서 명나라 법사에게 부적 쓰는 법을 배웠습니다. 그러니까 관리로 비교하자면, 스승님은 조천사(朝天使, 명나라에 보내는 사신)였던 게지요. 거기서 배워온 비방입니다."

사실 석명은 명나라는커녕 평안도 위로 올라가 본 적도 없는 사람이었다. 석명에게 다섯 금기와 일곱 경계를 알려준 건 무산이었다.

무산은 부적 쓰는 법을 궁에서 익혔다. 삿된 술수를 쓰는 이를 감찰하려면, 삿된 술수가 무엇인지도 알아야 했다. 무산은 주사의 유명 산지인 명나라 진주부(辰州府) 법사들이 쓴 서책을 읽으면서 부적을 공부했다. 궁정상궁이 주기적으로 시험을 보게 하였는데, 하나라도 틀리면 서책 전체를 필사시켰기에 기를 쓰고 외워야 했다.

그때는 그게 너무 싫었는데……. 세상일이라는 건 참으로 알 수가 없었다. 지금은 그 덕을 보고 있으니.

가주가 말했다.

"비방이면 비밀일 터인데, 내게 다 말해줘도 되는 건가?"

무산이 씁쓸하게 웃으며 대답했다.

"나리에게 알려주는 게 뭐 어때서요. 나리가 그걸 안다고 무격이 되실 리는 없으니까요. 무격은 직업이 아니라 신분인 것을요."

무산은 손바닥을 마주치며 손을 털더니 제기가 놓인 쟁반을 들었다.

"덕분에 잘 먹었습니다. 잠시 기다려 주십시오."

가주가 걱정하는 목소리로 물었다.

"해치 아범의 대접이 소홀하던가?"

"예?"

그게 무슨……, 아…….

무산은 능청스럽게 대답했다.

"그럴 리가요. 나리를 닮아서 대접에 소홀함이 없습니다."

"그런데 어찌 음식을 그렇게 급히…… 내가 탓하려는 것은 아니네."

"아, 이거요?"

무산은 빈 제기를 가리키며 말을 이었다.

"나리는 이거 드시면 안 됩니다. 안에 복사꽃이 들었거든요. 축귀를 하는 꽃인데 나리가 이걸 드시고도 멀쩡하면 다들 의심하지 않겠습니까. 약식 냄새를 맡자마자 갑자기 먹지 않겠다며 사당 밖으로 내던졌다고 할 겁니다. 노복도 애써 만든 약식이 마당 위로 떨어져 새먹이가 되었다고 생각하겠지요. 제 배 속에 있다는 걸 어찌 알겠습니까?"

"……"

"나리 식사는 다시 만들어 달라고 할 겁니다. 될 수 있으면 육식으로요. 신선한 쇠고기가 있으면 육회를 해달라고 해야겠네요."

그러고는 성큼성큼 걸음을 옮겼다. 무산이 분합문을 열고 툇마루로 나갈 때, 가주가 말했다.

"많이 달라고 하게나. 어차피 자네가 가져오는 게 아닌가. 같이 먹으면 좋을 것 같네."

"그러실 필요는 없는……"

"비방을 알려준 답례일세."

무산이 천천히 문을 닫으며 말했다.

"말씀은 감사하지만, 그건 안 될 것 같습니다. 일곱 경계 중 하나가 부적을 쓰기 전에 육식을 금하라는 거여서요. 제가 나리와 손을 잡고 사람들을 기만하지만, 부적을 허투루 쓰지는 않을 것입니다. 제가 부적에 관해서는 하나라도 틀리는 걸 싫어해서요."

* * *

지난밤 무산은 해치네 집에서 잠을 자지 않았다. 가주의 집에서 잤다. 새벽달이 건너가고 햇귀가 찾아오는 갓밝이에 따뜻하게 데운 물로 목욕재계를 마친 무산은 몸을 단정히 단장한 뒤 제단 앞에 섰다.

굳게 닫힌 사주문 앞에 세워진 제단은 단출했지만, 그 위에 놓인 물품들은 큰 정성을 요구하는 것들이었다. 송연묵은 소나무 뿌리만 태워서 얻은 그을음에 닭 뼈와 껍질을 고아서 만든 아교를 섞어 만들었고, 종이는 회화나무 열매로 노랗게 물들였다.

마을 사람들은, 특히 가문 사람들은 오늘을 위해 밤낮으로 준비해야 했다.

이건 무산과 돌맹이 고집하는 방식이었다. 두 사람은 벽사에 필요한 용품을 대신 준비해 주지 않았다. 벽사해달라는 이들에게 직접 준비하라 했다. 그렇지 않으면 부족한 정성에 천지신명이 탐탁지 않게 여긴다고, 효험이 떨어질 수 있으니 몸소 만들라고 했다. 나름의 이유는 있었다. 두 사람이 손을 잡고 사기를 친 대상이 주로 탐관오리이기 때문이었다. 첫째는 골탕 먹이기 위해서였고, 둘째는 이런 이들일수록 아랫사람이 시키는 걸 제대로 해내는 법이 없기 때문이었다.

열의 일고여덟은 며칠 만에 포기하고 몰래 사거나 다른 이를 시켜 대신 만들게 했는데, 그들은 벽사가 잘 되어도 두려워했고, 잘되지 않아도 두려워했다. 잘 되면 천지신명이 거짓 정성을 알아채서 효험이 다할까 봐, 잘되지 않으면 천지신명이 노해 벌을 내릴까 봐. 그리고 그들이 두려워할수록, 무산과 돌멩의 사기판은 굳건해졌다.

그들도 평소와 같았다면, 벽사한 무녀와 판수를 탓했을 것이다. 낮은 이들을 짓밟는 건 쉬우니까. 발을 딛고 서 있는 곳이 자신보다 낮은 이의 머리 위인데 대체 무엇이 어렵겠는가. 그저 그 위를 걷기만 해도 되는 것을.

간담을 서늘하게 만들 정도로 뛰어난 무녀의 신통력만 아니었다면, 등줄기에 소름을 돋게 만드는 귀신의 목소리만 아니었다면, 차마 발걸음을 내디딜 수 없게 만드는 무언가만 아니었다면, 가짜 정성에 대한 두려움만 아니었다면, 그들은 너무도 쉽게 두 사람을 짓밟았을 것이다.

참 이상한 일이었다. 귀신의 도(道)는 착한 일을 하면 백 가지 상서를 내리고, 착하지 못한 일을 하면 백 가지 재앙을 내리는 거였다. 그렇다면 복을 내리는 것도 재앙을 내리는 것도 모두 착한 일을 하고 악한 일을 하는 데 달린 것이 아닌가.

하지만 어떤 이들은 귀신에게 아첨해 복을 구하고자 했다.* 사람을 짓밟고 있으면서도 땅을 딛고 있다고 착각했으며 사람에게 떳떳

---

* 『세종실록』중 국무당을 없애자는 사간원의 상소에서 일부 발췌(세종 8년 11월 7일)

하게 살아가는 대신 천지신명의 호감을 사려고 했다.

그게 그런다고 되겠는가!

하지만 무산은 그들이 우습다고 생각하면서도 진심으로 비웃을 수는 없었다. 누가 누구를 비웃을까. 무산이 먹고 살 수 있는 것도, 사기를 쳤는데도 후환을 걱정하지 않고 사는 것도 다 그들 덕분이었다.

그들이 사람을 두려워하지 않고 귀신을 두려워했기에 자기도 그 틈을 파고들 수 있었다.

다만 이번에는…….

무산은 제단 옆에 선 돌멩과 가주의 자형을 보았다. 돌멩은 도화 무늬로 조각된 벼루에 먹을 갈고 있었고, 가주의 자형은 어두운 낯빛으로 이를 지켜보고 있었다. 곧 쓰러져도 이상할 게 없을 정도로 고단해 보였다. 밤사이 부채질로 송연묵을 말렸다고 했던가.

반면 돌멩의 얼굴에서는 피로한 기색을 찾아볼 수 없었다. 그럴 수밖에. 선금으로 받은 베 스무 필이 두 사람의 방에 있으니까. 평소라면 콧노래를 부르며 즐거워했을 것이다. 대신 돌멩은 기쁨을 감추며 대불정다나리를 읊었다. 그 근본을 깨달으면 마(魔)도 항복시킬 수 있다는 진언이었다. 사람들은 돌멩이 염송하는 다나리를 들으면서 침묵을 지켰다.

이제 무산의 차례였다.

무산은 붓을 들어 먹물에 호(毫)를 적셨다. 적신 붓 봉이 노오란 종이에 닿자 먹물이 번지면서 검은 선을 그려냈다. 사람들의 시선이 정성스레 붓을 움직이는 무산의 손을 좇았다.

그렇게 한 시진, 두 시진이 지나자 무산의 이마에는 땀이 고였고, 제단 위에는 부적이 수북하게 쌓였다. 집안 혼백을 쫓아주는 부적과 재액과 불길함을 없애주는 부적이었다. 그렇게 한참을 쓴 무산이 마지막 부적을 썼다. 집이 흉택이 되었거나 괴귀가 산 자를 해치려고 할 때 쓰는 부적이었다.

"묘묘명명하고 천지혼침하다. 뇌전풍화는 관장리병이니 약문관 소하시거든 신속래림하여 구제유려해주시고 나착정령해주소서. 안 룡진택이면 공재천정이나이다."

주문을 읊으며 붓을 놀리던 무산이 다 쓴 부적을 조심스레 접었다.

가주의 자형이 홍색 귀주머니를 건네자 무산은 그 안에 부적을 넣어 돌려주었다. 그가 귀주머니를 움켜쥐며 고갯짓했다. 그러자 가문 사람들과 마을 사람들이 제단 위에 놓인 부적을 하나씩 챙겨 품 안에 넣었다. 잠시 후 삼삼오오 모인 노복들이 막힌 문 앞에 섰다.

이제 왕신을 내보내야 했다. 사실 벽사 부적으로는 왕신을 쫓아 낼 수 없었다. 그건 호신부에 가까웠다. 왕신을 쫓으려면 문을 막은 판을 뜯고, 닫힌 문을 열어야 했다. 층층대를 딛고 사당에 올라 시렁 위에 봉안한 왕신단지를 꺼내야 했다. 가문 사람들이 더는 왕신에게 의지하지 않아도, 왕신을 믿지 않아도, 왕신은 제 발로 나가지 않는 다. 그건 집에 벌집을 두고 있는 것과 같았다.

벌을 내쫓고 싶으면 벌집을 부숴야 하는 것처럼 왕신을 내쫓고 싶 다면 신체를 봉안한 단지를 마을 밖에서 부숴야 했다. 그것이 왕신을 쫓아낼 수 있는, 왕신을 제 발로 나가게 만드는 유일한 방법이었다.

그리고 그 일은 가문의 일원이 해야 했다. 일종의 결자해지랄까.

끼이익, 가주의 자형이 굳게 닫혀 있던 문을 열었다. 그러자 노복들이 돌을 안고 달려가 다급히 기단 앞에 쌓았다. 가주의 자형은 막 생겨난 계단을 올랐고, 굳게 닫힌 분합문을 힘껏 열며 안으로 들어갔다. 이제 사당은 가주와 그 자형의 무대이자 왕신과 사람의 싸움터였다.

곧 안에서 우당탕탕 하는 소리, 고함을 지르는 소리가 들렸다. 사주문 안으로 들어선 노복들은 물론이고, 문밖에서 안을 지켜보는 사람들도 모두 숨을 들이켰다.

두려움. 이들의 얼굴에는 두려움이 가득했다.

단지를 품에 안은 가주의 자형이 다급하게 문을 나서며 소리쳤다. 망건이 뜯어지고, 옷깃이 찢어져 몰골이 말이 아니었다. 얼굴은 새하얗게 질려 있었다.

"나리를 막아라. 날 쫓아오지 못하게 막아!"

곧이어 퀭한 얼굴의 가주가 그 뒤를 따랐다. 버선발로 뛰쳐나와서는 자형을 막으려고 했다.

놀란 가복들이 급하게 가주를 붙잡았지만, 가주는 정신이 나간 사람처럼 몸부림쳤다.

왕신단지를 품에 안은 가주의 자형은 그대로 달음박질했다.

사람들은 날뛰는 가주와 뛰어나가는 가주의 자형을 번갈아 보며 어쩔 줄 몰라 했고, 돌멩과 함께 제단을 정리하던 무산은 그 광경을 보고 속으로 혀를 찼다. 뭘 저렇게까지 열심히.

무산은 제단 위에 남은 부적들을 집은 뒤 사당에 다가갔다.

가주는 곧 숨이 넘어가기라도 할 것처럼 헉헉거리면서 버둥거렸고, 노복들은 행여나 가주를 다치게 할세라 조심하면서도 절대 놓아주지 않았다.

무산은 그들을 지나친 뒤 돌계단을 올랐다. 섬돌을 밟아 사당 툇마루에 발을 들였다. 그런 뒤에는 사당 곳곳에 부적을 붙였다.

그러자 가주가 몸을 돌렸다. 기를 쓰고 이쪽으로 오려 했다. 저게 연기라는 걸 아는 무산조차 흠칫 놀랄 정도로 섬뜩한 모습이었다. 노복들이 붙잡고 있으니 별일은 없겠지만, 잘못하다가는 조금 전 가주의 자형 꼴을 당하게 될 것 같았다. 무산은 좀 더 신속하게 부적을 붙였다.

바람 부는 소리와 함께 어디선가 고함이 들렸다. 여인의 목소리였다. 그 소리에 사람들이 멈칫했다.

무산은 무심결에 돌맹을 보았다. 돌맹이 낸 소리인가? 하지만 복화술은 시각을 속일 수는 있어도 청각까지 속일 수는 없었다. 분명 마을 입구에서 들려오는 소리였다.

돌맹 또한 다른 이들처럼 마을 입구 쪽을 보고 있지 않은가. 그곳은 가주의 자형이 왕신단지를 안고 달려간 곳이었다.

돌장승과 솟대가 세워진 곳까지는 마을의 영역이라 그 너머에서 단지를 부수기로 했었다. 지금쯤이면 도착했을 터인데, 혹시 무슨 일이 생겼나? 설마 왕신이? 에이, 그럴 리가.

그런데 여인의 목소리가 점점 더 커졌다. 더 가까워졌다. 가주를 붙잡던 노복들, 사당 사주문 너머에 서 있던 이들의 안색이 모두 파리해졌다. 누군가 소리쳤다.

"마…… 마님이다. 마님이 돌아오셨다."

이런, 무산의 얼굴이 낭패감으로 물들었다. 왕신보다 까다로운 이가 돌아온 것이다.

* * *

무산은 분기탱천하여 다가오는 중년 여성을 보고 순간 야차를 떠올렸다.

왕신단지를 빼앗은 그녀는 단지를 품에 안고 느릿하게 걸어왔는데, 그 여유로운 걸음에서도 분노가 느껴졌다. 그래. 저자는 분노를 삼켜야만 하는 이가 아니라 분노를 드러낼 수 있는 이였다. 사람을 구하겠다고 사람에게 화살도 쏠 수 있는 이였다. 소녀의 패기는 세월과 경험에 뾰족함이 깎이기는 하였지만, 여전히 건재했다.

무산은 가주를 보았다. 그의 얼굴에서 핏기를 찾아볼 수 없었다. 그러나 두 눈에서는 빛이 번뜩였다. 살갑고 온화한 성품은 아비를 닮았고 끈기와 강단은 어미를 닮았다고 하였던가. 가주는 포기하지 않을 것이다. 이번 기회는 놓쳤지만, 곧 다시 만들어 내겠지.

하지만 그 기회에 자신과 돌멩을 엮고 싶지는 않았다. 고래 싸움에 새우 등 터진다고, 괜히 엮였다가는 고생만 할 테니까.

무산은 후다닥 기단에서 내려와 마당과 사주문을 지나서는 돌멩의 팔을 붙잡았다.

"가자!"

돌멩도 사람들이 수군거리는 걸 듣고 상황을 알아차렸는지 연신 고개를 끄덕였다. 그때 가주의 어미가 무산과 돌멩을 스쳐 지났다. 칼날처럼 서늘한 두 눈이 두 사람을 곁눈질했다.

무산은 뜨끔했지만 내색하지 않았다. 사주문 너머에서 들리는 호통 소리도 이제는 남 일이었다. 무산이 맡은 일은 사람들에게 거짓말을 퍼뜨리고, 왕신을 내쫓는 법을 일러준 뒤 벽사 부적을 써주는 거였다. 맡은 일을 끝냈으니 어서 줄행랑을 쳐야지.

무산은 돌멩을 데리고 자리를 빠져나갔다. 기와집 평대문을 지나 고샅을 걸을 때였다. 도적이라도 만난 듯 몰골이 엉망인 가주의 자형과 처음 보는 남인이 이쪽으로 오고 있었다.

도와줄 무녀를 찾으러 나갔다던 가주의 어미가 왜 저런 남인을 데려왔지?

갓을 쓰지는 않았으나 상투 튼 머리에 두른 망건은 비싸 보였고, 달랑달랑하는 게 곧 떨어질 것 같았으나 망건 위에는 값비싼 대모 풍잠도 꽂혀 있었다. 무격은 아닌 것 같은데. 사족인가?

하지만 무산의 의문은 오래가지 않았다. 무산과 돌멩을 발견한 가주의 자형이 빨리 여길 뜨라고 눈짓했기 때문이었다.

남아 있을 생각도 없었다. 다만 아직 받지 못한 쌀 다섯 섬이 조금 아까울 뿐. 양심이 있다면 알아서 무당골로 보내주겠지.

그래도 베 스무 필을 선금으로 받았으니 밑지는 장사는 아니었다.

그런데 처음 보는 남인이 걸음을 멈추더니 무산을 위아래로 살펴보았다.

이대로 붙잡히면 일이 복잡해진다는 생각이 뇌리를 스치며 지나갔다. 무산은 돌멩의 팔을 꽉 붙잡고 앞장섰다. 남인이 고압적인 목소리로 말했다.

"거기 서!"

아니, 딱 봐도 약관도 되지 않은 것 같은데. 시퍼렇게 어린놈이 대뜸 반말이라니. 무산은 욱했지만, 상대는 사족이었다. 어쩔 수 없이 걸음을 멈췄다.

"무슨 일이십니까?"

남인은 홍색 귀주머니를 내밀며 물었다.

"이런 부적을 쓴 걸 보니 실력 없는 무녀는 아닌 것 같은데, 왜 기다려 주지 않았지?"

누가 누굴 기다려? 이자가 지금 무슨 소리를 하는 거야.

무산이 미간을 모으며 입을 열지 않자 남인이 다시 물었다.

"저렇게 울부짖는데 왜 기다려 주지 않은 거냐고."

"울부짖기는 누가……."

무산은 내뱉던 말을 집어삼켰다. 남인의 신분을 알아차렸기 때문이다. 저자는 볼 수 없는 것을 보고, 들을 수 없는 것을 들을 수 있는 이였다. 정말로 마을 밖에서 도와줄 사람을 찾아온 것이다. 그것도 사족으로.

하긴 같은 사족이라면 속사정을 알게 되어도 거리낌 없이 도와 줄 테니까. 사족에게 노비 장사처럼 당연한 일도 없을 것이다. 사족이라면 이 가문의 비밀을 이해해 주겠지. 그래, 사족이라면…… 하지만 무산은 사족이 아니었다.

무산은 웃으며 대답했다.

"뭔가 잘못 아셨군요. 벽사 부적을 쓰기는 하지만, 저는 신력이 없습니다. 만신과는 좀 다르지요."

다시 걸음을 옮기려던 무산은 결국 욱하는 마음을 참지 못하고 반문했다.

"그런데…… 그 소리가 들리시나 봅니다?"

"……."

"참 이상한 일이군요. 저희 같은 사람과는 전혀 다른 신분인 것 같은데……."

아픈 곳을 찔렸는지 남인의 얼굴이 흙빛이 되었다. 유교를 숭상하는 나라에서 사족의 피를 잇고 태어난 사람이 무격의 명을 지녔다니. 이자의 삶도 평탄하지는 않았을 것이다. 하지만 무산은 그를 안타깝게 여길 마음의 여유가 없었다.

어쨌든 사족이니까. 천한 이로 태어나 낮은 자리에서 살다가 결국에는 목숨까지 잃었던 사람과는 시작부터 끝까지 모든 게 다를 터였다. 그러니 천한 무격인 척 굴지 말라는 날 선 말이 나오려는데, 돌멩이 무산의 팔을 붙들고는 그만하라는 듯 고개를 저었다.

무산은 돌멩에게 끌려가면서도 연신 뒤를 보았다. 가주의 자형은 어서 가라고 몰래 손짓했고 남인은 어두운 낯빛으로 저를 노려보고 있었다.

그러자 욱하는 마음이 또 고개를 쳐들었다.

돌멩이 혀를 쯧쯧 차며 말했다.

"너는 그 성질 좀 죽여야 해. 매사에 심드렁하게 굴다가도 가끔 이렇게 날을 세우더라?"

"내가 언제?"

"어이구, 방금도 그랬거든? 그만해. 우리 몫이나 챙기고 빨리 뜨자."

"언제는 상 한번 제대로 엎어보자더니."

"허허, 너는 앞도 잘 보이는 애가 왜 그래. 눈에 막 뵈는 게 없어? 남의 밥상 뒤엎다가 네 제사상 받게 될걸. 눈치껏 빠져야지."

"……."

그렇게 무산과 돌멩은 해치 아범네 건넌방에 있는 베 스무 필을 챙겨 마을에서 빠져나왔다. 제 발로 도망친 것인데도 무산은 어쩐지 쫓겨났다는 기분이 들었다.

반면 왕신은 여전히 마을에 갇혀 있었다. 금기라는 굴레 안에 마을 사람들과 함께.

* * *

무당골로 돌아가는 길은 멀고도 멀었다. 쉬고 싶을 때는 쉬었고,

걷고 싶을 때는 걸었다. 이번에는 무산과 돌멩이 원하는 대로 움직였다. 누구를 따라갈 필요도, 누가 원하는 때에 맞춰서 도착할 필요도 없었다.

길섶에 앉은 무산이 주먹으로 다리를 툭툭 치며 물었다.

"여긴 또 어디야. 얼마나 더 가야 하지?"

"용인 향수산."

"너는 앞도 못 보면서 지리는 참 잘 알더라."

"앞을 못 보니까 잘 아는 거지. 한 번 지난 길은 어떻게든 외우려고 한다고. 길에 잘못 들어도 눈으로 보고 알 수 있는 게 아니니까. 앞도 못 보는데 오기로 다녔다가는 낭떠러지 아래로 떨어진다고."

"그렇긴 하네."

무산은 하늘을 올려다보았다. 해거름이 되어 개밥바라기가 빛을 내기 시작했다. 아무래도 하룻밤 유숙해야 할 것 같았다.

"산 이름을 아는 걸 보니 여기 와본 적 있는 거지?"

"맞아. 이 길로 쭉 가다 보면 산자락에 마을이 있는데, 커다란 버드나무 옆집에서 경을 읊은 적이 있어. 서너 번 했지. 그 집도 사정이 참 딱해. 그 집 아낙이……. 아니다, 이런 걸 말해 뭐해. 아무튼 그 집에 가서 명복을 빌어준 적 있어."

"그래? 그러면 그 집으로 가서 신세 지자."

무산은 돌멩을 일으킨 뒤 앞장섰다. 돌멩의 말대로 산자락에 마을이 하나 있었다. 무산은 돌멩과 함께 버드나무 옆 초가집을 찾아갔고, 유숙을 청했다.

갑작스러운 방문인데도 집주인은 둘을 반겨주었다. 저녁까지 대접했다. 찬이라고 해봐야 산야에 나는 나물과 잡곡밥 조금이었지만, 지금은 춘궁기였다. 초가삼간에 살며 겨우겨우 입에 풀칠하는 이에게는 큰 결심을 해야만 내어줄 수 있는 상이었다. 무산은 이것만 보아도 이 가족의 인심을 알 수 있었다. 사정이 딱하다면서도 돌멩이 굳이 이 집을 택해 유숙하려는 이유도. 그 대가로 베 한 필이라도 내어주려는 거겠지.

무산은 속으로 쯧쯧, 혀를 찼다. 이리 정이 많아서야 모진 세상을 어찌 살아.

그때 열 살 된 이 집 아이가 민들레 잎을 입에 넣고 우물우물 씹으며 말했다.

"아저씨, 그때 가르쳐준 그 말 있잖아요."

"음?"

"나모 삼만다 몬다남 옴 싯데율이 사바하."

"아, 몬다남이 아니라 못다남. 나모 삼만다 못다남 옴 싯데율이 사바하."

아이는 입술을 오물거리며 연신 중얼댔다. 조금 전에 들은 왕생진언을 읊고 있는 거겠지.

배부르게 먹은 아이는 곧 잠에 빠졌다. 무산은 아이의 손과 발을 보았다. 굳은살이 박인 발바닥과 풀잎에 긁힌 손. 아비를 돕느라 종일 잎을 따고 풀을 뜯는다고 했다. 오늘 무산과 돌멩이 먹은 저녁밥은 아이의 희노애락이 담긴 시간이었을 것이다.

아이가 깊이 잠들자 돌멩은 정성껏 경을 읊었다. 무산도 그 소리를 듣다가 꿈에 빠져들었다. 꿈에 그 아이가 나왔다.

푸른 실로 수 놓은 백피혜를 신은 아이가 어딘가로 달음박질했다.

무산은 그 아이의 이름을 부르며 뒤를 쫓았다. 한참을 달리자 커다란 사당이 나왔다. 나무판으로 문을 막은 사당이었다. 무산은 손으로 나무판을 뜯어낸 뒤 사주문을 활짝 열었다. 사당 앞마당을 가로질러 돌계단을 밟고 툇마루에 올랐다.

끼이익. 분합문을 열자 어둠이 무산을 감쌌다. 무산은 두 눈이 어둠에 적응하기를 기다리면서 걸음을 내디뎠다. 한 걸음, 한 걸음, 사당 안으로 들어갔다.

사당 중앙에는 사당을 모방해 만든 커다란 감실이 있었고, 감실 위에 있는 시렁에는 왕신단지가 놓여 있었다. 무산이 다가가자 감실 당판문이 덜컹거렸다. 멈칫했던 무산은 천천히 손을 뻗어 감실 문을 열었다.

사람 얼굴만큼 작은 당판문이 열리는 순간, 그 안에 든 것과 눈이 마주쳤다.

안에 여인의 머리가 있었다.

비스듬히 고개를 기울인 채 무표정한 얼굴로 무산을 보고 있는 머리가.

무산은 소스라치게 놀라 눈을 떴다. 꿈이었다.

무산은 식은땀으로 흠뻑 젖은 이마를 소매로 닦으며 주변을 둘러보았다. 방 안이 어슴푸레한 것을 보니 동살이 잡히는 새벽녘이었다.

돌멩이 누워 있던 자리는 비어 있었다. 아이의 아비도 자리에 없었다. 방에는 곤히 자는 아이뿐이었다.

무산은 자리에서 일어나 밖으로 나섰다. 흙먼지가 일지 않도록 짚을 깐 마당에는 돌멩과 집주인이 서 있었다. 무산은 돌멩이 쥔 베 한 필을 보고는 혀를 내둘렀다. 내 이럴 줄 알았다. 저걸 주려고 굳이 이 집에 왔던 게 맞네.

그런데 두 사람 사이에 심각한 이야기가 오가는 것 같았다.

"그런 데 바치라고 이걸 드리는 게 아니에요."

"이것만 바치면……, 이것만 있으면, 샛눈 어미 복수를 할 수 있다니까요."

"그 마음은 이해가 되지만…… 그래도 그건 아니에요."

무산이 다가가자 집주인이 황급히 소매로 눈매를 닦았다.

무산이 어찌 된 일이냐며 돌멩을 쿡쿡 쳤다. 기척을 느낀 돌멩은 손을 밀어 무산을 막더니 한숨을 내쉬며 말했다.

"아저씨. 샛눈이 생각도 하셔야죠."

딸 얘기에 감정이 격해졌는지 집주인이 목소리를 높였다.

"다른 사람은 몰라도, 판수라면, 판수라면 잘 알 게 아닙니까. 왜 천지신명의 힘을 부정합니까?"

"저는 그걸 부정하는 게 아니에요. 정말로 복수를 해주요? 그다음에는요? 복수한다고 돌아가신 아주머니가 돌아옵니까? 샛눈이가 그런다고 행복해질까요?"

"그냥 있으면요? 이런 세상에서 앞으로 어찌 삽니까? 샛눈이라고 같은 일을 당하지 않으리라는 보장이 있습니끼? 복수한다고 죽은 샛눈 어미가 돌아오는 건 아니죠. 하지만 그리된다면…… 더는 누구도 죽지 않을 겁니다!"

"……."

돌맹은 침음하더니 베를 내어주며 말했다.

"이건 제가 드린다고 한 거니 어디에 쓰시든 아저씨 마음입니다. 하지만 오늘은 안 됩니다. 딱 닷새만. 닷새만 생각해 보세요. 누구를 위해 쓰는 게 좋을지요. 이제 곧 망종(芒種)입니다. 보릿고개는 넘어야지요."

보릿고개. 그 말을 들은 집주인이 조금 냉정을 되찾은 것 같았다.

그는 눈물을 닦더니 이렇게 말했다.

"고맙습니다, 고마워요."

"고맙긴요. 저야말로 고맙지요. 맛있는 저녁 언어먹고, 하룻밤 잘 자고 가는걸요. 저희는 바로 가겠습니다. 샛눈에게 잘 지내고 있으라고 전해주세요."

무산과 돌맹은 곧장 짐을 챙겨 집을 나섰다. 조금 멀어진 뒤 무산은 돌맹에게 물었다.

"뭔데?"

"……."

돌맹은 기분이 좋지 않은지 잠시 말이 없다가 지팡이로 땅을 쿵 치며 말했다.

"아무래도 직접 가서 봐야겠어."

"뭘?"

"두박신(豆朴神)."

"그건 또 뭐야."

"이 마을에서 새로 모시게 된 신이라는데, 억울하게 죽은 이를 위해 복수를 해준대."

"뭐? 우리처럼 사기 치는 이가 또 있나?"

"……."

무산은 돌멩의 얼굴에 수심이 가득한 걸 보고는 잠시 오만상을 쓰며 고민하다 말했다.

"넌 앞도 못 보잖아. 여기서 딱 기다리고 있어. 내가 후딱 확인하고 올 테니까."

무산은 마을 입구 당산나무에 돌멩을 세워놓고는 다시 마을 안쪽으로 뛰었다.

늦봄이기는 해도 아직 날이 찼다. 사람들 마음을 현혹하고 사기를 치기에 아주 적합한, 불어오는 바람에도 마음이 서늘해지는 으스스한 새벽이었다.

무산은 식은땀에 젖은 몸을 부르르 떨며 생각에 잠겼다.

두박신이라니, 무당골에서도 들어본 적 없는 신이었다. 누군가 만들어 냈겠지. 억울한 죽음을 위해 복수를 해주는 신이라면, 노리는 게 너무 뻔했다. 민초의 삶에 어찌 억울함이 없겠는가. 억울한 죽음도 마찬가지였다. 그런 이들을 위해 복수를 해주는 신이 나타났으니 사람들 마음에서 마른 가을의 들불처럼 믿음이 번졌을 것이다.

누가 만든 건지는 모르겠지만 재물을 좀 만졌겠는데…….

그때 쪽빛 하늘 아래서 펄럭이는 종이가 보였다. 마을 안쪽 어느 집 마당에 커다란 장대가 서너 개 세워져 있었는데, 끝에 종이도 걸려 있었다.

종이로 만든 신위인 지방(紙榜)이었다. 뭐라고 적힌 건지 잘 보이지 않아 무산은 몸을 낮추면서 가까이 다가갔다.

싸리담 안쪽을 들여다보자 십여 명이 모여 비손(손을 비벼 소원을 비는 일)을 하는 게 보였다. 장대 앞에 놓인 제상에는 음식과 베 그리고 종이가 놓여 있었다.

그런데 장대에 달린 지방에…….

무산은 순간 두 눈을 의심했다. 아니, 이 자들이 정신이 나갔나? 어찌 전 왕조 무장의 이름을!

무산은 최영의 이름을 보는 순간 다리 힘이 풀리는 줄 알았다. 선왕이 고려의 명장인 최영의 기개를 높게 사서 대놓고 칭찬한 적도 있다지만, 당조의 왕이 전 왕조의 무장을 평가하는 것과 민초가 신으로 받들어 모시는 것은 전혀 다른 얘기였다.

이러다가 역적으로 몰리기라도 하면 어쩌려고!

그렇다고 지금 이들에게 호통을 칠 수도 없는 노릇이었다. 그때 길 저쪽에서 한 남인이 다가오는 게 보였다. 흑립을 쓰고 철릭을 입은 것을 보니 신분이 중인 이상이었다.

저자는 글을 읽을 줄 알 테니 지방에 적힌 것이 무언지도 알 것이고, 곧장 관아에 신고도 할 터였다.

"아, 젠장. 못 본 척할 수도 없고."

무산은 잠시 주저하다 싸리담을 두 손으로 힘껏 치고는 곧장 몸을 돌려 달아났다.

소리를 들은 마을 사람이 무슨 일이 생긴 줄 알고 담 너머를 내다 보다 이쪽으로 다가오는 남인을 발견했다. 사람들은 곧 장대를 내렸 고, 지방을 치웠다.

지방을 세웠던 초가에서 벗어난 무산은 연이어 네다섯 집을 지났 다. 서두르다 싸리담 옆으로 뻗어 나온 가지에 긁혔는지 뺨이 따가 웠다.

무산은 붉은 생채기를 대충 손으로 문지르고는 이곳 당산나무인 참죽나무를 향해 달려갔다.

곧이어 푸른 잎 사이사이로 백색과 황색이 뒤섞인 꽃을 피워낸 나 무 한 그루가 나타났다. 그 아래 나무에 등을 기댄 채 멍하니 서 있 는 돌멩이 있었다. 남의 속도 모르고!

황급히 다가가자 무산의 발에서 바스락 소리가 났다. 작년 가을 나무에서 떨어졌을 열매껍질이었다. 꽃잎을 닮은 열매껍질이 짚신 사이를 파고들어서 발바닥이 쓰라렸다.

무산은 돌멩의 팔을 붙잡고 잠시 헉헉거리다가 이제껏 한 번도 내 뱉은 적 없는, 아주 조급한 목소리로 말했다.

"가자, 곧 관병이 닥칠 거야."

　　　　　　　　　　* * *

병진년 오월 초하루

용인 현수 장아가 장계(狀啓)했다.

지난달 하순에 전농시* 소윤(少尹) 이보정(李補丁)이 선상노(選

上奴)** 일로 신을 찾아왔다가 떠나면서 이렇게 말했습니다.

'어젯밤 유숙하고 새벽녘에 출발하였는데, 향수산 아랫자락에

있는 마을을 지나다가 괴이한 것을 보았습니다. 사람들이 무얼

적은 종이를 높은 장대에 걸어 놓고 정성껏 기원하더니 제 기척

을 듣고 분분히 흩어졌습니다. 괴이 여겼으나 시간이 촉박하여

자세히 알아볼 수 없었습니다.'

신 또한 이를 괴이 여겨 몰래 향색을 보내 향수산 주변 마을을

조사하였습니다. 그런데 돌아온 향색이 이르기를 신위를 세운

마을이 한두 곳이 아니며, 참형 당한 장수와 재상의 이름이 적

혀 있다는 것입니다.

지극히 요망한 일인지라 곧장 향색을 다시 보내 지방을 불사르

고 신위를 세운 이들을 나래(拿來, 죄인을 잡아옴)하였습니다. 평

문 끝에 이들이 두박신이라는 귀신을 모시고 있으며 종이와 베

---

*　왕이 직접 농사를 짓는 의례용 전지인 적전(籍田)의 경작 등을 담당하던 관서

**　관청 사역을 위해 지방에서 중앙으로 선발해 올려보내는 노(奴)

를 바쳤다는 것을 알게 되었습니다.

어찌하여 이런 귀신을 모셨냐고 묻자 이들은 모두 두박신에 관한 소문을 들었다고 했습니다. 억울하게 누명을 쓴 이를 위해 두박신이 복수를 해준다는 요망한 소문이었습니다.

실로 괴이한지라 어디서 퍼진 것인지 알기 위해 진원지를 물었으나 이들의 답이 각자 달랐습니다. 경기는 물론 도성도 있었습니다. 거짓을 고하였을 가능성이 있으니 엄히 형문해 보아야 할 문제지만, 이들의 말이 사실이라면 다른 경기 지역과 도성도 조사해야 할 것입니다. 하나 이는 용인 현수인 신이 처리할 수 있는 일이 아닙니다. 이에 신속하게 치계(馳啟, 말을 달려 와서 아룀)합니다.

監察巫女傳

2장
二章

무산은 궁에 들어가기 전만 해도 구중궁궐 안 사람들은 무엇이든 알 거라 여겼다. 궁은 그 어디보다 높고 깊으니까. 그곳은 천하를 내려다볼 수 있을 정도로 높으면서도 숨겨진 비밀과 맞닿을 정도로 깊었다. 하나 입궐한 무산을 기다리는 것은 아홉 겹으로 쌓인 높디높은 담이었다.

　낮은 이는 담을 넘을 수 없기에 우물 안 개구리처럼 살 수밖에 없었다. 자신도 아궁이 안만 보고 살지 않았던가. 담을 넘으며 다른 궁녀를 감찰하던 시절에도 사실 크게 다르지는 않았다. 아무리 높이 뛰어도 우물 너머로 나갈 수는 없었으니까. 다른 궁녀들과 다른 점이 있다면, 이따금 우물 안을 내려다보는 이들과 눈을 마주칠 수 있다는 정도였다.

　높은 자리에 앉은 이라 하여 크게 다르지 않았다. 하늘처럼 높은 자리에서는 사람을 마주 볼 수 없었다. 거기서는 사람을 내려보아야 했다. 천하를 다스려야 했기에 지엄한 법도를 지켜내며 대국을 살펴야 했다.

그들은 알고 있을까. 그 자리에서 천하를 살필 수는 있어도 사람의 마음을 헤아리고 속사정을 살필 수는 없다는 것을.

아마 그들은 영영 모를 것이다. 그 자리에 앉아 있는 한, 알 수 없을 것이다. 가장 낮은 이의 마음을 어루만질 수 있는 건 이들을 내려다보는 이가 아니라 바로 옆에서 눈을 마주치고, 함께 공감할 수 있는 사람이라는 걸.

동병상련이라. 이 얼마나 희망적이면서도 절망적인 말인가.

절로 한숨이 나왔다. 무산은 낮게 한숨을 내쉬면서 돌멩을 보았다.

"너도 정말 대단하다."

"왜?"

"단오 대목에 벽사를 재물 받고 하는 게 아니라 재물을 주고 하다니……."

"그게 뭐 어때서?"

돌멩의 반문에 무산은 지고 있던 지게를 고쳐 졌다. 묵직하던 지게가 더는 무겁지 않았다. 베 스무 필이 어느새 열 필로 줄어들었다.

"나는 분명히 말했다. 네 몸을 어찌 쓰든 내가 알 바는 아니지만, 내 걸 너한테 나눠주지는 않을 거라고."

"……."

"진짜야. 나중에 앓는 소리 하기만 해봐."

"……."

베를 절반씩 나누기로 하였으니 이제 돌멩의 몫은 없는 거였다. 앞도 못 보면서 눈에 밟히는 이는 어쩌나 많은지. 돌멩은 무당골에 오는 동안 곳곳에 들러, 아는 사람들을 찾거나 처지가 좋지 않은 이들을 만나 베를 나눠주었다. 향수산 마을에서 그랬던 것처럼.

그렇게 돌멩은 다시 빈손이 되었다. 고생이란 고생은 다 하더니. 결국 아무것도 얻지 못했다.

무산은 짜증을 닮은, 정체를 알 수 없는 감정을 꾹꾹 누르며 말했다.

"나는 진짜 이해가 안 돼. 베 한 필로 뭘 어쩌겠어. 그걸로 달포는 버틸 수 있을 것 같아? 네가 나눠준다고 바뀌는 건 없어. 그래봤자 뭐가 달라지냐고. 아, 하나 있네. 이번에는 너도 같이 배를 곯는다는 거?"

돌멩은 고개를 저으며 혀를 쯧쯧 찼다.

"너는 그래서 안 돼. 자기만 알지 진짜."

"뭐? 내가 나만 알았으면 널 데리고 갔겠냐? 너 그 베 열 필 누구 덕분에 벌었어, 어?"

"……."

돌멩은 입을 꾹 다물고는 대꾸도 하지 않았다. 지켜보던 무산의 얼굴에 미안함과 민망함이 뒤섞인 표정이 잠시 떠올랐다가 사라졌다. 사실 무산도 알고 있었다. 이번 일을 무사히 마칠 수 있었던 건 돌멩 덕분이었다는 것을. 더 솔직히 말하자면 '이번 일도'였다. 무산

혼자서는 그렇게 빨리 정보를 모으지 못했을 것이다. 무산은 자기 자신에게도 마음을 열지 못하는 사람이라 다른 이의 마음은 더더욱 열지 못했다.

무산은 괜히 툴툴거렸다.

"그리고 줄 거면 빨리 줄 것이지, 쓸데없이 유숙은 왜 해. 괜히 열흘이나 허비했잖아."

"……그래야 그분들도 마음이 편하지. 내가 그냥 주면 받겠어?"

"아이고, 너도 정말……."

"……."

무산은 속으로 혀를 찼다. 다시 침묵이 이어졌다. 발걸음 소리와 지팡이로 땅을 두드리는 소리가 대화 대신 이어졌다.

해가 서산으로 기울면서 붉게 물든 구름이 하늘을 수 놓았다. 얼마 안 있어 익숙한 풍경이 나타났다. 대나무가 울창하게 자라난 숲과 그 옆에 있는 작은 마을. 무당골이었다. 무산은 마을 입구에 장승처럼 선 복숭아나무들을 보며 안도했다. 드디어 집에 돌아왔다.

지나치게 오랜만에 하는 귀가라 무산과 돌멩은 말을 맞춰야 할 필요가 있었다. 석명이 대체 어딜 갔다 온 거냐고 물을 게 뻔했으니까. 무산과 돌멩은 무당골로 돌아오는 내내 고민했고, 초여름 유람도 할 겸 단골집을 돌고 왔다고 둘러댈 생각이었다.

가장 중요한 부분을 감추기는 했지만, 틀린 말은 아니니까.

다만 베가 문제였다. 무당골 뜨내기인 무산과 돌멩에게 베 열 필을 대가로 받을 수 있는 단골집이라는 건 존재하지 않았다. 두 사람은 독에 베를 담아 땅에 묻을 생각이었다.

마을 입구에 들어선 돌멩이 코를 쿵쿵거리며 말했다.

"좀 이상한데. 지금 해 질 녘 아니야? 밥 짓는 냄새가 나야 하는데……."

무산도 억새 풀을 엮어 만든 지붕들을 훑어보았다.

"연기가 없어. 다들 어디에 불려 갔나?"

두 사람은 늦은 밤에 다시 만나 베를 땅에 묻기로 했다. 베를 얹은 지게를 넘겨받은 돌멩은 지팡이를 탁탁 짚으면서 제 집으로 돌아갔다.

돌멩과 헤어진 무산은 걸음을 옮기면서 집들을 살펴보았다. 고요함만 감도는 게 정말 아무도 없는 듯했다. 그러고 보니 집마다 문이 활짝 열려 있는 것이……. 이렇게 다급하게 떠났다고? 대체 다들 어디로 간 거지?

천지가 어둠에 집어삼켜지기 직전이었다. 하늘의 피를 닮은 노을빛이 무당골을 뒤덮고 있었다. 어쩐지 불안해진 무산은 마당에 들어서자마자 곧바로 석명의 방을 확인했다. 그런데 석명도 집에 없었다. 활짝 열린 방문 너머에는 아무도 없었다.

반면 자신의 방은…… 문이 굳게 닫혀 있었다. 투박한 섬돌에 눈이 닿았다. 그 위에 건혜(乾鞋)가 한 켤레 놓여 있었다.

무당골에 저런 신을 신는 사람은 없었다. 한 사람의 얼굴이 떠오르면서 설마, 하는 생각이 들었다. 어쩐지 심사가 뒤틀렸다. 무산은 숨을 깊게 내쉰 뒤 문을 활짝 열었다. 끼이익 소리와 함께 핏빛이 파도보다 빠르게 방 안을 뒤덮고, 무산도 잘 아는 이의 얼굴을 비추었다. 궁정상궁 순심이었다.

서안 앞에 앉은 순심은 잠을 자기라도 하는 것처럼 두 눈을 꼭 감은 채 미동도 하지 않았는데, 무산이 들어서자 기다렸다는 듯 말했다.

"왔구나."

"……."

눈을 감고 정좌하는 건 순심이 고민할 때 보이던 습관이었다. 무산을 찾아온 순심이 무언가를 고민하고 있다면, 그게 뭔지는 명약관화였다. 무산을 궁으로 데려가는 것, 전정으로 만드는 것.

애초에 순심은 무산이 신병에 걸렸다는 소문을 믿지 않았을 것이다. 무산의 속내도 훤히 알았겠지. 무산이 퍼뜨렸을 게 분명한 소문이 자기가 손을 쓰기도 전에 감찰상궁의 귀에 들어갔으니 이미 엎질러진 물이 되어버렸다는 것도.

그러나 포기하지는 않았을 것이다. 어떻게든 되돌리려 했을 것이다. 순심은 그러한 사람이었다. 기어코 그 방법을 찾아냈을 때……. 무산은 순심이 자신을 찾아올 거라고 생각했다. 그게 오늘인 걸까?

그러나 순심은 무산의 예상과 전혀 다른 말을 내뱉었다.

"무당골 사람들이 이상한 말을 하더구나. 사람과 어울리는 걸 좋아하고 농을 즐기며 차를 탐한다던데?"

"……."

무당골에서는 그게 무산의 본모습이 아니라는 걸 누구도 알지 못했다. 오직 궁에 있는 이만이, 이전의 무산을 알고 있는 사람만이 알아차릴 수 있었다. 무당골에 사는 무산의 성격, 말투, 식성…… 일거수일투족은 사실 다른 이의 삶을 모방한 것에 불과했다.

"하지만 집요하면서도 경중을 가릴 줄 안다고도 하더구나. 확실히 그건 네 모습이지."

무산은 울렁거리는 가슴을 애써 잠재웠다.

"저를 찾아오셨다는 건 저를 궁으로 데려갈 방법을 찾으셨다는 거겠지요. 하지만 그게 무슨 방법이든, 제가 신을 모시고 있다는걸, 무녀라는 걸 저 스스로 부정하지 않는 이상 소용없을 것입니다."

"그렇겠지. 네가 궁으로 돌아가겠다고 작정하지 않는 이상 불가능하겠지. 너는 그리 결심하였느냐?"

"그럴 일은 없을 겁니다."

"……그러니. 하나 네가 무녀라 할지라도 궁으로 돌아올 방법이 아예 없는 건 아니란다."

"……."

"이곳으로 오는 길이 지나치게 조용하지는 않더냐. 사람도 찾아볼 수 없었겠지."

그때 어딘가에서 달음박질 소리가 들렸다. 한둘이 아니었다. 무리를 이룬 이들이었다. 살짝 열린 문 사이로 어둠이 내려앉은 무당골이 보였다. 어느새 밤이 되었다. 횃불 여러 개가 밤길을 가르면서 날아가듯 멀어졌다. 무산은 그제야 밥 짓는 연기를 찾아볼 수 없는 저녁과 활짝 열린 문 그리고 보이지 않는 사람들을 하나로 엮어낼 수 있었다. 마을 사람들이 모두 잡혀간 것이다.

그것도 나라에 의해서.

멀리서 돌멩의 놀란 목소리가 들려왔다.

"뭐야? 당신들 누구야?"

마당과 울타리 너머로 익숙한 초가집이 보였다. 돌멩의 집이었다.

붉은빛으로 물든 횃불 몇 개가 초가집을 파고들며 어둠을 몰아내고 있었다. 무언가가 쓰러지고, 부서지는 소리가 나고, 누군가가 끌려 나왔다. 불빛이 돌멩의 모습을 밝혔다.

돌멩은 꼼짝없이 끌려가면서도 바락바락 고개를 젖히며 외쳐댔다.

"무산아! 도망가!"

무산은 고개를 돌려 순심을 보았다. 순심의 얼굴은 언제나 그렇듯 여전히 무심했다.

그 아이가 죽었을 때도…… 그랬었다. 감정의 동요를 들키는 건 오히려 사태를 악화시킬 뿐이라고 믿는 순심은 항상 냉정함을 방패처럼 두르고 있었다. 그때 일을 떠올린 무산은 속이 비틀렸지만, 순심의 말에도 일리가 있다고 생각했다. 지금 여기서 분노한다고 해서, 자신의 걱정을 드러낸다고 해서 무당골 사람들의 안위가 보장되는 건 아니니까.

냉정을 되찾은 무산은 고저 없는 목소리로 말했다.

"무당골이 큰일에 연루되었나 보군요."

"연루라……. 장계가 올라왔다. 도성과 경기 지역 백성들이 삿된 신을 섬기고 있다고 하더구나. 장대 위에 죽은 장수와 재상의 이름

을 적어놓고는 두박신이라고 부르면서 기원하였다지. 성상께서 두
박신을 만든 이를 찾아 추핵하라고 명하셨다. 그게 누구든, 벼슬이
있더라도 고신을 행하라고 말이야."

무산은 향수산에서 목격했던 걸 떠올렸다. 백성들이 죽은 재상과
장군의 이름을 종이에 적어 기원했다. 그때 그 남인은 사람들이 두
박신에게 기원하던 모습을 결국 보았을까? 보았더라면, 틀림없이
관아에 고했을 것이다. 그건 음사(淫祀)니까.

그런데 그 신을 향수산 마을 사람들만 섬겼던 게 아니라고?

순심의 말대로 두박신이 널리 섬겨지고 있는 거라면…… 섬기는
이들의 수가 너무 많았다. 수백, 수천 명이 넘을지도. 아마 조정도
발칵 뒤집혔을 것이다. 이 정도 규모라면 백성을 붙잡는 걸로는 끝
을 낼 수 없었다. 어떻게든 주모자를 찾아내야 했다. 주모자를 처단
해야만 끝을 낼 수 있었다.

그건 반역이 일어났을 때와 같았다. 백성 중 일부가 반역을 도모
하였다면 그들만 잡아서 죽이면 된다. 그러나 도성과 경기에 사는
백성 다수가 반역에 연루되었다면, 문제가 달라진다. 전체를 죽일
수는 없으니까. 그들을 모두 잡아들여 죽인들 무슨 의미가 있겠는
가. 도성과 경기가 텅 비면, 도성도 더는 도성이 아니고, 나라도 더
는 나라가 아닌 것을.

그럴 때는 모든 화살을 주모자에게 돌려야 했다. 주모자를 단호하
게 처단해 사건을 마무리 짓고, 일벌백계로 삼아야 했다. 그래야만
백성들을 온전한 상태로, 제자리로 돌려보낼 수 있었다. 빠르게 일

상으로 돌아갈 수 있었다. 그러니 서둘러 주모자를 찾아야 했을 것이다. 두박신이라는 삿된 신을 백성들에게 퍼뜨린 사람을.

나라님과 관원들이 제일 먼저 어디를 뒤지고자 할까. 불상과 공양이라면 승려가 떠오르듯 두박신과 음사라면 무격이 떠오르는 게 당연했다. 그런 무격들이 도성 밖에서 모여 산다? 무당골처럼 의심스러운 곳도 없었겠지.

"그래서 다짜고짜 무당골 사람들을 잡아간 겁니까? 그 무고한 사람들을요?"

"무고한지 무고하지 않은지는 고신(拷訊)을 행하면 알겠지."

"고신은 없는 죄도 토해내게 만든다는 걸 아시지 않습니까."

"……."

"왜 저를 찾아오셨습니까."

"너를 살리기 위해서라면, 믿겠느냐?"

"……."

"두박신은 소문으로 퍼진 귀신이야. 소문은 기원을 찾기가 쉽지 않지. 반면 고신은…… 네 말처럼 없는 죄도 만들어 내지 않느냐. 그들이 뜬구름 같은 소문을 쫓겠느냐, 아니면 철산처럼 확실한 증거를 얻을 수 있는 공초(供招, 죄인이나 증인의 진술을 기록한 문서)에 매진하겠느냐. 생각해보거라. 무당골 사람들이 살아남을 수 있을까?"

"그래서…… 지금 저 보고 도망이라도 치라는 겁니까?"

순심이 설핏 웃었다.

"그럴 리가. 여기서 도망을 가면, 고신도 필요가 없겠지. 네가 모든 죄를 뒤집어쓸 것이다."

"⋯⋯."

"너와 그 판수는 너무 오래 무당골을 비웠어⋯⋯. 그전에도 행적이 묘연했던 적이 많았다지? 무당골 사람들은 그럴 리 없다고 너희를 두둔하였지만, 윗분들은 그리 생각하지 않는다."

"저와 돌멩은 그런 적이 없습니다. 그러니 그랬다는 증거도 찾아낼 수 없을 텐데요."

"너도 알지 않느냐. 누가 그랬는지를 알아내는 게 중요한 것이 아니야. 최대한 빠르게, 적당한 이를 찾아 마무리를 짓는 게 중요하지. 형률에 의하면⋯⋯ 수범(首犯, 주모자)은 교형(絞刑, 교수형)이다."

"⋯⋯."

"그래서 어쩔 수 없이 성상께 너에 대해 고하였다. 네가 감찰궁녀였다는 것을, 무엇을 했었는지, 능력이 어떠했는지, 아주 자세히 말이야. 너라면 이번 일을 제대로 조사할 수 있을 테니까. 너는 무녀가 아니냐. 괴력난신에는 괴력난신의 이치가 있는 법이지. 조선 팔도 어디에서도 너보다 적당한 사람을 찾을 수는 없을 거다. 산 자의 이치와 괴력난신의 이치를 모두 알아볼 수 있는 이니까."

"지금 저보고⋯⋯ 두박신을 조사하라는 겁니까?"

"내 명이 아니다. 이건 왕명이다."

"⋯⋯."

"두박신에 관한 모든 걸 조사하거라. 맨 처음 퍼뜨린 이는 누구인지, 누가 만든 건 아닌지, 어떻게 퍼진 것인지, 남김없이 말이야. 그게 네가 살 길이자 무당골 사람들을 살릴 방도다."

"일개 무녀인 제가 무슨 수로요?"

"전농시 소윤이 널 찾아올 거다. 한성부로 보낼 노비를 뽑으러 내려갔다가 백성들이 두박신에게 기원하는 걸 보았다지. 성상께서 이번 일을 그에게 맡기셨다. 청렴하고 열정이 넘치는 사람이지만, 이 일은 그가 할 수 있는 일이 아니야. 그건 성상께서도 잘 알고 계신다."

"그자와 함께 조사하라는 거군요."

"관련 장계들을 전사했다. 새로 올라오는 장계들도 전사해 가져다주마."

서안 앞에 놓인 종이들을 턱짓으로 가리킨 다음 순심은 자리에서 일어났다. 천천히 걸음을 옮긴 순심이 무산의 귓가에다 속삭이듯 말했다.

"무산아, 여기까지가 겉으로 드러나는 왕명이다. 성상께서 네게 따로 밀명을 내리셨다. 두박신이 진짜인지를 조사하거라. 두박신이라는 괴력난신이 진짜인지, 그것이 득이 될지 실이 될지를 알아보거라. 이건 감찰궁녀였던 무산이 아닌, 무녀 무산에게 내리는 명이다."

"......"

"이 기회를 잘 잡거라. 이번 일을 해결한다면…… 국무가 되어 궁으로 돌아올 수도 있겠지."

순심은 무산을 지나쳐 문지방을 넘었다. 섬돌 위에 놓인 건혜를 신고 허리를 곧게 펴더니 뒤도 돌아보지 않고 나섰다. 순심은 어느새 짙어진 달빛을 파고들며 천천히 멀어졌다. 무산은 바람결에 전해지는 목소리를 들을 수 있었다.

"그 아이처럼 웃고, 그 아이처럼 말하고, 그 아이처럼 먹는다고 해서 네가 그 아이가 될 수는 없다. 그런다고 그 아이가 다시 살아날 수는 없어."

그 목소리가 순심의 입에서 나온 말이었는지, 아니면 자기 마음이 들려준 말이었는지는 무산도 알 수 없었다.

* * *

무산은 서안 앞에 앉아 수북이 쌓인 장계 전사본을 읽었다. 순심이 왕명을 전하며 두고 간 전사본이었다.

두박신을 발견한 용인 현수가 급히 말에 태워 보냈을 첫 장계부터 두박신을 섬기던 백성들을 나래하고, 무당골 사람들까지 신문해 작성했을 근래의 장계까지. 성상에게 전해졌던 장계가 한 장도 남김없이 전사되어 있었다.

장계 내용은 대동소이했다. 사람들의 진술이 비슷한 것이다.

대다수가 두박신이라는 신을 올 초에 처음 들었고, 그 영험함에 놀라 기원을 했다.

장계를 훑어본 무산은 턱을 괴며 되뇌었다.

"두박신이라……."

두박은 속된 말로 엎어질 때 나는 소리였다.

한나라 초공의 『역림(易林)』에서는 엎어져서 죽는 깃 혹은 그렇게 죽은 시신을 강사(僵死)라고 했다. 그렇다면 두박신은 엎어져서 죽은 이를 말하는 게 아닐까?

원래는 인이었으나 죽음으로 귀가 되고, 나중에는 신이 된 존재.

또한 지방에 적힌 두박신의 이름이 각기 달랐다. 적힌 존재들에게 공통점이 있다면 그들이 칼을 맞고 엎어지면서 죽었을, 즉 참형 당한 재상이나 장수라는 거였다. 그렇다면 사람들이 외치던 두박신은 특정한 신을 호명하는 게 아니라 특정한 기원을 들어줄 신들을 총칭하는 게 아니었을까?

예를 들자면…… 복수.

억울하게 죽은 이들이라면 그 간절한 마음을 이해해 줄 테니까.

그래서 그들에게 복수를 청하는 것이다.

종이 위에 적힌 두박신들에게 공통점이 있는 것처럼 붙잡혀 온 사람들에게도 공통점이 있었다. 억울한 일을 당한 적이 있다는 것.

무산은 향수산 마을에서 들었던 샛눈 아범의 말을 떠올렸다. 이것만 바치면, 이것만 있으면, 샛눈 어미의 복수를 할 수 있다고.

세상에 이런 신이 있다면 어떠할까. 넘어진 자의 손을 붙잡아 일으켜 주는, 한 치 앞도 보이지 않는 짙은 어둠에 잠긴 이에게 불을 질러 빛을 선사하는, 무엇도 바꿀 수 없다는 절망을 모든 걸 파괴하겠다는 분노로 바꿔주는, 왕생진언을 읊는 것 외에는 아무것도 할 수 없었던 이들에게 복수라는 공수(무당이 전하는 신의 말)를 내려주는…….

이런 신이라면 사람들로부터 아주 강력한 믿음을 얻어낼 수 있을 것이다. 누구도, 무엇도 그 믿음을 흔들 수는 없을 것이다. 인과응보가 뜬구름과 같다면, 복수는 타오르는 불과 같았다. 전자는 손으로 쥘 수 없으나 후자는 손에 쥘 수 있었다. 불길에 휩싸여 자기 몸이 탈지라도 분명 손으로 그 온도를 느낄 수 있었다.

하지만 민심이라는 것은 천태만상이 아닌가. 하나로 모으기가 쉽지 않았을 것이다.

두박신에 관한 소문만으로 민심을 거머쥘 수 있을까? 억울한 이들의 간절한 마음에 닿았다고 해서 이렇게 많은 이들의 마음을 사로잡을 수 있을까? 무산은 골똘히 생각해 보다가 어딘가에 확실한 증거가 있을 거라고 결론을 내렸다.

두박신이 진짜라면 세상에 현신했거나 확실한 무언가를 통해 사람들의 마음에 각인을 남겼을 것이다. 신의 증거가 될 수 있을 만큼, 두루뭉술한 소문이 아니라 구체적이면서도 확실한 무언가를.

두박신이 가짜라면…… 증거를 조작하고 일부러 소문을 내며 민심을 어루꾀는 이가 있는 거고.

"문제는 그걸 구분해 내기가 쉽지 않다는 건데……."

소문이라는 게 원래 그렇지 않은가. 모호하기에 조사가 쉽지 않았다. 게다가 무산은 가짜 무녀였다. 가짜 무녀가 무슨 수로 신의 진위를 구분하나. 그 목소리를 듣고 그 모습을 볼 수 있는 이가 필요했다. 가짜가 아닌 진짜가.

무당골 사람들이 남아 있었다면 도움을 받을 수 있었을 텐데…….

무산은 손가락 끝으로 머리를 꾹꾹 눌러보다가 한숨을 내쉬었다. 그러다 자리에서 일어나 밖으로 나갔다.

날이 어두워져 서쪽 하늘에서 개밥바라기가 반짝였다. 늦바람이 부는 무당골은 적막하면서도 스산했다. 무산은 마을 밖으로 나가 수호수처럼 굳건하게 서 있는 복숭아나무 앞에 섰다.

만개한 꽃을 꺾어 꽃잎을 모았던 일이 까마득하게 느껴졌다. 그사이 꽃은 졌고, 열매가 맺혔다. 사람들이 잡혀가면서 마을에는 자신만 남았다. 무산은 마을을 빙 둘러싸고 자란 복숭아나무들을 한 그루 한 그루 살펴보면서 걸음을 옮겼다. 무당골 사람들도 이렇게 한 그루 한 그루를 맴돌면서 비손을 하곤 했다.

다섯 번째 복숭아나무를 지나칠 때였다. 수상한 소리가 들렸다. 이곳은 큰길과 이어진 마을 어귀에서도, 마을 안쪽 무산과 석명이 사는 집에서도 제법 떨어져 있었다.

무산은 걸음을 멈췄다.

이 시간에 왜 소리가 들리지?

지금 무당골에는 아무도 없었다. 그리고 무산은 무당골에 자리를 잡은 뒤로 단 한 번도 귀신을 본 적이 없었다. 자신이 얼마나 귀신을 보고 싶어 했는지, 그 아이의 모습을 보고 그 목소리를 듣고 싶어 했는지 아무도 모를 것이다. 그건 무산이 모두에게 숨기던 가장 큰 비밀이었으니까.

그러니 늦은 밤에 들리는 수상한 기척은 무산에게 단 하나를 의미했다. 산 자가 마을에 침입했다.

무산은 제일 가까이에 있는 집에 들어갔다. 황해도 지역에서 내려온 무녀가 사는 집이었다. 이 집 처마 밑에는 나무막대기가 일렬로 놓여 있었다. 무구(巫具)인 청룡도의 손잡이를 주기적으로 교체하기 위해 손잡이로 쓸 나무를 미리 선별해 놓은 거였다. 무산은 가장 튼실해 보이는 막대기를 움켜쥔 뒤 다시 소리를 찾아보았다.

이 집에서 저 집으로, 저 집에서 저 안쪽으로, 기척을 감추면서 천천히 움직였다. 그리고 드디어 소리 나는 곳을 찾았다. 첨사통으로 점복을 하는 판수의 집이었다.

낯선 사람 두 명이 집 안으로 들어가 닥치는 대로 기물을 뒤집고 있었는데, 신고 있던 미투리도 벗지 않아 방바닥에 흙이 가득 묻었다.

저들이 누구인지 알 수 있었던 무산은 화가 치밀어올랐다.

"무슨 짓이오!"

나무막대기로 땅을 쿵 치며 외치자 열린 문 너머로 살림살이를 뒤집던 이들이 고개를 돌렸다. 저들은 죄인을 나래하거나 문초하는 일을 담당하는 나장(羅將)이었다. 나장의 복식이라고 할 수 있는 검은 두건을 쓰지도, 까치등거리를 입지도 않았지만, 무산은 저들이 나장이라는 걸 확신했다. 그만큼 흔한 일이기 때문이었다.

나랏일이라고는 해도 신역(身役)이었다. 대가 없이 행하는 고된 일이었다. 이들이 범죄에 연루된 여염집의 재물을 앗아가 생계를 도모한다는 건 모르는 이가 없었다. 그러나 저들이 신고 있는 미투리가, 유달리 총이 촘촘한 미투리가 유독 눈에 거슬렸다. 미투리는 앞부분인 총을 많이 세울수록 값이 비쌌으니까. 무당골 사람들은 저렇게 촘촘한 미투리를 언감생심 꿈도 꿀 수 없었나.

무산의 호통에 나장 하나가 욕지거리를 뱉어내더니 눈을 부라리며 밖으로 나오려 했다. 그러자 다른 나장이 그자의 어깨를 붙잡으며 소곤거렸다. 무슨 말을 들은 건지는 모르겠지만, 기세가 눈에 띄게 달라졌다.

"퉤, 오늘은 가자."

마당으로 나온 나장 둘이 무산을 위아래로 훑어보았다. 무산은 화가 났지만, 저들을 막아서며 따질 수가 없었다. 힘없는 무녀였으니까. 저들이 순순히 물러나서 오히려 안도해야 할 처지였다. 그래서 무산은 아무 말도 못 했다. 다시는 찾아오지 말라고, 이 마을을 건드릴 생각은 꿈도 꾸지 말라고, 그렇게 외치지 못했다.

대신 무산은 힘껏 나무막대기를 움켜쥐었다. 큰 소리로 외칠 수는 없어도, 막대기를 휘두를 수는 있으니까. 분노 때문이 아니었다. 두려움 때문이었다.

저들이 돌아와 자신을 어찌할 수도 있다는 두려움.

잠시 후 정말 누군가 돌아왔다. 천천히 다가오는 소리가 들렸다.

철렁 내려앉는 가슴을 붙잡고 무산은 두 눈을 질끈 감으면서 뒤돌아 막대기를 휘둘렀다.

"으아아아!"

소스라치게 놀라는 남인의 목소리가 튀어나왔다. 묘하게 익숙한 목소리라 무산은 두 눈을 번쩍 떴다. 그대로 엉덩방아를 찧어 자신을 올려다보는 이는…… 왕신을 모시던 가문의 가주였다.

"아니, 여긴 어쩐 일이십니까?"

"자네 목소리를 듣고 온 것인데 갑자기 몽둥이는 왜 휘두르는가. 깜짝 놀랐네."

"송구합니다. 그럴 만한 일이 있어서……."

"괜찮네."

얼굴이 새파랗게 질린 가주는 아무렇지도 않다는 듯 자리에서 일어나더니 헛기침하며 말을 이었다.

"쌀 다섯 섬을 줘야 하지 않나. 그래서 찾아왔네."

무산은 가주의 휑한 행색을 보며 물었다.

"쌀은요?"

"너무 무거워서 직접 들고 올 수 없었다네. 당분간은 한성부에 있는 외숙의 집에서 머물 생각이네. 그곳에서 쌀을 보내주지."

"셈이 확실한 분이시군요. 좋습니다."

"셈이 확실하다고 해서 말인데, 우리가 약조했던 일이 아직 끝나지 않았네."

"무슨 일이요?"

"허허, 무슨 일이라니."

가주는 주위를 살피더니 바짝 다가와 입술을 달싹였다.

무산은 흠칫 놀라며 몸을 뒤로 뺐다. 뭐라 말한 것 같은데 실바람 소리보다도 미약해 잘 들리지 않았다.

"여기 아무도 없습니다. 그냥 큰 소리로 말씀하세요. 잘 안 들립니다."

"왕신 말일세, 왕신! 왕신을 내쫓아야지!"

"그 일은 끝난 것 아니었습니까?"

"안 끝났네. 왕신단지가 사당 안에 떡하니 버티고 있지 않나."

"그건…… 자당(慈堂)이 갑작스레 돌아오셔서 그리된 것 아닙니까? 저는 약조한 대로 시킨 일을 다 하였는데요?"

"……."

"셈은 확실히 해야지요. 저는 시키신 일은 다 했습니다? 진인사대천명이니 제게 천명을 요구하지는 마십시오."

"자네 그렇게 안 봤는데 참으로 매정하군."

"……."

"좋아, 그때 주기로 했던 쌀 다섯 섬에 다섯 섬을 더해서 총 열 섬을 주지. 베 열 필도 더 주고."

"안 됩니다."

"설마 더 달라는 건가?"

"아뇨, 그게 아니라 제가 지금은 다른 일을 맡을 수 없습니다. 이미 맡은 일이 있어서요."

"어느 가문인지는 몰라도 내가 그곳에서 주는 값의 두 배를 주겠네. 그러니 나를 좀 도와주게."

아무래도 가주는 자기 자형이 삼고초려로 데려오려 했던 이가 자신이 아니라 석명이라는 걸 잊고 있는 것 같았다. 그렇지 않고서야 이렇게 저를 붙잡고 늘어질 리 없었다. '어느 가문'이 왕실이라는 걸 알면 놀라서 까무러치겠지. 또한 그 '값'이라는 것도 재물이 아니었다. 그건 목숨이었다. 무산은 자신과 무당골 사람들의 목숨이 이번 일에 달려 있다는 걸 되새기면서 단호히 고개를 저었다.

"안 됩니다."

"내가 정말 너무 급해서 그러하네. 도성까지 올라온 걸 보면 모르 겠나?"

"그래도 지금은 제가 도저히 해드릴 수가 없습니다."

"그럼 맡은 일을 다 끝내면, 그때 해주게나. 내가 그렇게 경우 없 는 이는 아닐세."

"나리."

무산은 깊은숨을 내쉬며 말을 골랐다. 안 그래도 두박신 때문에 머리가 다 아픈데 왕신까지 고민할 수는 없었다.

"솔직하게 말씀드리지요. 그 일은 제가 할 수 없는 일입니다. 제 능력으로는 어찌할 수 없어요……. 왕신을 내쫓을 수 있는 건 왕신 을 모시는 가문 사람들뿐입니다. 외부인이 내쫓을 수 있는 게 아닙 니다."

"다른 이는 안 되네. 꼭 자네여야 해."

가주는 완강했다. 눈빛을 보아하니 절대 물러서지 않을 듯했다.

그제야 무산은 쌀이 핑계라는 걸, 가주가 무당골을 찾아온 건 그 날 잃었던 기회를 다시 만들기 위해서라는 걸 깨달았다. 속사정을 모두 알고 있는 자신이라면 번거롭게 상황을 설명할 필요가 없을 테니까. 사당에서 기거하며 짚을 꼬고 있을 때부터 알아봤어야 했는 데. 가문 사람들과 마을 사람들을 속이기 위해 전력을 다할 때부터 알아봤어야 했는데…….

이렇게 물귀신 같은 사람이라니!

무산은 이마를 짚고 싶었다.

"나리, 주변을 돌아보십시오. 밤이 되었는데 빛도 보이지 않고, 기척 소리도 없지요?"

그런가, 하고 가주가 이리저리 고개를 돌렸다. 정말 달빛이 내려앉은 무당골에는 사람 한 명 찾아볼 수 없었다.

"저를 제외한 마을 사람들이 모두 붙잡혀 갔습니다."

"붙잡혀 갔다고? 어쩌다가?"

"왕명으로요."

가주의 안색이 밤하늘보다 어두워졌다. 왕명으로 붙잡혀 갔다는 말의 무게가 어떠한지를 알기 때문이었다. 그것은 발을 딛고 있던 땅이 꺼지고 머리 위에 있던 하늘이 무너지는 것과 같았다. 어찌 사람이 꺼지는 땅을 붙들고, 무너지는 하늘을 떠받들 수 있으랴.

무산은 가주의 침묵을 보며 말을 이었다. 어쩌면 그건 자기 자신에게 해주는 말일지도 몰랐다.

"사람들을 구하기 위해 해야 하는 일이 있습니다. 그래서 저를 남겨두고 다른 이들만 잡아간 겁니다."

"……."

"그러니 그 일은 제가 할 수 없습니다. 제게는 그럴 능력도 없고, 설사 할 수 있다 할지라도 지금은 안 됩니다."

가주는 굳은 얼굴로 무산을 보고 또 텅 빈 무당골을 보면서 한참이나 머뭇거렸다. 하지만 끝내 포기할 수 없다는 듯 말을 꺼냈다.

"허나…… 설랑이 그랬네. 그 일을 해낼 수 있는 건 자네뿐이라고."

"제가요?"

아니, 내가 무슨 수로? 무산은 튀어나오는 말을 도로 삼킨 뒤 새로 떠오른 의문을 내뱉었다.

"그런데 설랑이 누굽니까?"

"내 사촌 아우일세. 외숙의 아들이지. 내가 지금 한성부에 있는 외숙의 집에서 머물고 있네."

"그 사람이 저를 어찌 알고 그런 말을 합니까?"

"그날 못 보았는가? 자친(慈親, 어머니)이 돌아오시던 날 말일세. 그날 설랑도 같이 왔네."

무산은 가주의 자형과 함께 다가오던 남인을 떠올렸다. 사족의 피를 지녔으나 무격의 명운을 타고났던 이. 볼 수 없는 존재를 보고, 들을 수 없는 존재를 듣지만, 무격이 아닌 이. 도성과 경기에 있는 무인(巫人)이 모두 잡혀간 지금 어쩌면 유일하게 남아 있는 사람일지도 몰랐다.

신의 진위를 구별할 수 없는 가짜 무녀에게 동아줄이 될 수도 있는…….

무산은 이런저런 머리를 굴려보다가 가주에게 물었다.

"그, 설랑이라는 사촌 아우 말입니다. 어떤 분입니까?"

* * *

　설랑이라는 사람을 알려면 먼저 그의 부친이 어떤 삶을 살았는지를 알아야 했다.

　설랑의 부친은 산자락에 있는 작은 마을에서 태어났다. 그는 그곳을 풍요로우나 지루한 곳으로 기억했다. 반면 혼인 후 살게 된 처가는 그리고 처가가 있던 한성부는 고향과 정반대였다. 개똥밭에 굴러도 이승이 좋다고 했던가. 그에게는 한성부가 그러했다. 온갖 사람과 사물이 모이는 한성부는 혈기 왕성한 청년의 열정과 관심을 사로잡았을 뿐 아니라 꽉 묶어두기까지 했다. 그래서 그는 자신의 권리였으나 자신을 옭아매는 의무이기도 했던 가문을, 고향의 본가를 누이에게 물려주기로 결심했다. 가문이 데릴사위를 들이면 그만이니까.

　그러나 예상대로 되는 건 없었다. 누이의 혼인도, 자신의 한성부 생활도.

　특히 한성부 생활은 끝없는 비탈길을 무거운 수레를 끌고 올라가는 것만 같았다. 힘껏 버둥거리지 않으면 수레는 순식간에 아래로 굴렀다. 한성부가 어떤 곳이던가. 아흔아홉 칸 본가를 가진 고관대작이라 할지라도 이곳에서는 스무 칸이 넘는 가옥을 갖기가 쉽지 않았다. 집값은 천정부지였고, 물가는 도둑놈 같았으며 재물이 나올 구석은 쥐구멍보다 작았다.

　약관에 혼인한 그는 이립이 되었는데도 스스로 서 있을 수 없었다. 처가와 본가의 지원에 기대야 했다. 양가가 주는 눈치에 출세를 향한 투지를 불태운 적이 있었으나 시간이 지나면서 그의 자립 의지는 삭은 노끈처럼 약해졌다.

그랬던 그가 불혹이 되었을 때, 그는 조금 이르게 자기 천명을 깨달았다. 바로 자식이었다. 그에게는 아들 둘이 있었다. 급제하지 못한 큰아이가 승문원 제조의 눈에 들었을 때, 단정하면서도 크기가 일정한 필체와 빠른 이문(吏文, 외교문서에 쓰이는 서체) 습득 능력을 인정받았을 때, 그래서 제조의 추천으로 승문원에 다니게 되었을 때, 그는 확신했다. 이것이 자기 운명이라는 것을. 자식들의 입신양명이 제 천명이라고 그는 굳게 믿었다.

첫째의 앞길이 정해졌으니 이제 둘째에게 출세의 물꼬를 터줘야 했다. 그러나 설랑은 서자였다. 관직에 오르더라도 높은 자리에 오를 수 없었다. 서얼금고법과 한품서용법 때문이었다. 자신이 이품 이상의 관원이었다면 서자인 설랑도 정삼품까지는 올라갈 수 있었지만, 무직자였기에 설랑 또한 아무리 올라가도 정사품이 끝이었다.

그래서 그는 머리를 썼다. 고관대작의 꿈은 첫째로 이루고, 둘째로는 실속을 차리기로. 그리하여 그는 설랑을 사역원으로 보내 한학생도로 만들었다.

잡과에 응시한 둘째가 역관이 되어 사절단을 따라간다면, 이곳의 물건을 그곳에 팔고 그곳의 물건을 이곳에 판다면 큰 재물을 벌 거라 여겼다. 예전에는 행대 감찰이, 지금은 서장관(書狀官)이 사절단을 감찰하였지만, 그것도 걱정할 필요가 없다고 생각했다. 그쯤이면 첫째가 승문원 요직에 올랐을 테니 막아줄 수 있을 터였다.

그는 끝끝내 인정하지 않았지만, 사실 그는 자기 아비와 많이 닮아 있었다. 아비가 왕신과 노비를 이용해 부를 축적하였다면, 그는 자식을 이용해 만족을 얻고자 했다. 부정(父情)이라고 하는 것이 자식의 마음을 녹이는 따스한 온기가 될 수 있으면서도 자식의 마음을 태우는 뜨거운 열기가 될 수도 있다는 것을 그는 이해하지 못했다.

그것이 화마와 같았는데도 서자였던 설랑은 부정을 갈구할 수밖에 없었다. 다른 서얼들은 꿈도 꾸지 못했던 것이기에.

설랑은 이야기꾼을 통해 많은 이야기를 들었다. 적자가 없는데도 가격(家格)이 하락하고 제사가 끊길 수 있다면서 서얼에게는 제사를 승계하지 않던 매정한 아비를, 얼녀의 혼사에 관심을 두지 않아 얼녀가 누군가의 첩으로 출가해도 이를 알지 못했던 무심한 아비를. 여기에 서얼을 배척하고 핍박하는 적모(嫡母, 아버지의 본처)까지 더해지면 이야기를 듣던 사람들은 흥분하며 눈물 콧물을 빼곤 했다.

그렇게 입에서 입으로 전해지던 이야기는 사실과 다른 부분이 많았지만, 서얼들에게는 부정할 수 없는 현실의 단면이기도 했다. 어디 그뿐이던가. 현실은 이야기만도 못하였다. 이야기로 들을 때는 눈물을 흘리며 서얼을 동정하던 이들도 현실에서는 절대 편을 들어주지 않았으니까.

그래서 설랑은 서자인 자신을 아껴주는 아비가 있다는 데, 무관심으로 관용하는 적모가 있다는 데 만족하려 했다. 주어진 것에 감사하려 했다. 목적이 있는 관심과 애정, 기대에 숨이 막힐 때가 있더라도, 그 기저에 깔린 형체 없는 차별에 화가 날지라도 티를 내지 않으려 했다.

그러려고 했는데, 그랬어야 했는데…….

지학(志學, 15세)이 된 뒤로 마음속 말이 곧장 입 밖으로 튀어나왔다. 생각이 많아지고 감정이 들끓었다. 마음에만 담아놨던 감정을 쏟아내지 않고는 도저히 견딜 수가 없었다. 아비의 말을 들을 때마다 자기도 모르게 낯빛이 굳고, 입에서 대거리가 튀어나왔다.

형님 때문에 그러시는 거잖아요. 저도 다 압니다. 저를 위하는 척 하지 마십시오. 저는 하고 싶지 않습니다. 제가 왜요?

설랑의 갑작스러운 변화에 가문 사람들은 사역원 한학생도가 되더니 교만해졌다면서 입방아를 찧어댔다. 그래서 설랑은 아예 입을 다물었다. 침묵으로 모든 걸 감추려 했다. 부친의 애정마저 잃는다면 가진 것이 아무것도 없게 되니까.

설랑이 그토록 숨기고자 했던 진실. 사실은 그 자신조차 모르고 있던 진실이 갑작스럽게 찾아와 정체를 드러냈다. 신병이었다. 설랑의 천명이 따로 있었다. 역관이 아닌 무격의 운명이었다. 그 소식을 전해준 건 적모였다.

소생인 첫째가 과거 급제자인 다른 권지들에게 업신여겨질까 걱정했던 적모는 기원을 위해 멀리 계룡산에 올랐다. 거기서 우연히 검은 깁을 드리운 쓰개 쓴 무녀를 만났다고 했다. 검은 깁 너머로 보이는 그 섬뜩한 눈빛에 적모는 숨을 멈추며 침을 삼켰다. 그녀다. 적모도 소문으로 들은 적이 있었다. 죽은 이와 산 자의 명운을 뒤바꾸고, 죽은 이의 혼을 불러내 사물에 깃들게 할 수 있지만, 신출귀몰하여 누구도 찾을 수 없다는 무녀가, 조선 팔도에서 제일간다는 흑무가 가끔 계룡산에 나타난다고.

이를 뜬소문이라고 여겼던 적모도 눈앞에 있는 이가 소문 속 무녀라 확신했다. 적모는 무녀로부터 아들에 관한 말을 들었다. 첫째가 아닌 둘째에 관한 말이었다.

그 아이가 신병에 걸렸으니 자기 운명을 받아들이고 일을 도모하지 않는 이상 무엇도 이룰 수 없을 거라고. 하지만 받아들인다면 끝내 원하는 것을 이룰 거라고 했다.

적모는 곧장 도성으로 달려가 지아비에게 저주처럼 들리는 말을 전해주었다. 그 뒤로 설랑은 모든 걸 잃었다. 설랑의 아비는 더는 둘째에게 기대를 품지 않았다.

차라리 처음부터 가지지 못했더라면…… 이렇게 비참하지는 않았을 텐데.

그러나 과거를 가정하는 건 아무 의미가 없었다. 자기 위안도 될 수 없었다. 설랑은 대신 적모와 아비가 전한 무녀의 말을, 운명을 받아들이라는 말을 하루에도 몇 번이나 곱씹어 보았다. 그 말이 무엇을 의미하는지, 자기가 무엇을 해야 하고 무엇을 할 수 있는지를.

그래서일까, 설랑은 보이지 않는 것을 볼 수 있게 되었다. 들리지 않는 것을 들을 수 있게 되었다.

그것이 원래부터 가지고 있었으나 뒤늦게 발현한 능력이었는지, 아니면 원래는 없었으나 모두가 가지고 있다고 말했기에 뒤늦게 생겨난 능력이었는지는 누구도 알 수 없었다. 심지어는 설랑 자신도 알지 못하였다.

* * *

무산은 견평방(서울 종로구 일대) 시전 거리를 걸으며 설랑의 뒤를 쫓았다.

정처 없이 걷는 뒷모습을 보며 무산은 운명에 대한 고민이 오히려 사람을 운명으로 이끌지도 모른다고 생각했다. 다행히 설랑은 운명 이라는 회오리에 휩쓸리면서도 방향을 가늠하고 동아줄을 움켜쥐는 이였다.

그러니 무녀를 수소문하기 위해 도성으로 찾아온 고모에게 자기 비밀을 털어놓았겠지. 설랑이 무격의 운명을 타고났다는 건 아비와 적모 외에는 아는 이가 없었다. 가격(家格)과 관련된 일이니 철저히 숨기려 했을 것이다. 설랑을 향한 두 사람의 태도도 확연히 달라졌 겠지.

그래서 설랑은 살아남기 위해 고모의 손을 잡았다. 가문의 진짜 실세인 고모를 돕는다면, 보이지 않는 걸 보고, 들리지 않는 걸 듣는 다는 자기 운명을 받아들여 문제를 해결한다면, 그렇게 되면 고모의 지지를 얻게 될 테니 자기 입지를 되찾을 거라고 믿었을 것이다.

정말 총민한 선택이었다. 무산은 그 점을 매우 높게 평가했다. 그 러나 설랑은 실패할 수밖에 없었다. 가주의 어미가 원하는 건 왕신을 오래오래 가문에 남기는 방도를 찾는 거였다. 혼이 저승으로 넘어가지 않도록 이승에 붙잡아 두는 것. 경험도 적고 견문도 없는 풋내 나는 무격이 그렇게 어려운 일을 해낼 리가 만무했다.

그런데 그게 무슨 수로 가능하지? 죽은 이의 혼을 강제로 곁에 남긴다고?

무산은 시렁 아래 붙어 있던 빛바랜 부적들을 떠올렸다. 그 방도라는 게 사실은 부적이었던 걸까? 그렇게 영험한 부적을 쓸 수 있는 이로는 과연 누가 있을까. 석명 외에는 딱히 떠오르는 이가 없었다.

아니지, 지금 이게 중요한 게 아니었다. 지금 고민해야 하는 건 설랑과 손잡을 방법이었다. 신병에 걸렸다며 제 발로 나간 궁녀가 사실은 가짜였고, 궁정상궁이 그것도 모르고 두박신 사건 조사를 위해 성상에게 그 아이를 추천했다는 게 밝혀진다면, 자신은 참수형을 당할 것이다.

군왕 기만죄가 아닌가. 어쩌면 다음 두박신은 자신이 될지도 몰랐다. 그러니 무산은 반드시 설랑을 붙잡아야 했다. 어디서 저런 이를 찾겠나. 무격이지만 무격이 아닌 자를. 순심과 성상도 진짜 정체를 알 수 없는 이를.

저자와 손잡는다면, 이번 고난을 넘길 수 있을 것이다! 두박신의 진위만 확인해 준다면, 그것이 진짜인지를 확인해 주면 다른 건 자기가 알아서 할 수 있었다.

문제는 설랑이 왕명의 무게를 감당할 수 있는가였다. 저자가 그 무거운 임무를 어깨에 진 채 저와 손잡고 사기를 칠 수, 아니, 협력을 할 수 있을까? 다른 것도 아니고 왕명인데? 잘 해낸다면 왕의 바둑알이 되어 판 위를 오갈 것이고, 실패한다면 땅 위로 내던져져 돌멩이가 될 터였다. 차라리 돌멩이처럼 버려진다면 자유의 몸이라도 되겠지만, 성상의 분노를 사게 된다면 목숨도 보전할 수 없었다.

땅거미가 졌는데도 설랑은 집으로 돌아가지 않았다. 무산이 품었던 의문은 어느새 확신이 되었다. 저자라면 제안을 받아들일 것이다. 잘못하면 자기 손을 벨 수도 있다는 걸 알면서도, 차마 거절하지 못할 것이다. 그만큼 절박하니까.

가문의 실세인 고모에게 멋대로 비밀을 토로한 데다가 말도 없이 집을 떠났으니 아비가 단단히 벼르고 있었을 것이다. 그러니 꿩 대신 닭으로 고모 대신 종형인 가주를 끌고 와 방패로 삼았겠지. 하나 임기응변이 아니라 임시방편이었다. 가주가 외숙의 집에 오래 머물리 없었다.

지금 설랑의 가슴은 가뭄 만난 논바닥처럼 쩍쩍 갈라지고 있을 것이다. 가주가 떠난 뒤 부친의 분노를 홀로 마주해야 할 테니까. 그런 설랑에게 왕명이라는 허울 좋은 올가미가 나타난다면?

여우굴을 피하려다 호랑이굴을 만나는 셈이지만, 가끔은 여우보다 호랑이가 나을 때가 있었다. 게다가 왕명이 아닌가. 누가 감히 왕명을 받은 이를 건드리겠는가. 임무를 잘 수행해서 판 위의 바둑알이 되는 것이 설랑에게는 전화위복이 될지도 몰랐다.

같은 시전 거리를 몇 번이나 오가던 설랑이 드디어 어느 가옥의 평대문 앞에서 걸음을 멈추었다. 그는 숨을 고르며 한참을 주저할 뿐 대문을 두드리지도, 힘껏 밀지도 않았다.

무산은 거기가 설랑의 집이라는 걸 쉬이 가늠할 수 있었다.

기척을 숨기며 다가간 무산이 설랑의 뒤통수에 대고 속살거렸다.

"또 뵙네요? 잘 지내셨습니까?"

화들짝 놀라며 설랑이 고개를 돌렸다. 곧이어 송아지 눈망울을 닮은 두 눈이 동그래졌다.

"당신은⋯⋯."

"잠시 이야기를 좀 나눌까요?"

무산은 견평방에서 그나마 인적이 드문 장소인 의금부 뒷거리로 그를 데려갔다.

다행히 설랑은 순순히 따라왔다. 왕신 마을에서처럼 공격적인 반응은 찾아볼 수 없었다. 다짜고짜 반말을 뱉었던 첫날과 달리 말도 좀 길어지고 호의적인 것이 아무래도 가주가 도성으로 올라오며 자신을 소개했던 모양이었다. 그것도 좋은 이야기로. 가주는 누구를 칭찬했으면 칭찬했지, 헐뜯지는 않을 양반이었으니까. 그것이 선비의 미덕이자 도리라고 굳게 믿는 사람이었다.

덕분에 설득이 훨씬 수월해질 듯했다. 무산은 바로 본론으로 들어갔다. 설랑이 비밀을 털어놓으며 고모에게 제안했던 것처럼, 자신의 약점을 밝히면서 운을 띄웠다.

"그러니까 신력을 잃어서 보지도 듣지도 못하니 좀 도와달라는 게지요?"

"맞습니다."

"정말로 듣지 못하셨던 거군요······."

"······."

"형님에게 들었습니다. 왕명으로 무당골 사람들이 다 잡혀갔다고요······. 그런데 풀려날 수는 있는 건가요?"

"두박신이 어떠한 신이고, 사람이 만들어 낸 것은 아닌지, 사람이 만들었다면 왜 만들었고 어찌 만든 것인지, 그 진상을 알아내서 증거까지 갖춰 고한다면 풀어주시겠지요."

"정말로요?"

무산은 고개를 돌려 먼 곳을 보았다. 저 멀리 구중궁궐이 있었다. 아홉 겹의 담과 문으로 둘러싸인 궁궐이 아무리 깊다고 한들 그 안에 있는 성심보다 헤아리기 힘들까. 무산이 믿고 있는 건 성심이 아니라 어떻게든 자기를 살려내 궁으로 데려오고 싶어 하는 순심이었다.

"그리 해주실 거라고 믿어야지요. 믿지 않으면 어쩌겠습니까. 진상을 밝힐 기회를 주셨는데 약조까지 해달라며 따질 수는 없는 것을요."

"······."

이어지는 침묵에 궐로 향했던 시선을 거둔 무산은 설랑의 두 눈에 그렁그렁 맺힌 눈물을 보고 적잖이 당황했다. 뭐지, 이 반응은?

가주에게 전해 들을 때는 이런 성품이 아닌 것 같았는데······. 내가 자네를 도와 무엇을 얻을 수 있냐고 묻거나, 위험한 건 아니냐면서 의심해야 하는 것 아닌가? 놀랍게도 설랑은 잡혀간 무당골 사람들을 걱정하고 있었다.

설랑이 옷소매로 눈가를 닦더니 잔뜩 잠긴 목소리로 말했다.

"돕겠습니다. 도와야지요. 저도 무격인 것을요."

"……"

"벽사 유생인 척하면 된다고 하셨지요? 언제 출발하면 됩니까? 지금 당장 채비할까요?"

생각지도 못한 반응에 당황한 무산은 자기도 모르게 손사래를 쳤다.

"아니, 아뇨. 저희 둘만 가는 게 아닙니다. 전농시 소윤 나리와 함께 갑니다. 붙잡혀 간 이들이 많아서 신문이 오래 걸릴 겁니다. 제가 따로 기별을 드리겠습니다."

"신문…… 문초를 한다고요……. 네, 기다리고 있겠습니다."

설랑은 주먹을 꼭 쥐며 몸을 돌리더니 성큼성큼 걸음을 내디뎠다. 전장에라도 나가는 모양새였다. 무산은 멀어지는 그를 의아한 눈빛으로 지켜보다가 무당골로 향했다.

* * *

무산은 자신에게 무당골이 어떤 의미인지 자문해 보았다. 도피처? 안식처? 알 수 없었다. 솔직히 말하자면 딱히 중요한 곳은 아니었다. 어디든 궁궐만 아니면 되었고, 궁궐로 돌아가지 않으려면 진짜 무녀가 되어야 했다. 그래서 무당골을 택한 것뿐이었다.

석명을 알게 되고 돌멩과 친우가 되면서 가끔은 행복하기도 했지만, 행복이라는 감정은 가장 불행한 곳에서도 싹을 틔우지 않던가. 그러니 무당골은 궁궐보다는 좀 더 낫지만, 아무 의미가 없는 곳이어야 했다. 설사 폐허가 될지라도 개의치 않아야 했다.

그런데 어찌하여…… 도저히 그럴 수가 없는 걸까.

무당골로 돌아온 무산은 집들을 뒤지고 있는 나장들을 보고 이를 갈았다. 마을에 살인사건이 나면 어찌 되는지 아는가! 보통은 마을 사람들이 앞장서서 살인을 은폐했다. 죄인을 지키기 위해 그런 게 아니었다. 마을을 지키기 위해서였다. 마을 사람들은 사람의 목숨을 앗아간 죄인보다 사령과 아전, 군관을 더 두려워했다.

완악한 장교와 악질 아전이라도 만나면 약한 노인은 묶였고, 부녀자는 잡혔다. 솥을 빼앗겼고, 돼지와 송아지를 잃었으며, 항아리와 길쌈한 것을 노략질당했다.* 시신이라도 검험하면 사령과 아전, 군관이 떼로 몰려왔기에 마을은 쑥대밭이 되었다. 마을 사람들이 거연히 도망쳐 아예 폐촌이 되기도 했다.

사람들에게 사령은, 그중에서도 사람을 잡아가는 나장은 저승사자와 다를 게 없었다. 하지만 그들은 저승사자가 아니라 저승사자가 잡아가야 할 나쁜 놈들이었다. 마당으로 던져진 이불이 흙을 덮고, 깨진 질그릇이 부엌 바닥을 뒤덮었으며, 아궁이 안 묵은 재가 사방으로 날렸다. 그 모습을 보고 분노에 휩싸인 무산은 경을 읊을 때 쓰

---

* 『목민심서』의 「형전」에서 일부 발췌

149

는 징을 힘껏 움켜쥐고 나장을 향해 달려갔다.

가장 가까이 있던 나장에게 힘껏 징을 휘둘렀다. 머리를 가격한 징이 묵직한 소리를 내며 손안에서 몸을 부르르 떨었다.

기를 쓰고 달려드는 무산과 비명을 질러대는 나장. 갑작스러운 소란에 다른 집을 뒤지던 나장들이 순식간에 몰려왔다. 그들은 무산을 보더니 다친 동료를 부축해 마을을 떠났다. 무산을 무서워해서 피하는 건 아니었다.

나장들이 떠나고 방으로 돌아온 무산은 활짝 열린 문 너머로 달빛을 바라보면서 밤새도록 고민했다. 무당골은 자기에게 아무 의미도 없으며 무녀가 되기 위해 마지못해 택했던 곳이라는 생각도 지금은 저 멀리 떠나가고 없었다.

무산의 뇌리에 남아 쉴 새 없이 울리는 목소리는 어찌해야 마을을 지킬 수 있는가였다.

어느새 해가 떠올랐다. 무산은 천지를 환히 적시는 해를 보며 크나큰 결심을 했다. 가짜 무녀가 되어 궁을 떠나겠다고 결심한 이래로 이렇게 큰 결심은 처음인 것 같았다.

아침 닭이 울자마자 두박신 장계를 가지고 무당골을 찾은 순심에게 무산은 베 열 필을 건넸다. 순심은 그걸 보고 미간을 찌푸렸다.

"무엇이냐."

"그걸로 무당골 사람들의 옥바라지를 하고 싶습니다."

옥사에 휘말리면 가지고 있는 재물을 빼앗기는 게 다가 아니었다. 없는 재물도 만들어 내야 했다. 유문(踰門, 감옥에 들어가는 것)에서 해가(解枷, 죄인의 목에 씌운 칼을 벗기는 것)에 이르기까지 온갖 일에 값을 치러야 했기 때문이었다.*

간련(干連)이나 간증(看證), 인보(隣保)라 할지라도 옥사에 휘말리면 그저 죄인이었다. 포승줄에 묶여 관아로 끌려가거나 옥에 갇히는 게 예사였고, 재수가 없으면 안(案)이 끝날 때까지 시달려야 했다.

두박신 사건에 연루되어 붙잡혀 간 무당골 사람들도 지금은 모두 죄인인 셈이었다. 저지른 죗값이 아닌, 연루된 값을 나라에 치러야 했다. 게다가 두박신은 성심까지 뒤흔든 사건이 아니던가. 추국청이 세워져도 이상할 게 없는 사건이니 잡혀간 이들의 처지가 어떠할지는 명약관화였다.

순심은 두 손으로 베 열 필을 건네는 무산을 찬찬히 훑어보더니 고개를 끄덕였다.

"알겠다."

"그리고…… 무당골 사람들이 다시 이곳으로 돌아왔을 때, 이곳이 그대로였으면 좋겠습니다. 폐촌이 되지 않도록 도와주십시오."

무산과 돌멩이 무당골로 돌아왔을 때, 마을은 텅 비었을 뿐 온전한 편이었다. 아궁이에는 솥이, 뜨락 안 어리와 우리에는 닭과 돼지가 남아 있었다. 살림살이도 그대로였다. 방에서 사람을 끌고 나오기는 해도, 재물을 들고나오지는 못했기 때문이었다. 궁정이 마을 안에 버티고 있는데 감히 누가 그 앞에서 재물을 탐하겠는가.

---

* 『목민심서』의 「형전」에서 일부 발췌

그러나 지금의 무당골은…… 사실상 주인 없는 보따리였다. 그것도 값비싼 재물이 가득한 보따리. 무구(巫具)만 해도 몇 개던가. 방울로는 아흔아홉상쇠방울, 칠성방울, 군웅방울이 있었고, 날붙이로는 타살칼, 칠성검, 청룡도, 언월도, 작두가 있었으며 명도 같은 놋쇠 거울이나 놋동이, 옥수그릇 같은 놋쇠 그릇도 있었다.

나장들이라면 돈 되는 것은 물론이요, 저승 돈인 지전마저도 남김없이 가져갈 터였다.

그리고 나장으로부터 무당골을 지켜줄 수 있는 건…… 지금으로서는 순심뿐이었다. 순심은 오랜 침묵 끝에 입을 열었다.

"그리하마."

"감사합니다."

무산은 그제야 순심이 가져온 두박신 장계 전사본을 훑어보았다. 한 장씩 넘기며 내용을 살펴보던 무산의 시선이 어떤 전사본 위에 유독 오래 머물렀다. 건너편에 앉은 순심은 무산이 무엇을 읽고 있을지 알겠다는 듯 태연한 얼굴로 말했다.

"사흘 뒤 양성(陽城, 지금의 안성)으로 떠날 것이다. 전농시 소윤이 널 기다리고 있을 테니 전농리에 있는 적전(籍田, 임금이 친히 농작하는 경지)으로 미시까지 가거라. 그자는 근면한 사람이라 일을 끝내기 위해 불철주야 매달릴 게 분명하다. 성질이 불같다고 들었으니 괜히 기름을 퍼붓지 않도록 조심하거라."

"예."

"궁에서 그랬던 것처럼 일부러 데면데면 일하는 듯 보이려고 애

쓰지 말라는 소리다."

"……."

"무당골 사람들은…… 명일 풀려날 거다."

장계를 읽고 있던 무산의 고개가 위로 향했다.

"명일이요?"

"그래도 무당골로 돌아오지는 못한다. 당분간은 동활인원에 있을 것이다."

동활인원과 서활인원은 도성 안 병자를 치료하거나 굶주리는 백성을 구휼하는 곳이었다. 무의(巫醫)가 활인(活人)하는 곳이기도 했다. 『산해경』에서는 '의(醫)'의 옛말이 '의(毉)'라고 했던가. 무격은 아주 오래전부터 사람을 살려 왔다. 특히 동·서 활인원에는 따로 소속 무격도 있었다. 열무서(閱巫署, 무격이 운영하는 의료기관)가 활인원과 합쳐지면서 열무서 무격들이 자연스레 활인원으로 옮겨갔기 때문이었다.

두박신으로 나라에 혼란을 주었으니 활인원에서 사람을 살리면서 죗값을 치르라는 건가?

무격이라고 하여 모두 활인에 능한 건 아니었다. 무당골 사람 중에는 돌멩처럼 앞을 보지 못하는 판수도 있었다. 활인원 지리를 완전히 익히는 데도 시간이 필요할 것이다. 게다가 활인원에는 소속 무격들이 따로 있지 않은가. 무더기로 굴러 들어온 돌들 때문에 박힌 돌들의 심기가 불편할 것은 자명한 일이었다.

그걸 뻔히 알면서도 무당골 사람들을 동활인원으로 보낸다는 건…….

사실상 통제할 수 있는 곳에 무격들을 두고 감시하겠다는 거였다. 무산이 속으로 비아냥거리는 사이, 순심이 말을 이었다.

"그리고 이번 일이 일단락되면, 모두가 무적(巫籍, 무격의 호적)에 오를 것이다."

"무적이요? 나라에서 무격들의 적을 만들겠다는 겁니까?"

"성상께서 한양과 성저십리에 사는 무격들을 모두 적에 올리기로 하셨다. 일단 오르면…… 평생 무녀가 되는 것이다. 무당골에 사는 이들에게 대충 무포를 거뒀던 것과는 전혀 달라. 절대 되돌릴 수가 없다. 무슨 말인지 알겠느냐?"

"……."

무산의 침묵에 순심은 낮게 탄식하며 말했다.

"동활인원은 당분간 출입이 금지되었다. 사헌부가 수시로 검찰하기로 하였지. 병자나 기민(飢民), 관리가 아니고서야 누구도 안에 들어가거나 나올 수 없다. 그건 너도 마찬가지고."

"다들…… 무사한 게지요?"

"그래."

"……."

"사흘 뒤, 진시에서 사시로 넘어갈 때 동활인원으로 가보거라. 돌멩이라는 판수를 만나게 해주마. 사헌부 감찰 중에 아는 분이 있다. 예전에 무당골 죽림에서 살았다지. 무당골과도 친분이 있어 형문 때 노인들이 신장(訊杖, 죄인을 신문할 때 쓰는 몽둥이)을 맞지 않도록 힘써주신 분이다. 그분이라면 청을 들어주실 거다. 이야기를 나눌 수는 없겠지만, 멀리서 얼굴이라도 본다면…… 너도 걱정을 덜 수 있겠지."

쥐고 있던 장계 전사본을 서안 위에 내려놓은 무산은 자리에서 일어나 큰절을 올렸다. 두 손을 이마에 마주 댄 뒤 천천히 앉으면서 허리를 굽혔다.

"감사합니다."

무산의 예의 바른 태도에 순심의 얼굴이 일순 일그러졌다는 것을, 두 눈에는 슬픔이 차올랐다는 것을, 고개 숙인 무산은 알지 못했다.

"많이 변했구나……. 아니지, 너는 하나도 변하지 않았다."

순심의 시선이 무산의 두 손으로 향했다. 어린 무산은 사람을 살리고자 타오르는 불길 안으로 손을 뻗었었다. 그때 남았던 흉터는 세월과 함께 옅어지면서 더는 보이지 않았지만, 그 마음은 여전했다.

의령을 잃으면서 잿더미가 된 줄 알았던 무산의 마음에 아직 불씨가 남아 있었다. 누군가를 살리고자 하는 마음이 있으니 자기 자신도 살리고자 하겠지. 살아가고자 하겠지. 순심은 그것만으로도 족했다.

잠시 주저하던 순심이 품에서 종이 꾸러미를 꺼내 서안 위에 내려놓았다.

"이만 가야겠다."

무산은 순심이 남기고 간 종이 꾸러미를 물끄러미 보았다. 손가락 끝이 곱게 접힌 가장자리에 닿았다. 종이를 다 펴기도 전에 달콤한 향이 났다.

약식이었다. 무당골에서는 절대 먹지 않았던 음식. 그 아이가 좋아하던 음식이 아니기 때문이었다.

누구도 그 아이를 기억해 주지 않으니 자기라도 기억해 줘야 했다. 그 아이가 사람을 사귈 때는 어떻게 눈을 마주치고 어떤 웃음을 보였는지, 주로 무슨 말을 하였고, 어떤 말은 절대 하지 않았는지, 무엇을 즐겨 마셨으며 무엇은 먹지 않았는지…….

그 아이는 약식을 싫어했다. 특히 약식의 향을.

홀린 듯 종이 꾸러미를 펼치던 무산은 멈칫했다. 순심의 말이 맞았다. 사실 자신은 하나도 변하지 않았다. 무산은 여전히 약식을 좋아했다. 왕신을 모시던 마을에서도 결국 약식의 유혹을 이겨내지 못하지 않았던가. 그러나 무산이 약식을 좋아한다는 걸 아는 사람이 지금은 한 명만 남은 것처럼 그 아이를 기억하는 이가 자기 한 명뿐이라는 것이 무산은 견딜 수 없었다.

순심은 어찌하여 그 아이를 기억하려고 하지 않을까. 왜 그 아이의 죽음을 조사하지 않을까. 어찌하여 흉수를 그냥 두는 걸까. 무산이 즐겨 먹던 약식 따위는 기억하면서.

무산은 사무치게 외로웠다. 벼랑 끝에 앉아 아래로 떨어지려는 무거운 짐을 홀로 붙잡고 있는 것만 같았다. 끌어올릴 수도, 놓아버릴 수도 없는, 길고도 외로운 버둥거림이었다.

펼치던 종이를 도로 접으며 갈무리한 무산은 꾸러미를 서안 위에 가만히 내려놓았다.

　　　　　　　* * *

병진년 오월 초아흐레

사헌부 감찰 김윤오가 장계(狀啓)했다.

죄인 소민을 일차로 형문하려고 형구를 벌여놓았는데 죄인이
자백하였습니다.

'저는 본래 양성에 살았습니다. 그곳에서 몇 년 전에 두박신을
들은 적 있습니다. 그때는 이렇게 유명하지 않았지요. 몇 달 전
부터 마을 사람들이 두박신의 영험함을 이야기해 놀랐습니다.
맹세코 저는 전물(奠物)을 바친 적이 없습니다. 다른 이들에게
물어보시면 알 수 있을 것입니다. 이 외에는 드릴 말씀이 없습
니다.'

죄인 소민이 진술한 바에 의하면 양성에서는 몇 년 전에도 두박
신이 있었다고 합니다. 다른 이들이 올 초에 두박신을 처음 들
었다고 일관되게 이야기한다는 점에서 조금이나마 단서가 드
러난 것이라 사료되옵니다.

하나 전부를 실토하지는 않았을 가능성이 있기에 잠시 가둬놓
고 옥사의 정황(獄情)을 천천히 지켜보다가 다시 추문하고자 합
니다. 양성은 어찌할까요?

소윤 이보정 등을 보내어 처음 요망한 귀신을 만든 자를 추핵하

게 하고 소문에 연루되었다면 벼슬에 오른 이라 할지라도 바로
고신을 행하라.

* * *

다음 날, 순심이 빗장나인의 비자를 보내 무산에게 보따리를 전해
주었다. 네 폭이나 되는 남치마와 옥색 저고리, 남색 단삼, 흑혜(黑
鞋) 그리고 은비녀였다. 궁관의 의복이었다. 심지어는 검은 너울과
장삼, 말군, 결은신(우천에 신는 가죽신)도 있었다.

무산은 속으로 혀를 내둘렀다. 변하지 않은 건 순심도 마찬가지였
다. 순심은 해야 할 일을 구체적으로 알려주기보다는 이렇게 다짜고
짜 물건을 보내거나 어딘가로 보내 알아서 하도록 했다.

무산은 과거에 늘 그러하였듯 순심의 의도를 빠르게 알아챘다. 왕
명을 받았다고 할지라도 무녀는 무녀였다. 재액초복이나 치병의례가
아닌 사건 조사를, 어찌 나랏일을 무녀에게 맡길 수 있겠는가. 한때
감찰궁녀였으며 전정의 자리에 오를 뻔하였다는 것이 성상의 용단에
영향을 줬을 수는 있겠지만, 혜안까지 앗아가지는 않았을 것이다.

무녀에게 사건 조사를 맡겼다는 건 반드시 비밀이어야 했다. 어쩌
면 성상, 순심 그리고 자기만 알고 있는 비밀일지도. 그렇다면 가짜
신분이 필요했다. 함께 조사할 사람들이 절대 의심하지 않을, 그럴
법한 신분이. 경차관(敬差官)처럼 적당한 것도 없을 것이다.

경차관은 지방으로 파견해 임시로 일을 보게 하는 벼슬이었는데,

농사의 풍흉을 조사하거나 민심을 살피는 일을 주로 맡았다. 보통은 일반 관리가 경차관으로 임명되었지만, 가끔은 환관이나 여관(女官, 내명부의 나인)도 경차관이 되곤 했다. 게다가 두박신 사건이 아닌가. 성상께서 조사를 위해 친히 측근 궁인을 보냈다고 할 지라도 이상할 건 없었다.

다만 설랑이 문제인데…….

무산은 잠시 고민해 보다가 옷을 갈아입었다. 단정하게 머리카락을 틀어 올려 비녀를 꽂은 뒤 면경에 비춰보았다. 익숙하면서도 낯선 얼굴이 보였다. 궁녀 무산의 모습이었다.

무산은 무심한 얼굴로 면경을 들여다보다 너울로 얼굴을 가렸다. 흑혜를 신은 뒤 한성부 견평방으로 향했다. 설랑이 주저하며 두드리지 못했던 평대문을 오른손 주먹으로 쾅쾅 치자 금세 문이 열렸다. 젊은 노복이 나왔다. 그는 무산을 보고는 두 눈을 휘둥그레 떴다.

"뉘십니까?"

"이 집 차자를 좀 불러주게."

무산은 일부러 냉랭한 투로 말했다. 그러자 노복이 눈썹을 씰룩이며 무산을 훑어보았다.

"차자?"

"별자(別子, 서자) 말이네."

"무슨 일로 그러십니까?"

"그건 알 것 없고, 궁에서 사람이 왔다고 하시게나."

궁에서 왔다는 말에 노복의 표정이 곧장 바뀌었다.

"궁에서! 안, 안으로 들어와서 기다리십시오."

"그럴 필요 없으니 어서 사람이나 불러주시게."

노복은 부리나케 움직였다. 견평방은 땅값이 비싸 넓은 집이 별로 없었다. 사족 대다수가 대문간채와 본채로 이루어진 가옥에 살았다. 문만 열려 있다면 얼마든지 그 안을 한눈에 담을 수 있었다. 무산은 열린 문 사이로 노복이 안마당을 가로질러 대청 앞에 서서 누군가 에게 고하는 걸 볼 수 있었다.

곧이어 대청 오른쪽에 있는 방에서 사람이 나왔다. 체격이 건장하 면서도 나이가 지긋한 남인이었다. 무산은 저자가 설랑의 아비라는 걸 한눈에 알아보았다. 그는 노복과 잠시 얘기를 나누더니 흘깃 대 문 쪽을 보았다. 그러더니 태연한 얼굴로 대청을 지나서는 왼쪽 마 루방 앞에 섰다.

그가 뭐라고 말하자 마루방 문이 활짝 열렸다. 경악한 얼굴로 갓 을 든 설랑이 서 있었다. 설랑의 시선이 자기 아비를 향했다가, 천천 히 대문으로 움직였다. 아비가 어서 가보지 않고 뭘 하냐며 호통을 치자 설랑은 들고 있던 갓을 허겁지겁 쓰더니 섬돌 위에 놓인 신에 대충 발을 꿰었다.

갓끈을 매면서 마지못해 걸음을 옮기는 것이 마치 반촌으로 끌려 가는 소 같았다.

"궁에서 무, 무슨 일로 저를 찾으십니까?"

"잠시 따라 나오시지요."

무산의 목소리를 들은 설랑의 두 눈이 송아지 눈망울처럼 동그래졌다.

"어……."

그러고는 안심했다는 얼굴로 다시 말을 이었다.

"네."

두 사람은 지난번처럼 의금부 뒷골목으로 갔다. 설랑은 사람이 없는 걸 확인하더니 손으로 가슴을 쓸어내리며 말했다.

"깜짝 놀랐네요. 저를 잡으러 온 줄 알았습니다."

도성과 성저십리 안의 무격이 모두 잡혀간 일로 내심 두려워한 듯했다. 무산이 검은 깁을 들어 올리며 말했다.

"누군가를 잡으러 왔다면 사람들을 끌고 왔겠지요. 어찌 여인 혼자 오겠습니까. 그래도 제 목소리를 용케 알아들으셨네요."

"그런데 어찌 이런 복장으로 오셨습니까? 설마 다시 궁으로 가십니까?"

무산이 미간을 찌푸리며 되물었다.

"다시라니요?"

"형님에게 들었습니다. 무당골에 갔을 때, 남인들이 자리를 피하면서 내뱉은 말을 들었다고 하더군요. 원래는 궁에 계셨다지요?"

"……."

"어쩐지! 무녀에게 두박신 사건을 조사하라 한 것 자체가 사실은 말이 되지 않는다고 생각했습니다. 궁관 중에서도 높은 자리에 계셨나 봅니다? 그런데 신병을 앓으면서……."

무산은 애초에 신병을 앓은 적이 없고, 무당골 사람들 상당수도 신병과 무관하게 무격이 되었지만, 구태여 말해줄 필요는 없었나. 무엇보다 동병상련으로 눈물을 글썽이는 걸 보니 더는 이 화제로 대화를 나누고 싶지 않았다.

"출타가 길어질 터인데, 가문 사람들에게는 뭐라 할 생각입니까?"

"말없이 떠나려고 하였는데요?"

"굳이…… 왜요? 후환이 두렵지는 않으십니까?"

"공자님이 제자인 증자에게 이리 말씀하시지 않았습니까. 아버지가 몽둥이를 들고 자식을 때리려고 할 때는 도망쳐야 한다고요. 죽거나 크게 다치는 것이야말로 불효 중의 불효라고요. 제가 뭐라 말씀드려도 절 때리려고 하실 터이니 말없이 도망치는 게 낫습니다."

무슨 말만 하면 공자가 어쨌네, 맹자가 어쨌네, 성현이 어쨌네. 이리 답하는 것은 사족들 특유의 화법인가? 무산은 고개를 휘휘 저으며 말했다.

"그리하지 마시고, 이렇게 말씀하십시오. 궁정상궁과 우연히 친분을 맺었다고요. 궁정상궁은 다른 여관과 달리 외출이 잦아 궁 밖에도 아는 사람이 많습니다. 무슨 일인지는 자세히 말해줄 수 없으나 괴력난신과 관련하여 나라에 큰 난이 있어 도움을 드리게 되었다고 하고 잠시 출타하겠다 하십시오."

"자세히 물어보면 어쩌지요?"

"그럼 더 잘 된 겁니다. 명이 있어 자세히 말할 수는 없다고 하십시오. 두박신 사건은 성상께서도 관심을 가진 사안입니다. 관료 중에 이 일을 모르는 이가 없고, 한성부 안에도 소문이 파다하게 퍼졌습니다. 자세히 말해주지 않아도 가문 사람들이 알아서 잘 상상할 겁니다."

"굳이 그렇게까지 할 필요가 있을까요?"

"……가문에서 지내기가 예전 같지는 않지요? 저를 믿으십시오. 제가 시킨 대로 하면 굳이 애쓰지 않아도 전처럼 지낼 수 있을 겁니다. 그리고 이틀 뒤에 출발할 겁니다. 저는 잠시 들를 곳이 있으니 사시 반각에 선농단에서 만납시다. 같이 갈 관원과 선농단 동남부에 있는 동적전에서 미시에 만나기로 하였으니 절대 늦지 마십시오."

설랑이 고개를 끄덕이는 걸 본 무산은 자리를 뜨려고 깁을 내렸다. 검은 깁이 무산의 이마와 눈썹, 눈과 코를 가렸다. 그렇게 얼굴 전체를 가리던 깁이 도로 위로 향했다.

"참, 관원은 제가 무녀인 걸 알아서는 안 됩니다. 여관인 줄 알아야 해요. 그러니 같이 가는 이도 벽사 유생이 아니라 환관이어야 합니다."

"지금 저보고 내시 행세를 하란 말입니까?"

"네."

"그게 될까요? 저는 목소리도 굵고, 딱 봐도 사내 같은 것이……."

"환관 본 적 있습니까? 내시도 목소리가 굵고, 딱 봐도 사내 같습니다."

"……그렇군요. 알겠습니다."

어쩐지 설랑은 풀이 죽은 모습이었다. 그게 뭐 그렇게 중요하다고. 무산은 속으로 혀를 쯧쯧 차다가 이내 무언가를 떠올렸다. 가장 중요한 걸 말해주지 않았네. 이건 나름의 고민 끝에 마련한, 무산의 답례였다.

"내시 행세는 잠깐의 눈속임에 불과하지요. 하지만 벽사 유생은 다릅니다. 앞으로도 벽사 유생인 척하십시오. 아니, 벽사 유생이 되십시오. 그리하면 신기가 더는 병이 아니게 됩니다. 신력이 되는 겁니다."

"아까는 내시를 하라더니 그게 무슨…… 아……!"

설랑은 이내 무산의 말을 알아들었다. 아직 나이가 어려서 그런가, 머리 회전도 감정 변화만큼 빠른 것 같았다.

같은 존재라 할지라도 어찌 바라보고 어찌 정의하느냐에 따라 세상은 다르게 받아들이는 법이었다. 신병에 걸린 서자와 벽사 유생. 전자는 괴력난신으로 법도를 흔들었지만, 후자는 괴력난신을 평정해 법도를 세웠다. 사역원 한학생도가 신병에 걸리는 건 큰 혼란이 되겠지만 벽사에 빠지는 건 그럴 법한 변화니까.

성리학을 집대성한 주자도 혼백을 논하지 않았던가! 설랑이 벽사 유생이 된다면, 약점도 더는 약점이 아니었다. 그건 강점이자 재능이었다.

도교는 믿을 것이 못 되며, 도사의 말도 허황하다고 말했던 성상도 소격전(昭格殿, 도교 의식을 행하던 기관)을 혁파하지는 않았다. 그대로 두고 때마다 초제(醮祭)를 올리게 했다. 나라에 도움이 된다고 여긴다면 괴력난신이라 할지라도 기꺼이 이용하는 게 위정자의 본능이거늘. 괴력난신을 지엄한 법도 아래 둘 수 있는 자를 찾는다? 틀림없이 그 쓰임새를 찾을 게 분명했다.

이번 일만 잘 해결한다면, 설랑에게는 진짜 기회가 찾아올지도…….

바둑알이 되어 바둑판 위에 놓이는 것이 누군가에게는 고통일 수 있겠지만, 누군가에게는 영광일 수도 있었다. 선비는 자기를 알아주는 이를 위해 목숨을 바친다고 하지 않던가.* 무슨 말만 하면 공자 왈, 맹자 왈, 성현 왈 하는 것이 아무래도 설랑은 이쪽 부류인 것 같았다.

정말로 그러했는지 설랑이 감격한 얼굴로 눈물을 흘리면서 소리 없이 울기 시작했다.

"……."

무산은 그 모습을 잠시 보다가 다시 깁을 내렸다. 그러고는 그가 울음을 멈출 때까지 말없이 기다려 주었다.

* * *

채비를 마친 뒤 첫닭이 울자마자 무당골을 나선 무산은 동활인원 앞에 섰다.

병자들과 기민들이 문이 열리기만을 기다리며 수군거렸다. 날이 환히 밝자 대문이 열리면서 관졸들이 나왔다.

목을 쭉 빼며 발돋움하자 계단 위 열린 문 너머로 분주히 오가는

---

* 『사기』 중 「예양전」에 나오는 말.

무당골 사람들 몇이 보였다. 다행히 다들 안색이 좋아 보였다.

잠시 후 관졸 하나가 목청을 돋웠다.

"아픈 이와 굶주린 이는 들어오시게. 다른 이는 들어올 수 없네."

뒷말이 화살처럼 무산의 귀에 콕 하고 박혔다. 사실상 무산을 보고 하는 말이었다. 무산은 깁을 걷어 하늘을 보았다. 해의 위치를 보니 사시가 되려면 한참은 있어야 했다. 주변을 둘러보니 무성한 잎이 가지마다 돋아난 나무 한 그루가 보였다. 무산은 짙은 녹음 아래 자리를 잡은 뒤 나무 기둥에 등을 기댔다.

얼마나 기다렸을까. 시야 끝에 반짝이는 빛이 보였다. 비구(남자 승려)와 비구니(여자 승려)였다.

삿갓을 쓴 비구 두 명과 너울을 드리운 비구니 한 명 그리고 햇빛을 뒤집어쓴 비구니 한 명이었다.

무산의 시선이 매끈한 두피 위에 고인 빛에 잠시 머물렀다. 무산은 저도 모르게 고개를 숙였다.

잠시 후, 활인원 대문에서 소란스러운 소리가 들렸다.

"아니, 이게 대체 며칠째인가. 윗분들에게 장의사(壯義寺, 신라 무열왕 때 세워진 절로 세검정 근처 소재)에서 온 거라고 전한 게 맞나?"

"분명히 전했고, 안 된다고 하셨소. 누구도 오갈 수 없다니까."

"병자와 기민은 들어갈 수 있지 않나!"

삿갓을 쓴 비구들이 씩씩거리자 너울을 쓴 비구니가 차분하게 대꾸했다.

"활인원은 병자와 기민을 위해 만든 곳이니 그건 당연한 게지."

이번에는 다른 비구니가 말했다.

"이분은 정업원(淨業院, 왕실 여성들이 출가하여 수도하던 사찰) 주지인 혜명 스님이십니다. 돌아가신 순덕왕대비의 동생이자 각운대사의 조카이시지요."

그러자 관졸들이 서로 눈치를 보았다.

"왕대비? 그럼 왕친 아닌가?"

"각운대사는 나도 들어본 적이 있는데……."

"어쩌지?"

그때 또 다른 목소리가 들렸다. 젊은 남인의 목소리였다.

"죄송하지만 활인원은 당분간 외부인의 출입이 금지되었습니다. 괜히 다른 사람들 힘들게 하지 마시고 이만 돌아가시지요."

평상복을 입었지만, 분위기로 보니 관리 같았다. 사람들과 대화를 나누던 그는 나무 아래 서 있는 무산을 보고 눈인사했다. 무산은 그가 순심이 말했던 사헌부 감찰이라는 걸 알아차렸다.

감찰의 말을 들은 비구들이 말도 안 되는 소리라며 혀를 찼다. 반면 정업원 주지라는 이는 검은 깁을 걷으며 감찰을 아래위로 훑어보았다. 곧이어 얼굴에 미소가 드리웠다. 그녀는 다시 깁을 내리며 말했다.

"자네는…… 성상께서 아끼신다는 그 중인 감찰이구려. 자네에 관해서는 들은 적이 있네. 모두가 반대하는 감찰이었으나 보란 듯이 한성부 인명(人命) 사건을 해결했다지? 그런데도 더 높은 관직을 마다하며 십 년 내내 감찰만 하고 있고 말이야."

"세속을 떠나신 분이 조정 일을 잘 아시는군요. 한성부 사건은 제가 홀로 해결한 게 아닙니다. 그리고 활인원의 출입은 왕명으로 금해진 것이니 누구도 예외가 될 수 없습니다."

"그런가. 그렇다면 물러나도록 하지. 다만…… 조사를 제대로 해주시게. 아주 철저히 말이야."

무산은 정업원 주지가 삿갓을 쓴 비구들을 보며 이 말을 뱉은 것 같다고 생각했다. 자기도 너울을 썼고, 상대도 너울을 썼기에 확실하지는 않았지만…….

그런데 장의사와 정업원이 원래 사이가 나빴나? 하긴, 같은 절이기는 해도 뭐 하나 비슷한 게 없었다.

장의사는 규모가 큰 절이었다. 승려의 수가 천 명에 달할 정도였다. 그만큼 영향력이 컸기에 왕실과 관련된 법회와 재회도 자주 열렸다. 반면 비구니 절인 정업원은 규모가 크지 않았지만, 니승(尼僧)들의 출신이 남달랐다. 과부가 된 왕족이나 사족이 주로 정업원에 들어갔기 때문이었다. 다른 절의 노비를 모두 앗아갔던 성상조차 정업원의 노비만큼은 혁파하지 않았다.

어쨌든 정업원 주지의 부탁 같은 명령에 장의사 비구들의 표정이 급변했다. 한 명은 험악한 얼굴로 정업원 주지를 노려보았고, 다른 비구는 어이가 없다는 듯 껄껄 웃었다.

정업원 주지는 장의사 비구들이 그러든지 말든지 신경도 쓰지 않는 듯했다. 아무것도 못 보고 못 들었다는 듯 태연하게 고개를 돌리더니 다른 비구니에게 당부했다.

"막념. 너는 이곳에 남거라. 예전에 이곳 매골승(시신을 매장해 주는 승려) 무언이 한증소(땀을 내도록 해 치료하는 곳)에 사람이 부족하다고 하였지. 내가 사람을 보내주겠다고 약조하였다. 여보게, 치료를 위해서라면 안으로 들어갈 수 있겠는가?"

정업원 주지가 묻자 사헌부 감찰은 고개를 끄덕였다.

"한증소 쪽은 말씀대로 사람이 부족하더군요. 무언 스님도 걱정이 되었는지 따로 부탁했습니다. 혹시라도 정업원에서 니승을 보내주면 안으로 들여보내 달라고요. 그러나 일단 안으로 들어가면, 출입 금지가 풀릴 때까지 절대 나갈 수 없습니다."

비구니 두 명은 고개를 끄덕였고, 비구들은 사족은 역시 사족 편이라면서 대놓고 투덜거렸다. 무산은 그 말을 듣고 고개를 갸우뚱했다. 중인 감찰이니 사족이라 할 수는 없는 거 아닌가?

곧이어 감찰이 관졸에게 말했다.

"이분을 매골승 무언에게 데려가 주십시오."

"허허, 나도 들어가게 해주시오."

"그건 안 됩니다."

비구 두 명은 포기할 생각이 없는 것 같았다. 막념이라는 비구니가 관졸을 따라 안으로 들어가자 자기들도 들여보내 달라면서 아니, 매골승 무언을 불러 달라면서 성화를 부렸다. 감찰은 소란을 틈타 무산에게 다가왔다.

"죄송하지만 보는 눈이 많아 판수를 데리고 나오기는 힘들 것 같습니다. 대신 전할 말이 있다면 꼭 전해드리지요."

무산은 피식 웃었다. 그럼 그렇지. 오래전에 숙림에서 살아 무당골 사람들과 인연이 있다고는 하여도 공은 공이고 사는 사였다. 사헌부 감찰이라는 이가 사적인 청을 턱 하고 들어줄 리 없었다.

무산이 이곳을 찾은 건 무당골 사람들이 잘 있는지 확인하기 위해서였다. 석명과 돌멩을 보지는 못했지만, 무당골 사람들 몇을 직접 보았으니 그들도 무사할 거라고 믿어야 했다. 그렇게 믿고 서둘러 떠나야 했다. 선농단으로 가려면 산을 넘어야 하니까. 비구와 비구니가 갑자기 나타나면서 시간이 많이 지체되었다.

무산은 잠시 생각해 보다가 이렇게 말했다.

"돌멩에게 활인원을 잘 살펴봐 달라고 해주십시오. 특히 활인원에 오래 머물렀던 사람들을요. 특이한 것은 없었는지, 의심스러운 건 없었는지, 다 알아봐 달라고 해주십시오."

"그 이유를 물어봐도 될까요?"

"두박신 소문이 도성과 경기 지역에 갑자기 퍼진 게 이상합니다. 처음에는 가난한 이들을 중심으로 퍼졌다지요? 동서활인원처럼 도성과 경기의 가난한 이들, 유민들이 한자리에 모이는 곳도 없지요. 소문의 근원지도 중요하지만, 어디서 어떻게 누구에 의해 퍼졌는지도 알아내야 합니다."

감찰은 속내라도 가늠하려는 듯 너울로 가려진 무산의 얼굴을 응시하더니 고개를 끄덕였다.

"맞는 말씀입니다. 그렇게 전하도록 하지요."

* * *

　선농단은 농업의 신인 신농과 후직을 주신으로 모시는 곳으로 임금이 풍년을 기원하는 제사를 친히 지내는 곳이었다. 조금 언덕지기는 했지만 넓은 평지라 쉽게 설랑을 찾을 수 있었다.

　설랑을 본 무산은 순간 숨을 들이켰다. 환관이 평상복으로 입기에는 매우 과한 옷을 입고 있었다.

　가문 사람들이 오해하는 것이 설랑에게 좋은 일이긴 한데······.

　아무래도 그 오해가 조금 지나친 듯했다. 그러니 저런 옷을 내어주었지. 당상관 자제도 저렇게 화려한 옷은 입지 않을 것 같은데. 심지어 몸에 맞는 옷이 아니라서 손목과 발목이 언뜻 보였다. 무산을 발견한 설랑이 손을 과하게 흔들면서 아는 체를 했다. 어찌나 반기는지 잘 찾아보면 흔들리는 꼬리도 있을 것 같았다.

　"오셨습니까!"

　"그····· 누구 옷을 입으신 겁니까?"

　"형님의 옷입니다."

　"아, 승문원 권지라는. 그런데 형님은 평소 그런 옷을 입고 다닙니까?"

　"그것이····· 급제자들 사이에서 기가 죽으면 안 된다고······."

　무산은 혀를 차며 고개를 저으려다가 자기가 입은 옷을 떠올렸다.

　순심이 보내준 옷 또한 여관의 의복이었다. 궐 밖으로 나갈 때 입는 옷도 아니고, 오후 근무 때 입는 옷도 아니었다. 행사가 있을 때나 입을 범한 옷이었다. 출타가 잦은 순심도 이렇게 입고 나간 적은 없었다. 이리 입고 두박신 사건을 조사한다면 확실히 얕보일 일은 없겠지. 순심도 그런 마음으로 이 옷을 보내준 걸까?

하지만 무산은 이내 부정했다. 그보다는 왕명을 제대로 수행하기를 바라서 그랬을 것이다. 이번 일을 제대로 해내 국무가 되기를, 궁으로 금의환향하기를 바랐겠지. 궁정상궁이 키워낸 궁녀는 신병에 걸려 쫓겨났어도 국무가 되어 돌아온다고, 다른 상궁들의 감탄을 얻고 싶었던 거겠지.

무산은 번뇌에 가까운 생각을 쫓아낸 뒤 설랑에게 말했다.

"전농시 소윤에게는 괜찮게 보일 수도 있지요."

"저기…… 전농시 소윤 얘기가 나와서 말인데요. 적전에서 보기로 한 게 맞지요?"

무산이 그렇다고 하자 설랑은 손가락으로 멀리 적전을 가리키며 말을 이었다.

"제가 사실 너무 긴장되어 파루를 치자마자 집에서 출발했습니다. 그런데 저분도 저와 비슷하게 도착했더라고요. 설마 저분이 전농시 소윤은 아니겠지요?"

무산은 그의 손가락이 가리키는 곳을 보았다.

저 멀리 한 남인이 허리를 굽힌 채 뭘 하고 있었다. 망종이 지났으니 파종도 끝났을 터인데 저기서 뭘 하는 거지?

무산은 하늘을 보았다. 해의 위치를 보니 얼추 오시가 된 것 같았다. 무산이 적전으로, 정확히는 허리를 굽힌 채 무언가를 열심히 하는 남인을 향해 갔다. 설랑도 뒤따랐다.

점처럼 보이던 형체가 점점 커졌고, 적전도 그 모습이 제대로 보였다. 건답(乾畓, 마른논)이 아닌 수답(水畓, 물을 댄 논)이었다. 내리쬐는 햇빛에 수면 위 윤슬이 반짝였다. 남인은 일에 열중해 사람이 다가온 것도 모르고 있었다.

무산이 깁을 걷어 올리며 큰 소리로 외쳤다.

"전농시 소윤 나리가 맞으십니까?"

남인이 앓는 소리를 내며 허리를 폈다. 그는 무산과 설랑을 보고는 크게 반색했다.

"마침 잘 왔네! 어서 안으로 들어와서 나를 좀 도와주게나. 뜸모가 어찌나 많은지. 서둘러 끝내고 출발하세."

"저희가요? 적전을 담당하는 이들이 따로 있지 않습니까? 보통은 주변 농민들이 도맡아서 하는 걸로 알고 있는데요."

"그랬지. 두박신 사건에 연루되면서 잡혀가기 전까지만 해도 그러했네. 혹시나 하는 마음에 동적전을 살펴보고 가려고 한 건데, 여기서 만나기를 정말 잘했군. 다른 곳에서 만났더라면 여기 상황을 몰랐을 거야. 그런데 이야기는 뜸모를 심으면서 나누면 안 되겠나?"

어느새 흑혜와 버선을 벗고 바짓단까지 걷은 설랑이 논 안으로 들어서려 했다. 무산이 눈을 부라렸지만, 보이지 않는 걸 보고 들리지 않는 것을 듣는 설랑도 뒤통수로 볼 수는 없었다. 설랑은 환히 웃으며 말했다.

"네, 그럼요. 그런데 제가 농사를 지어본 적이 없어서요. 어찌하면 될까요?"

"쉽네, 쉬워. 올해는 특별히 논에 물을 댔거든. 볍씨 파종도 직접 하지 않고 다른 곳에서 키워서 옮겨 심었네. 자, 이걸 보게나. 이렇게 잎이 마르면서 시든 애들은 제대로 뿌리를 내리지 못한 거야. 이런 걸 뜬모라고 하지. 잘 쥐어서 박아 넣으면 되네. 너무 깊게 심지는 말고. 제대로 안 자랄 수 있거든."

"네, 알겠습니다."

"그런데 자네는 누군가?"

"아, 저는 설랑이라고 합니다."

이름을 묻는 게 아니라 신분을 묻는 거였다. 같이 뜬모를 심자는 말에 이제껏 입을 다물고 있던 무산이 설랑 대신 대답했다.

"환관입니다. 두박신 사건을 함께 조사할 거고요."

"난 또. 하도 곱상하게 생겨 남장한 여관인가 하였네. 하긴 양성까지 가야 하는데 둘이 가기는 좀 그랬지. 그래도 남녀가 유별하지 않겠나. 환관도 왔다니 참으로 다행이네. 나는 전농시 소윤인 이보정일세."

뜬모를 심던 설랑의 손에 힘이 들어가면서 물방울이 위로 튀었다. '곱상하게 생겨' '남장한 여관'이라는 말에 기분이 상한 듯했다. 그러나 설랑은 이보정의 사과는커녕 호통만 듣게 되었다.

"어허, 그거 그렇게 심는 게 아니야!"

"……죄송합니다."

"이게 말이야, 그냥 모가 아닐세. 종묘와 사직이라니까! 이 모에

국운이 달려 있어!"

이보정은 설랑이 모를 제대로 심는지 한참을 확인하더니 대뜸 무산을 보고 말했다.

"자네는 어찌 안 들어오나? 시간이 없다니까? 그래도 총 세 명이니 생각보다 금방 끝낼 것 같군. 어서 시작하지."

무산은 걷어 올렸던 깁을 다시 내렸다. 이 양반이 지금 어디서 사기를 치려고. 혹시나 하는 마음으로 적전에 온 거였다면 사시쯤 왔을 것이다. 파루가 되자마자 집에서 출발했다는 설랑이 선농단에서 그를 보았다는 건 두 사람 모두 진시 전에 도착했다는 뜻이었다. 즉 전농시 소윤은 논에 모가 제대로 심기지 않았다는 걸 알고 있었다. 그러니 약속한 시각보다 몇 시진이나 이르게 적전을 찾은 것이다.

그래도 양심은 있어서 미시에 만나자고 했네. 나름 혼자 해보려고 했던 게 분명했다.

적전은 두박신 사건과 무관한 전농시 일이라 도와줘야 하는 의무 같은 건 없었다. 그러나 이보정의 얼굴에서는 뜸모를 다 심지 않는 이상 절대 이곳을 떠나지 않겠다는 결연한 의지가 엿보였다.

설랑도 그사이 기분이 풀렸는지 뜸모 심기에 열중이었고. 조금 즐기고 있는 것 같기도 했다. 어쩔 수 없다는 생각에 무산은 흑혜와 버선을 벗은 다음 치맛단을 움켜쥐었다.

발등을 적시는 논물은 조금 따뜻했지만, 발바닥에 닿은 흙은 물컹하면서도 시원했다.

그렇게 첫걸음이 시작되었다.

監察巫女傳

3장
三章

"양류청청강수평한데 문랑강상창가성이라. 동변일출서변우하니 도시무청각유청이구나."*

이보정이 시를 읊자 설랑은 반색하며 말했다.

"유우석의 죽지사로군요. 버드나무는 푸르고 강물은 잔잔한데, 낭군이 강물 위에서 노래하는 소리가 들리는구나. 동쪽에는 해가 들고 서쪽에는 비가 오는 것이 무정한 줄 알았으나 알고 보니 정이 있었네. 청(晴)과 정(情)은 모두 맑을 청(靑)이 음이지요. 청으로 정을 나타내는 애정시가 아닙니까."

"자네 당시 좀 읽었군. 하지만 이 시는 그걸 말하는 게 아니라네."

"아니라고요?"

---

* 楊柳靑靑江水平, 聞郎江上唱歌聲. 東邊日出西邊雨, 道是無晴却有晴.

"그렇지. 원래 민요였는데 유우석이 시로 쓴 게 아닌가. 이 시에 드러나는 것이 무엇이냐. 그건 바로 하지(夏至)의 특징이라네. 하지부터 햇빛이 강렬해지지. 그래서 천지의 기운도 달라진다네. 걸핏하면 천둥이 치고 세찬 비가 내리는 모습을 여름에는 자주 볼 수 있지 않나. 산 위에서는 먹구름이 비를 뿜어내는데 바로 옆 들판 위에는 해가 뜬 경치를 말이야. 시에 나온 구절과 딱 맞지? 그러니 이 시는 애정이 아니라 천문 지리를 나타내는 걸세."*

"삼인행이면 필유아사라더니, 제가 큰 가르침을 얻었습니다."

"농업은 자연과 떼어놓고 볼 수 없다네. 특히 절기를 잘 알아야 하지. 농업이야말로 나라의 근간이자 종묘, 사직을 바로 세우는……."

두 사람을 뒤따르던 무산은 아예 귀를 막고 싶었다. 양성으로 가는 내내 이보정과 설랑은 쉴 새 없이 떠들었다. 아까는 이보정이 품에서 홍패(紅牌, 과거 급제증)를 꺼냈는데, 그걸 본 설랑이 홍패 구경은 처음 한다면서 호들갑을 떨었다.

아직 약관도 되지 않아서 그럴까? 저런 걸 보면 애는 애였다. 그리고 무산도 이런 구경은 처음이었다. 홍패를 유지(油紙)로 감싸 품에 넣고 다니는 이는, 그걸 또 펼쳐서 자랑스럽게 읊는 이는. 모두 처음 보았다.

교지. 승사랑 의영고 부직장 이보정. 을과 제이인 급제 출신자. 영

---

* 邱丙軍, 『中國人的二十四節氣』, 化學工業出版社, 麥客文化(出品), 2018, 106p

락 십팔 년 삼 월 이십이 일.

영락 십팔 년이면 십몇 년도 더 된 것인데 그걸 아직도 들고 다닌
다고?

하긴 을과에서 제이인으로 급제하였다면 성적이 앞에서 두 번째
라는 뜻이니 자부심을 가질 만했다. 게다가 승사랑 의영고 부직장이
라고 적혀 있지 않는가. 조상 덕인 음관(蔭官)에서 벗어나 자기 힘으
로 급제자가 되었으니 기뻐할 만도 했다. 그렇다고 유지로 싸서 가
지고 다닐 정도는 아닌 것 같지만.

무산은 어쩌면 저 홍패가 이보정의 전가지보가 되어 수백 년 전해
질지도 모르겠다고 생각했다.*

투둑. 투둑.

가지 위로 빼곡하게 돋아난 나뭇잎이 빗소리를 맞으며 울었다. 하
늘에서 떨어진 빗방울이 수목과 지면을 적시고, 만물에 생기를 더해
주었다.

"이럴 수가! 비가 오다니! 참으로 좋은 소식이야. 건답을 수답으
로 무리해서 만들려고 백 결이나 되는 땅에 물을 채우느라 내가 얼
마나 고생하였던가! 이 비구름이 빠르게 지나가 적전 위에 머물러
야 할 터인데……."

---

* 조선 전기 문신 이보정의 과거 급제증은 현존하는 홍패 중 가장 오래된 것으로 전라북
도 익산시 연안이씨 문중에서 소장하고 있다.

이보정은 혼잣말인지 시문인지 알 수 없는 긴말을 내뱉더니 봇짐에 묶어둔 입모(笠帽, 갈대로 만든 모자)를 꺼내 갓 위에 덮어썼다. 짐을 제대로 꾸려온 설랑도 입모를 들더니 무산에게 건네주었다.

"너울은 비에 젖지 않습니까. 이걸 쓰십시오."

무산은 괜찮다며 손사래를 쳤다. 말 위에 앉아 비바람을 맞는 거라 도롱이라면 모를까 입모로는 옷이 젖는 걸 막을 수 없다는 말은 설랑의 호의를 생각해 굳이 하지 않았다.

비를 맞아 기분이 좋아졌는지 이보정이 시를 읊기 시작했다. 두보의 「매우(梅雨)」였다.

이보정의 음송이 끝나자 설랑이 곧장 말을 이으면서 해석해 줬다. 덕분에 혼자 알아듣지 못한 무산도 그 뜻을 알 수 있었다.

사월의 매화가 익고, 강물이 흐르며 가랑비가 내리는 모습이라.

길에서 보았던 풍경을 읊은 시였다.

그 뒤로도 두 사람은 소식과 왕안석, 유종원이 지은 초여름에 관한 시를 몇 수 더 읊었고, 무산은 졸음을 이기지 못하고 꾸벅꾸벅 졸았다. 역마를 바꿔 타느라 삼십 리마다 한 번씩 역에 들러 쉬지 않더라면, 그대로 말 위에 엎드려 잠을 잤을지도 몰랐다.

그렇게 반나절 꿈결을 거닐 듯 말을 탔을 때, 드디어 양성에 도착했다.

제일 먼저 맞아준 이는 관졸을 통해 세 사람의 도착을 들은 양성 현감이었다.

"아이고, 오셨군요. 분부하신 대로 남김없이 나래하였습니다."

현감의 말을 들은 무산이 이보정에게 물었다.

"미리 기별을 넣으신 겁니까?"

"그랬지. 두박신에 관해 미리 좀 알아보라고. 그런데 이렇게 빨리 찾아내 나래까지 할 줄은 몰랐네."

이보정은 현감을 보며 말을 이었다.

"무격은? 무격도 다 잡았나? 여기 무격은 위쪽과 달라 모여 살지 않는다고 들었는데."

현감은 고개를 끄덕였다.

"예, 산골 마을까지 샅샅이 뒤졌습니다. 무격은 총 세 명입니다."

"알겠네. 그렇다면 날이 밝자마자 바로 신문을 시작하지."

그러고는 뒤돌아 무산과 설랑을 보며 물었다.

"자네들도 따라올 텐가?"

무산은 신문을 해본 적이 없었고, 잘할 거라 생각하지도 않았다. 임금과 순심도 그런 걸 기대하지는 않았을 것이다. 감찰궁녀였던 무녀에게 기대하는 일이란…… 을과 제이인으로 급제한 관원도 할 수 없는 무언가겠지. 그게 신문이 아니라는 건 확실했다.

무엇보다 굳이 신문에 따라가 전농시 소윤의 화를 돋우고 싶지 않았다. 그가 대놓고 말한 적은 없지만 무산은 이보정이 자신과 설랑을 반기지 않는다는 걸 어느 정도 눈치챘다. 오는 내내 그는 두박신과 관련해 한마디도 하지 않았다. 먹물 냄새 풀풀 풍기는 시나 사만 읊을 뿐이었다. 무산은 단호하게 고개를 저었다.

"아니요, 저희는 잡아 온 이들이 살던 곳으로 갈 겁니다."

"그러도록 하게. 성상께서 군이 사네들을 보내신 데는 나름의 이유가 있겠지. 여보게, 사람들을 잡아 왔던 나장을 두 사람에게 붙여 길을 안내해 주게. 쇄마(刷馬, 지방에 배치한 관용 말)도 내어주고."

다행히 이보정은 대놓고 훼방을 놓을 정도로 두 사람을 못마땅하게 여기지는 않는 것 같았다. 성상이 보냈다는 말을 군이 현감 앞에서 꺼냈으니 그도 성심껏 두 사람의 조사를 도와줄 게 분명했다. 아니나 다를까 현감이 눈을 동그랗게 뜨고 무산과 설랑을 곁눈질했다.

덕분에 다음 날 아침 관청을 떠난 무산과 설랑은 나장의 안내를 받아 한 산골 마을에 당도할 수 있었다.

"두박신을 모시던 사람들과 무격 강유두가 여기 마을 사람이라고요?"

무산의 물음에 나장은 눈빛을 피하며 고개를 주억거렸다.

"네, 맞습니다. 하지만 강유두는…… 무격이라고 할 수는 없습니다. 가끔 사람들을 위해 비손도 해주고 벽사도 해주긴 했지만, 그걸로 생계를 도모하지는 않았습니다."

"그렇습니까?"

무산은 잠시 나장을 살펴보다가 제일 먼저 강유두라는 이의 집을 찾아갔다.

나지막한 산 위에 있는 평범한 초가집이었다. 숲을 이룬 대나무가 높게 자라나 조금 그늘지기는 했어도 미풍이 불어 시원했고, 산 아래가 훤히 보여 경치가 좋았다. 집 주변에 자라난 풀과 나무를 보니 때가 되면 잡초를 뽑고, 가지를 잘라주면서 관리해 온 것 같았다.

전에 석명이 이런 말을 한 적이 있다. 풀과 꽃 그리고 나무를 잘 가꾸는 재가집은 정성을 세심하게 기울이는 집이라 차려주는 음식도 맛있다고. 뒷전을 풀어먹일 때 유독 잡귀와 잡신이 많이 찾아온다고 했다. 나장이 휩쓸고 지나가면서 집 안은 엉망이 되었지만, 바깥에 놓인 가재도구마저 잘 정리된 걸 보았을 때 분명 이 집의 주인은 세심한 사람이었다.

말고삐를 세 개나 쥔 나장은 밖에 서서 기다렸고, 무산과 설랑은 신을 벗으며 방으로 들어갔다.

"어떠합니까. 뭐가 좀 보입니까?"

무산의 물음에 방을 살펴보던 설랑이 고개를 저었다.

"아니요, 아무것도 보이지 않습니다."

"그래요?"

"네."

무산은 찬찬히 살펴보았다. 설랑은 아무것도 볼 수 없다고 했지만, 자신은 분명히 무언가를 보았다. 쓰러지고 깨지기는 했지만, 값나가는 물건이 그대로 놓여 있었다. 밖으로 나가 아궁이를 보았다. 아궁이 위에도 솥이 얹혀 있었다. 살림살이를 건드리지 않았다. 마치 누가 가져갈 수 없도록 막기라도 했던 것처럼…… 무당골을 호시탐탐 노렸던 이들은 순심과 자신이 막았는데, 이런 산골 마을에서는 과연 누가 막아줬던 걸까?

고개를 내밀어 밖을 보자 말들에게 꼴을 먹이고 있는 나장이 보였다.

무산은 신을 신고 도로 밖으로 나갔다.

"저기요."

"예?"

"말씀 좀 여쭙시다."

무산과 설랑이 궁에서 왔다는 말을 들은 건지 나장은 긴장한 기색이 다분했다. 무산이 다가서며 묻자 나장은 잠시 난색을 보이더니 얼른 표정을 감추며 고개를 끄덕였다.

"말씀하십시오."

"혹시 이 마을 사람들과 아는 사이입니까?"

나장의 얼굴이 흙빛이 되었다. 무산은 그의 낯빛을 보고 확신했다.

"그래서 관에서 강유두와 이 마을 사람들을 나래할 수 있었던 거군요. 이렇게 외진 산골 마을 사람들이 두박신을 모신다는 걸 어찌 알아냈나 했습니다. 내부인이 아니고서야 절대 알 수 없었겠지요."

"……."

"그래서 살림살이만큼은 가져갈 수 없도록 다른 나장들을 막으신 겁니까?"

"제가 지금은 신역 때문에 나장 일을 하기는 하지만, 그렇다고 해서 이웃의 도리까지 잊은 건 아닙니다."

"그렇군요. 그 도리를 아는 분이 이웃을 관부에 고하셨군요."

그는 무산의 말에 얼굴을 붉혔다. 부끄러움보다는 분노에 가까운 얼굴이었다.

"제가 고한 게 아닙니다. 왜요, 죄인을 감싸줬다고 저도 잡아가시려고요? 마음대로 하십시오. 마을 사람이 모조리 잡혀가 폐촌이 다 됐는데, 그게 뭐가 대수랍니까. 아니, 그냥 저를 잡아가십시오. 옥사에서 마을을 이루고 살겠습니다."

호통에 가까운 목소리였다.

설랑이 큰 소리를 듣고 놀라 후다닥 밖으로 나왔다. 무산은 침착한 얼굴로 말했다.

"마을 사람들 옆에 있고 싶으시다면 저도 딱히 만류하지는 않겠습니다. 하지만 누군가는 여기 남아 살림살이를 지켜야겠지요. 이웃을 관부에 고한 다른 나장은 아직 마을에 남아 있는 게 아닙니까?"

"그건······!"

나장의 얼굴이 붉으락푸르락했다. 무산은 산 아래 연기가 올라오지 않는 집들을 보았다.

"화를 두려워하고 복을 구하기 위해 귀신에게 기도하는 것은 어찌 보면 인지상정이지요. 국법이 지엄하기는 하나······ 그럴 만한 사정이 있다면, 참작이 되지 않겠습니까?"

나장은 그제야 시선을 올리며 무산과 눈을 마주쳤다.

"참작이요? 사람들이 돌아올 수 있는 겁니까?"

한성부나 경기 지역에서 두박신을 모시던 백성들도 신문이 끝난 뒤 거처로 돌아갔다. 그러니 이곳 사람들도 언젠가는 마을로 돌아올 것이다. 돌아올 수 없는 이가 생긴다면······ 무격의 신분으로 잡혀간 사람들이겠지. 무당골 사람들처럼.

"장담할 수는 없지만, 아마 그럴 것입니다. 도성과 경기 사람들도

신문이 끝난 뒤 돌아갔으니까요. 속사정이 있다면, 제가 자세히 고
하겠습니다. 헤아려 줄 겁니다."

"그럴까요……?"

나장은 잠시 말을 잇지 못하다가 자신이 아는 걸 털어놓기 시작
했다.

* * *

봉황이란 무엇인가.

수컷은 봉, 암컷은 황이라고 불리는 이 새는 『설문해자』에서 앞은
기러기, 뒤는 기린을 닮았으며 뱀의 목, 물고기의 꼬리, 황새의 이마,
원앙새의 깃, 용의 무늬, 호랑이의 등, 제비의 턱, 닭의 부리를 가졌
다고 했다.

책마다 조금 다른 형태로 기록되기는 했지만, 오색(伍色)을 갖췄다
는 이 새가 상서로운 존재라는 건 어느 책에서도 부정되지 않았다.

봉황에 대한 말 중에는 이런 것도 있었다. 한유는 도(道)가 있는
나라에 항상 봉이 출현한다고 하였고, 『순자』의 「애공편」에서는 옛
날 왕의 정치가 삶을 사랑하고 죽임을 미워하면 봉이 나무에 줄지
어 나타난다고 했다. 잘 다스려지거나 도가 있는 나라, 살아있는 것
들이 계속 살아갈 수 있도록 삶에 힘쓰며 산 자의 목숨을 함부로 앗
아가는 죽임을 막고자 노력하는 나라. 그런 나라에만 나타나는 새가
봉황이었다.

그래서일까, 사람들은 주변에 대나무를 심거나 주변 산을 까치산이라고 부르며 봉황을 자기 땅으로 불러오려고 애썼다. 봉황이 대나무의 열매를 먹고, 까치를 잡기 때문이었다.* 이곳에 마을을 세운 사람들도 처음에는 그런 마음이었던 걸지도 모르겠다. 열심히 삶을 일궈 언젠가는 봉황을 데려오겠다고, 그런 마음으로 까치산에 올라 대나무를 심었을지도 몰랐다.

그 노력 덕분이었는지 봉촌이라고 불린 마을은 오래도록 평화로웠다. 수십 년 전, 왕씨 왕조가 몰락하고 이씨 왕조가 들어서기 전까지는……

나라가 바뀌면서 많은 이가 죽었다. 엎어진 둥지에 성한 알은 없는 법이었다. 한 나라의 장군과 재상은 죽어서도 이름을 남길 수 있었지만, 대다수는 이름도, 심지어는 시신도 남기지 못했다. 그렇다고 해서 그들의 흔적이 세상에 아예 남지 않는다는 건 아니었다. 세상은 그들을 기억하지 못했지만, 누군가는 그들을 기억했다. 누군가에게는 그들이 하나뿐인 세상이자 사랑하는 가족이었다.

봉촌 사람들도 환란으로 가족을 잃었다. 그러나 삶이 남아 있기에 주저앉지 않았다. 서로 등을 맞대고 서 있는 사람 인(人)처럼, 서로에게 기대면서 몸을 일으켰다. 또한 그들은 터전을 잃고 유랑하던 이들을 받아주었다. 난으로 부모를 잃은 고아나 환란을 피해 도망친 여인이었다. 그렇게 그들은 다시 마을을 일궜다.

---

* 김광언, 『풍수지리(집과 마을)』, 대원사, 1993, 67p

이때부터 봉촌이라고 불리던 마을도 황촌이라고 불리기 시작했다.

그러나 안정을 되찾은 삶이 공허함마저 채워주는 건 아니었다. 오히려 삶이 안정될수록 추억과 그리움이 커졌다. 그 공허함이 만든 빈자리에 두박신이 나타났다. 엎어진 이를 일으켜 세워준다는, 죽은 이의 아픔을 어루만져 준다는 신이었다.

사람들은 떠나보낸 가족의 이름을 종이에 적어 혼백틀에 넣어두고는 두박신에게 기원했다. 쓰러져도 다시 일어난다는 신령을 집 안에 모시며 자기 가족을 의탁했다.

객사한 그들이 부디 일어나 객지를 떠나기를, 삼도천을 건너 황천으로 가기를, 혹시라도 저승에서 고통받고 있다면, 어미를 구하기 위해 지옥으로 내려갔던 목련존자처럼 자신의 선행이 그들을 구해주기를.

산 자가 죽은 이에게 해줄 수 있는 것은 기원뿐이었기에 그들은 빌고 또 빌었다.

그렇게 시간이 지나면서 젊은 아낙은 중년 아낙이 되었고, 아이들도 더는 아이가 아니게 되었다. 황촌에서의 기억이 봉촌에서의 기억보다 많아지면서 두박신을 향한 믿음도 점점 약해졌다. 죽은 이는 과거였지만, 산 자는 현재였기에.

그러다가 **어떤 일**이 일어났다.

마을 어르신들이 철저히 불문에 부쳤기에 나장은 무슨 일이 있었던 건지 자세히 알지 못했다. 아주 좋지 않은 일이 벌어졌다는 걸 눈치로 알아챌 뿐이었다. 다들 외출을 기피했고, 마을을 벗어날 때면 여럿이 함께 움직였다. 대체 무슨 일이 있었던 거냐고 묻자 나장의 모친은 말했다.

너는 나라가 뒤바뀔 때 무슨 일이 일어났었는지 아냐고. 태어났을 때 일을 나장이 알 리 없었다. 모르겠다는 말에 모친은 말했다. 그게 맞는 거라고. 겪은 이가 말해주지 않는 이상 다른 이가 멋대로 파헤치며 알려고 해서는 안 된다고. 말해주기를 기다려야 한다고.

혹시라도 그때가 온다면, 말하고 싶어 하면 들어주고, 도움을 청하면 도와주고, 억울함을 토로하면 함께 분노해 주라고. 그게 네가 할 수 있는 유일한 일이라고 했다.

모친의 대답을 들은 나장은 물었다. 그렇다면 이번 일 말고, 수십 년 전 나라가 뒤바뀔 때는 무슨 일이 있었던 거냐고. 모친은 나장을 보며 아무 말도 하지 않았다. 나장은 그제야 자기 모친에게도 무슨 일이 있었다는 것을, 평생 자신에게 말해주지 않을 거라는 걸 깨달았다.

그리고 며칠 뒤 사람이 죽었다. 그것도 아이가.

갑작스러운 초상에 마을 전체가 들썩였다. 죽은 이는 나장의 벗이자 가족이었다. 황촌의 아이들은 다 함께 자라났기에, 사실상 모두가 벗이고 가족이었다.

여로(藜蘆)를 먹었다고 하였던가. 먹은 걸 게워 내고, 발작을 일으키다 몇 시진 만에 숨을 거뒀다고 했다. 급히 불러온 의원이 손도 써 보기 전이었다.

나장은 이해할 수 없었다. 봄철에는 여로와 산마늘을 구분할 수 없었지만, 여름은 달랐다. 산마늘은 잎이 평편한데, 여로는 잎의 폭이 좁고 길었다. 산마늘은 줄기에서 잎이 하나만 나오고, 여로는 한 줄기에서 잎이 여러 개 나왔다. 무엇보다 그 맛이 달랐다. 여로는 쓴맛이 강해 참고 먹지 않는 이상 그냥 우연히, 그것도 죽을 정도로 많이 먹을 수는 없었다.

산천초목에서 자란 아이가 그걸 몰랐을 리는 없을 텐데…….

그때는 너무 어려 나장은 알 수 없었다. 아니, 사실은 모든 걸 알고 있었다. 다만 모르는 척했을 뿐이다. 어른들이 수군거리는 말들. 그것은 어린 자신이 감당할 수 없는 일이었다. 나장은 자식을 잃은 어미들의 슬픔과 가족을 잃은 이들의 분노를 분명히 보았고, 그것을 이해했다. 심지어 그 자신도 같은 걸 느꼈다.

그것은 억누를 수 없는 슬픔이자 꺼뜨릴 수 없는 분노였다. 이곳에서 사는 이들은 모두가 가족이었으니까. 사랑하는 이를 떠나보낸 뒤에 새로이 받아들인 가족이자 지난한 삶의 투쟁에서 어깨를 나란히 하고 걸어온 끈끈한 전우였는데.

그런데 누군가 또다시 이들의 가족을 앗아간 것이다. 그것도 마을에서 가장 어리고도 어여뻤던 아이를.

그때부터 마을 사람들은 두박신을 두고 다른 걸 기원했다.

죽은 이를 위해서가 아니라 산 자를 위해서. 누군지 알 수 없는, 그자의 불행을 위해서.

그의 삶이 지긋지긋해지기를, 일장춘몽을 잊지 못해 번뇌에 사로잡히기를, 주어진 생을 허비하며 고해에서 허우적거리기를, 자기 업

보에 짓눌려 마지못해 살아가기를, 누구보다 외롭고도 고단하기를,
온갖 병이 들어 고통받으면서도 쉬이 죽지 않기를, 죽음보다 지리멸
렬한 삶을 오래오래 그 아이의 목숨까지 이어받아 살기를…….

끝끝내 죽음을 맞이했을 때 지옥도로 떨어져 무량겁의 고통을 받
기를.

지옥에서 고통받는 중생을 구해준다는 지장보살마저도 너만은 꺼
내줄 수 없기를.

봉촌이 황촌으로 탈바꿈하였듯 두박신은 다시 태어났다.

희망을 원한으로, 그리움을 분노로 뒤바꾸는 신이 되어서.

* * *

"그러니까 두박신이 이 마을에서 처음 생겨났다는 거군요?"

무산의 물음에 나장은 고개를 저었다.

"그건 아닙니다. 지금은 돌아가셨지만, 두박신을 마을 사람들에게
알려주었던 할머니가 분명 그러셨습니다. 어렸을 때 하룻밤 유숙하
고 갔던 손님에게서 두박신을 들었다고요."

"할머니네 집은 어디인가요?"

나장이 고개를 돌려서는 바로 옆에 있는 강유두의 집을 보았다.

"여깁니다. 할머니 손자가 유두예요."

"아……."

무산은 말을 잇지 못했다. 그렇게 불확실한 정보로는 관원을 설득

할 수 없었다.

　그 시작이 어떠하였든 마을에 두박신이 전해진 건 이 집을 통해서였다. 이 집의 후손이 무격의 신분으로 잡혀갔으니 양성의 신문이 끝날 때면 이번 사건의 수괴로 강유두가 지목될 것이다.

　황촌 사람들은 결국 마을로 돌아오겠지만, 수괴가 된 강유두는 살아남을 수 있을까?

　무산은 차마 나장에게 알려줄 수 없는 말을 목구멍 아래로 파묻으며 다른 말을 뱉었다.

　"산에서 내려가 마을을 돌아보지요."

　나장은 무산과 설랑을 산 아래로 안내했다.

　황촌은 열 집 남짓한 가옥이 모여 있는 집촌이었다. 집촌이라 할지라도 보통은 어느 정도 떨어져 있기 마련인데, 이곳은 다닥다닥 붙어 있어 방문만 열어도 옆집과 대화를 나눌 수 있을 듯했다.

　황촌 사람들은 아마 서로를 지켜주면서 한 가족처럼 살았을 것이다. 아이를 홀로 키우는 과부가 살아남으려면 그 방법밖에 없었겠지. 그리고 그 경험은 무엇보다 끈끈한 유대감이 되어 마을을 하나로 묶었을 게 분명했다.

　나장은 마을 입구에 있는 커다란 감나무에 말들을 묶은 뒤 두 사람을 안내했다.

　무산은 첫 번째 집에서 쓰러져 있는 혼백틀을 발견했다. 어린아이의 얼굴만 한 크기에 널판문처럼 생긴 혼백틀이었는데, 방바닥 위에 쓰러져 있어 마치 아래로 통하는 작은 문이 바닥에 있는 듯했다. 널

판문에 문짝 두 개가 달려 있듯 혼백틀에도 널조각 두 쪽이 달려 있었다.

혼백틀을 집어 든 무산은 문을 열 듯 널조각을 양쪽으로 당겼다. 혼백틀의 작은 문이 열리자 누런 종이가 모습을 드러냈다. 빛바랜 종이에는 아무것도 적혀 있지 않았다. 본래 혼백틀 안에는 망자의 이름이 적혀 있기 마련이었다.

여로를 먹고 죽었다는 아이를 위해 세운 혼백틀이 아닌 건가? 그렇다면 두박신? 하지만 한성부와 경기 지역 사람들도 억울하게 죽은 재상이나 장수의 이름을 지방에 적어놓고 기원하였지, 백지를 두고 기원하지는 않았다.

봉촌 사람들은 좀 달랐던 건가?

"백지네요."

"네, 저희는 그자가 누구인지 모르거든요."

"그자요?"

"그 아이를…… 정이를 죽게 만든 사람이요."

"지방에 적는 게 두박신의 이름이 아니라, 저주하는 이의 이름입니까?"

"네, 맞습니다."

"……."

"정이가 말해주었다면, 그놈의 이름을 적었겠지요. 아마 정이도 그놈의 이름을 몰랐던 걸 겁니다. 갑작스레 나타난 외부인의 이름을 어찌 알았겠습니까."

"……잠시 집들을 둘러볼 터이니 가서 말을 살펴보십시오. 남은 집들을 마저 둘러보면 바로 돌아갈 것입니다."

"네, 저쪽 대추나무가 있는 집에는 사람이 살고 있습니다. 혹시라도 들어가시려면, 저를 부르십시오."

"마을 사람들은 다 잡혀간 것 아니었습니까?"

"그 새…… 다른 나장이 사는 집입니다."

"그자는 신역이 끝났습니까?"

나장은 고개를 저었다.

"공을 세워 이번 신역을 면역 받았습니다."

마을 사람을 팔아치워 얻은 게 고작 면역이라니. 무산은 어쩐지 속이 울렁거렸다. 체한 듯 답답한 것이 소리를 지르고 싶어졌다.

밖으로 나간 나장은 감나무로 향했고, 자기가 타고 왔던 말에 가득 실어둔 꿀을 꺼내서는 차례차례 말들에게 먹였다.

무산은 문간에 서서 그 모습을 보다가 설랑을 찾았다. 설랑은 집 안 구석구석을 만져보고 있었다. 조금 전 이 집에 들어선 뒤로는 말한마디 하지 않았다. 무산과 나장의 대화도 듣지 않는 것이 마치 무언가에 홀린 것 같았다.

"뭐가 좀 보입니까?"

"……."

몇 번이나 불러도 대답을 들을 수 없자 무산은 손가락으로 그의 어깨를 쿡쿡 쳤다. 설랑이 깜짝 놀라 눈을 부릅떴다. 그제야 무산을 보았다. 무산이 다시 물었다.

"뭐가 좀 보이냐고요."

"아뇨, 다만…… 뭔가 있는 것 같습니다."

"그 뭔가가 뭔데요?"

"그건 저도 잘……. 여기가 아닌 것 같기도 하고요."

설랑은 무산이 들고 있던 혼백틀을 보았다.

"어, 그거."

"혼백을 담는 틀입니다. 신위(神位)라고도 하지요."

"저도 본가에서 본 적 있습니다. 가까이는 아니고 멀리서 보았지만요. 교의(交椅, 제례 때 신주를 모시는 의자) 위에 앉히더라고요."

『예기(禮記)』에서는 '혼기귀우천, 형백귀우지(魂氣歸于天, 形魄歸于地)'라고 하였는데 혼기는 하늘로 돌아가고 형백은 땅으로 돌아간다는 뜻이었다. 사람이 죽으면 혼백(魂魄)이 흩어지면서 혼은 하늘로 가고 백은 땅에 잠시 남아 있다가 사라졌는데, 상을 치르거나 제사를 지낼 때는 하늘로 간 혼을 불러와야 했기에 영궤 위에 신위를 세워서 그 안에 깃들게 했다.

종이로 된 지방이나 명주로 된 혼백(魂帛)이 주로 신위가 되었다.

다만 이곳에 놓인 신위는 죽은 이를 위한 게 아니었다. 산 자를 위해서, 멀쩡하게 혼백(魂魄)이 붙어 있는 이를 위해 마련한 신위였다. 정이라는 아이를 죽음으로 몰아간 이를 저주하기 위해서, 그를 향한 분노와 증오를 담은 신위였다.

살아있는 이를 저주하는 건 무고(巫蠱)였고, 중죄이기에 형법에 의해 처벌을 받아야 했다. 이번 일로 황촌 사람들이 처벌받는 건 아니겠지?

그러나 상세히 따져보면, 이들은 상대가 누구인지도 알지 못했다. 누군지도 모르는 이를 향한 저주도 죄가 될 수 있을까? 그자의 죽음을 바라는 게 아니라 죽음보다 못한 삶을 바라는 것도?

게다가 원수를 향한 원한은 인지상정이 아니던가.

무산은 혼백틀을 도로 바닥에 내려놓았다.

"사람을 저주할 때는 보통 구반다(鳩槃茶, 사람의 정기를 빨아먹는 귀신)를 청하거나 흉물을 땅에 묻거나, 목인이나 초인, 화상 등에 혼백을 붙들어서 해하거나 부서(符書)를 쓰곤 하지요. 법전인『대명률직해』에 의하면 모두 모살에 해당하는 중죄입니다."

"모살! 사람들이 모살죄로 죽을 수도 있다는 겁니까? 하지만 애초에 그런 일이 없었더라면, 이 마을은 평화로웠을 겁니다."

"그럴 수도 있겠지요."

"이 억울하고 원통한 마음을, 가슴 안에 파묻고만 있으란 말입니까? 살을 날린 건 분명 죄가 되겠지요. 그러나 흉수가 아닙니까. 어찌 마을 사람들만을 탓할 수 있단 말입니까?"

무산은 눈물이 가득한 두 눈에 핏발까지 세우면서 슬퍼하는 설랑을 보며 무격이라고 하는 존재는 다들 이러할지도 모른다고 생각했다. 자기가 아는 무격들은 다 그릇이 컸다. 돌멩도, 석명도, 설랑도. 마음의 그릇이 커서 산 자와 죽은 자에게 쉬이 공감했고, 그들의 목소리를 마음에 담곤 했다. 무격은 모두 이러한 걸까? 아니면 자기가 아는 무격만 이런 걸까.

반면 자신은 그런 이가 아니었다. 그런 이가 될 수 없었다. 절대 그리되어서는 안 된다고, 순심에게 듣고 또 들으며 자라났다. 자(自)를 감추면서 몰래 남을 살펴야 하는 이가 다른 이들의 감정에 공감한다? 그자의 죄상을 규명하는 증좌를 모아야 하는데도? 그것은 감찰이나 궁정 혹은 전정의 본분을 뒤흔드는, 여차하면 목숨을 잃을지도 모르는 크나큰 잘못이었다.

"잊지 마십시오. 우리는 왕명을 받고 이곳에 괴력난신을 조사하러 온 겁니다. 우리는 죄의 경중을 따질 수 없고, 단옥도 할 수 없습니다. 그저 성상의 눈과 귀라고 생각하시면 됩니다. 관원조차 왕명 앞에서는 감히 그리할 수 없습니다. 그러니 그런 이야기는 다시는 뱉지 마십시오. 우리는 성상의 입이 아닙니다."

무산의 단호한 목소리에 설랑의 얼굴이 어두워졌다.

"그렇겠지요……. 하긴 서자가 무슨 수로요. 시문과 사서오경에 통달해도 잡과만 볼 수 있는 것이 서자인 것을요."

아니, 이자가 갑자기 땅은 왜 파지? 이제는 서자 기까지 살려줘야 하나?

순간 짜증이 났지만, 무산은 참을 인을 마음에 새겼다.

아직 약관도 되지 않은, 혼례도 올리지 못한 어린아이니 참자……. 참아야 할지니…….

무산은 정색하며 말했다.

"얼자도 아닌 서자가 무격 앞에서 하실 말씀은 아니군요. 제 친우인 돌맹은 앞을 보지 못하는 판수지만 음률과 시문에 통달했고, 저와 같이 지냈던 벽사 무너 석병노 고문자를 잘 압니다. 그게 뭐 어떻다고요. 학문은 인격을 수양하기 위해 하는 것이지 남보다 더 높은 자리에 오르려고 하는 게 아닙니다."

"하지만 이대로 눈을 감고 보지 못한 척한다면, 내가 남을 밟지는 않았지만, 남이 밟히는 것을 방관하였다면, 결국에는 같은 이가 되어버리는 것 아닙니까?"

무산의 입매가 딱딱하게 굳었다. 입을 열 수가 없었다. 그 아이가 자주 하던 말이었다. 그것이 내 죄가 아닐지라도 못 듣고 못 본 척한다면, 결국에는 내 죄가 되는 거라고. 그러니 너처럼 다 알고도 모른 체 하면서 방관하지는 않을 거라고.

반드시 진실을 명명백백하게 밝혀내 모두에게 알릴 거라고.

그러다 그 아이가 어찌 되었던가. 결국 죽임을 당하지 않았던가.

무산은 한참을 침묵하다 입을 열었다.

"모살은 살인을 도모했다는 게지요. 죽음보다도 못한 삶이라고는 하나 마을 사람들은 분명 삶을 기원하였습니다. 그걸 두고 모살이라 한다면 어폐가 있지 않겠습니까?"

"그러면 마을 사람들이 살아날 방도가 있는 겁니까?"

"마을 사람들이 어찌 말하고, 신문을 맡은 소윤 나리가 어찌 들었느냐에 달렸지요. 가장 중요한 것은 명분입니다. 법도를 벗어났다 할지라도 명분만 확실하다면 빠져나갈 수 있습니다. 성상도 죄를 묻지 않으실 겁니다."

"그러면 우리는, 저는 무엇을 하면 됩니까?"

"일단은 다른 집을 둘러봅시다. 뭐라도 찾아놔야 나중에 고할 때 마을 사람들을 위한 말을 몇 마디는 더할 수 있겠지요. 두박신에 대해서는 잘 모르겠고, 아무튼 그 마을 사람들이 억울하다고 고한다면 누가 들어주겠습니까. 씨알도 안 먹힐 겁니다."

무산의 말에 설득되었는지 설랑은 결기를 드러내며 두 주먹을 움켜쥐었다. 씩씩하게 걸음을 내디뎠다. 조금 전까지 몸을 부르르 떨며 분노하던 사람 맞나? 무산은 헛웃음이 나왔다.

대체 무엇이 저들에게 저러한 의지를 주는 것일까. 자기 한 몸도 건사하기 힘든 곳이 세상이거늘, 도대체 무슨 생각으로 타인을 위해 나서는 걸까.

등 떠밀려 마지못해 나서는 게 아니라 자기 발로 나서게 만드는 그 힘을, 세상 전체에 맞서는 일이라 할지라도 끝끝내 나서고야 마는 그 마음을 무산은 이해할 수 없었다.

재하자의 몸으로 윗전의 죄를 파헤쳤던 의령도, 가진 것을 내어주며 다른 이들의 마음을 위로하던 돌멩도, 일면식도 없는 무당골 사람들을 돕고 싶다면서 자신을 따라온 설랑도.

그러나 무산은 매번 그들의 마음에 매료되곤 했다. 어쩌면 자신에게는 없는 마음이라 그런 걸지도 모르겠다. 무산이 발걸음을 재촉하며 설랑의 뒤를 따랐다.

두 사람은 마을의 집들을 하나씩 훑어보았고, 별다른 걸 발견하지 못했다. 이제 남은 건 마지막 한 집뿐이었다. 첫 번째로 찾아갔던 집 바로 옆. 대추나무가 자랐다는, 마을 사람들을 팔아넘긴 사람이 사는 집이었다.

"다른 집들과 달리 첫 집에서는 무언가 느껴진다고 했었죠. 구체적으로 뭐가 어떻게 느껴진다는 겁니까?"

"그건 뭐라고 설명하기가 힘든데요. 확실한 게 아니기도 하고, 뭐랄까요, 매우 찝찝한?"

"어떻게 찝찝한데요?"

"변소에 갔다가 뒤를 닦지 않고 나온 듯한 찝찝함이요."

"그건 찝찝한 게 아니라 더러운 것 아닙니까?"

피식 웃으며 무산을 쳐다본 설랑이 고개를 푹 숙이며 어깨를 들썩였다. 아무래도 웃음을 참는 것 같았다. 뭐지, 이건? 무산이 흘겨보자 설랑은 손바닥으로 자기 얼굴을 가리며 말했다.

"왜 농을 할 때도 뚱한 얼굴을 하십니까?"

"제가 언제요?"

"매번 이런 얼굴이지 않습니까."

설랑이 손바닥으로 자기 얼굴 위를 휘휘 저으며 무산의 표정을 흉내 내었다.

"그거 말고요. 제가 언제 농을 하였습니까?"

"아니, 그게 농이 아니면……."

그런데 걸음을 옮기던 설랑의 얼굴이 새파랗게 질렸다. 웃음이 순식간에 흩어진 두 눈에는 두려움이 들어섰고, 쾌활하면서도 살가운 목소리가 새어 나오던 목에서는 목구멍을 찢는 듯한 비명이 쏟아져 나왔다.

"으아아악! 귀신이야!"

* * *

자기가 신병에 걸렸다는 걸 적모의 입을 통해 알았을 때, 설랑은 믿을 수 없었다. 적모를 믿을 수 없다는 게 아니라 자신이 신병에 걸렸다는 걸 믿을 수 없었다. 감정이 펄펄 끓는 곰국처럼 부글거리고, 널뛰기하는 이처럼 폴짝폴짝 뛰기는 하였지만, 이게 신병이라고?

봄 날씨처럼 오락가락하는 게 신령이 몸에 들어와서 그런 거라고?

그러나 지학을 갓 넘긴 나이라면, 태어나자마자 어미를 잃고 양반 가문에서 서자로 살고 있다면, 관원이 되고 싶었으나 음직도 얻지 못했던 아비에게서 한성부에서 살아남고 싶으면 어떻게든 관직을 얻어야 한다는 말을 귀에 딱지가 앉을 정도로 듣게 된다면, 양반집 적장자로 태어나 가문의 기대를 한 몸에 받고 자란 데다가 운 좋게 관직까지 얻은 형님이 있다면, 그런데 다른 가문의 서자나 얼자는 형님을 형님이라고 부를 수도 없다는 걸 알게 된다면, 입으로는 한적한 시골로 내려가 훈장이나 하면 소원이 없겠다고 하면서도 사실은 관원이 되어 민생을 돌보고 싶다는 청운의 꿈을 남몰래 품고 있다면, 그러나 가문과 아비를 위해 어떻게든 역관이 되어야 한다면, 그러면 다들 자기처럼 기분이 오락가락하게 되지 않을까?

주어진 것에 감사하다가도 갑자기 화가 나고, 서글픔에 우울해하다가도 안도하며 안분지족하지 않을까?

설랑은 반박하고 싶었고 수많은 질문을 쏟아붓고 싶었지만, 애써 삼켜냈다. 무격이라고 하니 그러려니 하고 받아들일 수밖에. 어차피 스스로 정할 수 있는 건 아무것도 없었다. 무격이 되지 않겠다고 해도 천명을 어찌할 수는 없을 터였고, 무격이 되겠다고 해도 가문이 그냥 두지 않을 터였다.

양인인 서자가 천인인 무격이 된다? 가문의 명성을 누구보다 중시하는 사람들이 그냥 두겠는가! 아예 집 안에 가둬둘 게 분명했다. 어디 멀리 보내버리거나.

차라리 그랬으면 좋았을 텐데.

부친은 끝까지 욕심을 버리지 못했다. 설랑이 겉으로 보기에는 멀쩡해 보였기 때문이었다. 부친은 설랑을 다시 사역원으로 보냈다. 역과에 합격해 내직이나 외임이 되는 것은 허사가 되었으나 체아직이라도 노리는 것처럼 보이라고.

무격이라면 사람의 마음을 잘 알 터이니 사역원에 한어를 배우러 온 관리나 급제자와 친분을 맺어 형의 앞길을 다지는 데 힘쓰라 했다. 뭐라고 하였더라, 네 형은 타고난 품성이 사족이라 윗사람에게 맞춰주는 것에 미숙하지 않으냐. 그렇다면 자신은 날 때부터 아랫사람이라서 윗사람에게 맞춰주는 품성을 타고났다는 것인가.

물론 서자로 태어났으니 날 때부터 아랫사람이었다는 건 틀린 말이 아니었지만, 설랑의 아부 기술은 십칠 년 인생을 쏟아부어 얻어낸 거였지 날 때부터 가지고 있던 게 아니었다. 그래도 어쩌겠는가. 시키니 할 수밖에.

그런데 시간이 지날수록 이상한 소리가 들리고 이상한 게 보이기 시작했다. 물 안에서 듣는 소리 같기도 하고, 검은 그림자 같기도 한 것이 뚜렷하지는 않았지만, 분명히 존재하는 거였다. 그때 설랑은 자기 명운을 실감했다. 아, 무격이 되었구나. 내가 진짜로 무격이 되었구나. 그러나 그게 다였다.

시전(市廛) 거리 안에 산 자들의 대화에 녹아든 희미한 목소리와 사역원 섬돌 옆에 누워 있던 검은 그림자, 동살이 잡히는 새벽녘 창호지를 통과하며 고개를 내밀던 그림자까지……. 그들은 무슨 말이 하고 싶었던 걸까, 무엇을 보여주고 싶었던 걸까.

어쩌면 그들은 그저 그곳에 있었던 걸지도. 설랑이 시전 거리를 걷고, 사역원 섬돌을 밟는 것이, 이른 새벽에 일어나 이부자리를 정리하는 게 누군가에게 무언가를 보여주고 무슨 말을 들려주려고 그랬던 건 아닌 것처럼……, 그들도 그저 존재했던 게, 존재하는 게 아닐까.

그러던 어느 날 설랑의 고모가 한성부로 찾아왔다. 아비와 고모가 언성을 높이며 싸우는 소리가 문을 지나고 대청을 건너 건넌방까지 전해졌다.

무녀, 초혼, 실종…….

고모는 그 무녀를 찾아야 한다고 했고, 아비는 낭떠러지에서 떨어졌으니 죽은 게 확실하다면서 그만 포기하라고 했다. 그러자 소리가 뚝 끊기면서 잠시 적막이 가라앉더니 기물이 쓰러지고 깨지는 소리가 폭우처럼 쏟아졌다.

실랑은 아비가 화를 이기지 못하고 또 성질을 부리는 줄 알았다. 그런데 들리는 노성이, 범이 포효하는 듯한 노성이 아비의 목소리가 아니었다. 분명 여인의 목소리였다.

아비와 적모를 따라 자주 본가에 갔던 형은 이 난리에 익숙하다는 듯 반닫이에서 풍차(風遮, 방한용 두건)를 꺼내서는 머리에 썼다. 그러고는 추위를 막듯 볼끼로 귀를 막아버린 뒤 다시 서책을 읽는 게 아닌가.

설랑은 속으로 혀를 내둘렀다. 사족의 집중력이란 이러한 것인가? 가족이 싸우는데도 초연히 서책을 읽을 수 있다고?

설랑은 귀를 기울였다. 시끄러운 소리에 감춰졌을 또 다른 소리를 듣기 위해서. 고모는 왜 무녀를 찾는 걸까. 무슨 일이 있었던 걸까. 왜 저렇게 화가 난 걸까.

그때 미약하지만 애처로운 목소리가 들렸다.

란아, 란아, 소란아. 돌아와, 어서.

애틋함과 서러움 그리고 두려움이 파도처럼 밀려와 가슴을 뒤덮었다. 몰려온 감정에 설랑은 숨이 막혔다. 아, 이거구나. 이제껏 보고 들었던 건 혼(魂)이 아니라 백(魄)이었구나.

그 깨달음에 설랑은 벼락을 맞은 듯했다. 하늘로 날아가는 혼은 영원히 존재하지만, 땅에 남는 백은 결국 소멸하니까. 백은 잠시 머물다가 없어지는 존재니까. 그래서 자기가 봤던 백들은 흩어지듯 모호했던 거였다. 그런데 혼이 어떻게 땅에 남을 수 있었을까. 어떻게 저렇게 뚜렷한 목소리를 낼 수 있을까. 어디에 있는 걸까?

설랑은 자기도 모르게 문을 열었다. 전전긍긍하며 대청에 서 있는 적모와 마당에 서 있는 행랑아범, 행랑어멈의 시선을 받으면서 천천히 걸음을 옮겼다.

적모가 손을 뻗어 만류하는 듯했지만, 설랑의 정신은 이미 다른 데 가 있었다.

설랑이 문을 활짝 열자 방 안에 있던 이들이 모두 그를 보았다. 곧 이어 아비의 입에서 감히 어딜 들어오냐는 호통이 터져 나왔다. 그러나 설랑은 아무 소리도 들리지 않는다는 듯 안으로 들어섰다. 그리고 형형한 눈빛으로 자기 오라비를 쏘아보는 고모를 보았다. 여인의 앳된 목소리가 다시 전해졌다. 소리는 메아리처럼 면면히 이어지면서 고모를 감싸고 있었다.

어디, 어디에 있지? 그런데 고모와 눈이 마주치는 순간, 머릿속의 줄이 끊어졌다. 생각이 마비되고, 가슴이 흔들렸다. 당장, 지금 당장 돌아와. 설랑이 다시 정신을 차렸을 때, 그는 고모의 손을 붙잡고 산길을 달리고 있었다.

이대로 네 얼굴도 못 보고 떠날 수는 없어. 네게 또 상처를 줄 수는 없어. 어서 돌아와, 어서. 알 수 없는 말을 읊조리며 달려가던 설랑이 멈칫하자 고모는 설랑의 손을 뿌리쳤다.

무슨 짓이냐. 서슬 퍼런 목소리에 설랑은 고개를 숙였다. 자기가 신병에 걸렸다고, 그래서 들리지 않는 게 들리고 보이지 않는 게 보인다고, 자기도 왜 그랬는지 모르겠다고, 마치 다른 이가 된 것 같다고 했다.

그런데 누군가가 간절히 기다리고 있다고, 어서 돌아오라고 외치고 있다고…….

란아, 란아, 소란아, 어서 돌아와.

고모의 표정이 급변했다. 이번에는 고모가 설랑의 손을 붙잡고 힘껏 뛰었다. 란이 고모의 아명이라는 것을, 고모를 소란이라고 불렀던 이는 이 세상에 단 한 명뿐이었다는 것을 설랑은 알지 못했다.

그렇게 쉴 새 없이 달려간 두 사람이 마을 어귀에 당도했을 때, 설랑은 훨씬 더 또렷해진 목소리를 들을 수 있었다. 목소리는 여전히 울고 있었다. 담처럼 높은 수풀을 지났더니 솟대 아래에 어떤 남인이 서 있는 게 보였다. 그는 마을 쪽을 흘깃 보더니 손에 쥔 단지를 높이 들어 올렸다. 땅으로 내던지려고 하는 모양새였다. 고모의 입에서 소리가 터져 나왔다. 설랑의 아비를 향했던 소리와 닮은, 그러나 묘하게 다른 포효였다. 그날의 노성이 분노와 원한이었다면, 이건 분노와 놀람 그리고 두려움이었다.

그 소리에 나무 위의 새들이 푸드득 날아가고, 초목이 바람에 흔들리듯 몸을 떨었다. 깜짝 놀란 남인이 다리에 힘이 풀렸는지 몸을 휘청였다. 고모는 쏜살처럼 달려가 단지를 낚아채더니 아기를 어르듯 품에 꼭 안았다.

결국 뒤로 넘어진 남인이 엉덩방아를 찧었다. 새파랗게 질린 얼굴에서 짙은 낭패감을 볼 수 있었다. 고모는 그를 잠시 내려다보더니 고개를 획 돌렸다. 거침없이 발을 내디뎠다. 고운 운혜를 신은 두 발이 적장의 적군을 도살하러 가는 장군의 군홧발 같았다.

목소리는 목 놓아 울었다. 고모를 휘감으며 울려 퍼지는 것 같기도 했고, 단지 안에서 들려오는 것 같기도 했다. 반가움 그리고 안도감. 느닷없이 전해진 감정들이 설랑의 마음을 물들였다.

설랑은 눈시울을 붉혔다. 그렁그렁 고인 눈물 너머로 남인의 얼굴이 보였다. 분명 아는 얼굴이었다. 몇 년 전 혼례를 올린 종매부가 아니던가? 하지만 서자인 자신이 그리 부를 수는 없었기에 입을 꾹 다물고 손을 내밀었다.

남인도 고개를 들었다. 살짝 찌푸린 미간 아래로 가늘게 모인 두 눈이 상대를 가늠하고 있었다. 아마도 신분이겠지. 남인은 설랑의 손을 잡지 않고 홀로 자리에서 일어났다. 어쩐지 서운한 마음이 들어 설랑은 고개를 떨궜다.

그때 땅 위에 놓인 홍색 귀주머니가 보였다. 엉덩방아를 찧을 때 떨어뜨린 건가? 이게 뭐지? 설랑의 손이 귀주머니를 움켜쥐는 순간, 풍랑을 만난 배 위에 올라탄 듯 속이 울렁거렸다. 보이지 않는 손이 가슴을 쥐어짜면서 그 안에 있던 것을 쫓아내는 듯했다. 곧이어 마음을 뒤덮었던 감정들이 순식간에 흩어지며 사라졌다.

이게 뭐냐고 묻자 종매부는 축귀 부적이라고 했다. 집안 귀신을 내쫓는 부적이라고.

이렇게 영험한 부적을 쓴 무격이 저 소리를 듣지 못했단 말인가? 저 통곡을?

화가 났다. 그래서 처음 보는 이에게 화를 퍼부었다. 앞 못 보는 판수와 함께 마을에서 나온 이에게, 무녀임이 분명해 보이는 이에게 어찌 이럴 수가 있냐고, 어떻게 저 울음소리를 외면할 수 있냐고 따져 물었다.

종매부에게 호신부까지 쥐여주며 단지 안 귀신을 내쫓으라고 하다니.

그런데 무녀가 부끄러워하기는커녕 자기는 신력이 없기에 들리지 않는다면서 비아냥거리는 게 아닌가. 뭐 이런 자가 다 있지? 하지만 제단을 때려 부순 고모와 함께 사당에 들어섰을 때, 설랑은 깨달았다. 혼의 진짜 울음은 이곳에 있었을 거라는 걸.

사람이 죽어 혼백이 흩어지면 혼은 하늘로 가고 백은 땅에 머물다 사라진다. 혼이 진짜 넋이라면, 백은 일종의 잔상이었다. 잠시 남아 있으나 곧 사라질 존재. 그런데 하늘로 올라가야 하는 혼을 땅에 붙들어 둔다면, 초혼하여 백들과 함께 남겨둔다면, 혼은 어찌 될까.

설랑은 알 수 없었다. 그러나 이곳에 있던 혼이 고통받았다는 건 확신할 수 있었다. 흩어지는 혼을 모으고 또 그러모으며 정신을 붙드는 것은 살이 베이고, 뼈가 깎이는 고통이었다. 사당에 들어선 뒤로 자신도 함께 느꼈기에 알 수밖에 없었다.

고모는 혼이 이곳에 머문 지 이십 년이 되었다고 했다. 이십 년 전, 보문이라는 무녀가 초혼부를 써줬다고. 그러나 보문은 병에 걸린 성녕대군을 살리기 위해 궁에서 술과 음식을 차려 굿을 하였다가 관비가 되어 유배당했고, 성녕대군의 노비들에게 맞아 목숨마저 잃었다. 주기적으로 초혼부를 받아 혼을 머물게 해야 했던 고모에게는 청천벽력과도 같은 소식이었다.

그런데도 고모는 포기하지 않았다. 한성부와 성저십리를 샅샅이 뒤지더니 몇 년 만에 보문의 신딸을 찾아낸 것이다.

고모는 알았을까, 새로 얻은 초혼부가 자신에게는 다행이었지만 혼에게는 불행이었다는 것을. 그깟 왕신이 뭐라고. 가문을 위해 어찌 그렇게까지……. 단 하루라도, 고모가 땅에 남은 혼의 고통을 느낄 수 있었더라면, 차마 이승에 붙잡아 두지는 못했을 것이다. 하지만 더더욱 이해할 수 없는 건 이곳에 갇힌 혼이었다.

어찌하여 이 모든 고통을 견뎌내며 이곳에 남으려고 하는 걸까. 어찌하여 이렇게나 애틋하게, 슬픔과 기쁨이 가득한 마음으로 고모 곁을 맴도는 걸까. 어찌하여 고모에게 진실을 말해주지 않는 걸까. 사실 마음 한편으로는 떠나고 싶어 하면서.

물론 고모도 더는 혼을 이곳에 붙들어 둘 수 없을 터였다. 보문의 신딸이라는 무녀가 십 년 전에 죽었다. 한성부를 뒤흔든 인명(人命) 사건의 범인이라는 것이 밝혀지면서 낭떠러지 아래로 뛰어내렸다고 했다.

죽은 무녀의 가족이 시신을 수습해 묻었다는 데도 고모는 믿지 않았다. 신어미보다 뛰어난 신딸이었다고, 조선 팔도 제일가는 흑무로 대수대명도 가능한 사람이었으니 반드시 살아 있을 거라고 고집을 피웠다.

그러나 그 무녀는 설사 살아있다 할지라도 이곳에 오지 말아야 했다. 무격이라면 초혼부의 대가를 알 테니까. 왕신으로 모셔진 혼은 이미 이십 년이나 고통받았다. 이제는 보내줘야 했다.

왕신단지를 내려놓은 시렁 아래 붙은 초혼부를 보며 실랑은 다짐했다.

빛바랜 초혼부처럼 당신의 혼이 흩어지도록 그냥 두지 않겠다고, 반드시 방법을 찾아내 당신을 보내주겠다고. 그리고 그때는 당신이 그토록 바라던 마지막 작별 인사를 꼭 할 수 있게 해주겠다고. 고모가 당신을 잃어버리는 것이 아니라 당신을 보내주는 것이 될 수 있도록, 꼭 그렇게 만들겠다고 결심했다.

그러자 다시 메아리 같은 목소리가 들렸다.

축귀 부적을 썼던 그 무녀를 데려와. 그 아이만이 날 도와줄 수 있어. 네가 나를 도와준다면, 나도 너를 도우마.

* * *

설랑이 기절하고 말았다. 급히 나장을 불러와 설랑을 다른 집으로 옮겼다.

무산은 파리하게 질린 얼굴로 바닥에 누운 그를 뚱한 얼굴로 내려다보았다.

보이지 않는 걸 보고 들리지 않는 걸 듣는 건 좋지만, 그걸 보고 기절하는 건 좀 곤란한데……. 매번 이렇게 기절하는 건 아니겠지? 개울이나 우물에서 물이라도 퍼와서 깨워야 하나?

그때 설랑이 두 눈을 부릅뜨며 상반신을 벌떡 일으키더니 숨을 헐떡이며 외쳤다.

"귀, 귀신!"

"……."

설랑은 두려웠는지 한참을 주저하다 고개를 돌렸고, 멀찍이 앉은 무산과 눈을 마주쳤다. 이번에는 무산이 두 눈을 부릅떴다. 설랑이 기다시피 후다닥 다가오는 게 아닌가.

한 번도 본 적이 없어 확신할 수는 없었지만, 진짜 귀신은 저런 모습이 아닐까? 무산은 반사적으로 뒤로 물러났다. 설랑은 무산이 그러든지 말든지 달려들 듯 다가와 무산의 손을, 정확히는 손이 놓여 있던 치맛자락을 덥석 잡았다.

"누님! 보셨습니까? 조금 전에 그…… 수많은 이들을요. 그렇게 많은 귀(鬼)는 처음 봅니다. 모두 살기를 머금고 한 곳을 노려보는 게…… 떠올리기만 해도 끔찍합니다."

누님이라니. 얘가 정신도 놓았나? 무산의 미간에 살짝 골짜기가 파였다. 그러나 소년의 앳된 얼굴에 훤히 드러나는 안도를 마주하자 차마 설랑의 손을 때릴 수가 없었다. 대신 무산은 치마를 당기며 빼냈다. 그러고는 무심한 목소리로 말했다.

"어디서 봤는데요."

"저희가 나온 집 뒤 뒤에 있는, 대추나무 있는 집이요."

"대추나무?"

거긴 마을 사람들을 팔아치운 놈이 산다는 곳 아닌가?

무산은 일어나 옷을 털며 설랑에게 말했다.

"같이 가서 한번 봅시다."

213

"예? 거기로 가자고요?"

설랑이 다시 무산의 치맛자락을 붙잡으며 말했다.

"거기를 왜 가요?"

"귀가 있다면서요. 남귀인지 여귀인지, 거기서 뭘 하는 건지, 두박신은 아닌지 확인해 봐야지요."

"아니, 그 무서운 곳을. 누님, 안 무서우세요? 어어, 저만 두고 가면 어떡해요! 무섭단 말이에요."

무산은 마지못해 따라온 설랑을 곁눈질했다.

"그렇게 겁이 많은데 이제껏 어찌 살았습니까? 눈 감고 귀 막고?"

"전에는 이렇게 잘 보이지 않았습니다. 이렇게 또렷했던 적이 없어요."

"그래요? 언제부터 이렇게 잘 보였는데요?"

"그러게요? 언제부터 이렇게 잘 보였지? 왕신도 이 정도로 잘 보이지는 않았는데……."

설랑이 말끝을 흐리며 곰곰이 생각하는 사이 무산은 다른 걸 생각하고 있었다.

귀들이 그자의 집에 왜 모여 있지? 그곳에서 뭘 하는 거지?

대추나무가 서 있는 집에 당도했을 때, 두 사람의 목소리가 들렸다. 무산과 설랑을 황촌으로 데려온 나장과 전에는 나장이었으나 이제는 나장이 아닌 이였다. 마을 사람들을 팔아치웠다는 이.

"너…… 이대로 넘어가지는 않을 거야."

"내가 없는 말 만들어 냈어? 아니잖아."

"너 이 새끼."

"두박신은 너도 섬겼잖아. 새벽마다 비손하던 거 누가 모를 줄 알고? 자꾸 이따위로 굴면 너도 관부에 넘겨버릴 거야."

그때 설랑이 뭘 본 건지 흐악, 소리를 내며 무산의 뒤로 숨었다.

안에서 새어 나오던 목소리도 뚝 끊겼다. 문이 열리면서 나장이 나왔다. 무산은 허리를 움직여 어깨로 설랑을 툭 쳤다.

설랑이 무산의 등 뒤에서 고개를 빼꼼 내밀었다. 열린 문 너머로 방 안쪽을 들여다보더니 흡, 하고 숨을 들이켜며 무산의 단삼을 움켜쥐었다. 곧이어 겁에 질린 목소리가 나왔다.

"백이에요, 백! 여기 백들이 넘쳐나요."

"백? 두박신이 아니라?"

"두박신은 무슨. 원념으로 똘똘 뭉친 백들이에요. 이만 가요. 이런 데 있으면 백 붙는다고요."

왜 백들이 여기에 모여 있지? 설마 두박신이 불러 모은 건가? 그렇다는 건……

그사이 마당을 지난 나장이 두 사람에게 다가왔다.

"언, 언제 오셨습니까?"

"방금요."

"저분은 이제 괜찮으십니까?"

무산은 설랑을 돌아보았다. 새파랗게 질린 얼굴로 덜덜 떨면서도 시킨 일이라고 방 안을 애써 훔쳐보는 걸 보니 또 기절할 것 같지는 않았다.

"네, 괜찮습니다. 아마 계속 괜찮을 겁니다."

"그럼 다시 마을을 돌아보시는 겁니까?"

무산은 백들이 가득 들어차 있을 마당과 방을 훑어본 뒤 고개를 저었다.

"아뇨, 이제 돌아가면 될 것 같네요. 필요한 건 다 확인하였습니다."

* * *

예전에 석명이 그런 말을 했다. 무격은 크게 둘로 나눌 수 있다고. 하나는 백무였고, 다른 하나는 흑무였다. 백무가 사람의 마음을 위로하고, 몸을 지켜주려고 한다면, 흑무는 사람의 가슴에 쌓인 부정적인 감정들을 밖으로 쏟아내는 걸 도왔다.

분노, 증오, 미움……. 원한처럼 깊고도 짙은, 강한 감정이 있을까. 그것은 사람에게 생기를 불어넣는 약이면서도 삶을 갉아먹는 독이기도 했다.

흑무는 그런 감정을 꺼내 다른 이에게 보내는 일을 했다. 저주를 하거나 살을 날렸다.

그래도 그렇지, 어떻게 무격이 되어 사람을 저주합니까? 돌멩이 반문하자 석명은 이렇게 말했다. 그렇게라도 하지 않으면 살아가지 못하는 사람이 있다고. 아니면 그 마음을 이기지 못하고 실제로 사람을 해하거나. 이렇게라도 해원을 해야 한다나.

그러더니 목소리를 낮추며 소곤거렸다.

사실 그런 건 재가집이 해달라고 해서 해주는 것뿐이야. 백날천날 해봐라. 천지신명도 납득하시지 못한 일이 무슨 수로 이뤄지나. 또 모르지, 자기 목숨을 대가로 내어준다면 이뤄주실지도. 아무튼 모두가 쉬쉬하는 비밀이니 어디 가서 떠들지는 말아라. 그렇다고 너희도 이런 짓을 하다가 걸리면 그날부로 제삿밥을 먹게 해주겠다며 으름장도 놓았다.

그렇다면 대추나무 집에 모여 있던 백들은 무엇이었을까. 천지신명도 납득한 건가? 그것도 아니면 다른 이유가 있는 걸까.

관청으로 돌아온 무산과 설랑은 아직 신문을 끝내지 못한 이보정을 기다리면서 마을에서 보았던 백에 관해 얘기를 나누었다.

"그러니까 누구도 말하지 않고, 아무 짓도 하지 않고, 그저 그자를 노려보기만 했다는 거죠? 마을 사람 팔아먹었던 그 나장을?"

"네, 정확히는 한 곳을 노려본 건데 그 끝에 그자가 있었어요."

"그래서 혼이 아니라 백이라고요?"

"네, 그렇다니까요."

"그런데 혼이랑 백이랑 정확히 어떻게 다른 데요?"

"음…… 그러니까 혼은 그냥 사람이랑 비슷해요."

"백은요?"

"유학에서는 우주 만물이 흩어지고 모이는 음양의 기(氣)로 이루어져 있다고 보거든요. 기를 이루는 법칙이 이(理)고요. 그러니까 혼백이라는 것은……."

"아니, 내 앞에서는 벽사 유생처럼 말하지 말아요. 그렇게 복잡한 거 말고 그냥 자기 생각, 식관대로 말해봐요."

"그러니까 그건 찰나의 순간이나 응축된 집념 같은 거예요. 음, 누님 치우 아시죠? 전쟁의 신…… 치우요. 전투가 끝난 뒤 전사한 병사들을 본 치우가 그들을 고향으로 돌려보내고 싶어 했대요. 전쟁에 나간 병사들이 가장 원했던 건 가족들의 곁으로 돌아가는 걸 테니까요. 하지만 그렇게 많은 시신을 어떻게 하나하나 고향으로 돌려보내겠어요. 머리가 잘린 시신은 누구인지 확인도 쉽지 않고요. 그래서 치우는 군사에게 술법을 쓰라고 했고, 군사는 백을 이용했어요. 혼이 떠난 시신에 남아 있는 백의 집념을 이용한 거죠."

"그러니까 백은 혼의 가장 강력한 기억이나 감정만 가진 존재라는 거네요?"

"비슷해요. 그것도 존재라고 할 수 있을지는 모르겠지만요. 나라는 존재는 시간이 지나도 사라지지 않지만, 감정과 기억은 옅어지기 마련이잖아요. 백은 언젠가는 흩어져요."

"하지만 시간이 아무리 지나도 어떤 감정과 기억은 옅어지지 않아요."

"그렇겠죠. 그렇지만 그렇게 강한 감정과 기억이라면 혼이 백을 떠나지 않았을 거예요. 원혼이라는 말은 있어도 원백이라는 말은 없잖아요?"

"……."

설랑이 말하는 혼백의 이치는 주자학에서의 관점이었다. 관점이라고 하는 것은 특정한 지점에서 바라본다는 뜻이니 그 자리에서 보이는 것이 다 맞는다고 할 수도, 다 틀렸다고 할 수도 없을 터였다. 혼과 백은 신과 귀로 볼 수 있지 않을까? 예를 들어 왕신이 혼이라면, 잡귀는 백인 것처럼.

"누님, 그런데 백들이 왜 그렇게 모여 있던 걸까요?"

"사람들이 두박신에게 기원을 해서 그런 듯합니다. 백들이 원한의 대상을 향해 모여든 거죠."

"원한의 대상이요?"

"마을 사람들이 두박신으로 저주하던 대상 말입니다."

"마을 소녀를 죽음으로 몰았던 흉수가 그 남인이라고요? 그걸 어떻게 아셨습니까?"

"그때 그자가 하던 말 들었죠? 나장도 고발해 버릴 거라고요. 자기는 두박신을 모신 적이 없기에 안전한 겁니다. 그러니까 그자는 두박신에게 복수를 청하지 않은 유일한 마을 사람이라는 거죠."

"그래서 백들이 그자에게 모였던 거군요!"

"하지만 아닐 가능성도 배제할 수는 없습니다. 우리는 그 마을을 모르잖아요. 나장의 말만 듣고 전체를 가늠할 수는 없지요. 거기에 어떠한 일이 있었는지, 마을 사람들끼리는 어떠한지, 우리는 아무것도 모릅니다."

"그럼…… 그러면 어찌합니까?"

"뭘 어찌합니까. 우리가 필요한 것은 다 알아내었습니다. 두박신을 모시던 마을에 두박신은 없었습니다. 그 기원을 듣고 모여든 백만 있었지요."

무신의 냉징한 말에 설랑의 눈빛이 흔들렸다.

"이대로 끝낸다고요?"

"……우리는 처음부터 무언가를 시작할 수도, 끝낼 수도 없었습니다. 그걸 결정할 수 있는 사람은 우리가 아니에요."

설랑이 자리에서 벌떡 일어나더니 목소리를 높였다.

"이대로 끝내면 안 됩니다. 이렇게 돌아가서는 안 됩니다."

무산은 머리가 다 아팠다.

이렇게 불나방 같은 아이인 줄 알았더라면, 데려오지 않았을 터인데…….

"제가 몇 번이나 이야기하였지요. 이건 우리가 어찌할 수 있는 일이 아닙니다."

"하지만 황촌 마을에 있는 그놈이…… 그놈이 흉수면요? 그걸 그냥 두자고요?"

"그렇지 않으면요? 우리가 지금 그 사건을 조사하러 이곳에 온 것 같습니까? 그건 전혀 다른 사건입니다. 그 사건을 두박신 사건에 얹으면 혼란만 가중됩니다."

"하지만 황촌 마을 사람들이 두박신을 섬긴 것은 다 그놈 때문이지 않습니까."

"그건 아니죠. 맨 처음 두박신을 섬기게 된 것은, 정확히 따지면 가족을 잃었기 때문이었습니다. 지금 성상께 고려가 망하고 조선이 들어서는 바람에 마을 사람들이 두박신을 섬기게 되었다고 말하고 싶은 겁니까? 마을 사람들을 죄다 황천길로 보내 죽은 가족들과 재회라도 주선해 주시려고요?"

"······아, 아니요. 그럴 수는 없지요."

무산은 물에 젖은 강아지처럼 침울해하는 설랑을 보고 입술을 달싹이다가 결국에는 입을 열었다.

"다시 말하지요. 우리는 눈과 귀일 뿐입니다. 대신 보라고 하면 보는 것이고 대신 들으라고 하면 듣는 것입니다. 시키지 않은 일은 하지 마십시오. 사람에게는 눈과 귀가 한 쌍뿐이라 마음에 들지 않아도 잘라낼 수 없지만, 윗전에게는 수십, 수백 명이 있습니다. 눈이 말을 하고, 귀가 판단을 하면 어찌 될 것 같습니까? 잘립니다. 과욕보다는 무능이 나을 수도 있습니다."

그때 누군가 다가오는 소리가 들렸다.

기척을 제일 먼저 알아챈 무산이 설랑에게 조용히 하라며 손가락으로 입을 막는 시늉을 했다. 곧이어 이보정이 안으로 들어왔다.

"일은 잘 끝내고 왔는가?"

무산이 자리에서 일어나 대답했다.

"네, 다 둘러보고 왔습니다."

"그런가? 거기 마을은 어떠했나. 잘사는 마을이었나?"

"그렇지는 않았습니다."

"그래? 강유두라는 무격이 사는 집은 어때 보였나? 살림살이가 좋아 보이던가?"

"단출한 편이었으나 정리가 잘 되어 있었습니다."

"그러면 두박신을 모셨다는 제단은 어떠하였나?"

221

"제단이라고 부를 만한 게 없었습니다. 도성이나 경기에서 모셔 지던 두박신과는 많이 좀 달랐습니다. 가내에 안치한 혼백틀이 있기 는 했지만 크기가 매우 작았고, 또 지방에 아무것도 적혀 있지 않았 습니다."

"지방에 적힌 게 중요한 게 아니야. 문제는 너도나도 지방을 만들 고, 제물로 종이를 바쳐서 종잇값이…… 흠흠."

이보정이 뒤늦게 헛기침하면서 말을 삼키자 잠시 침묵이 오갔다.

어느새 기운을 차린 설랑이 무산과 이보정을 번갈아 보았다.

무산은 여전히 뚱한 얼굴로 서 있었지만, 생각에 잠긴 게 분명했 고, 이보정은 조금 전 뱉은 말이 기밀이라도 되는 것처럼 눈알을 굴 리며 난처해했다.

설랑은 눈치껏 말을 돌렸다.

"공자께서도 백성의 의로움에 힘쓰며 귀신을 공경하되 멀리하는 것이 지(知)라고 하셨지요."

그러자 이보정이 기회를 놓치지 않고 손뼉을 마주치며 맞장구쳤다.

"그렇지, 음사(淫祀)를 한 게 큰 문제다 이거야. 천지신명에게 적당 한 제를 지내는 것은 예에 어긋나지 않지만, 삿된 신에게 과한 제물 을 올리는 것은 음사가 아닌가."

"맞는 말씀입니다."

"그런데 자네는 나이도 어린것 같은데 말이야, 글도 잘 알고 말도 참 잘하는 것이 아주 마음에 드는군. 자네는 내시부 어디에서 일하 나? 경차관으로 왕명을 수행하러 온 걸 보면 상전(尙傳) 밑에 있는

것 같은데……, 글눈이 밝은 걸 보면 상책(尙冊) 밑에 있는 것 같기
도 하단 말이야."

"그것이…… 송구하지만, 왕실 일이라 말씀드릴 수가 없습니다."

"하하, 내가 괜한 것을 물었네. 하지만 이것만큼은 내가 말해줄 수
있지. 자네는 크게 될 것이야. 내가 또 사람 보는 눈은 확실하거든.
모르지, 훗날 판내시부사 자리에 오를지도. 그때 가서 나를 모른 체
하면 아니 되네?"

"하하, 그럴 리가요. 나리야말로 제게 귀한 홍패를 구경시켜 주신
귀인이 아니십니까. 저야말로……."

무산은 두 사람의 무의미한 대화를 한 귀로 흘려들으면서 조금 전
말을 되새김질했다.

망국의 재상과 장군의 이름을 종이에 적은 것보다 더한 문제가 있
다는 건가?

너도나도 종이로 지방을 만들고 종이 제물을 바쳐서 종잇값이 오
른 게? 그렇다면 굳이 나를 끌어들여서 괴력난신을 조사하라고 한
이유가 뭐지?

하지만 아무리 생각해도 알 수 없었다.

＊ ＊ ＊

병진년 오월 열나흘

전농시 소윤 이보정이 장계(狀啓)했다.

신은 두박신 사건을 조사하는 일로 이번 달 열이틀 성문이 열리기를 기다렸다가 동적전으로 가서 묘를 살펴본 뒤 오시에 여관 정무산, 환관 윤설랑과 합류해 길을 떠났고 당일 해시 경에 양성에 도착하였습니다.

양성 현감 서상원으로부터 나장이었던 최기업의 고발로 두박신을 처음 섬겼다는 황촌 마을 사람들을 당일에 나래하였다는 이야기를 들었습니다. 나래한 이는 황촌 마을 사람들 열두 명, 무격 세 명입니다.

그리하여 열사흘 진시 경에 신은 나래한 이들을 신문하기 시작하였고, 여관 정무산, 환관 윤설랑도 같은 시각에 나장과 함께 황촌으로 조사를 위해 떠났다가 당일 유시에 돌아왔습니다.

마을 사람들은 두박신을 수십 년 전부터 모셨으며 죽은 가족의 내세를 위해 빌었다고 합니다. 비손은 하였으나 가진 것이 없어 음사(淫祀)를 지낸 적은 없다고 하였고, 황촌은 본래 독녀촌으로 과부와 고아가 모여 살던 마을인지라 가진 것이 없다는 마을 사람들의 말은 참인 것 같습니다.

양성 현감이 군사들을 이끌고 마을 사람들을 나래할 때 살펴보니 마을에 종이와 베도 거의 없었다고 합니다. 옥사에는 관졸을 두어 서로 말을 맞추지 못하게 하였고, 신문도 따로 하였는데도 입을 모아 같은 말을 하는 걸 보니 거짓을 고하는 것 같지는 않습니다.

관련 진술들은 따로 기술하여 함께 보내니 상고하고 분간하여 시행하실 일입니다.

나래한 무격 세 명 중 강유두는 황촌 마을에 살던 무격으로, 음사를 통해 이익을 도모하지는 않았으나 그자의 조모로부터 두박신이 마을로 전해졌기에 두박신을 만들어낸 수괴(首魁)로 사료되옵니다.

또한 무격 박두언과 최우도 양성에 거주하면서 두박신 소문을 우연히 접하고는 다른 곳으로 소문을 옮겼다고 합니다. 이에 무격 세 명은 도성으로 나래해 상세히 추문하여야 할 것입니다. 이러한 연유로 우선 치계합니다.

무격 강유두, 박두언, 최우를 나래하여 도성으로 돌아오라.

* * *

보료 위에 앉은 의령은 엄지손톱 크기의 붉은 돌, 파란 돌, 하얀 돌, 검은 돌, 노란 돌을 방바닥에 내려놓고는 이리저리 움직이고 있었다.

의령은 사건을 조사할 때마다 돌을 움직이며 생각을 정리하곤 했다. 저 돌들 중 하나는 세자빈이겠지. 세자빈이 삿된 술수로 세자의 마음을 사려고 한다는 소문이 암암리에 퍼지고 있었다. 그 소문의 진위를 확인하기 위해 감찰상궁과 궁정상궁은 두 감찰나인을 동궁으로 보냈다.

무산은 의녕 옆에 앉으며 운을 떼었다.

"내가 몇 번이나 말했잖아. 그건 그만 조사해."

검은 돌처럼 새까만 동공은 잠시 무산을 보았지만 도로 아래로 향했다.

의녕은 노란 돌을 검은 돌 옆에 두며 말했다.

"아무래도 호초가 세자빈에게 압승술을 알려준 것 같아."

"그만두라니까."

"너도 이미 알고 있었지? 그래서 자꾸 그만 조사하라고 했던 거아니야? 뭘 걱정하는 건데? 내가 증거를 못 찾을까 봐? 동궁궁녀 중에 순덕이라는 아이가 있어. 세자빈이 가문에서 데려온 가비(家婢)야. 다른 사람이면 몰라도 이 아이라면 확실한 증거를 가지고 있겠지. 세자빈을 지척에서 모시는 아이니까."

"증거를 못 찾을까 봐 그러는 게 아니야."

"염매 같은 압승술은 대명률에서 정한 십(十)악 중의 하나야. 이건 엄청난 죄라고."

"호초라는 아이는 일개 궁녀일 뿐이야. 술법을 알아 오라는 윗전의 명을 무슨 수로 거절하겠어? 이 일이 밝혀지면 절대 무사할 수 없을 거야."

"하지만 이대로 묻어버릴 수는 없어. 반드시 밝혀낼 거야."

무산은 오른손을 뻗어 의녕의 뺨을 매만졌다.

"네가 위험해질지도 몰라. 세자빈은 개국공신인 정총의 외손녀이자 명빈전 주인의 조카야. 오라비는 성상의 고모인 경정공주의 사위라고. 그걸 파헤치면, 그 파문이 파도처럼 일어날 거야. 배 위에 탄 이들을 흔들고, 그 아래 사는 이들마저 집어삼킬 거라고."

의령이 두 손을 뻗어 장난스레 무산의 양 뺨을 움켜쥐었다.

"걱정할 것 없어. 너는 매사에 무심하게 굴면서도 걱정을 참 많이 하더라."

무산이 고개를 숙이자 의령은 머리를 요리조리 움직이면서 무산의 얼굴을 보려고 했다. 무산이 끝끝내 고개를 들지 않자 의령은 아예 무산의 다리 위에 누웠다. 결국 이번에도 무산은 백기를 들 수밖에 없었다.

의령이 환히 웃으며 속삭였다.

"우리가 감찰궁녀라는 게 들키지 않도록, 조심 또 조심할게. 걱정할 거 하나도 없어."

의령은 잠이라도 청하듯 두 눈을 감았다. 창호지를 파고든 햇빛이 의령의 얼굴 위에 내려앉았다. 무산은 손을 뻗어 의령의 얼굴에 그늘을 만들어 주었다.

시간이 얼마나 지났을까. 내리쬐는 낮볕이 점점 빛을 잃었다.

아직도 자나? 배가 고플 텐데…….

"의령아, 의령아? 이제 일어나야지."

의령은 깊이 잠들었는지 일어날 기미를 보이지 않았다. 무산이 다시 의령을 깨웠다.

"의령아, 일어나 봐."

그런데 의령을 흔들던 손에 축축한 것이 닿았다. 손바닥을 보자

새빨간 피가 흥건히 묻어 있었다. 가슴이 쿵 하고 내려앉고, 머릿속이 새하얘졌다. 무산의 시선이 의령의 몸을 향해 옮겨갔다. 누워 있던 의령의 옷이 어느새 새하얗게 변해 있었다.

거적에 둘러싸여 시구문을 지났을 때처럼, 의령이 새하얀 소복을 입고 있었다.

"의…… 의령아?"

무산의 허벅지를 베고 옆으로 누워 있던 의령이 쓰러지듯 도로 누웠다. 그제야 의령의 모습이 한눈에 담겼다. 그날처럼, 의령은 피를 흘리고 있었다.

새하얀 소복이 피로 붉게 물들었다.

무산은 본능적으로 의령의 배를 눌렀다.

칼에 찔렸던 배를 막아야 해…….

출혈을 막아야 해…….

동살이 퍼지면서 달이 빛을 잃었을 때, 무산은 눈을 떴다.

꿈은 현실과 같으면서도 달랐다. 얼굴은 여전히 땀과 눈물로 젖어 있었고, 피로 붉게 물들었던 옷도 땀으로 흠뻑 젖어 있었다. 그러나 그 아이는 어디에도 없었다.

* * *

무산은 관청 안 연못 옆에 앉아 물속을 들여다보았다. 수련 잎 아래로 붉은 잉어 한 마리가 헤엄을 치고 있었다.

녹색 잎과 하얀 꽃 사이를 유유히 지나며 한참을 헤엄치던 잉어 옆에 다른 잉어 한 마리가 나타났다. 하얀 잉어였다. 무산은 잉어 두 마리가 자신으로부터 멀어지는 것을, 하얗고 붉은 두 반점이 되어 사라지는 걸 멀거니 보았다.

얼마나 지났을까, 수면 위에 비친 얼굴 옆에 다른 얼굴 하나가 나타났다.

"누님, 뭐 하세요?"

"……."

"헤어진 임이라도 생각하세요?"

"……."

"그때 그 판수?"

"……."

"누님은 얼굴을 많이 보시는군요? 뭐 그것도 중요하죠."

"……."

무산이 앉으라고 하지도 않았는데 설랑은 옆에 털썩 앉으며 조잘거렸다.

"제가 어제 생각을 해보았는데요, 그래도 할 수 있는 데까지는 해봐야 하지 않을까요? 조선 팔도가 이렇게 넓은데 사람들이 시키는 일만 하면 그 일을 하나하나 시켜야 하는 나라님은 머리가 터질 거 아니에요."

무산은 설랑을 흘깃 보더니 다시 연못으로 시선을 고정하며 말했다.

"어떻게 설득할지 고민하느라 밤이라도 샜어요? 눈이 퀭하네."

"티…… 많이 나요?"

"조금."

"누님도 상태가 안 좋아 보이는데요? 솔직히 말해봐요. 누님도 이대로 끝낼 수는 없다고 생각하신 거잖아요. 그죠?"

"……왜 자꾸 누님, 누님 하는 거예요? 난 동생이 없는데?"

"이번 기회에 하나 만드셔도 좋지 않겠어요? 말씀도 편히 해주세요."

뭐라는 거야. 무산이 어이가 없다는 듯 쳐다보자 설랑은 손가락으로 자기 자신을 가리키면서 천연덕스럽게 웃었다. 피식 웃음이 나왔다.

무산은 괜히 옆에 있던 돌을 하나 집어 연못 가운데로 던졌다. 작은 돌이 퐁퐁 소리를 내며 수면 위에서 몇 번 튀다가 자취를 감췄다.

"돌멩이랑 닮았어."

"예? 제가 돌처럼 생겼다고요? 사역원에서 제일가는 미남인데!"

"그 판수, 판수 이름이 돌멩이예요."

"아, 누님 정인이요?"

"형한테 맞아본 적 있어요?"

"아뇨?"

"한 번만 더 그런 소리 하면 저한테는 맞게 될 거예요."

"……"

설랑이 멍한 얼굴로 무산을 보다가 곧 입꼬리를 올렸다.

어, 누님이 내게 농을 하였네?

이래 뵈어도 눈칫밥 경력이 십칠 년이었다. 무산이 자신에게 벽을 치고 있다는 것은 설랑도 본능적으로 알고 있었다. 다행히 시간이 지나면서 그 벽이 허물어지는 듯했다.

특히 자기가 눈물 콧물을 짜며 울고 난 뒤로 유독 너그러워진 것이…….

이건 창피한 일이니까 더는 생각하지 말도록 하자.

무산은 모를 것이다. 벽사 유생이 되라고, 그러면 신기가 더는 병이 아니라 힘이 된다는 조언이 자신에게 어떤 의미였는지를. 무산이 그 작은 가능성을 일깨워 준 덕분에 설랑은 자기 삶에 희망이라는 걸 갖게 되었다.

그래, 가던 길이 끊어지면 만들어서 가면 되지! 내 발이 닿는 곳마다 길이 되는 게 아니던가!

사위지기자사(士爲知己者死)라고 하였다. 지기인 누님을 위해 죽지는 못하더라도, 누님을 보필해야지. 누님에게 힘이 되어줘야지. 누님이 바른길로 나아갈 수 있도록 힘껏 도와야지.

설랑은 그렇게 다짐했다.

설랑이 입술을 씰룩이면서 망상에 빠진 사이, 무산은 엉덩이를 툭툭 털며 자리에서 일어났다.

"일과가 시작될 법도 한데, 소윤 나리가 늦으시는군요."

"아, 늦잠을 주무시나 봅니다."

"그 양반이요? 아마 첫닭이 울기 전에 일어났을걸요?"

"예? 그런가요?"

"그런데도 나오지 않았다는 건 성상께 보낼 장계를 쓰고 있거나, 이미 치계(馳啓)하여 답신을 기다리는 걸 겁니다."

호랑이도 제 말 하면 온다고, 연못 건너편에서 이보정이 다가오는 게 보였다.

뒷짐을 진 이보정은 두 사람에게 다음 일정을 알렸다.

"다들 여기 있었군. 도성으로 돌아가야 하니 서두르게."

"도성으로 돌아간다고요? 지금 바로 가는 겁니까?"

무산이 반문하자 이보정이 바로 고개를 끄덕였다. 그러고는 이리로 오라며 어딘가에 손짓했다. 이보정의 시선 끝에 죄인들을 묶은 오랏줄을 당겨대는 관졸들이 있었다.

"성상께서 무격들을 나래해 돌아오라고 하셨네."

* * *

열 길 물속은 알아도 한 길 사람 속은 모른다고 했던가. 그래도 사람 사는 건 비슷하기 마련이었다. 주변을 파악하고 근래 있었던 일들을 알아낸다면, 행동을 분석하고 그 됨됨이를 생각한다면, 그 속을 아예 가늠하지 못하는 건 아니었다.

그러나 성심은 완전히 다른 문제였다. 임금이 아닌가. 조선에 딱 한 명 있는 사람. 누구와도 같을 수가 없는 사람이었다. 임금은 마음에 천하를 심고, 몸을 나라와 엮은 사람이니 임금과 관련된 일이라면 공이 사이고 사가 공이었으며, 작은 내전 일도 큰 나랏일이었다.

그래서 궁녀들은 함부로 성상에 대해 논하지 않았다. 나랏일을 왈가왈부하고 국운을 가늠하는 것과도 같았으니까. 직접 듣고 보더라도 함부로 발설하지 않았으며 잘 모르더라도 감히 궁금해하며 묻지 않았다.

뭐 주워들은 게 있어야 그 성향이라도 파악해 볼 텐데.

무산은 용심을 헤아릴 수 없었다.

왕명은 대체 왜 내린 걸까. 감찰궁녀였으나 신병에 걸려 궁을 나간 무녀에게…… 왜 이 일을 맡긴 걸까?

무산은 순심이 두박신을 조사하라면서 했던 말을 떠올렸다.

두박신에 관한 사람들을 조사하거라. 맨 처음 누가 퍼뜨린 것인지, 누가 만든 건 아닌지, 어떻게 퍼진 것인지, 남김없이 조사하거라.

두박신을 봉촌에 퍼뜨린 이는 우연히 강유두 조모의 집을 찾아왔던 나그네였지만, 그건 너무 오래전 일이라 증인과 증거가 없었다. 봉촌이 황촌이 되었듯 두박신도 황촌에서 전혀 다른 신이 되었으니, '두박신'의 기원지는 황촌이라고 봐야겠지.

그럼 남은 건 두박신이 단기간에 급속도로 퍼진 연유였다.

어찌 퍼진 걸까. 어쩌다가 퍼진 걸까.

그걸 알아야 무당골 사람들을 구해낼 수 있는데…….

그러고 보니 왜 하필 활인원이었을까. 성상은 무격들을 왜 그곳으로 보냈지?

그리고 순심도……. 활인원에서 돌멩을 만날 수 있도록 감찰에게 부탁해 두었다고?

다른 이도 아니고 궁정상궁 순심이?

그때는 경황이 없어 자세히 생각해 보지 않았지만, 전혀 순심답지 않았다.

무산은 성상을 몰랐지만, 순심은 잘 알았다. 저의가 있었을 것이다. 아무 이유 없이 자신을 그곳에 보냈을 리가 없었다. 무산의 직감도 알려주지 않았던가. 두박신 소문이 퍼지기에 동서활인원처럼 적당한 곳도 없다고. 확실히 그곳에는 무언가가 있다.

그러니 활인원으로 가야 했다.

무산은 고삐를 당겨 말을 재촉했다. 말타기에 익숙하지 않아 몸이 옆으로 기우뚱했지만, 곧장 균형을 잡았다. 무산은 맨 앞에서 무리를 이끌던 이보정 옆으로 말을 댔다.

"나리."

"무슨 일인가?"

"두박신은 황촌의 마을 신이자 가신이었습니다. 황촌은 깊은 산골에 있는 폐쇄적인 마을이 아닙니까. 그런 곳의 신이 순식간에 퍼져 나가 한성부와 경기 땅에서 모셔졌다는 것이 조금 석연치 않습니다. 틀림없이 그 과정에 뭐가 있었을 것입니다. 두박신이 가난하고 힘든 백성들 사이에서 유독 빠르게 퍼졌다고 하니 활인원에 가서 조사해 보는 것은 어떠할지요? 활인원은 유민과 기민, 병자가 모이는 곳이니……."

"한 명은 황촌 무격이고, 나머지 두 명은 양성 다른 지역으로 두박신을 퍼뜨린 이들일세."

이보정은 무산의 말을 칼같이 자르면서 뒤따라오는 이들을 턱으로 가리켰다.

무산이 돌아보자 오랏줄에 묶인 무격 셋이 보였다. 한 명은 황촌 마을 사람인 강유두, 나머지 둘은 양성에 사는 무격일 게 분명했다.

"점복 때문에 황촌으로 들어갔다가 두박신을 알게 되었다더군. 그래서 단골들에게 그 이야기를 해주었고, 그게 소문이 되어 퍼진 거야."

"하오나 단골 몇 명에게 말한 게 이리 큰 소문이 될 수는……."

"따로 명을 받은 일이 있다면, 알아서 하도록 하게나. 내 일은 여기까지일세."

이보정은 더는 듣지 않겠다는 듯 단호하게 고개를 돌리더니 혼자 투덜거리기 시작했다.

"이게 대체 무슨 일인지. 이번 선상노를 전농시에서 받을 수 있을까 해서 내려갔다가 괜히 두박신을 목격하는 바람에……. 혹 떼러 갔다가 혹만 붙이고 돌아온 게 아닌가. 아니지, 도끼로 내 발등을 찍은 게야. 농민들이 붙잡혀 갈 줄이야! 적전은 어쩌나. 물 관리도 쉽지 않은 데 비는 안 내리고……. 종묘사직이 달린 일이거늘!"

무산은 결국 입을 다물 수밖에 없었다. 청렴하고 열정적이지만 이 일은 전농시 소윤이 할 수 없는 일이라고 했던 순심의 말이 떠올랐다. 그 열정이 자기 직분에만 한정된 것이었구나. 말도 무산의 마음을 알아챘는지 내딛는 걸음이 느려졌다. 또각또각 말발굽 소리는 또 다른 말발굽 소리와 터벅터벅 이어지는 발걸음 소리를 떠나보냈다.

무산이 뒤로 처지자 어느새 다가온 설랑이 목소리를 낮추며 물었다.

"왜요, 무슨 일인데요?"

"아무래도 활인원으로 가봐야겠습니다."

"활인원이요? 갑자기 왜요. 무당골 사람들 때문에 그러십니까? 무슨 일이 생겼대요?"

"두박신 사건이 갑자기 퍼진 게 이상합니다. 또……."

무산이 말을 흐리자 설랑이 채근했다.

"또 뭔데요?"

"양성으로 떠나던 날에 제가 잠시 들를 곳이 있다고 했던 걸 기억하십니까?"

"네."

"그때 선농단으로 가기 전에 잠시 활인원에 갔었습니다. 돌맹의 얼굴을 보게 해주겠다고 궁정상궁이 잠시 활인원에 가보라고 했거든요."

설랑이 고개를 갸웃거리더니 무산 쪽으로 몸을 기울이며 소곤거렸다.

"전부터 물어보고 싶었는데요, 궁정상궁과 아는 사이십니까? 저보고 가문 사람들에게 궁정상궁과 친분을 맺었다고 말하라고 하지 않으셨습니까. 외부 출입이 잦아 궁 밖에도 아는 사람이 많아서 의심을 사지 않을 거라고. 누님과도 아는 사이인 거죠? 이렇게 왕명을 받아 무당골 사람들을 구하는 것도 그분 덕분인 게지요?"

틀린 말도 아니었고, 자세히 설명하고 싶지 않았기에 무산은 이내 고개를 끄덕였다.

"그렇군요, 어쩐지! 갑자기 왕명을 받은 게 이상하다 하였습니다."

"이상하다고 생각하면서도 따라온 이유는 뭡니까?"

"하하, 누님과 친해지기 위해서……?"

"……."

"그냥 두고 볼 수는 없지 않습니까. 제가 도울 수 있다면 도와야지요. 그래서 활인원에서는 어찌 되었는데요?"

"얼굴을 못 보았습니다. 대신 관원을 통해 말만 전할 수 있었지요. 활인원 출입이 금지되었으니 그때는 그게 당연한 일이라고 여기며 넘어갔습니다. 그런데 다시 생각해 보니 이상하더라고요. 궁정상궁은 절대 그런 식으로 일을 하지 않거든요. 남에게 함부로 부탁하는 이도 아니고, 확실하지도 않은 걸 약조하지도 않습니다. 다만……."

"다만?"

"뭘 가르쳐주려고 할 때는 꼭 그렇게 변죽을 울리곤 하지요."

설랑은 잘 이해가 되지 않는다는 표정으로 반문했다.

"그러니까 뭘 가르쳐주려고 활인원으로 불렀다?"

무산은 고개를 끄덕였다.

"맞습니다. 그래서 부른 게 분명합니다."

"그게 뭔데요?"

"두박신이겠죠? 제게 괴력난신을 조사하라고 명하지 않았습니까.

두박신이 활인원과 관련이 있기에, 그래서 절 그곳으로 보낸 게 분명합니다."

설랑은 괜히 이보정의 뒷모습을 보았다가 다시 말을 이었다.

"그걸 소윤 나리에게 이야기했는데, 안 먹힌 건가 보네요?"

"이렇게 자세히 말하지는 않았습니다. 황촌에서만 모시던 신이 갑자기 퍼져나간 게 이상하다고, 가난한 이들을 중심으로 먼저 소문이 퍼졌으니 그 소문의 온상지로 활인원처럼 적합한 곳은 없다고 했지요."

"관심을 보이던가요?"

"그럴 리가요."

"하긴 그 나리 머릿속에는 지금 적전밖에 없을 겁니다. 돌아가자마자 김매야 한다고 벼르고 있더라고요. 그럼 어쩌지요? 활인원은 지금 출입이 금지되었다면서요. 관원도 없이 저희끼리 어찌 들어갑니까?"

무산은 잠시 머리를 굴려보았다. 기억 하나가 수면 위로 번뜩 솟아올랐다.

그러고 보니 관원이 아니어도 활인원에 출입할 수 있는 이가 있었다.

* * *

한성부 성문을 지나기 직전, 무산과 설랑은 이보정과 헤어졌다.

"만나서 반가웠네. 궁에서 오가며 또 보게 되겠지. 혹시라도 궁 밖으로 외출하거든 적전에도 들려주게나. 거기는 항상 일손이 부족하지.”

“예, 그럼요. 상감께서 친경하시는 아주 중한 곳이 아닙니까. 수확물은 자성(粢盛, 종묘와 사직 등 큰 제사에 쓰이는 기장과 피)으로 쓰이고요. 국운과 직결된 곳이니 당연히 자주 가야지요. 저도 보탬이 되고 싶습니다.”

설랑이 천연덕스럽게 뱉어낸 말에 이보정은 껄껄 웃었다.

“자네가 환관만 아니었다면 참으로 좋았을 것을. 요즘 같은 세상에 참으로 흔치 않은 인재야. 그럼 또 보세.”

설랑은 이보정이 보이지 않을 때까지 손을 흔들었다. 이보정이 시야에서 완전히 사라지자 설랑은 냉큼 몸을 돌렸다.

“그러면 이제 갈까요?”

무산은 속으로 혀를 내둘렀다.

“그건 어디서 배운 재주입니까? 마음에도 없는 말을 술술 내뱉네요.”

“에이, 서자 생활 십칠 년 해보십시오. 이 정도는 생존 기술입니다. 말 한마디로 천 냥 빚도 갚는다고 하지 않습니까. 공짜로 내뱉는 말인데 상대의 마음도 얻을 수 있으면, 그것처럼 남는 장사도 없지요.”

서자 생활 십칠 년이라는 말에 무산은 별생각 없이 집에서도 그리하냐고 물을 뻔했다. 뒤늦게 설랑의 마음을 헤아린 무산은 얼른 그 말을 삼켰다.

정말로 가족에게도 그리하고 있다면, 이리 웃으며 답할 수는 없겠지. 무산은 설랑이 시전 거리를 배회하던 것을, 대문을 두드리지 못하고 그 앞에서 멀거니 서 있던 걸 떠올렸다.

무산이 침묵하자 설랑은 어울리지 않게 진지한 표정을 지었다.

"누님, 제가 누님에게만큼은 항상 진심입니다. 그러니 오해는 하지 마셔요."

뭐 이런 애가, 다 있지? 욕이 튀어나올 뻔했지만 겨우 속마음을 갈무리한 무산은 설랑에게 당부했다.

"명일 진시까지 활인원 앞입니다. 꼭 제가 시키는 대로 하고서 나와야 합니다."

* * *

활인원은 한성부를 기준으로 동쪽에 하나, 서쪽에 하나 있었다. 본래 대비원이라고 불렸으나 왕조가 바뀌면서 이름이 바뀌게 되었다. 동활인원은 제생원이, 서활인원은 혜민국이 담당하였는데, 실질적으로 활인원을 도맡은 건 무녀와 간사승이었다.

무녀는 병자나 기민을 돌봤고, 승려는 한증 치료를 하거나 죽은 이를 묻었다.

설랑에게 업힌 무산은 실눈을 떴다가 얼른 감았다. 무녀 한 명이 막 활인원 대문을 넘어서는 두 사람에게 다가왔다. 다행히 무녀 얼굴이 낯설었다. 열무서 무녀인 듯했다. 무당골 사람도 지금의 자신은 알아보지 못할 것 같았지만, 그래도 조심해야 했다.

"같이 오신 분 상태가 좋지 않은 것 같은데요. 어찌 된 일입니까?"

무녀가 상태를 묻자 설랑이 기다렸다는 듯 흐느끼며 말했다.

"저희 누님이 너무 오래 굶어서…… 이러다가 숨이 넘어갈 것 같습니다."

"묽은 미음을 가져다드리겠습니다. 뭐라도 좀 먹고 기력을 회복하는 게 중요합니다. 저쪽에 있는 병막(病幕) 아래 잠시 계십시오. 대청으로는 가시면 안 됩니다. 그곳은 역병 환자들이 지내는 곳입니다."

"맥을 짚어볼 수는 없는 겁니까?"

"저는 의무(醫巫)가 아니라서 맥을 짚을 줄 모릅니다. 일단은 미음을 먹어야 합니다. 몸이 약하면 약도 쓸 수 없어요. 그러니 절 믿고 병막 아래서 쉬고 계십시오."

지금 무산과 설랑은 오랜 굶주림으로 기력이 쇠약해진 유민 행세를 하고 있었다. 해진 옷은 일 년 가까이 빨지 못한 듯 냄새가 났고, 얼굴은 때로 얼룩졌다. 유민으로 분장하자는 건 무산의 의견이었지만 이 정도의 몰골이 된 것은 설랑의 준비 덕분이었다.

무산은 정말 혀를 내둘렀다. 분명 진시에 활인원 앞에서 만나기로 했는데, 묘시가 되자마자 설랑이 무당골로 들이닥쳤다. 여전히 형옷을 입고 있는 데다가 옷이 밤이슬에 젖어 색이 짙어진 걸 보니 지난밤에 집으로 돌아가지 않은 듯했다. 설랑은 유민으로 분장한 무산을 아래위로 훑어보더니 이렇게 대충할 줄 알았다면서 웬 보따리를 내놓았다.

안에는 낡고 더러운 옷들이 있었다. 하나는 남인의 옷이었고, 다른 하나는 여인의 옷이었다. 대체 어디서 구해온 건지…….

기왕 준비해 왔으니, 하는 심정으로 무산은 설랑이 가져온 옷을 입었고, 직접 만들었다는 연고를 얼굴과 목, 손에 발랐다. 면경을 봤더니 생판 모르는 이가 앉아 있었다. 이 정도면 누가 봐도 못 알아볼 것 같았다.

그렇게 두 사람은 전혀 다른 이가 되어 무당골을 떠났다.

활인원은 무당골에서 멀지 않았다. 설랑은 활인원이 가까워지자 갑자기 무산에게 혼절한 척하라고 했다. 그러고는 무산을 들쳐업고 힘껏 달렸다.

무산은 업힌 채로 이렇게 생각했다. 뭘 이렇게까지 열심히…….왕신을 쫓으려고 했던 날, 혼신의 힘을 쏟으면서 자형을 막던 가주의 모습이 떠올랐다. 혹시 이건 집안 내력이 아닐까?

무산을 업고 설랑이 활인원에 도착했을 때, 땀으로 흠뻑 젖은 그는 누이를 걱정하는 소년이 되어 있었다. 설랑이 발을 동동 구르며 눈물을 글썽이자 활인원 대문이 열리기만 기다리던 사람들이 남매의 정이 참으로 깊다면서 감동했다. 어떤 이는 눈물을 흘렸고, 어떤 이는 먼저 들어가라며 옆으로 비켜주기도 했다.

그렇게 무산과 설랑은 수월하게 활인원에 들어갈 수 있었다. 대문을 지키던 관졸도 심지어는 사헌부 감찰이라는 이도 무산을 알아보지 못했다! 하긴 알아보면 용한 거였다.

설랑은 무산을 병막 아래로 데려가 적당한 자리에 눕히고는 주위를 살폈다. 다른 이들 눈에는 영락없이 누이 걱정에 애가 탄 동생처럼 보였다.

"누님, 조금만 참으세요. 곧 미음이 올 겁니다."

"……."

고개를 이리저리 돌리던 설랑이 목소리를 낮추며 말했다.

"누님이 그리 찾으시던 정인은 안 보이네요?"

"……."

"저희 둘이 조사하면 되는 것을 굳이 그 사람까지 껴야 합니까?"

"……."

"어, 저기 있네요. 그 판수."

무산이 부리나케 눈을 떴다. 무산을 떠봤던 설랑이 손바닥으로 무산의 눈을 가리면서 투덜거렸다.

"아무 사이도 아니라더니, 거짓말."

"내가 언제 아무 사이도 아니랬어? 정인이 아니라고 그랬지."

"어, 말 났다."

무산이 손을 치우려 허우적거리는데 설랑이 갑자기 헛기침했다.

"무녀, 무녀. 미음, 미음."

주문처럼 다급하게 중얼거리는 소리에 무산은 어쩔 수 없이 몸에서 힘을 뺐다. 아니기만 해봐라, 가만두지 않을 거야. 곧이어 무녀의 목소리가 들렸다.

"여기요, 이걸 조금씩 먹이십시오. 오랫동안 뭘 먹지 않았으니 당분간은 미음만 먹어야 합니다. 그래야 몸이 나아져요. 그리고 이거 좀 드세요. 마른밥입니다. 많이 굶으신 듯한데…… 천천히 드십시오."

감동한 듯한 설랑의 목소리가 들렸다.

"정말 감사합니다. 감사해요……."

"그런데 두 분은…… 사이가 어떻게 되시나요?"

"아, 제 누님입니다."

"그렇구나. 어쩐지 두 분이 많이 닮았더라고요."

"그렇죠?"

무슨 소리를 하는 거야. 피 한 방울 안 섞였는데. 얼굴에 묻은 때가 똑같겠지. 무산은 속으로 실소했다.

무녀가 떠나는지 걸음 소리가 점점 멀어졌다. 무산이 두 눈을 뜨자 설랑이 너스레를 떨었다.

"누님! 깨어나셨군요! 일어나 보세요. 미음 좀 드십시오."

그러고는 무산의 상반신을 일으켜 제 몸에 기대게 했다. 덕분에 무산은 활인원의 전경(全景)을 한눈에 담을 수 있게 되었지만, 어쩐지 말려드는 기분이 들었다.

설랑은 와중에도 동생 역할을 제대로 할 생각인 듯했다. 미음이 담긴 그릇을 무산의 입술에 바짝 대고는 조금씩 기울였다. 무산이 입을 꾹 다물며 거부했지만, 병막 사람들이 흘끔흘끔 이상하게 보는 게 느껴졌다. 무산은 어쩔 수 없이 미음을 들이켰다.

"근데 미음이 아니라 거의 맹물이네요. 이런 걸 먹으면 병이 더 심해지는 거 아닙니까? 이거 말고 마른밥 드실래요?"

어차피 무산은 가짜 병자라 마른밥을 먹으나 맹물 같은 미음을 먹으나 차이가 없었지만, 마른밥을 먹는 걸 누가 보기라도 하면 곤란

해질 수 있었다. 무산은 옆 병막 사람들이 들을 수 없도록 목소리를
잔뜩 낮추고 말했다.

"그걸 먹으면 다들 경악하며 달려올 겁니다. 오래 굶은 사람은 소
화를 못 시켜요. 미음을 먹는 게 맞습니다. 괜히 주목받아서 좋을 건
없으니 너무 몰입하지 말고 작작 좀 하시지요."

"그렇습니까? 그런데 왜 다시 말을 높이세요?"

"······."

무산은 대꾸도 없이 활인원을 살폈다. 커다란 대청과 방사(房舍),
병막 그리고 분주히 오가는 무녀들이 보였다. 돌멩은 어디 있을
까. 앞을 보지 못하니 환자나 부상자를 돌보고 있을 것 같지는 않은
데······. 그때 시야 끝에서 어린아이가 달음박질했다.

아이는 장난을 치듯 한 방사 안으로 들어갔는데 열린 문 사이로
노인들과 아이들이 앉아 있는 게 보였다. 저기다. 활인원은 본래 구
료를 하는 곳이었지만, 빈민이나 고아, 노인을 돌보며 구휼도 했다.
무산이 아는 돌멩이라면 틀림없이 저기 있을 것이다.

"저어기 문 열려 있는 방사 있죠. 저기로 가서 그 판수를 찾아보세
요."

설랑은 마지못해 그릇을 내려놓고는 무산을 도로 눕혔다.

"누님, 잠시만 여기 좀 누워계세요. 제가 가서 의무를 찾아보겠습
니다."

아니, 그냥 앉혀놔도 되었는데······. 무산은 반쯤 포기하고 두 눈
을 감았다. 사람이 워낙 많다 보니 여러 소리가 끊임없이 뒤섞였지

만 가까이서 늘리는 소리는 별로 없었다.

구료를 담당한다는 점에서 활인원과 혜민서는 서로 비슷했지만, 혜민서는 일반적인 구료를 담당했고, 활인원을 역병을 담당했다. 역병을 예방하고 역병 환자를 치료하기 위해서 세워진 곳이었기에 활인원은 터가 매우 넓었다. 혹시라도 한성부에 역병이 돌면, 역병 환자가 모두 활인원으로 보내졌기 때문이었다.

이곳 동활인원만 해도 족히 수백 명은 지낼 수 있었다. 굶주리거나 집이 없는 사람, 부모가 없는 아이나 홀로 남겨진 노인, 병들어 아픈 군졸이나 죄수 심지어는 노비까지. 온갖 사람들이 이곳에 모였다.

기이한 것이 다 모인다는 도성에서도 이렇게 많은 백성이 모일 만한 곳은 없었다. 또한 이곳은 아프고 굶주린 이들이 모이는 곳이었다. 아픈 몸을 의탁하듯 지친 마음을 의탁할 곳이 필요했을 것이다. 활인원 사람들이라면 들어본 적이 없는 생소한 신이라 할 지라도 마음을 내어줬을 것이다. 자기 마음을 믿고 맡길 수만 있는 신이었다면, 신의 존재와 힘을 조금이라도 확인할 수 있었다면, 기꺼이 믿었을 것이다.

그렇다면 이곳 동활인원 어딘가에도 두박신의 흔적이 남았을 터인데…….

그때 익숙한 목소리가 들렸다.

"아니, 어디로 끌고 가는 거요?"

"잠시 좀 와보라니까요. 보면 압니다."

"가서 보긴 뭘 봐! 앞도 못 보는 사람한테 말이야!"

"……제 말은 그런 뜻이 아니라요."

"당신! 이상한 일이기만 해봐. 내가 그냥!"

돌멩이 지팡이를 휘두르는지 쌩쌩 공기를 가르는 소리가 들렸다.

실눈을 뜨며 곁눈질하자 얼굴 가득 불만을 드러낸 설랑과 투덜거리면서도 순순히 따라오는 돌멩이 보였다.

설랑은 돌멩을 거적 위에 앉힌 뒤 차근차근 설명했다.

"누님의 몸에 아무래도 아귀가 들어간 것 같습니다. 그래서 잘 먹지도 못하고 혼절까지 한 것 같아요. 누님을 위해 경을 좀 읊어주십시오."

"아귀? 팔을 좀 만져봅시다."

"뭐요? 어디를 만져? 남녀수수불친이라 하였는데……."

아니, 얘는 아까 전까지만 해도 죽자고 몰입하더니 갑자기 먹물 냄새는 왜 풍기는 거야? 유민이 뱉을 법한 말이 아니잖아! 무산은 오른쪽 다리로 설랑의 발을 툭 쳤다. 알아들었는지 설랑이 입을 꾹 다물었다.

돌멩이 더듬거리듯 손을 뻗자 설랑은 어쩔 수 없다는 듯 무산의 팔을 들어 그에게 쥐여주었다. 돌멩은 잠시 만져보더니 고개를 갸우뚱했다.

"몸에 아귀가 들어간 것치고는 살집이 좀 있는데? 전혀 마르지 않았는데?"

"그럴 리가요. 다시 잘……. 아니, 그만 만지고 내려놓으십시오. 먹지를 못해서 부은 겁니다."

설랑이 무산의 팔을 빼내자 돌멩은 이상하다는 듯 또 고개를 기울였다. 무산은 어쩔 수 없이 상체를 일으켰다. 사람들이 보고 있을지도 모른다는 생각에 일부러 기침하면서 힘겹게 일어났다.

서투르면서도 어색한 움직임이었지만, 다행히 눈치챈 사람은 없어 보였다. 더는 이들을 보고 있는 사람도 없었다. 옆 병막에 있던 이들은 아귀가 들린 듯하다는 말을 듣자마자 혼비백산하며 자리를 옮겼다.

"어디서 많이 들어본 기침 소리인데. 그러고 보니 자네 목소리도 전에 들은 적이 있는 것 같아……. 우리 전에 만난 적이 있던가?"

"너는 내 기침 소리보다 한 번 들은 남인 목소리가 더 기억에 남냐?"

무산이 이기죽거리자 돌멩이 반색했다.

"뭐야! 어떻게 들어온 거야?"

"굶주리다가 혼절한 유민인 척하고. 들키면 안 되니까 조심해야 해."

"네가? 이렇게 건장한 유민이 어디 있다고?"

돌멩이 코를 킁킁거리더니 미간을 찌푸리며 말을 이었다.

"아니다, 이 냄새라면 절대 안 들키겠다. 대체 뭘 뿌리고 온 거야?"

"……아무튼 내가 부탁한 거 있지. 그거 알아봤어?"

"감찰 나리가 전해준 말?"

"어."

돌멩이 일부러 주위를 슥 살펴보았다. 정확히 말하자면 살펴 '보는' 게 아니라 살펴 '듣는' 거였다. 기척을 확인한 돌멩이 이내 이야기를 들려주었다.

* * *

뭐? 두박신? 허허, 지금 활인원에 두박신 모르는 이가 어디 있나. 그거 때문에 무격들이 떼로 잡혀 들어왔는데. 자네도 그래서 온 거 잖아. 뭐라고? 그전에? 그건 또 왜 물어? 뭐? 대천 할배한테 다 들었다고?

그 노인네는 입이 방정이야. 그걸 왜 이야기하고 다녔대. 맞아, 그랬지. 내가 여기에 제일 오래 있기는 했어. 환자들이야 병이 나으면 집으로 돌아가지만, 나는 죽기 전까지 여길 나갈 일이 없을 테니까. 그래도 다행이지. 여기서 죽으면 매골승이 묻어주잖아. 길에서 죽으면 금수의 먹이나 되어 한참을 뜯기겠지.

그래도 제삿밥까지 얻어먹지는 못할 거야. 자네가? 껄껄, 그럼 나야 고맙지. 사실 제삿밥이 뭐가 중요해. 어차피 죽으면 임금님 수라상을 받아도 소용이 없어요. 중요한 건 마음이지 마음. 누군가 이승에서 나를 생각해 주면 말이야, 죽은 몸은 흙으로 돌아갈지라도, 누군가의 마음에서는 계속 살아 있는 게 아닌가.

죽은 이를 마음에 품고 살아간다는 게 산 자에게 마냥 나쁜 것만은 아니야. 어떤 이들은 덕분에 살아갈 힘을 얻거든. 무슨 소린지 잘 모르겠다고? 그래, 떠나보내야 하는 사람이 있다면 그때는 알게 될 거야. 응? 두박신? 그런데 자네는 그걸 왜 자꾸 묻나? 내가 자네를 못 믿어서 그런 게 아니고…… . 괜히 화만 키울까 봐 걱정돼 그렇지.

왜기는! 그게 다 활인원이랑 관련이 있으니…… . 아이고, 내 입이 방정이네. 알았어, 알았어. 자네한테만 얘기해주는 거야. 자네는 판수라 두박신의 신명함을 잘 알겠지.

무슨 일이 있었냐고? 그러니까 몇 달 전에…… .

* * *

활인원에서는 매일 사람이 죽어 나갔다. '활인(活人)'은 사람을 살린다는 뜻이었지만, 이곳에 들어와 살아 나가지 못하는 사람이 부지기수였다.

열무서 출신인 의무 몇 명, 열기로 땀을 빼주는 한증승, 부적을 쓰는 무녀 그리고 독경하는 판수가 이곳의 구료 인력이었다. 그러나 맥을 짚을 줄은 알아도 쓸 약재가 없었고, 땀을 뺀다고 모든 병을 고칠 수 있는 건 아니었으며, 부적을 쓰고 경을 읊더라도 온갖 병귀를 쫓아낼 수는 없었다. 사람을 열 명 이상 살린 무녀에게 나라가 상을 내릴 정도였으니 실은 조정도 활인원의 어려운 사정을 알았던 게 분명했다.

그래도 백성들에게는 기댈 곳이 이곳뿐이었다. 의술에 능한 의원이나 값비싼 약재는 언감생심 꿈도 꿀 수 없었다. 그들은 병이 나을지도 모른다는 희망을 품고 활인원을 찾아왔고, 낫지 않는 병에 절망했으며, 결국에는 체념과 함께 죽음을 맞이했다.

절망과 체념은 병자의 마음에만 뿌리를 내린 게 아니었다. 모든 이의 가슴에 싹을 틔웠다. 여기서 삶이 고단하지 않은 이는 없으니까. 구료하는 이든, 구료 받는 이든, 구휼하는 이든, 구휼 받는 이든. 천하다면 천한 이들이고, 약하다면 약한 이들이었다. 이들은 매일 보는 죽음에 절망하다 무뎌졌고, 변하지 않을 현실에 체념했다. 죽음을 향한 두려움과 해탈 사이에서 배회하며 살아갔다. 그저 살아있기에 살아갔다.

그런데 언제부터일까, 사람들이 조금 달라졌다. 삶에 대한 의지를 끝까지 불태우며 낫고자 하거나, 죽을 날을 받아놓았지만 절망하거나 체념하지 않고 담담히 받아들였다.

대체 무엇이 그들을 바꿨을까…….

다섯 해 전 기근으로 가족을 잃고 활인원으로 오게 된 수동 할아범은 제일 먼저 그 변화를 알아차린 사람이었다.

수동 할아범은 기억을 더듬으며 변화의 시작을 찾아보았다. 그건 어떤 병자의 죽음이었다. 통증이 찾아올 때마다 바락바락 소리를 지른다고 해서 활인원 사람들로부터 '바락'이라고 불렸던 그자는 활인원에 오기 전에 죄를 많이 지은 듯했다. 바락을 알아본 다른 병자가 병으로 신음하면서도 분노를 터뜨렸을 정도였다. 살인. 그래, 사람을 죽였다고 했다. 저자가 자기 가족을 죽였다고.

바락은 증거도 없이 함부로 말하지 말라면서 쏘아붙였고, 가족을 잃은 병자는 울부짖었다. 그의 외침이 병막을 가로지르며 대청 안에서 울려 퍼지고, 방사를 넘나들었다.

저승사자는 뭘 하는 것인가, 저런 놈을 안 잡아가고! 그러나 죽어가는 병자의 외침은 허공에서 떠돌다 흩어졌다. 사람들의 귓속까지 파고들지는 못했다. 삶이 고단하였기에 귀가 있어도 들리지 않았다.

그래도 동병상련이라고 어떤 이는 그 목소리에 귀를 기울였다. 고아와 노인들의 방사에서 지내던 수동 할아범이 그랬다. 수동 할아범은 그날 밤을 또렷이 기억했다.

그날 밤, 한증소에서 땀을 빼고 나온 병자가 껄껄 웃으면서 병막 사이를 뛰어다녔다. 숨도 겨우 쉴 정도로 아파하던 사람이 통증을 모두 잊은 듯 덩실덩실 춤을 추면서 큰 소리로 외쳤다.

두박신이 네 놈을 잡으러 올 거다. 두박신이, 두박신이 네 놈을 잡으러 올 거야!

달려가는 병자와 몸이 부딪혔던 사람들은 병자에게서 술 냄새가 났다고 했다. 땀 냄새와 함께 술 냄새도 났다고. 대체 술은 어디서 구한 건지⋯⋯. 한참을 뛰어다니던 병자는 쓰러지듯 누워서는 가쁜 숨을 몰아쉬었다. 그는 웃으며 숨을 거뒀다.

사람들은 그 죽음을 두고 서로 다르게 말했다. 원래 앓던 병 때문이라고 하는 이도 있었고, 술 때문이라고 하는 이도 있었으며, 바락 때문에 심병이 생겨서 죽은 거라고 하는 이도 있었다. 원인이 무엇이든 병자는 죽었고, 활인원에서 병자의 죽음은 해가 동쪽에서 뜨는 것만큼이나 여상한 일이었다.

그런데 그다음은⋯⋯ 조금 달랐다.

죽은 병자가 증오하던 바락도 며칠 뒤 갑자기 죽은 것이다. 게다가 그는 차도를 보이고 있었다. 약재도 의방(醫方)도 없는 활인원에서 홀로 화타라도 만난 것처럼 건강을 회복하던 중이었다. 그랬던 바락의 목숨이 한 시진도 되지 않아 갑작스레 끊어졌다. 한증소에서 땀을 빼고 나온 뒤였다.

죽기 전, 입이 바짝 마르고 두 뺨이 붉어졌으며 오심(伍心, 양 손바닥과 양 발바닥 그리고 가슴)에는 번열이 가득했다. 이질(痢疾, 변에 곱이 섞여 나오며 뒤가 잦은 증상)도 그치지 않았다.

사람들은 바락의 죽음을 두고 두박신이 목숨을 앗아갔다고 수군거렸다. 그들은 한증소에서 땀을 빼고 나왔던 병자가, 바락 말고 지난번에 죽었던 병자가 껄껄 웃으면서 사람들에게 외쳤던 말을 기억하고 있었다.

두박신이 네 놈을 잡으러 올 거다.

온몸이 아파 잘 일어나지도 못하던 사람이었는데 신력이라도 얻은 듯 덩실덩실 춤을 추며 소리를 질렀다. 그런 뒤에는 쾌차하던 바락이 갑자기 죽었다. 우연이라기에는 기이한 일이었다.

그렇게 기이한 일도 금세 가라앉았다. 며칠이 걸렸던가. 하루, 이틀, 사흘, 나흘? 새로운 죽음이 지난 죽음을 밀어냈다. 그걸 기억하던 이들도 저승으로 가버렸다. 수동 할아범 또한 금세 다른 일에 파묻혀 두 사람의 죽음을 잊었다.

또 다른 기이한 변화는 열흘 뒤쯤 일어났다. 그날 활인원에 온 이는 차림새로 보아 제법 부유한 사족 여인이었다. 대체 무슨 소리를 들었는지 활인원에 들어서자마자 무녀들을 붙잡고 두박신을 찾았다.

여기 두박신이 나타났다는 말을 들었다고, 두박신을 꼭 찾아야 하니 안내해달라고 했다. 복수를 해야 한다나.

어떤 무격이 땀을 뺐던 이들 중 두박신을 만난 이가 있다면서 여인을 한증소로 안내했다.

한참이 지난 뒤, 사족 여인이 한증소에서 나왔다. 그녀는 울면서 웃고 있었다. 대체 무슨 일이 있었던 걸까. 하지만 사람들은 알 수 없었다. 사족 여인이 아무것도 알려주지 않은 채 활인원을 떠났기 때문이었다.

이런 일이 있었다는 걸 모두가 잊었을 무렵, 그 사족 여인이 다시 활인원을 찾았다. 노복들과 함께 종이와 베 그리고 쌀섬을 잔뜩 가지고서.

사족 여인은 가져온 걸 모두 활인원에 놓고 갔다. 종이와 베는 두박신을 위한 것이라 했고, 쌀로는 죽을 끓여 활인원 사람들에게 먹이라 했다.

활인원은 사실상 무격들이 바치는 무세포로 운영되던 곳이라 매해 재정난에 시달렸다. 활인원 관원은 종이와 베로 운영비를 충당했고, 사람들에게 뜨끈한 죽도 끓여주었다. 쌀이 가득 든, 씹어서 삼키는 죽이었다.

그 뒤로 사람들은 종종 사족 여인과 두박신을 화제로 삼곤 했다. 그녀에게 대체 무슨 일이 있었던 걸까? 이들의 궁금증은 도성과 성저십리에 파다하게 퍼진 소문이 활인원 안까지 흘러들어오면서 풀리게 되었다.

호환이었다. 목멱산을 오르던 한 남인이 범을 만나 목숨을 잃었다고 했다. 아주 참혹하게, 시신도 제대로 남기지 못했다고. 소문에 의하면, 남인의 정혼자는 그런 변고를 겪자마자 가문 곳간을 털어서는 재물을 가득 가지고 활인원으로 찾아갔다고 했다. 그녀는 가져온 재물을 모두에게 나눠준 뒤 활인원을 떠났다.

누군가는 그녀가 죽은 이의 극락왕생을 빌며 선행을 쌓은 거라고 했고, 누군가는 그녀가 정혼자의 죽음을 기뻐하면서 잔치를 연 거라고 했다. 죽은 이가 자기 정혼자를 그렇게 괴롭혔었다고.

소문을 들은 활인원 사람들은 종이와 베 그리고 쌀을 가져왔던 여인을 떠올렸고, 소문에는 담기지 않은 또 다른 존재도 떠올렸다.

두박신. 두박신이 그 여인 대신 복수를 해주었구나. 그래서 그 대가로 제물을 바친 거구나. 두박신이 진짜로 있었어. 악한 이에게 벌을 주는 두박신이……!

두박신의 존재를 확신한 활인원 사람들은 두박신을 공경하면서도 두려워했다. 너도나도 한증소로 가서 치료를 받으려 했다. 특히 가슴에 한을 품은 이들은 두박신에게 복수를 기원하며 활력까지 얻었다. 분노는 아주 강력한 생기였다.

정말로 두박신의 보우가 있었던 걸까, 놀랍게도 활인원의 죽음이 줄어들었다. 활인에 성공한 것이다. 많은 이들이 활인원을 떠나 집으로 돌아갔다. 가슴에 두박신을 품은 채로.

그렇게 두박신은 도성과 성저십리 그리고 경기로 퍼져나갔다.

* * *

"그 뒤로는 두박신을 본 사람이 없대?"

무산의 말에 돌멩은 고개를 저었다.

"없어."

무산은 생각에 잠겼는지 말이 없었다. 대신 설랑이 입을 열었다.

"딱히 뭐가 없다면…… 일단 한증소로 가보면 알 수 있지 않을까요?"

돌멩은 설랑의 말을 들은 체도 하지 않았다.

어디서 굴러먹다 온 놈인지는 모르겠지만 아까부터 무산에게 누님 누님 하면서 친한 척을 하는 게 매우 거슬렸다. 굴러들어 온 돌이 박힌 돌을 빼내게 할 수는 없지! 돌멩은 무산이 있는 방향으로 귀를 기울였다.

무산은 매번 단서를 모아 하나의 그림을 그려내곤 했다. 작은 조각들을 모아 깨진 항아리를 맞추는 것처럼 말이다. 드디어 생각을 정리했는지 무산이 입을 열었다.

"아까 여기 죽을 먹었어. 맹물에 가깝더라."

"병자들은 소화를 잘 못 시키니까. 그냥 밥은 빈민이나 유민에게 줘."

"기력이 떨어진 병자들에게는 과한 음식이 나쁘긴 하지. 하지만 맹물 같은 죽만 주는 것도 좋을 건 없어. 가지고 있는 게 제한적이고 구료는 활인이 쉽지 않으니까……. 구료보다는 구휼을 중시하는 거야. 가지고 있는 쌀을 확실히 살아날 사람에게만 주는 거지."

"그렇다면 그때는 왜 사람들이 덜 죽었던 거지?"

"사족 여인이 종이와 베, 쌀을 두고 갔으니까. 그때만큼은 다들 잘 먹었을 거야. 분위기가 달라지면서 심적으로도 영향이 있었을 테고. 재물을 얼마나 두고 갔는지는 모르겠지만, 당시 활인원에 있던 사람들이 건강을 회복할 수 있을 만큼은 버틸 수 있었겠지."

"그래서 활인이 많았던 거라고?"

"그렇겠지. 두박신의 보우라기보다는, 재물의 보우랄까. 하지만 그 재물을 불러온 것도 두박신이잖아. 어찌 보면 두박신의 보우라고도 할 수 있겠지."

무산은 두리번거리며 활인원을 둘러보았다.

하지만 이게 괴력난신이 아니라 사람의 짓이라면…….

대체 누가 그런 걸까? 어떻게? 왜? 단서를 찾아야 해. 쥐고 있는 것부터 하나씩 차근차근.

"그 바락이라는 남인 있지? 두박신이 목숨을 앗아갔다는 사람 말이야. 마른 입, 붉어진 뺨, 오심번열, 이질. 두박신이 죽인 게 아니야. 파두에 중독되어서 죽은 거지. 누가 그에게 그걸 먹인 거라면…… 그건 인명 사건이야."

"파두? 그건 약재 아닌가?"

"맞아, 파두를 먹으면 오장육부가 뚫려서 대소변이 잘 나와. 부종이나 옴, 악창을 치료할 때 쓰기도 하고, 태아를 지울 때 쓰기도 해. 하지만 독성이 많아서 처리가 까다로워."

257

돌멩은 고개를 갸웃거렸다.

"네가 의술도 할 줄 알았나?"

"그럴 리가. 방금 내가 말했잖아. 태아를 지울 때도 쓰인다고."

"아……."

돌멩은 무산이 감찰궁녀였다는 걸 떠올렸다.

비빈이 이 약을 먹게 되었다면, 누군가 왕실을 해치는 대죄를 범한 것이고, 궁녀가 이 약을 먹었다면, 그것 또한 누군가 궁녀와 간통하거나 궁녀를 범해 왕실을 능멸했다는 뜻이었다. 그러니 감찰궁녀라면 이런 약을 아주 잘 알고 있을 게 분명했다. 그래야 조사를 할 수 있으니까.

무산이 감찰궁녀였다는 건 무당골에서도 석명과 돌멩만 아는 비밀이었다. 그래서 돌멩은 더는 티를 내지 않았다. 무슨 일인지 알겠다는 듯 의미심장한 표정으로 고개만 끄덕였다. 앳된 목소리를 내는 어린놈도 무산이 감찰궁녀였다는 건 모르고 있겠지. 그렇게 생각하자 불쾌했던 마음이 조금 시원해졌다.

그러나 설랑은 두 사람의 대화를 전혀 다르게 해석하고 있었다.

"누님…… 그게 무슨 말씀입니까?"

돌멩은 알지 못했다. 지금 자기가 무슨 오해를 산 것인지를.

곧이어 휙 하고 뭐가 다가오더니 숨이 쉬어지지 않았다. 설랑에게 멱살을 잡힌 것이다.

"너 이 새끼, 사내놈이 책임은 지지 못할망정, 누님에게 뭘 먹인 거야!"

258

* * *

무산은 궁에 있을 때 항상 혼자 일했다. 신분을 숨겨야 하는 감찰
궁녀일 때도 그랬고, 또 다른 신분인 복이처 나인일 때도 그랬다. 그
게 편했기 때문이다. 그랬던 무산이 궁을 나온 뒤에는 돌멩과 손을
잡았는데 어찌하다가 그리되었는지는 저도 알 수 없었다.

어쩌다 보니 그리되었다. 그건 우연이었을까, 필연이었을까.

무산과 돌멩이 처음으로 대화를 나눈 건 무산이 감찰궁녀였다는
걸 알아차린 석명이 무산을 집에서 내쫓던 날이었다. 이리 살 바에
는 다시 궁으로 돌아가라나. 우연히 그 말들을 들었던 돌멩이 울타
리 밖에 우두커니 선 무산에게 말을 걸었다.

뭐라고 했더라, 성질이 참으로 고약한 할멈이라고, 그래도 마음이
약해 막상 안 보이면 걱정할 거라고, 그러니 걱정이란 걱정은 다 하
도록 잠시 피해 있자고 했다.

그날 무산은 무당골 옆 죽림에 앉아 온갖 시답잖은 이야기를 들었
다. 죽었다가 살아난 것처럼 운명이 지워져 무당골 사람들도 관상과
기운을 읽어낼 수 없었다는 어떤 중인의 이야기에서부터 무당이 부
리는 노비인 신노비로 바쳐졌으나 치우신을 모시게 되면서 조선 제
일가는 흑무가 되었다는 어느 무녀의 이야기까지.

저런 이야기들은 대체 어떻게 알고 있는 건지. 들은 걸까 아니면
지어낸 걸까. 돌멩은 지치지도 않는지 이야기를 이어가고 또 이어
갔다.

시간이 얼마나 지났을까, 돌멩은 손을 뻗어 햇빛을 느껴보더니 지금쯤이면 석명도 걱정할 거라며 이만 돌아가자고 했다. 돌멩은 걸음을 옮기면서도 또 새 이야기를 꺼냈다. 이번에는 관습도감에서 거문고를 타는 악공으로 지내다가 사람들 시선을 못 견뎌 무당골로 도망친 맹인 판수의 이야기였다.

무산의 시선이 돌멩의 왼손 손가락에 배긴 굳은살에 오래 머물렀다. 돌멩은 오른손잡이라 왼손에 굳은살이 있을 리 없었다. 그러나 무산은 굳이 묻지 않았다.

그 뒤로 몇 달이 지났을까, 사족 하나가 무산의 집에 찾아왔다. 정확히는 석명을 찾아온 것이다. 대명노비(代命奴婢, 병자를 구하기 위해 질병을 대신 짊어지는 노비)를 시주할 테니 자기를 따라오라나.

무산은 대수대명의 이치를 잘 몰랐지만, 나쁜 짓을 하려는 사람이라면 도가 텄다. 무산은 그자가 선한 이가 아니라는 걸, 석명에게 위험한 일을 시키려 한다는 걸 직감했다.

더 큰 문제는 그걸 수락하는 것보다 거절하는 데에 있었다. 무산이 아는 석명은 절대 이 일을 받지 않을 터였다. 무산은 석명이 이일을 거절할 거라고 그리고 사족은 무녀의 거절을 용납하지 않을 거라고 확신했다. 경험에 기인한 확신이었다. 궁에서도, 무당골에서도 이런 사족을 한두 번 본 게 아니었으니까.

그래서 무산은 자기가 석명이라고, 지금 바로 따라가겠다고 했다. 어쨌든 부적은 무산도 쓸 수 있었다. 그때 돌멩이 끼어들었다. 몰래 듣고 있었던 건지 천연덕스럽게 나타나서는 석명은 원래 자기와 같이 다닌다고 둘러대는 게 아닌가.

무산은 어이가 없었지만 데려갈 수밖에 없었다. 나 안 데려가면 네가 석명 아니라는 거 내가 다 밝힌다? 돌멩이 귓속말로 한 협박 때문이었다.

그렇게 두 사람의 협업이 시작되었다.

무산과 돌멩은 대수대명으로 정적을 없애려던 사족 남인에게 역으로 이 집에 귀가 들러붙었다고 거짓말을 했다. 일종의 임기응변이었다. 처음에는 사족 남인도 두 사람의 말을 믿지 않았지만, 누가 들어도 원귀의 목소리처럼 들리는 돌멩의 복화술에 완전히 속아 넘어갔다.

그 소리에 놀란 건 무산도 마찬가지였다. 원귀의 목소리가 돌멩의 움직이지 않는 입술 사이로 나온다는 걸 알아차렸을 때, 무산은 자신과 돌멩이 위기에서 무사히 벗어날 뿐 아니라 한몫 단단히 챙길 수도 있다는 걸 예감했다.

무산은 살기에 휩싸인 물건들을 집에서 빼내, 몇 달 동안 기운을 눌러서 봉인해야 한다고 했다. 무산이 지목한 삿된 물건들은 낫이나 도끼, 칼과 같은 날붙이였다. 귀중품은 아니지만 적당히 값이 나가는 물건.

날붙이를 지게에 얹고 무당골로 돌아가면서 돌멩이 무산에게 제안했다. 같이 손을 잡고 고약한 사족들의 주머니를 털자고. 무산은 피식 웃으며 그러자고 했다.

대체 어쩌자고 그 제안을 받아들였을까.

그렇게 하면 생계를 걱정할 필요가 없을 테니까? 돌맹이 가진 능력이라면 절대 걸릴 일이 없을 것 같아서? 수많은 이유 중 하나는 그 아이였다. 그 아이라면 백성들의 고혈로 채워진 주머니를 터는 걸 찬성했을 것이다. 빼앗은 재물을 백성들에게 되돌려주고, 관련 증거도 찾아내 관아에 투서도 보내겠지. 의령 그 아이라면 그리했을 것이다……

하지만 아무리 흉내 내어도 무산은 무산이었고, 의령은 의령이었다. 무산은 탐관오리의 주머니를 털어 자기 배 속을 채우는 것이 고작이었다.

돌맹과 같이 지내는 건 나쁘지 않았다. 각자 잘하는 일이 있었기에 따로 일을 하다가 때가 되면 정보를 하나로 모았다. 처음에는 낯설었지만, 곧 익숙해졌다. 이제는 함께 있어도 불편함이 없었다. 그래서 무산은 잊고 있었다. 다른 이와 함께 일하는 것이, 다른 이와 어울리는 것이 얼마나 번거로운 일이었는지를.

돌맹의 멱살을 붙잡고 헛소리를 내뱉는 설랑을 보자 마음에 짜증이 솟아났다. 무산은 오른손으로 설랑의 등짝을 후려쳤다. 거의 반사적인 반응이었다.

"내가 그랬지, 그런 말도 안 되는 소리 한 번만 더 하면 나한테 맞는다고."

설랑이 몹시 억울하다는 표정을 지었다.

"누님이 조금 전에 분명……."

무산은 단호했다.

"그만. 가서 아까 그 무녀나 따돌려. 나는 돌멩과 얘기 좀 나눌 테니까."

설랑은 마지못해 손을 풀고 자리에서 일어났다. 의기소침해 보였지만, 어쩐지 기분이 좋아진 것 같기도 했다.

무산은 설랑이 대체 무슨 생각을 하는 건지 알 수가 없었다.

설랑이 떠난 뒤, 목을 붙잡으며 콜록거리던 돌멩이 투덜거렸다.

"뭐야, 대체 뭘 하던 놈을 데리고 온 거야. 분명 어디서 들어본 목소리인데. 예의를 밥에 말아 먹은 게 전에 왕신 마을에서 들었던 놈이랑…… 그러네. 목소리가 똑같은데?"

"그 얘긴 나중에 하자. 일단은 활인원 사람들에 대해 알려줘. 파두 중독으로 죽었다는 사람…… 좀 이상해. 재물을 빌린 사람이 있으면 재물을 빌려준 사람이 있기 마련이고, 원한을 산 이가 있다면 원한을 품은 이가 있기 마련이지. 하지만 원한을 품었던 이가 먼저 죽었잖아. 원한을 샀던 이는 건강을 되찾다가 갑자기 중독으로 죽었고. 죽은 이가 복수를 하지는 않았을 테고……. 이상하단 말이야. 누군가 죽은 이를, 두 사람의 죽음을 이용한 것 같지 않아?"

"글쎄, 그럴 수도 있고, 아닐 수도 있겠지."

"일단은 그렇다고 상정하고 따져보자. 동기는 우리가 바로 알 수 없으니까, 방법부터 살펴보자고."

"방법이라…… 파두 중독이라면 파두를 먹었다는 거잖아. 활인원을 찾아오는 이들이 그렇게 비싼 약재를 가지고 있을 수는 없지. 우연히 얻었다면 모를까."

"제생원이 동활인원을 맡고 있기는 하지만, 약재는 제생원에 있지 여기는 없어. 중독될 만큼 많은 양의 파두를 우연히 얻는다? 그건 불가능해. 그리고 파두는 맛이 매워. 누가 권한다고 먹을 수 있는 것도 아니고, 우연히 얻었다고 해서 많이 먹을 수 있는 것도 아니야. 그리고 그자는 맹물 같은 죽이 아니라 제대로 된 밥을 먹었을걸? 다른 병자들과 달리 활인의 가능성이 컸으니까. 굶주리지 않았을 테니 아무거나 주워 먹지도 않았겠지."

"그렇다면 활인원 안에 흉수가 있다는 건가?"

"활인원에 속한 이로는 누가 있는데?"

무산의 질문에 돌맹은 잠시 생각해 보더니 손가락을 꼽아가며 답했다.

"관원은 두 명인가 세 명이야. 의술을 할 줄 아는 의무가 있고, 구료와 구휼을 맡은 무격도 있어. 두박신 사건으로 도성 무녀들과 무당골 사람들이 모두 여기로 오면서 수가 많이 늘어나기는 했는데…… 원래는 스무 명 남짓했던 것 같아. 그리고 승려들은, 한증소 치료를 담당하는 한증승이 있고, 죽은 시신을 매장하는 매골승이 있지. 매골승이 대여섯 정도 되었던가. 오작인도 있다던데 목소리를 직접 들은 적은 없어."

무산의 눈빛이 날카로워졌다.

"오작인? 오작인은 검험을 할 줄 알지 않아? 파두 중독으로 죽은 걸 몰랐다고?"

"원래는 그렇지. 하지만 여기는 활인원이잖아. 매일 사람이 죽어

나가는 곳. 그중에는 중독 때문에 활인원을 찾았다가 죽은 사람도 있거든. 그리고…… 사인 확인도 제대로 안 할 거야. 확실히 죽었는지나 확인하겠지. 사람 묻을 시간도 부족하니까. 아무튼 이쪽은 바글바글한데 저쪽은 조용해."

무산은 돌멩이 턱짓하는 쪽을 돌아보았다. 대청 너머로 연기가 올라오는 곳이었다.

연기가 올라오는 걸 보니 한증소가 저기 있는 거겠지? 무산은 양성으로 떠나던 날에, 활인원 앞에서 있었던 일을 떠올렸다. 인력이 부족하다는 매골승의 부탁에 정업원 주지가 한증소 일을 도우라며 비구니를 들여보냈었다. 활인원은 출입이 금지되었으니 그때 그 비구니도 아직 여기에 있겠군.

"한증소도 이상해. 한 명은 거기 들어갔다가 두박신을 보았고, 다른 한 명은 거기서 나왔다가 숨을 거두었지. 마지막 한 명은 두박신을 찾으려고 한증소로 갔고. 그 사족 여인도 거기서 두박신을 보았을까? 한증소는 어떤 승려가 담당하는 거야?"

"어떤 비구니가 맡고 있어. 근데 새로 들어온 사람이야. 전에는 한증소만 맡았던 이가 따로 없었대. 번갈아 가면서 일을 도왔다고 하더라. 땀을 빼는 한증 목욕실이 여러 개 있고, 석탕자(石湯子, 조선 시대의 욕탕)도 있다는데 몇 년 전에 새로 지은 거래."

"맡고 있는 사람이 없다는 건 누구든 거기서 쉽사리 손을 쓸 수 있었다는 거네."

"그렇겠지?"

"선에 그런 얘기를 들은 적이 있어. 어떤 꽃에는 독성이 있어서 먹은 사람이 헛것을 보며 웃음을 터뜨리고 춤을 추게 된다고."

"그게 무슨 꽃인데?"

"취심화였던가…… 화마자 같기도 하고. 신의(神醫) 화타의 마비산에도 그 꽃이 들어간다고 했어. 그걸 먹으면 칼에 베이거나 화상을 입어도 통증을 느끼지 않는대. 한증소에서 두박신을 보았다던 남자 말이야. 다 죽어가는 사람이었는데 반로환동이라도 한 듯 달리기도 하고 춤도 췄다며. 둘 중 하나일 거야. 그런 약을 먹은 거거나 정말로 접신을 한 거거나."

"뭔지는 모르겠지만, 쉽게 구할 수 있는 꽃은 아닌 것 같은데?"

"두박신이 아닌 사람이 한 짓이라면, 의술을 아는 자일 가능성이커. 약재에 대한 지식이 없으면 불가능하겠지."

"그러면 제생원에서 파견한 관리나 의무 중 누군가 농간을 부린건가?"

"그럴지도. 일단은 좀 살펴봐야겠어."

돌맹의 낯빛이 진지해졌다.

"근데 이건 왜 조사하라고 한 거야? 너…… 괜찮은 거야?"

"괜찮아."

"괜찮기는. 그날 너만 안 잡혔잖아. 심문 끝난 뒤 활인원으로 왔더니 네가 없는 거야. 내가 도망가라고 외쳐 도망간 줄 알았지. 근데 사헌부 감찰이 찾아와서 네 말을 전해주더라고. 그 말 듣고 진짜 깜짝 놀랐네. 결국 궁으로 돌아가는 거야?"

"……."

"안 돌아갈 거지? 대체 지금 뭘 하는 건데? 감찰이 네 말은 왜 전해주고, 활인원 조사는 나한테 왜 시킨 건데?"

"두박신을 조사하래. 어쩌다 생기고 어떻게 퍼졌고, 누가 그런 건지. 샅샅이 조사하래."

"뭐? 누가?"

"누굴 것 같은데?"

"……."

도성과 무당골 무격을 모조리 잡아들이면서도 무녀 한 명은 예외로 할 수 있는 이는, 두박신 조사라는 나랏일을 일개 무녀에게 맡길 수 있는 이는 아무리 생각해도 조선 팔도에 한 명뿐이었다. 돌멩은 어렵사리 입을 열었다.

"어쩔 건데?"

"뭘 어째. 하라니 해야지."

"아니, 두박신 조사 말고. 그 후에 말이야."

"그 후에?"

무산은 곧 다가올 자기 미래를 그려보았다. 이번 일이 끝난다면…… 어떻게 될까. 무당골로 돌아가 무적에 오르게 될까? 국무가 되어 나라의 의례를 주재하게 될까? 왕의 바둑알이 되어 이리저리 움직이게 되는 걸까? 그 미래에 자신의 의지라는 게 있기는 할까? 대체 무엇을 결정할 수 있지?

무산은 아무것도 자신할 수 없었지만, 이것만큼은 반드시 이루겠다고 다짐했다. 절대 다른 이가 짜놓은 판에 남지는 않겠다고. 누군 가의 손에 놀아나듯 이리저리 움직일지라도 끝까지 놀아나지는 않 겠다고.

"그리고 무당골 무격들도 두박신을 모르더라."

그 말이 무산을 상념에서 건져냈다.

"다른 이들은? 원래 활인원에 있던 이들이나 도성 안 무격들도?"

"도성 애들은 사족을 단골로 뒀잖아. 무당골 판수 따위가 눈에 들 어오겠어? 나랑 말도 안 섞는다. 뭐, 그래도 내 귀까지 막지는 못했 지만……. 이번 일로 도성에서 쫓겨나는 바람에 화가 엄청 나 있어. 사람들이 두박신에게 바친 베와 종이를 다 그 지역 무격들이 가져 갔다며. 산골에 사는 무격들이 탐욕에 빠져 이번 사달이 난 게 틀림 없다고 단단히 벼르고 있거든. 대체 누가 두박신을 널리 퍼뜨린 건 지 너보다 더 알고 싶어 할 거야. 알게 되자마자 바로 살을 날린다에 내 지팡이를 걸지."

"활인원에 있던 이들은?"

"거기도 불만이 많지. 인력이 크게 늘기는 했지만, 의술 지식이 있 는 의무가 온 건 아니니까. 구료나 구휼을 맡긴다고는 해도 하나부 터 열까지 다 가르쳐야 하잖아. 게다가 언젠가는 나갈 사람들이니 시간을 쏟아 제대로 가르치기도 뭐하고, 안 가르치기도 뭐하겠지."

언젠가는 나갈 사람들이라……. 과연 나갈 수 있을까?

무산은 순심이 했던 말을 떠올렸다. 이번 사건이 마무리되면 무격 들을 무적에 올린다고 했던 말. 그리되면 성긴 그물 사이로 빠져나갔던 이들이 모두 그물 안에 담기게 된다. 활인원에서 나가더라도, 진짜로 나간 게 아니게 된다. 끝끝내 부처의 손바닥을 벗어날 수 없었던 손오공처럼 결국 그 안에 갇히는 것이다.

하지만 이번 사건을 끝내지 못한다면, 활인원에서도 나갈 수 없겠지.

무산은 가장 중요한 문제를, 자기 능력으로도 알아낼 수 없는 문제를 꺼냈다.

"두박신이 느껴지지는 않는대?"

"잘 모르겠어. 영험한 이들 중에는 알아차린 이도 있겠지. 하지만 굳이 말로 뱉을 사람은 없을걸? 석명만 해도 입을 꾹 다물고 있던데. 괜히 그런 얘길 꺼냈다가 불길만 더 커지면 곤란하겠지."

"그렇겠지. 무격들도 빨리 수괴가 잡히기만을 바랄 거야."

돌멩은 지팡이로 무산의 다리를 쿡쿡 찌르며 말했다.

"너 근데 내 질문에 아직 답 안 했다? 아까 걔는 뭐야. 아무리 생각해도 왕신 마을에서 만났던 놈인데. 그때는 물어뜯을 것처럼 덤벼들더니…… 어쩌다가 누님까지 되셨대?"

"이번 사건을 도와주기로 했어."

"어이구, 네가 어쩐 일로 다른 사람이랑 손을 잡았대. 뭐, 손발은 잘 맞으시고요?"

"비아냥거리지 좀 마. 나도 방법이 없었어."

"그래도 그렇지. 내가 없다고 어떻게 저런 애랑 같이 일을 하냐. 쟤 근데 사족이라 그러지 않았어?"

부산은 대청 앞에서 무녀와 대화를 나누는 설랑을 보았다. 대체 뭐라고 말한 건지 무녀가 안타깝다는 듯 설랑의 어깨를 토닥이며 위로해 주고 있었다.

확실하게 시간을 끌어주고 있기는 한데……. 뭐랄까, 좀 과한 감이 있었다. 저건 정말 가풍인가 보다.

"사족은 아니고, 서자야. 애가 좀, 너무 애 같긴 한데…… 괜찮은 애야. 무엇보다, 잘 보더라고. 그건 너도 못 하는 거잖아. 나도 못 하는 거고."

"뭐? 너 지금 내가 앞 못 보는 판수라고 타박하는 거야?"

"내가 무슨 말을 하는 건지 알잖아."

"쳇, 냉랭하기는. 그나저나 무격인데 서자라. 참 기구한 신세겠네. 하긴 우리 중에 그렇지 않은 사람이 어디 있겠어."

"……."

"근데 정말 괜찮겠어? 탐관오리한테서 재물을 뜯어내는 것과는 전혀 다른 일이잖아."

"모르겠어. 일단은 시킨 일부터 해내야지."

"무격 서자랑? 그게 픽이나 잘 되겠다, 쯧쯧. 급하다고 아무거나 주워 먹으면 탈이 나기 마련이야. 음식도 그러할 진데, 사람은 더 그렇지."

얘가 왜 이렇게 심통을 부리지?

그때였다. 무녀와 대화를 나누던 설랑이 갑자기 뒷걸음질을 쳤다. 얼굴에 칠을 해 낯빛을 제대로 볼 수는 없었지만, 새파랗게 질린 게 분명했다. 재빨리 병막을 가로지르면서 달음박질하는 게…… 꼭 귀신이라도 본 것 같았다.

후다닥 달려온 설랑이 얼른 무산의 등 뒤로 숨었다. 헉헉거리며 떨리는 목소리로 말했다.

"누님, 귀, 귀신!"

"……."

"저쪽에, 저쪽에 귀신이 있어요!"

무산은 머리가 다 아팠다. 과연 이번 일을 제대로 해낼 수 있을까?

* * *

설랑의 능청스러운 연기에 힘입어 오래 굶주리며 와병 생활을 한 사람이 되어버린 무산은 누구보다 건강한 몸을 이끌고 어슷거리듯 거닐었다.

남들 눈에는 무산이 설랑의 부축을 받는 것처럼 보이겠지만, 사실은 무산이 설랑을 부축하고 있었다. 대체 혼자서 뭘 보는 건지 걸핏하면 헉, 하고 숨을 들이켜거나 그대로 주저앉으려 했다.

설랑의 다리가 다섯 번째로 힘이 풀렸을 때, 무산은 어쩔 수 없이 설랑을 붙잡은 팔에 힘을 줬다. 꾹 다문 잇새로 불만이 새어 나왔다.

"또 뭔데."

"누님, 저쪽 끝에……."

무산은 설랑의 말을 잘랐다.

"그냥 눈을 감아."

"하지만 소리도…….'

"너 그냥 여기 있을래? 내가 혼자 갈게."

"그건 안 될 말입니다. 제가 사람들에게 누님이 혼자서는 움직이지 못한다고 했습니다. 그래도 가만히 누워 있는 것보다는 좀 걸어야 쾌차하지 않겠냐고, 여기저기 데리고 다니면서 움직이게 해야겠다고 미리 말해놨다니까요. 앗, 저기 그 무녀가……!"

갑자기 커진 설랑의 목소리가 뚝 끊어졌다.

무산의 손에 입이 막힌 설랑은 잠시 눈알을 굴리다가 이내 입을 꾹 다물었다. 다행히 알아챈 이는 아무도 없는 듯했다.

설랑이 발견한 이는 구료 무녀인 유화였다. 지금으로서는 유화가 가장 의심스러운 이였다. 혹시라도 누군가 두박신 소문을 퍼뜨리면서 수작을 부린 거라면, 돌멩은 유화일 가능성이 가장 크다고 했다.

활인원은 무녀들에게 따로 급료를 주지 않았다. 대신 활인원에서의 근무를 일종의 응역으로 보았다. 그렇기에 무녀들 대다수는 도성 단골에게 이런저런 일을 해주며 생계를 이었다. 반면 유화는 따로 단골이 없었다. 입에 풀칠도 겨우 했던 이가 갑자기 재물을 얻었다고, 뭔가 냄새가 난다나?

무산은 내색하지 않았지만, 사실 그건 이유가 될 수 없다고 생각했다. 가난한 이들이 모인 곳에서, 그것도 이곳만 나가면 사방으로 퍼져나갈 이들에게 재물을 얻으려 소문을 퍼뜨린다? 두박신 소문이 널리 퍼진다 해도 종이와 베를 버는 것은 그 지역의 무격이었다. 그들이 활인원까지 찾아와 구료 무녀에게 종이와 베를 건네주지는 않을 터였다.

그러니 유화가 정말로 두박신 소문을 퍼뜨렸다면, 그건 두박신을 섬기는 이들이 바치는 제물을 탐해서가 아니라 다른 이유일 가능성이 컸다. 진심으로 두박신을 섬겼다든지, 오지랖이 태산보다 높아다른 무격들의 생계를 걱정했다든지. 뭐 그런 이유겠지.

재물은 다른 방도로 얻었을 게 분명했다. 그게 뭔지는 알 수 없지만⋯⋯.

어찌 되었든 무산은 돌멩의 직감을 믿었고, 조사를 할 때는 돌다리도 두드려 보고 건너는 게 좋다고 여겼다. 확실히 해둬서 나쁠 건 없었다.

마침 유화는 비구니에게 뭘 설명해 주고 있는 거 같았다.

잿빛 승복 위에 갈색 가사를 걸친 비구니는 유심히 들으며 생각하는 얼굴이었고, 마포로 지은 저고리와 치마를 입은 유화는 얼굴에 짜증을 가득 드러냈다. 유화가 불만스레 몸을 틀 때마다 허리에 달린 두루주머니가 춤을 추듯 흔들렸다.

잠시 두 사람에게 머물던 무산의 시선이 그 뒤에 있는 커다란 둥근 형태로 옮겨갔다. 돌을 쌓아 만든 무덤처럼 보였는데 높이가 십척이 넘을 듯했다. 또 드나들 수 있는 나무 문이 있었다.

뿜어져 나온 새하얀 연기가 뭉게뭉게 피어오르다가 둥근 무덤을 집어삼킬 듯 감쌌다. 그러다가 아른거리더니 순식간에 흩어졌다. 무

273

덤에서 나온 혼이 잠시 이승에 머물다가 저승으로 옮겨가는 듯했다.

무산은 연기를 토해내는 둥근 무덤이 한증소라는 걸 알아챘다.

한증소는 한증으로 목욕한다고 하여 한증 목욕실이라고 불리는데, 땔감으로 불을 피워 안을 뜨겁게 만든 뒤 열기로 땀을 빼는 곳이었다. 무산도 한증소는 처음 보았다. 저곳에서 한 명은 두박신을 보았고, 다른 한 명은 목숨을 잃게 되었다는 거지. 일단은 안에 들어가 확인해 볼 필요가 있었다.

무산은 설랑을 힘껏 붙잡고 그리로 걸었다. 설랑은 그사이 또 무엇을 보았는지 아예 눈을 감고 있었는데 무산이 이끄는 대로 질질 끌려가듯 움직였다. 두 사람이 다가갔을 때, 무산은 고개를 돌린 비구니와 눈이 마주쳤다.

돌멩은 그녀의 법명이 막념이라고 했다. 막념(莫念). 그리워하지 말라는 뜻일까?

자신을 꿰뚫어 보는 듯한 강렬한 눈빛에 무산은 침을 삼켰다. 막념을 처음 보았을 때 무산은 고운 옷을 입고 검은 너울을 쓰고 있었다. 지금은 해진 옷을 입고 때로 얼룩져 있으니 자기를 알아볼 수는 없을 것이다. 그런데도 가슴을 불안하게 만드는 알 수 없는 두려움이 일어 무산은 막념의 시선을 피했다.

막념이 두 사람을 보고 합장하자 유화는 퉁명스레 말했다.

"여기 일이야 거기서 거기지. 한증 목욕실에 병자를 들여보내 땀을 빼게 하고, 땀을 너무 많이 빼면 몸에 나쁠 수 있으니 꼬박꼬박 물도 먹여야 해. 또 땀에 젖어서 나오면 고뿔에 걸리기 십상이니까

석탕자에서 뜨뜻한 물로 씻으라고도 해야 하고. 여기 온 뒤로 잘만 하던 거 아니었나? 바쁜 사람 불러서 대체 이런 걸 왜 묻는 거지?"

그러고는 들었으면 너희가 알아서 하라는 듯 무산과 설랑에게 외쳤다.

"이봐! 남정은 저쪽, 여인네는 이쪽. 석탕자는 저기!"

설랑이 눈을 살짝 뜨며 말했다.

"누님은 몸이 좋지 않아 제가 옆에 있어야 하는데요."

"뭐? 지금 시대가 어느 시대인데 혼욕을! 눈은 왜 그렇게 뜨는 거야. 안질(眼疾)인가? 몸은 네가 안 좋은 것 같은데?"

혼욕이라는 말에 무산이 설랑을 붙잡고 있던 팔을 놓았다.

"저 혼자 들어가겠습니다."

유화는 무산을 아래위로 훑어보았다.

"처음 보는 얼굴인 걸 보니 한증소도 처음이겠네. 여기는 몸 나쁘면 못 들어가. 괜히 들어갔다가 시신 되어서 나온다고. 제생원 의원이 주기적으로 활인원에 오니까, 오면 들어가도 되냐고 물어봐. 된다고 하면 그때 다시 오라고."

그러자 막념이 기다렸다는 듯 물었다.

"언제부터 그리된 것입니까? 예전에는 들어간 병자가 있다고 하던데요."

유화의 미간에 깊은 골짜기가 파였다. 드디어 짜증이 폭발하였는지 목소리가 갈라지며 나왔다.

"대체 그런 걸 왜 자꾸 캐묻고 다니는 거야! 한증소 일을 도와주러

왔으면 일이나 도와줄 것이지. 나는 이만 갈 테니 알아서 잘하라고!"

그러고는 무산을 보고 성을 내며 말했다.

"들어가고 싶으면 들어가든지. 어차피 자네가 죽으면 이 니승 책임이지 내 책임은 아니야."

유화는 획 몸을 돌려 자리를 떴다. 치맛단 아래로 분주한 걸음걸이가 드러났다.

고개를 돌리자 유화에게서 시선을 떼지 못하는 막녑이 보였다. 막녑의 얼굴은 관음보살처럼 온화했지만, 두 눈은 명부시왕의 눈빛들을 모아놓은 듯 엄정하면서도 서늘했다.

* * *

한증 목욕실은 돌과 나무 그리고 불로 이루어져 있었다.

빈틈없이 차곡차곡 쌓인 돌은 열기를 빠져나가지 못하게 막았고, 나무로 만든 출입문으로만 사람이 드나들었다. 가운데 나무를 쌓아놓고 불을 피웠는데 불 주변에 작은 통로가 있었다. 밖과 연결된 통로를 통해 공기가 들어오고 연기가 빠져나갔다.

짚으로 짠 섬을 몸에 두른 무산은 후덥지근한 열기를 느끼며 안으로 들어섰다. 안에는 섬을 두른 여성 병자가 대여섯 누워 있었다. 사족 여인을 위한 한증 목욕실은 따로 있다고 했으니, 이들은 양인이나 천인일 터였다. 예전에는 한증소가 하나뿐이라 모두가 혼욕했지만, 지금은 존비와 남녀로 구분이 된다고 했다.

설랑은 막넘의 상세한 설명을 듣더니 아예 비어 있는 한증소는 없냐고 물었다. 무산이 눈을 부라리며 대놓고 눈치를 주자 곧 꼬리를 내렸지만. 남들 앞에서는 누이를 걱정하는 척 보이겠지만, 무산의 눈을 속일 수는 없었다. 실은 자기 걱정을 하는 거다.

귀가 그렇게 무서운가? 신병에 걸린 뒤로 어떻게 버텨온 거지? 남들이 보지 못하는 걸 홀로 보고, 남들이 듣지 못하는 걸 홀로 듣는데?

무산은 알 수 없었다. 그리고 무산에게는 스스로 알아낼 수 없는 문제가 하나 더 있었다. 바로 두박신의 존재였다.

두박신이 정말로 존재하는 신인지, 진짜로 사람들을 도와 복수를 했는지…… 왕이 전한 밀명이니 반드시 알아내야 했지만, 자신은 해낼 수 없는 일이었다. 이건 설랑만이 해낼 수 있었다.

한증소에서 두박신을 보았다는 남인도, 갑자기 죽었다는 바락도 모두 사족이 아니었다. 그러니 유민으로 변장한 설랑이 치료를 위해 한증 목욕실로 들어간다면 틀림없이 같은 곳으로 가게 될 것이다. 두박신이라는 신이 실재한다면, 직접적인 관련이 있는 한증소에 흔적을 남겼을지도 몰랐다. 설랑이 겁을 먹지 않고 잘 살펴봐야 할 텐데…….

무산이 자리에 앉자, 막넘은 누워 있던 이들을 일으켰다.

"이제 일어나세요. 한증 치료는 짧게 여러 번 받는 거지 한 번에 길게 받는 게 아니에요. 나가서 물을 충분히 마신 뒤 좀 쉬다가 들어오세요."

사람들이 나간 뒤, 막념은 항아리 안에 담긴 물을 표수박으로 퍼서 불에 쏟았다.

위에서 쏟아지는 물에 불꽃이 요란한 소리를 내며 꺼졌다. 물도 증기가 되어 흩어졌다. 주변 공기에 습기와 열기가 더해지면서, 막념의 이마에도 물이 고였다. 막념은 손등으로 땀을 닦은 뒤 뜨거운 잿가루에 흙을 뿌려 쌀을 담았던 섬으로 덮었다. 그런 뒤에는 뒤도 돌아보지 않고 나갔다.

무산은 잠시 닫힌 문을 보다 자리에서 일어났다. 몸에 둘렀던 섬이 툭 떨어졌다. 맨발이 바닥에 떨어진 섬을 천천히 밟으며 한 발자국씩 움직였다.

무산은 손을 뻗어 돌벽을 만져보았다. 조금 뜨거웠다. 곧이어 열기가 온몸을 파고들었다. 피부 위에 송골송골 땀이 맺히고, 숨도 턱턱 막혔다. 어쩐지 머리가 어지러운 것 같기도 했다.

열기로 땀을 빼면 기운 순환이 원활해지니까 약효도 더 빨리 돌겠지?

두박신이 아닌 사람의 짓이라면…… 그것이 환각을 일으키는 약재든, 목숨을 앗아가는 파두든 쉬이 먹일 수 있었을 것이다.

무산은 조금 전 막념이 사람들에게 물을 충분히 마시라고 권했던 걸 떠올렸다. 한증소를 맡은 이가 병자에게 탕약을 권했다면, 그러면 병자도 의심 없이 탕약을 마시지 않았을까? 맵고 쓰더라도 기꺼이 마셨을 것이다. 아니면 약주일 수도 있고.

활인원에서는 약재를 구하기 어려웠다. 따로 불러서 건넨 거라면,

귀한 약을 홀로 얻은 셈이니 절대 다른 이에게 털어놓지도, 티를 내지도 않았을 것이다.

그렇다면 흉수는 자유롭게 한증소를 출입할 수 있는, 병자가 신뢰하는 이라는 건데…….

그때였다. 가까이서 비명이 들렸다. 설랑의 목소리였다.

또 뭘 본 거야? 설마 두박신을 본 건 아니겠지? 하지만 생각은 오래 이어지지 않았다. 설랑의 비명이 끊어지기 전에 여인의 비명이 이어졌기 때문이다. 무산은 곧장 문을 박차고 나갔다.

다른 한증 목욕실 입구 앞에 쓰러지듯 주저앉은 설랑과 그런 설랑을 붙잡은 막념이 보였다. 활짝 열린 문에서는 화마가 넘실거렸다. 안에 불이 난 것이다.

닫혔던 문을 열 때 불이 치솟았던 걸까? 설랑의 머리카락이 불에 그슬린 것처럼 엉망이었다. 두 손으로 머리를 감싼 그는 아예 넋이 나간 듯했고, 막념은 그런 그를 뒤로 당기며 주저앉혔던 건지 설랑의 어깨를 붙잡은 채로 가쁜 숨을 몰아쉬고 있었다.

무산은 도로 나왔던 한증소로 돌아갔다. 표주박으로 물을 퍼 섬에 뿌렸다. 젖은 섬 몇 개를 안고는 불이 난 한증소로 갔다. 무산은 불길이 솟아오르는 곳을 향해 섬을 하나씩 던졌다.

짚으로 촘촘하게 짠 섬은 물에 젖어 있었기에 쉽사리 불길을 잠재웠다. 그렇게 연거푸 섬을 던졌더니 불이 곧 꺼졌다.

한증소 안은 안개라도 낀 듯 연기로 자욱했다. 앞이 잘 보이지 않았다. 잠시 후 증기인지 연기인지 알 수 없는 것이 천천히 흩어졌다.

한승소 안을 훑던 무산의 두 눈이 무언가를 발견하며 가늘어졌다. 시선이 고정되어 한참을 움직이지 않았다.

그사이 물동이를 들고 달려온 사람들이 무산의 등 뒤에 선 채 불이 꺼졌다고 웅성거렸다. 그중 한 사람이 무산의 어깨 너머를 구경하다 그녀가 응시하는 걸 보았다. 곧이어 새된 소리가 터져 나왔다. 소리는 사방으로 퍼져나갔고, 멀리 있는 다른 이들을 불렀다. 무산의 시선 끝에는 포개진 섬 사이로 삐죽 드러난, 검게 탄 손이 있었다.

* * *

무산은 병막 아래 앉아 있었다. 사람들은 움직이지 않았고, 관졸들은 그들 사이를 분주히 오갔다.

금일 활인원에는 들어온 이만 있을 뿐 나간 이가 없었다. 인명(人命) 사건이 일어나 철저히 봉쇄되었으니 이제 누구도 활인원 밖으로 나갈 수 없을 터였다. 그 말인즉슨, 사람을 죽인 흉수는 아직 이 안에 있으며 앞으로도 여기 있을 거라는 뜻이었다.

탁탁, 지팡이가 바닥을 두드리는 소리가 났다. 귀를 기울이며 주변을 맴도는 돌멩이 보였다. 무산은 돌멩이 자기를 찾고 있다는 걸 알았다.

"여기야."

돌멩이 부리나케 다가왔다.

"뭔데? 어떻게 된 건데?"

"무녀 유화가 죽었어."

"······."

"불을 끄고 보니 시신이 있더라고. 불에 타서 죽은 건 아니야."

"그러면?"

"정확한 사인은 자세히 검험해 봐야 알겠지. 인명 사건이니 한성 부나 형부에서 사람을 보내지 않겠어?"

"불에 타서 죽은 게 아니라는 건 어떻게 알았는데?"

"입이랑 코가 깨끗하더라고. 불에 타서 죽었으면 안에 재가 있기 마련이거든. 누군가 유화를 죽인 뒤에 시신을 태운 거야. "

"대체 누가······."

무산도 알 수 없었다. 불이 난 한증소는 사족 여성이 쓰는 곳이었는데, 지금 활인원에는 사족 여성이 없었다.

사람이 있을 리 없고, 앞으로도 있을 리가 없는 곳. 흉수는 이런 사정을 잘 아는 내부인이 아니었을까?

돌멩은 큰 충격을 받은 얼굴이었다.

"정말로 죽었단 말이지? 유화가 죽었다고······."

활인원에서 달포나 지낸 돌멩이었다. 죽은 유화와 친분은 없었다고 할 지라도 아는 사이는 맞을 것이다. 게다가 돌멩은 유독 정이 많은 사람이 아니던가. 이 정도 동요를 보이는 건 당연했다.

반대로 무산은 마음이 아닌 머리가 동요하고 있었다. 머리가 팽팽 돌아갔다. 의문점이 한두 개가 아니었다. 한증 목욕실은 불을 피우는 곳이기에 오히려 불이 크게 날 수 없었다. 땔감과 섶을 제외하면 불이 붙을 만한 게 없었고, 매우 습했기 때문이었다. 눈을 열었던 설랑을 다급하게 끌어내야 할 정도로 큰 불이었다면, 홍수는 대체 무슨 방법을 썼던 걸까? 술이라도 뿌렸나?

그리고 막념은…….

유화가 목숨을 잃었을 때 막념은 무산과 함께 있었다. 그러니 홍수는 아니었다. 하지만 아무것도 하지 않았던 건 아니었다. 막념은 유화가 귀찮아할 정도로 한증막에 대해서, 한증막에서 죽었던 이들에 대해 캐묻고 있었다. 알 수 없는 의문이 무산의 마음에 깃들었다. 어쩐지 막념이 두박신 사건을 조사하고 있는 것 같았다.

그럴 리가 없을 터인데……. 아니지, 그렇지 않을 이유는 또 뭐란 말인가.

그때 바로 앞에 그림자가 드리웠다. 무산은 고개를 들었다. 사헌부 감찰 김윤오였다. 김윤오는 무산을 내려다보며 웃고 있었다.

"또 뵙네요."

"……."

"시신을 제일 먼저 발견하셨다지요?"

"……."

무산은 드디어 올 게 왔다는 얼굴로 몸을 일으켰다.

한증소의 닫힌 문을 열었다가 불이 난 걸 발견한 이는 설랑과 막념이었다. 두 사람은 제일 먼저 끌려가 심문을 당했다. 그곳에서까지 유민 행세를 할 수는 없을 테니 설랑은 자기 신분을 드러냈을 것이다. 그것이 또 다른 가짜 신분인 환관 윤설랑일지, 아니면 절반은 맞고 절반은 틀린 벽사 유생 윤설랑일지는 모르겠지만.

전자든 후자든 무산의 신분도 함께 드러났을 터였다. 그러니 감찰 나리가 무산을 찾아오는 건 아주 당연한 순서였다.

활인원 출입이 금지된 건 왕명 때문이었다. 왕명을 어기고 들어왔으니 처벌을 받을 수도 있으려나? 하지만 활인원으로 가보라며 단서를 넌지시 흘린 건 순심이 아니던가. 그리고 그 뒤에는 성심이 있을 게 분명했다. 내외명부 일도 아닌 두박신 사건을 궁정상궁인 순심이 자세히 알 수는 없을 테니까. 위에서 무슨 말을 해준 거겠지.

무산은 그렇게 생각하며 아니, 그렇게 믿으며 당당하게 김윤오를 보았다.

"맞습니다. 불이 크게 났기에 쌀을 담았던 섬을 물로 적셔 그 위에 던졌습니다."

김윤오는 고개를 끄덕였다.

"저를 따라오십시오."

무산은 한쪽 발로 돌멩의 지팡이를 툭툭 쳤다. 돌멩이 알았다는 듯 고개를 끄덕였다. 무산은 군소리 없이 따랐다. 그런데 김윤오는 설랑과 막념이 있는 곳이 아니라 정반대 쪽으로 향했다. 병막이 놓인 마당을 지난 무산은 관졸들의 의심 어린 시선을 한몸에 받으면서 대문을 나서게 되었다. 무산은 당혹스러워서 다급하게 물었다.

"어디로 가시는 겁니까?"

"죽은 무녀의 집으로 갑니다. 열무서 출신 무녀들은 활인원 밖에 따로 모여 살았거든요."

"유화의 집으로요?"

무산이 물었지만, 김윤오는 돌아보지 않았다.

"궁정상궁에게 들었습니다. 무녀가 되기 전에는, 궁에서 감찰 업무를 하셨다지요?"

"네……. 맞습니다."

"반갑습니다."

뭐가 반갑다는 거지? 같은 '감찰'이라 반갑다는 건가? 하나 사헌부 감찰과 감찰궁녀는 하늘과 땅처럼 차이가 컸다. 도저히 같다고 할 수 없었다. 그리고 지금 무산은 감찰궁녀도 아니었다. 반가워할 이유가 전혀 없었다. 게다가 말은 왜 자꾸 높이는 거지? 중인이라고는 하지만, 정육품 사헌부 감찰이 아닌가.

무산은 속이 다 꼬였다. 모든 게 불만스러웠다. 무산은 일부러 땅을 꾹꾹 밟으며 걸었다. 어떻게든 감정을 억누르려고 했다.

돌멩의 말이 맞았다. 자신은 무심하게 굴다가도 꼭 이럴 때만 욱하곤 했다.

예전에는 이렇지 않았는데, 언제부터 이렇게 된 거지. 궁을 나오고 나서? 아니면 그 아이를 보낸 뒤로? 알 수 없었다.

잠시 후 두 사람은 유화의 집에 당도했다. 활인원에서 그리 멀지 않았다.

미리 사람을 보내둔 건지 관졸 몇 명이 집을 지키고 있었다. 김윤오는 무산을 안으로 안내했다.

"활인원 잠입을 위해 그렇게까지 하실 정도라면, 당연히 직접 보고 싶으시겠지요. 백지장도 맞드는 게 낫다고 하지 않습니까. 같이 살펴보는 것도 좋겠지요."

무산은 자기 행색을 훑어보았다. 헤지고 냄새나는 옷은 재로 뒤덮였고, 설랑이 만든 연고를 발라 거뭇하게 만든 피부는 한증소에서 땀을 빼면서 얼룩덜룩해졌다. 얼굴은 더 가관이겠지. 예상은 되었지만, 뭐 어쩌라고, 하는 심정이었다. 그렇다고 여기서 옷을 갈아입거나 씻을 수도 없는데.

무산은 짚신을 섬돌 위에 벗어두고 방으로 들어갔다. 방 안이 깔끔하게 정리되어 있었다. 뒤따라 들어온 김윤오도 안을 살펴보았다.

"이 방이 유화가 쓰던 방이라고 합니다. 건너편에 있는 방은 다른 무녀가 썼어요."

"유화는 열무서 출신입니까?"

"맞습니다. 의무가 될 정도로 의술을 잘 익히지는 못했지만, 구료의원으로 있으면서 활인을 도왔습니다."

무산은 더는 김윤오에게 말을 걸지 않았다. 조용히, 그러면서도 침착하게 방 안을 뒤졌다. 곱게 갠 이불을 펼쳐 손으로 천천히 훑어본 뒤 한땀 한땀 기운 부분을 매만지면서 안에 든 걸 확인했다.

무산이 다 살펴본 이불을 도로 곱게 개어 제자리에 내려놓았다. 마침 시렁 위에 놓인 멍석을 꺼내 펼쳐보던 김윤오가 그 모습을 보고 혀를 내둘렀다.

"궁에 계실 때 그리 일하셨던 겁니까?"

"네."

"그러면 시간이 오래 걸리지 않습니까?"

"이렇게 해야 흔적이 남지 않습니다."

"흔적이 남지 않는다고요?"

무산은 반닫이를 열어 거기 담긴 걸 하나씩 꺼내면서 성의 없이 대답했다.

"감찰궁녀는 자기 신분을 숨기고 일하니까요."

"하지만 지금은 굳이 숨길 필요가 없지 않습니까."

"그렇다고 조사를 하겠다며 다 쏟아놓아 엉망으로 만들면 좀 그렇지 않습니까? 방 주인이 죽었다 할지라도 어차피 누군가는 그걸 치워야 할 텐데요."

김윤오는 가만 생각해 보더니 동의한다는 듯 고개를 끄덕였다. 그도 펼쳐본 멍석을 도로 말아 시렁 위에 올려놓았다.

"분명 같은 감찰이지만, 한쪽은 신분을 드러내며 이미 드러난 일을 규명하고, 다른 한쪽은 신분을 감추며 아무도 모르는 일을 적발하는 셈이니 다르긴 하겠네요. 그래서 몰래 일하던 감찰궁녀였을 때처럼 거리낌 없이 활인원으로 잠입하신 겁니까? 왕명까지 어기면서?"

같기는 뭐가 같아. 이미 신분이 다른데. 그리고 내가 좋아서 잠입했나? 시키니 하는 거지. 무산은 입술만 달싹거렸다.

"왕명을 어겼다고 볼 수는 없지요. 저도 왕명을 받아 두박신을 조사하는 거니까요. 말이 나왔으니 말씀 좀 여쭙겠습니다. 그날 말입니다, 왜 막념을 활인원 안으로 들여보내셨습니까?"

김윤오는 무슨 말인지 모르겠다는 듯 어깨를 으쓱였다.

"한증소에 사람이 부족했고, 미리 부탁을 받은 게 있으니까요."

"하지만 활인원은 외부인의 출입이 금지되지 않았습니까. 왕명이 언제부터 그렇게 이현령비현령이 되었습니까?"

"그건……."

"솔직히 말씀해 주시지요. 막념이라는 비구니…… 두박신을 조사하러 활인원으로 온 게 맞지요?"

"……."

무산은 김윤오의 침묵을 긍정으로 받아들였다. 그렇다면 막념은……, 그녀도 왕명을 받아 두박신을 조사했던 걸까? 김윤오는 열린 문 사이로 밖을 흘깃 보며 가까이에 사람이 없는지를 확인하더니 나지막한 목소리로 말했다.

"활인원은 생각보다 복잡한 곳입니다. 너무 다양한 사람들이 모여 있거든요. 그날 보셔서 눈치챘겠지만, 정업원과 장의사는 사이가 좋지 않습니다. 조정으로 따지면 붕당 싸움이라고 볼 수 있겠네요. 그런데 장의사 비구들이 모여 있는 활인원에 두박신 소문이 퍼졌습니다."

역시! 알고도 모르는 척 단서만 준 거였어!

차마 언급할 수 없는 이와 순심에게 무산이 속으로 욕을 퍼붓는 사이, 김윤오는 조심스레 말을 이었다.

"정업원으로서는 좋은 기회였습니다. 그걸 방관한 장의사에게 책임을 물을 수 있으니까요."

무산이 고개를 갸우뚱했다.

"그런데 그날은, 활인원 매골승의 부탁으로 들어간다고 하지 않았습니까?"

"맞습니다. 무언이라는 비구지요. 본래 명망 높은 가문의 자제였고, 불교에 귀의한 뒤에도 덕망이 높았지요. 장의사 주지 자리에 오를 거라고 평가받던 이였습니다."

"하지만 활인원 매골승은 정업원이 아닌 장의사 소속이 아닙니까? 왜 무언 스님은 자기 소속인 장의사가 아닌, 비구니 절인 정업원에 조사를 부탁했죠?"

"무언 스님은…… 장의사와 사이가 좋지 않습니다."

시신 매장은 세속에서도 천인이나 하는 일이었다. 그러니 활인원 매골승이 되었다는 건, 관리로 따지면 폄적을 당한 셈이었다.

그래서 분한 마음에 정업원과 손을 잡았나?

"그래서 매골승이 된 거군요."

"그건 아닐 겁니다. 모두가 말렸으나 무언 스님이 자원하여 갔다고 하더군요."

"왜요?"

"그분은…… 몇 년 전 큰 사건을 겪은 뒤로 전혀 다른 이가 되었습니다. 그때 다른 승려들과 군자감을 수리하러 갔다가…… 많은 이들이 압사되었지요. 크게 다친 무언 스님은 가까스로 구료되었고요."

아……. 무산도 아는 일이었다. 궐에 있었을 때였다. 그 아이를 떠나보냈던 해에 일어났던 일.

선덕 4년(1429년) 구월에 기울어진 군자감을 수리하러 갔던 승려들이 죽거나 다쳤다. 군자감이 아예 무너지면서 승려들을 덮친 것이다.

목숨을 잃은 이는 다섯이나 되었고, 다친 이는 서른 명이 넘었다. 그런데 그 자리에 있던 관원들이 수금(囚禁)될 것을 걱정해 아무것도 모르는 척 도성으로 도망가 버렸다. 그것도 말까지 타고. 말이라도 남겨두었다면 그걸로 잔해를 옮겨 사람을 살릴 수도 있었을 터인데⋯⋯.

이를 알고 격분한 성상은 관리자라고 할 수 있는 조성감역관 판사, 판관, 직장 그리고 그 자리에는 없었으나 관련 실무자였던 부정, 주부, 직장, 녹사 등을 모조리 붙잡아 국문하게 했다. 처음 군자감을 세울 때 터 닦기를 소홀히 하여 군자감의 붕괴에 근본적인 원인을 제공했던 옛 관리자에게도 책임을 물었다.

그중 사람이 죽어가는데도 그 책임을 피하려고 현장을 벗어났던 관리자 세 명의 죄가 가장 무겁게 매겨졌다. 장(杖) 백 대와 도(徒) 삼 년 형이면 된다는 신하들의 보고에도 임금은 해당 조문이 없으면 비슷한 조문을 찾아 비율(比律)을 하고, 그런 조문도 없으면 왕지(王旨)를 받아서라도 시행하라며 책임자를 엄벌하도록 했다. 또한 사람을 구조하지 않아서 죽거나 다치게 만든 죄와 그들을 두고 도망친 죄를 따로 물었다.

앞의 죄는 장 백 대와 유배 삼천 리, 죽은 승려들의 장례비로 쓸 은 열 냥이었고, 뒤의 죄는 참형이었다. 이중 주범이 된 조성감역관 판사는 정말 참수되었다. 일벌백계를 위해 감형을 하지 않았기 때문이었다.

그때 무산은 궐에 있었다. 의령을 잃고 생지옥에 살고 있었다.

이 소식을 듣고 얼마나 부러웠던지……. 아니, 그건 분함이었다. 어찌하여 누구의 목숨은 저울접시에 놓였을 때 아래로 기울고, 어찌하여 누구의 목숨은 위로 향하는가.

다 같은 목숨인 것을 어찌하여 다르게 매겨지는가.

눈앞에서 승려들을 떠나보냈을 불자 무언은…… 나라의 처벌에 달가워했을까? 아니면 주범이 아닌 공범이라는 이유로, 공신의 자제라는 이유로 감형되었던 다른 이들을 두고 분노했을까?

그것도 아니면 대자대비한 관세음보살처럼 참수당한 관리의 명복을 빌었을까.

무산은 무언의 속내를 가늠할 수 없었다. 아마 앞으로도 알 수 없을 것이다.

"그 뒤로 무언 스님은 세속적인 걸 모두 끊어냈습니다. 규모가 큰 절인 장의사에서 나오기로 했고요. 귀후소와 활인원을 두고 고민했다고 하더군요."

귀후소로 가서 죽은 이의 장례를 치러주나 활인원 매골승이 되어 죽은 이를 묻어주나, 별 차이는 없었다. 그런데 이런 이야기를 내게 왜 해주는 거지?

김윤오는 무산의 의문을 알아채기라도 한 듯 말을 이었다.

"활인원에 두박신 소문이 퍼졌을 때, 무언 스님은 제일 먼저 장의사에 이를 알렸습니다. 아, 제가 뭐라고 부르면 될까요. 무녀님? 항아님?"

"그냥 무산이라고 부르시면 됩니다."

"양성은 어떠하던가요? 두박신을 모시던 이들은…… 그저 평범한 산골 사람이 아니었습니까?"

"……"

"양성을 가기 전부터 활인원을 의심하셨으니 잘 아실 겁니다. 그곳 사람들이 이곳까지 소문을 퍼뜨릴 수는 없습니다. 두박신이 태어난 곳은 그곳일지도 모르겠지만, 두박신을 키워낸 곳은 사실상 활인원이지요. 누군가 일부러 소문을 낸 겁니다. 그리고 무언 스님은 그걸 가장 먼저 감지한 사람입니다."

그날 장의사 비구들은 활인원에 들어가지 못했고, 정업원 비구니인 막념만이 안으로 들어갈 수 있었다. 사족은 역시 사족 편이라고 투덜거렸던 게 그래서인가? 사족 출신이었던 무언이 결국 왕족과 사족이 모인 절인 정업원과 손을 잡은 게 불만스러워서?

그러나 무언이 괜히 그러지는 않았을 것이다.

"장의사에서는 무언 스님의 말을 무시하였군요."

"맞습니다. 뭐, 무격들의 일이라 간섭할 수 없었는지도 모르죠."

"하지만 정업원은 그렇지 않았던 거고요."

"정업원도 처음에는 나서지 않았습니다. 하지만 한 사족 여성이 이곳에서 두박신을 찾은 뒤로, 그녀의 정혼자가 목숨을 잃었다지요. 조지소(造紙所) 별좌였다고 하더군요. 그때 무언가 있다고 확신했던 것 같습니다. 그 뒤로 정업원 주지가 막념 스님을 통해 두박신 사건을 조사하였다고 들었습니다."

김윤오는 막념이 조사를 시작한 지 얼마 되지 않아 두박신이라는 존재가 조정에도 알려졌기에 많이 알아내지는 못했을 기라고 했다. 그래서 정업원 주지가 이제껏 알아낸 바를 성상에게 상세히 알려 막념이 활인원에 들어갈 수 있도록 청했다는 것이다.

예상치도 못했던 말이라 무산은 침착하게 보이려고 노력해야 했다. 그러면 그쪽 보고 조사하라고 하지 애먼 자기는 왜 끌어들인 거지?

김윤오는 자리에 앉더니 무산을 마주 보았다.

"저는 예전에 무당골 죽림에서 살았습니다. 어찌 보면 무당골 노인들이 제 이웃이었지요. 활인원에서 벌어진 일로 무당골 사람들이 무고하게 연루되는 것을 막고 싶었습니다. 그래서 이번에 활인원을 감시하는 일을 자처하였고요."

"……"

"양성 쪽은 무산 님이 남김없이 알아낼 테니 활인원 쪽은 막념 스님이 맡으면 될 거라고 여겼습니다. 그래야 일이 빠르게 마무리될 테니까요. 아무래도 사심이 앞섰던 모양입니다. 제가 너무 많은 걸 간과하였어요."

"……"

"활인원으로 돌아가면, 막념 스님을 찾아가 알아낸 바를 자세히 들어보십시오. 저는 막념 스님보다 무산 님이 더 적임자라고 생각합니다. 그분은 원래 이런 일을 하던 이가 아니기도 하고, 너무 올곧은 사람입니다. 무엇보다…… 현실의 복잡함과 사람의 세속적인 욕망을, 모순된 마음을 잘 알지 못하지요. 반면 무산 님은…… 가장 세속적이면서도, 복잡한 법도 아래에 놓여 있던, 온갖 욕망과 모순이 모여 있는 궁에서 지내던 이가 아닙니까."

그 말은 뒤집어서 말하면 무산은 원래부터 이런 일을 했던 사람이고 딱히 올곧지 않은 데다가 복잡하면서도 탐욕적이고 모순된 사람이니 잘 해낼 것이다, 뭐 이런 건가?

김윤오가 이렇게 대놓고 말한 건 아니었지만, 무산은 어쩐지 그렇게 들렸다.

속이 비틀린 상태라서 뭘 들어도 아니꼬운 걸지도 몰랐다. 근데 자기가 궁에 대해 뭘 안다고 저러지?

퍼붓고 싶은 말에 무산의 입술이 달싹였다. 그러나 김윤오가 조금 더 빨랐다.

"또 무당골은 다른 이들의 마음을 읽으며 살아가는 곳이지요. 신령의 마음이든, 단골의 마음이든 말입니다. 그 두 곳에서 오랜 세월을 보내셨으니…… 잘 해낼 겁니다."

어쩐지…… 작별하는 이가 남기는 당부 같았다. 이번에는 무산도 하고 싶은 말을 입 밖으로 꺼냈다.

"제게…… 왜 이런 이야기를 하십니까?"

김윤오가 쓸쓸히 웃었다.

"제 일은 여기까지입니다. 제가 감시하던 곳에서 사람이 죽었습니다. 처벌을 피할 수 없을 겁니다. 피하려고 해서도 안 되지요. 곧 다른 이가 이곳으로 올 겁니다. 사건을 제대로 조사하기 위해서요. 아마도…… 두박신 사건을 맡았던 전농시 소윤이겠지요. 양성에서 함께 일하셨으니 이번에도 잘하실 겁니다."

그때 밖에서 친숙한 목소리가 들렸다.

"여보게, 감찰 나리. 이만 나오게나. 예궐하라 하셨으니 이만 궐로 가보시게."

전농시 소윤 이보정이 마당에 서 있었다. 입궐해 윤대(輪對)라도 행하다가 왔는지 관복을 입고 있었다.

잠시 밖을 본 김윤오는 무산에게 몸을 기울이더니 소곤거리듯 마지막 말을 전했다. 그러고는 서둘러 나갔다.

김윤오가 나간 뒤에도 무산은 한참 동안 움직이지 못했다. 아까 전 반닫이에서 꺼냈던 유화의 남색 치마가 무산의 손에서 주름을 그리며 일그러졌다. 손이 벌벌 떨렸다. 무산은 조금 전 김윤오가 했던 말을, 떠올리고 다시 또 떠올렸다.

궁정상궁의 부탁에 사실 제가 성상께 무산 님을 추천하였습니다.

지금 와서 보니 참으로 잘한 일이었네요.

어쩐지 저 곱상한 상판대기가 마음에 들지 않더라니!

나를 구렁텅이로 밀어 넣었어. 저놈이…… 저놈이 원흉이었구나!

* * *

무산은 이보정과 함께 다시 유화의 방을 뒤졌다.

별로 이상한 건 없었다. 돌멩이 말했던 대로 최근에 재물을 많이 얻었는지 반닫이 안에 종이와 베가 가득했다. 굳이 이상한 걸 꼽자면…… 반닫이 맨 아래쪽에서 소줏고리가 있었다.

술을 증류해 도수를 높이는 소줏고리가 여기 왜 있지? 의문은 얼마 지나지 않아 풀리게 되었다. 곳간에서 술동이를 발견했기 때문이었다. 증류한 독한 술이 담겨 있었는데 묘한 약재 향이 났다. 설마…… 이건 가?

무산은 이보정에게 의원을 불러달라고 청했다.

"의원? 갑자기 의원은 왜?"

"이건 약술입니다. 그리고…… 마취와 환각 효과가 있을 겁니다. 의원을 불러 확인해 주십시오."

이보정은 탐탁지 않다는 눈빛으로 잠시 술동이를 보더니 알겠다고 했다. 그는 그릇 하나를 꺼내 술을 퍼서는 마침 활인원에 제생원 의원이 왔으니 이걸 가져가 보여주라고 관졸에게 일렀다. 그런 뒤에는 무산과 함께 곳간을 뒤졌다. 잡동사니를 뒤적이던 이보정은 흘깃흘깃 무산을 보다가 털어놓듯 말했다.

"활인원 구료 무녀가 죽었다는 소식을 듣고 자네를 다시 보았네. 두박신 사건 조사를 위해 활인원에 잠입하였다지?"

"네."

"흠, 내가……."

그러고는 한참이나 말을 잇지 못했다. 뭐지? 무산은 이보정을 곁눈질했다. 이보정은 엄청난 결심이라도 한 듯한 얼굴이었는데 소리

없이 입을 뻐끔거리기만 했다. 잠시 후 이보정이 목청을 돋우며 소리쳤다.

"내가 참으로 부끄럽네! 자네 말을 그렇게 무시하는 게 아니었는데 참으로 미안해!"

자기가 홍패를 가슴에 넣고 다니는 것은 청운의 꿈을 꾸었던 초심을 잃지 않기 위해서인데 시간이 지나니 그때의 마음이 퇴색한 것 같다고, 이번 일로 반성하였고 또 무산을 제대로 보았다는 말을 이보정은 독경이라도 하는 것처럼 길게 내뱉었다.

성상에게 한 소리 듣기라도 했나?

무산은 좀 듣는 척하다가 다른 생각에 빠졌다. 만약 조금 전 그 술이 취심화를 넣어 빚은 술이라면, 죽은 병자가 저 술을 마셨던 거라면, 그래서 환각 효과로 두박신을 봤던 거라면, 이 모든 일이 유화와 관련이 있는 거라면…… 유화는 왜 죽은 걸까?

왜 하필 지금 죽은 걸까, 혹시 막념이 유화를 조사하기 시작해서 그런 건 아닐까?

그렇다면 누가 무슨 이유로 유화를 죽였을까?

곳간을 마저 뒤진 이보정이 밖으로 나가자 무산도 따라 나갔다. 이번에는 주방이었다. 아궁이를 유심히 살펴보던 이보정은 아예 아궁이 안으로 들어갔다. 한참이나 지났는데도 밖으로 나오지 않았다. 내부가 엄청 좁을 텐데. 답답하지도 않나? 얼마나 더 지났을까, 그가 목소리 가득 희색을 드러내며 말했다.

"어! 여기 불목 넘어서! 여기 뭐가 있어!"

검은 숯덩어리가 되어 나온 이보정은 돌로 된 상자를 하나 쥐고 있었다. 묵직한 석함을 열자, 안에 담긴 종이가 모습을 드러냈다.

고정지(藁精紙, 짚으로 만든 종이), 유엽지(柳葉紙, 버들잎으로 만든 종이), 유목지(柳木紙, 버드나무로 만든 종이), 의이지(薏苡紙, 율무로 만든 종이), 마골지(麻骨紙, 삼대로 만든 종이)……. 다양한 종류의 종이가 담겨 있었는데 모두 소량이었다.

이걸 왜 아궁이 불목 너머에 둔 거지?

불목은 아궁이와 고래 사이에 있는 턱을 말했다. 아궁이 안 불이 구들장 아래 있는 통로인 고래로 바로 넘어가지 않도록 흙을 높게 쌓아 언덕을 만들었는데, 그 언덕을 불목이라고 불렀다.

이렇게 불목을 만들어 두면 불티나 재가 언덕 위로 넘어가지 못해 고래가 막히지 않았다. 그러니까 이곳에 석함을 넣어두었다는 건 아궁이에 불을 피우더라도 안에 담긴 것이 손상되지 않도록 나름 신경을 썼다는 뜻이었다. 누구도 찾을 수 없으면서도 안전한 곳에 숨겨둔 것이다.

이걸 왜 숨겨놨지?

무산이 잠시 생각에 잠긴 사이 관졸이 돌아왔다.

"소윤 나리!"

이보정은 옷을 탁탁 털어 재를 폴폴 날리면서 대답했다.

"무슨 일인가!"

"의원 말로는 이것이 만다라화, 혹은 취심화라고 불리는 꽃을 넣어서 만든 술이라고 합니다. 말씀하셨던 대로 마취와 환각 효과가 있다고 하였습니다."

"수고했네."

"그리고…… 시신을 검험하던 산파가 나리께 말씀을 전해달라고
하였습니다."

"뭐라던데? 실인은 밝혀냈는가?"

관졸이 고개를 저었다.

"시신이 불에 심하게 타서 확인할 수가 없다고 합니다. 독한 술을
뿌린 뒤에 불을 지른 듯하다던데요? 다만 코와 입안이 깨끗한 것을
보니 불에 타기 전에 이미 죽었거나 의식을 잃어 숨을 제대로 쉬지
못했을 거라 합니다."

"흠……. 알겠네."

"어, 검험산파가 전해달라는 말은 따로 있습니다."

"그래? 무엇인데?"

"타다 만 두루주머니 하나를 발견했다고 합니다. 시신 아래 깔려
서 덜 탄 것 같다는데 안에 작은 연고함이 들어있었다고 합니다. 그
리고 연고함 안에는…… 파두유가 있다고 합니다. 중한 사실이라 미
리 고해야 할 것 같다던데요."

"파두유?"

"제생원 의원 말로는 죽은 무녀가 쓰던 응급약이라고 합니다. 중
풍 환자의 목구멍에 담이 들거나 치아가 악물려서 호흡이 곤란할
때 코에다 넣었다고 하던데요?"

'파두유…….'

298

무산은 파두 중독으로 죽었던 바락을 떠올렸다. 파두는 파두상(巴豆霜)으로 만들면 약재로 쓸 수 있었다. 파두상은 한성(寒性) 변비나 징가(癥瘕, 아랫배에 어혈로 덩어리가 생기는 병), 적취(積聚, 몸 안에 기가 쌓이면서 덩어리가 생겨서 아픈 병), 부종, 옴, 악창(惡瘡, 고치기 힘든 부스럼)을 치료할 때 쓰였는데, 파두의 기름을 짜고 남은 가루를 법제하면 만들 수 있었다. 독성은 기름에만 있기 때문이었다.

파두 중독으로 죽으려면 섭취한 양이 많아야 할 텐데 그걸 어찌 먹였나 했다. 파두유라면 손쉽게 치사량을 넘길 수 있었을 것이다.

무산은 두 사람의 대화에 끼어들었다.

"응급약으로 쓰이기도 하지만, 독약으로도 쓰이기도 합니다. 파두에 중독되면 죽기도 하거든요. 검험산파는 검험 경험이 많아서 그것이 독약이라는 걸 알아보았을 겁니다."

관졸이 무산의 말에 맞장구를 쳤다.

"맞습니다! 검험산파도 똑같은 말을 했습니다. 그러니 꼭 나리에게 이 사실을 전해달라고……."

"독약? 구료 무녀가 그런 걸 왜 가지고 있지?"

이보정의 의문은 무산이 풀어줄 수 있었다.

무산은 이보정에게 자기가 알게 된 일들을 하나하나 상세히 알려주었다.

* * *

병진년 오월 열엿새

전농시 소윤 이보정이 장계(狀啓)했다.

신은 활인원 무녀 유화의 죽음을 조사하는 일로 금일 유시에
활인원에 도착하였으나 사헌부 감찰 김윤오와 여관 정무산이
무녀 유화의 집으로 갔다는 이야기를 활인원 부사(副使) 최춘호
에게 듣고 곧장 활인원을 떠났으며 일다경 정도 걸어 인창방(仁
昌坊)에 도착하였습니다.

사헌부 감찰은 신이 도착을 알리자 곧장 그곳을 떠났고, 신은
정무산과 함께 유화의 집을 뒤졌습니다. 유화의 방에 있는 반닫
이에서 베 스무 필과 종이 열 권, 소줏고리를 발견하였으며, 아
궁이 불목 너머에서는 여러 종이가 담긴 석함을 발견하였습니
다. 고정지, 유엽지, 유목지, 의이지, 마골지였는데 두께가 두꺼
운 것이 최상급 종이인 듯하였습니다. 죽은 유화가 이 석함을
아궁이 불목 너머에 숨긴 연유는 알 수 없으나 필시 중요한 것
으로 사료되옵니다.

또한 유화가 직접 증류한 것으로 보이는 술이 담긴 항아리를
발견하여 활인원에 있던 제생원 의원에게 보냈는데, 취심화를
넣은 약주라고 하옵니다. 만다라화라고도 불리는 이 꽃은 섭취
시 통증을 느끼지 않으며 헛것도 볼 수 있다고 합니다.

죽은 유화를 검험한 산파 아란에 의하면 유화의 시신 아래 파두유가 있었다고 합니다. 파두유는 응급약이지만, 독성이 있기에 사람을 죽일 때도 쓰일 수 있다고 합니다. 이에 정무산이 신에게 활인원에서 조사한 것을 상세히 알려주었습니다.

신은 정무산이 대신 조사를 맡겼다는 판수 돌멩과 돌멩에게 두박신에 관해 이야기해 주었다는 빈민 길대천, 함수동을 찾아가 그 전말을 들었습니다.

죽은 무녀 유화가 취심화로 빚은 술과 파두유를 이용해 한증소에서 사람을 죽인 뒤 두박신 소문을 만들어 낸 것으로 보이며, 이를 통해 종이와 베 등을 편취한 듯합니다.

두박신을 만들어 낸 이는 양성 황촌의 강유두 및 강씨 집안 사람이고, 이를 양성 주민들에게 알려줘 실질적으로 두박신을 도성까지 전하게 하였던 이는 아픈 마을 사람을 치료하기 위해 황촌에 들어갔던 박두언과 최우였습니다.

이로써 사건이 마무리되는 것이라고 여겼으나 새로이 연루된 내용이 나왔으니 마땅히 활인원을 좀 더 조사하여야 할 것입니다. 게다가 무녀 유화가 살해당했다면 공범이 있을 가능성도 있사옵니다.

이에 신은 과거의 소홀함을 반성하며 여관 정무산, 환관 윤설랑과 철저히 조사하고자 하옵니다. 유화의 초검 험장은 한성부 동부에서 작성하여 보낼 것이고, 돌멩과 길대천, 함수동의 증언은 신이 작성하여 보낼 것입니다.

　　　　　　　　　　* * *

비가 쏟아지려는지 먼 하늘이 우르릉 울었다.

방 안에 앉은 무산은 벽에 기대 눈을 감았다. 새벽부터 유민으로 분장해 활인원에 갔고, 돌맹에게서 예전에 있었던 일을 들었으며, 조사를 위해 한증막으로 갔다가 불을 끄고 시신을 발견했다. 그런 뒤에는 죽은 이의 집에 가서 단서를 찾았다.

길고도 긴 하루였다. 피곤했다. 이대로 잠들어 다시는 깨어나고 싶지 않았다. 하지만 기다려야 했다. 아직 마지막 일이 남아 있으니까. 어쩌면…… 가장 버거운 일이 될지도.

무산은 지금 활인원이 아닌 무당골 자기 집에 있었다. 순심을 기다려야 했기 때문이었다.

이봐, 궁정상궁이 오늘 밤 잠깐 보자고, 자네에게 전해달라던데?

이보정이 전하는 말에 알겠다는 답이 바로 나오지 않았다.

순심이 갑자기 왜……. 또 무엇을 시키려고?

하지만 의문은 오래 가지 않았다. 설랑! 설랑이 분명했다. 양성으로 갈 때는 환관을 빙자해 따라왔던 소년이 활인원에서는 의안(疑案, 의심스런 사건)에 연루되었으니까.

이보정이 알려준 바에 의하면, 겁에 질려 한증소에서 뛰쳐나온 설랑이 다른 한증소로 갈 수는 없겠냐고 막념을 붙잡고 애원했다고 한다. 그래서 막념이 마지못해 다른 곳으로 안내한 거라고. 거긴 본래 사족 여인이 쓰는 곳이었다. 아무도 없을 게 분명했기에 그리로 안내했을 것이다. 화마가 넘실거리고 시체까지 있을 줄 누가 알았겠는가.

그 뒤에 벌어진 일은 무산도 직접 보았다.

사실 무산은 사헌부 감찰이 찾아왔을 때부터 예지했다. 이 일이 저 높은 곳에 앉아 있는 이에게도 전해질 것이며 결국에는 순심의 귀에도 들어갈 거라는 걸.

그러니 순심이 무산을 찾는 건 당연한 일이었다.

순심에게는 뭐라고 둘러대야 할까. 아니지, 굳이 둘러대야 하나? 신력이 예전 같지 않아 어쩔 수 없이 데려간 거라고. 그러기에 왕명 같은 건 대체 왜 전해준 거냐고. 내 능력으로는 국무 같은 건 될 수도 없고 되고 싶지도 않으니 그냥 내버려 두라고. 그렇게 화를 내버리면 안 되는 건가?

밖에서 소리가 들렸다. 무산은 두 눈을 감은 채 순심이 다가오는 소리를 들었다.

순심의 걸음걸이에서는 감정을 느낄 수 없었다. 그녀는 항상 그러했다. 매사에 빈틈이 없었고, 무슨 일을 겪든 흥분하는 법이 없었다.

그 점이 오히려 무산의 감정을 들끓게 했다는 걸 순심은 알지 못했을 것이다.

문이 열리면서 무산이 두 눈을 떴다. 섬돌 위에 신을 벗고 들어온 순심이 당연하다는 듯 서안 앞에 앉았다. 마치 그녀가 주인이고, 무산이 객인 듯했다. 꼿꼿하게 등을 편 순심은 무산을 쳐다보지도 않았다.

"윤설랑은 뭐 하는 이냐."

무산은 피식 웃었다.

"이미 다 조사하고 오신 것 아닙니까? 진짜로 몰라서 물어보시는 건 아닐 텐데요."

"묻는 말에 답하거라."

"혼자서는 할 수 없어 데려간 것입니다."

"그래서 다른 이를 데려갔다? 네 어깨에 지금 무엇이 얹힌 것인지 모른단 말이냐? 다른 것도 아닌 왕명이다."

"예, 그러니 꼭 데려가야지요. 저 혼자서는 못 합니다. 제 능력으로는 불가능해요."

"그럴 리가 없다."

"왜 그럴 리가 없습니까. 제가 왜 판수 돌멩과 같이 다녔겠습니까. 제 능력이 부족하여 그런 것이지요."

순심이 손으로 서안을 탁 내리쳤다.

둔탁한 소리에 무산은 잠시 순심을 보았다가 이내 고개를 돌려 외면했다.

"보이지 않는 걸 보고, 들리지 않는 걸 듣는 벽사 유생처럼 이 일에 적합한 이도 없겠지요."

"말도 안 되는 소리!"

"……."

"끝까지…… 내게 끝까지 사실을 고하지 않을 생각이냐."

"무슨 말씀인지 잘 모르겠습니다."

순심이 품에서 종이 뭉치를 꺼내 던졌다. 종이가 허공을 가르며 바람 소리를 내다가 사방으로 흩어지며 사뿐히 내려앉았다.

무산은 종이를 들고 그 내용을 보았다. 무산의 두 눈이 당혹으로 물들고, 미간에 골짜기가 파였다.

"이건……."

"알아보겠느냐! 네가 그 판수 놈과 함께 사기를 쳤던 양반들의 죄상을 적은 것이다."

"그걸 어찌……."

"그걸 어찌? 천한 무녀와 판수가 감히 사족에게 사기를 쳐? 그것도 탐관오리들만 골라서? 그들이 괜히 탐관오리일 것 같으냐! 독하기로는 너보다 수배는 더한 이들이다. 너희 둘의 농간에 완전히 넘어갔다면 너희를 죽여 살인멸구할 놈들이고, 너희 농간에 넘어가지 않았다면 괘씸한 마음에 해코지할 놈들이다. 궁에서 높디높은 상전들만 모시다가 밖으로 나와보니 사족 정도는 같잖아 보이더냐!"

무산은 말을 잇지 못했다.

만약 그랬던 거라면, 무산과 돌멩은 어떻게 무사할 수 있었던 걸까. 어째서 몇 년이나 아무 일 없이 지낼 수 있었던 걸까.

무산의 의심을 꿰뚫어 보았는지 순심이 말을 이었다.

"착각하지 말거라. 너는 궐 밖으로 나가 네 힘으로 섰다고 생각했겠지. 천만에! 너는 단 한 번도 그런 적이 없다. 네가 사기를 친 사족들에게 내가 그들의 죄상을 기록한 투서를 보내지 않았더라면, 무당골에 사는 무격 중 누군가가 궁정상궁을 뒷배로 두었다는 소문을 암암리에 퍼뜨리지 않았더라면, 너는 이곳에서 한 계절도 버티지 못했을 것이야."

순심이…… 나를 보호해 주고 있었다고? 이제껏 나를?

마음의 끈 하나가 툭 끊어졌다. 억눌렀던 감정이 순식간에 솟아올랐다.

"궐 밖에 있는 저도 지켜주셨는데, 왜, 왜 그 아이는 지켜주지 못하셨습니까? 왜요!"

눈물이 터져 나왔다. 어쩌면 오래전에 흘렸어야 했을 눈물이었다.

무산의 말이 순심의 무언가를 건드렸는지 그녀의 얼굴이 일그러졌다. 깨진 조각 같은 얼굴을 이어 붙이고, 다시 또 이어 붙이며 평정을 찾으려고 했지만, 결국에는 실패한 듯했다.

순심의 얼굴에 온갖 감정이 드러났다.

분노, 고통, 후회, 원망, 슬픔…….

"의령은…… 의령은……."

순심은 말을 잇지 못하다가 오랫동안 숨겨온 사실을 끄집어냈다.

"의령은 누군가에게 살해당한 것이 아니야. 그 아이는…… 스스로 목숨을 끊었어."

무산의 머릿속이 새하얗게 물들었다.

순심이 지금 무슨 말을 하는 거지? 그 아이가…… 그 아이가 왜?

순심은 뺨을 타고 흐르는 눈물을 언제 흘렸냐는 듯 거칠게 닦아내며 말을 이었다.

"그 아이는 그날, 혼자 있었다. 누구도 그 아이의 방에 간 적이 없어. 시신을 보니 찔린 부위에 주저했던 흔적이 있더구나. 너도 궁녀였으니 궁녀가 자결하면 어찌 되는지 알겠지. 궁 밖에 있는 가족에게도 피해가 간다. 의령도 그걸 원치는 않았을 거야. 그래서 일부러 감췄다. 누군가에게 살해당한 것처럼 덮었어."

"아니야…… 아니야. 그럴 리가 없어. 의령이 날 두고, 그랬을 리가 없어."

"분명 마지막 순간에 너와 함께 있었는데도, 네게 흉수를 알려주지 않았다. 그게 무슨 의미인지 모르겠느냐?"

"그건, 그건 내가 걱정되어서. 혹시라도 자기를 위해 복수를 할까 봐, 감히 높은 이에게 맞설까 봐……."

더는 순심에게 하는 말이 아니었다. 무산은 자기 자신에게 외치고 있었다.

혹시라도 자기가 의령의 죽음을 파헤쳐서 또 다른 표적이 될까 두려워했던 거라고, 자기를 걱정하는 마음에 그랬던 게 틀림없다고, 그래서 그랬던 거라고, 절대로 자기를 두고 삶을 끊어낸 게 아닐 거라고…….

그렇게 되면, 나는 혼자 남게 되는데……. 의령이 없는 세상에서 홀로 살아가야 하는데…….

"너는 의령을 잘 알지. 네가 아는 그 아이는……, 내가 아는 그 아이는 소나무를 닮은 아이였다. 해풍에 비틀어질지라도 절대 굽히지 않는 아이였어. 그런데 그 아이의 조사 때문에 궁녀 한 명이 목숨을 잃었다. 그런데도 전과 같았으리라 생각했느냐? 다른 이도 아닌 의령이?"

아……. 무산은 말을 이을 수 없었다.

그래, 그 아이는 소나무를 닮은 아이였지. 마음을 내어주었다고 하여 자기 자신까지 내어주던 아이가 아니었지. 이리저리 비틀리다 꺾일지라도 절대 흔들리지 않는 소나무처럼, 사시사철 푸르른 소나무처럼 자기 신념을 좇는 아이였지.

끝끝내 그 신념이 자신을 배반하였을 때, 도저히 받아들일 수 없었을 것이다.

사실은 무산도 어렴풋이 눈치채고 있었다. 그저 믿고 싶지 않았을 뿐.

무산의 두 눈에서 눈물이 뚝뚝 떨어졌다. 눈물이 종이에 적힌 죄상을 적시며 검게 물들었다. 순심은 천천히 숨을 내쉬더니 자리에서 일어났다.

"네게 다시 말해주마. 무언가 큰 착각을 한 것 같으니."

"……."

"성상께 너를 추천한 것은 네가 감찰궁녀였고, 무녀가 되었기에 그랬던 것만은 아니다. 네가 보여야 할 것과 보이지 않아야 할 것을 구분할 줄 알기에 맡긴 것이지. 두박신에 관한 것이야 다른 이를 시켜도 얼마든지 알아낼 수 있다. 너처럼 유민인 척 활인원으로 잠입까지 하는 이야 없겠지만, 대신 관원은 다른 걸 할 수 있어. 나래해 평문(平問)을 하면 되고, 평문으로도 얻어낼 수 없으면 형문(刑問)을 하면 된다."

308

"……."

"하지만 그들은 두박신의 득과 실을 구분할 수 없다. 진짜로 드러나는 것이 낫다면 그것은 가짜여도 진짜가 되어야 하는 것이고, 가짜로 드러나는 게 낫다면 그것은 진짜여도 가짜가 되어야 한다. 무엇이 대국에 좋을지를 구분해 낼 수 있어야 해. 네게 말하지 않았느냐. 두박신이라는 괴력난신이 득일지 실일지를 알아내라고."

"……."

"그들은 곧아서 구부릴 줄을 모르지만, 너는 다르지. 그래…… 너는 달라. 너는 대나무를 닮은 아이니까. 휘어야 할 때 기꺼이 휘는 아이지. 그러니 잘 판단해 행동하거라. 궐에서 나간다고 완전히 벗어날 수 있을 줄 알았느냐! 속세에서 벗어났다고 여기는 이들도 결국 세속에서 벗어나지 못하는 게 세상의 이치다. 자기 자신을 지키고 싶다면, 어떻게든 무언가를 움켜쥐거라. 그것이 전정이든 국무든, 무엇이든 되어서 너 자신을 지켜. 이제는 나도…… 더는 너를 지켜줄 수 없다."

순심은 허리를 곧게 펴며 걸음을 옮겼다. 순심의 발이 바닥을, 바닥에 놓인 종이를 밟으면서 천천히 움직였다. 여전히 절제된 걸음걸이였다. 무산은 알지 못할 것이다. 그 걸음에 어떠한 고충이 담겼는지를. 마음으로 낳아서 키운 아이를 잃은 어미의 심정이 어떠할지를. 남은 아이를 위해 그 감정을 감춰야만 하는 어미의 마음이 어떠할지를.

언젠가는 알 수도 있겠지만, 지금은 가늠할 수 없었다. 고통에 빠져 허우적거릴 때는 옆을 둘러볼 수 없는 법이니까.

순심의 발걸음 소리가 더는 들리지 않게 되었을 때, 하늘에서 비가 쏟아졌다. 빗물이 땅을 두드리고, 바람이 초가집을 뒤덮었다. 번개는 하늘을 찢으며 땅으로 내려와 벼락이 되었고, 뇌성은 천지를 울리며 맴돌다가 무산의 통곡 소리가 되었다.

4장
四章

정신을 차리고 보니 무산은 어느새 활인원 앞에 서 있었다.

굳게 닫힌 대문. 아직 돈을볕이 오르지 않아 관졸도 나와 있지 않았다. 어쩌다 여기까지 온 걸까. 울다 지쳐 설핏 잠들었던 것 같고, 그러다 깨어나서는 터벅터벅 하염없이 걸었다. 아직은 해야 할 일이 있으니까……. 그래서 활인원으로 돌아온 것이다.

그래, 아직 할 일이 남아 있어.

동이 트며 서쪽 하늘에 뜬 지샌달이 빛을 잃기 시작했다. 곧이어 대문이 열리고, 관졸들이 나왔다. 그들은 무산의 얼굴을 알아보곤 들어오라며 손짓했다.

활인원은 아직 출입이 금지되어 있었다. 식량과 약재를 전해주는 관노조차 대문으로 드나들 수 없어 관졸이 대신 받아 안으로 들여가는 상황이었다. 지금 이곳을 자유롭게 출입할 수 있고 다른 이의 출입을 허할 수 있는 이는, 두박신 사건 조사를 도맡은 이보정뿐이었다. 이보정의 허락이 있었기에 무산도 대문을 지날 수 있었다.

햇귀가 찾아왔는데도 활인원은 어둠에 잠겨 있었다. 볕뉘도 들지 않는 옥사에 갇힌 죄인들처럼 사람들의 얼굴에서도 활기를 찾아볼 수 없었다. 이곳은 매일 사람이 죽어 나가는 곳이었다. 하지만 이런 죽음은 아니었다. 사람이 사람의 목숨을 앗아가다니. 그것도 대낮에 사람들이 있는 곳에서. 그리고 홍수는 아직 여기에 있었다.

두려움을 함께 이겨내려는 듯 사람들은 절대 혼자 있지 않았다. 모두 무리를 이루었다. 무산은 대문에서 가장 가까운 병막 아래 익숙한 사람 둘이 누워 있는 걸 보았다. 돌멩과 옆집 판수 할아범이었다.

한 달 전 일이 떠올랐다. 복사꽃을 따려고 바구니를 들고 복숭아나무에 올랐을 때 돌멩이 그걸 뺏으려고 수작을 부렸었다. 그때 뭐라고 하였더라. 옆집 할아범이 무산이 바구니를 들고 나가는 걸 봤으니 곧 들킬 거라고, 그러니 그 꽃을 자기에게 넘기라고 했지. 고작 한 달 전에 있었던 일인데, 일 년 전 일인 듯했다.

무엇이 과거를 이렇게 멀고 먼 옛일로 만들어버렸을까. 이제껏 얼기설기 엮어왔던 삶들이 어젯밤 순식간에 부서지며 흩어진 듯했다. 모든 게 아득해졌다. 다시 꿰매려면 하나씩 조각을 움켜쥐며 들여다보아야 했지만, 지금은 그럴 수 없었다.

당장 해야 할 일이 있으니까. 차마 들여다볼 용기가 없으니까.

무산은 곤히 자는 두 사람을 보았다.

홍수가 무섭기는 무서웠나 보다. 병막 아래서 같이 잠을 청할 청도로 친한 사이는 아니었는데. 이렇게 딱 붙어서 자는 걸 보면.

무산은 허리를 숙여 돌멩을 흔들었다.

"별일 없었지?"

돌멩은 금세 깨어났다. 그는 하품하며 상반신을 일으키더니 귀를 기울이며 말했다.

"별일은 너한테 있었던 것 같은데? 목소리가 왜 그래?"

"별거 아냐."

"별거 아니긴. 목소리가 아예 갔는데. 너 울었어?"

"……."

그때 저 멀리서 빛이 반짝였다. 대청 밖에 막념이 있었다. 막념은 장대석(長臺石, 길게 다듬어 만든 돌)을 높이 세워 쌓은 세벌대 위에 앉아 있었는데, 대체 무슨 생각을 하는지 넋이 나가 있었다. 사람들이 바로 옆 댓돌에서 오르락내리락하며 옷깃을 스치는데도 알아차리지 못하는 것 같았다.

무산은 상판대기만 멀쩡한 감찰이 해줬던 말을 떠올렸다. 막념이 여기서 두박신 사건을 조사했다고. 막념은 얼마나 알아냈을까? 혹시 사건의 진상에 접근했다면, 그녀도 위험에 빠지게 되는 건 아닐까?

무산은 돌멩의 어깨를 툭툭 치며 말했다.

"나 잠깐 저쪽으로 가볼게."

"어? 어. 어, 아니. 잠깐만. 내가 너한테 할 말이 있어서 할배를 데려온 건데. 할배? 좀 일어나봐요. 나이 들면 잠귀가 밝아진다던데 이 할배는 갈수록 가는귀가 어두워. 할배!"

무산은 서둘러 걸음을 옮겼다. 뒤에서 돌맹이 급하게 불렀지만, 주위 사람들을 의식했는지 더는 소리를 내지 않았다.

가까이 다가가 보니 막넘의 얼굴에는 핏기가 없었다. 지쳐 있는 것 같았다. 활인원 앞에서 처음 마주쳤을 때 보았던 생기는 더는 찾아볼 수 없었다.

무산은 세벌대로 다가가 막넘 앞에 섰다. 무산은 키가 조금 컸고, 막넘은 조금 작았다. 둘이 같이 서 있으면 무산이 고개를 숙여야 막넘과 눈을 마주칠 수 있겠지만, 지금은 아니었다. 막넘은 기척을 느꼈는지 숙였던 고개를 들었다. 시선이 포개지면서 두 사람이 서로 눈을 마주쳤다. 무산이 먼저 입을 열었다.

"두박신 조사를 위해 활인원으로 온 거라는 이야기를 들었습니다."

"……."

"얼마나 알아내셨습니까?"

막넘이 고개를 푹 숙이며 대답했다.

"아무것도요. 저는 아무것도 알아내지 못했습니다. 이리저리 쑤시고 다니다가 벌집만 부순 셈이지요."

목소리에서 후회가 느껴졌다. 무산은 그녀를 함부로 위로할 수 없었다. 벌집을 부쉈다는 말이 아예 틀린 건 아니었다. 막넘이 그렇게 대놓고 물어보며 다녔으니 진상을 숨기고자 하는 이에게는 상당한 자극이 되었을 게 분명했다. 유화의 죽음이 막넘과 무관하다고 어떻게 단언할 수 있을까.

그러나 유화의 목숨을 앗아간 이는 막녕이 아니었다. 흉수는 따로 있지 않은가. 시신이 불타면서 실인이 밝혀지지는 않았지만, 누군가 불을 질렀다는 건 확실했다. 시신에 술을 뿌려 불이 커졌던 거라고, 문까지 열리면서 바깥바람이 들어가 불이 더 커진 거라고 했다. 그것만으로도 무산은 확신할 수 있었다. 누군가 유화를 죽여 입을 막은 것이다.

"사람의 목숨을 앗아간 이가 아직 이곳에 있습니다. 끝나지 않았어요. 알고 계신 것을 이야기해 주십시오."

한참 뒤 막녕은 입을 열었다.

"누가 일부러 활인원에 두박신을 퍼뜨리고 있다는 걸 제일 먼저 알아챈 이는 무언 스님이었습니다. 장의사에 이를 알렸지만, 그들은 활인원 일에 관심을 두지 않았어요. 그래서 무언 스님은 제 스승님인 혜명 스님에게 이를 알렸지요. 물론 혜명 스님도 바로 나설 수는 없었습니다. 활인원은 장의사와 관계가 있으니까요. 정업원이 끼어들면 장의사 스님들이 싫어할 수 있지요. 하지만 두박신이 관원의 목숨을 앗아가고, 조정까지 흔들자 더는 좌시할 수 없었습니다. 혜명 스님은 출가하셨지만, 아직 왕실과 연이 닿아 계시거든요."

이건 무산도 알고 있었다. 그렇다면 막녕은 왜 유화를 의심했던 걸까.

"제가 유민인 척 활인원을 찾았을 때, 한증소에서 유화 무녀를 붙들고 계속 물으셨지요. 왜 하필 유화 무녀였습니까?"

"그건…… 한증소에서 무슨 일이 날 때마다 유화 무녀가 한증 치료를 도맡았기 때문입니다."

"그걸 어찌 아셨습니까? 그때 일을 다 기억하는 사람이 있던가요?"

한 달 전 일도 쉬이 기억나지 않는 법인데, 그걸 다 기억하는 사람이 있다고? 그리고 그렇게 중요한 정보를 왜 관원에게 알리지 않았지?

"예, 무언 스님이……."

무언? 무산은 막념의 표정을 살펴보았다. 거짓말은 아닌 듯했다. 그렇다면 자신이 찾아가야 하는 이는 막념이 아니라 무언일 것이다.

"무언 스님은 지금 어디에 계십니까?"

막념은 잠시 무산을 보더니 세벌대에서 뛰어내렸다.

짚신을 신은 두 발이 지면에 가뿐하게 닿았다. 제법 높은 곳에서 뛰어내렸는데도 흔들림 없이 안정적인 것이 몸놀림이 좋은 듯했다. 그러고 보니 막념은 한증소에 불이 났을 때 힘으로 설랑을 끌어냈었다. 무예를 익힌 걸지도 모르겠다.

"제가 안내하겠습니다. 따라오시지요. 그런데…… 아무 말도 안 하실지도 모릅니다. 이제 저와도 말하지 않으려고 하시거든요."

막념은 무산을 대청 뒤쪽으로 데려갔다. 한증소를 지나 더 안쪽으로 들어가니 통나무를 쌓아 지은 귀틀집이 여러 채 나왔다. 매골승이 지내는 곳이었다.

무언이 사는 귀틀집은 옛 건물인 부경(桴京, 고구려 때의 다락형 창고)과 비슷했는데 일 층은 창고로 쓰이는 듯했고, 사람은 이 층에 사는 듯했다.

사닥다리를 오르려는데, 팔을 뻗으면서 막는 사람이 있었다.

"지금 어디로 오르려는 거요."

"무언 스님께 여쭤볼 게 있습니다."

"지금 무언 스님은 묵언 수행 중이십니다. 아무 말도 듣지 않으실 것이고, 아무 말도 뱉지 않으실 터이니 돌아가시지요."

"저, 성만 스님."

옆에 있던 막념이 말을 걸자 성만이라고 불린 승려가 눈을 부라리며 막념을 쏘아보았다. 그러자 막념도 더는 입을 열지 못했다. 그때 멀리서 익숙한 목소리가 들렸다.

"아니, 대체 어딜 간 거야! 분명 활인원에 왔다고 했는데. 여보게! 무산, 어디에 있나?"

이보정의 목소리였다.

* * *

태종 육 년에는 명 황제의 요구로 불상을 만들어 보냈는데, 그 불상을 만드는 데 전라도 백지를 이만 팔천 장이나 썼다고 한다. 그다음 해에는 순백지 팔천 장을 명나라로 보냈고, 그다음 해 음월(陰月, 음력 4월)에는 만 장을, 동짓달에는 이만 일천 장을 조공으로 보냈다.

지금의 왕이 왕위에 올랐던 해에는 불경을 인쇄할 종이 이만 장을, 그다음 해에는 조공품인 금은의 양을 줄여달라고 요청하면서 두꺼운 종이 삼만 오천 장을 바쳤다. 조선의 종이가 명나라에서 큰 인

321

기를 끌면서 종이를 제조하는 방문(方文)을 보내기도 했다.

그렇다면 밖으로 나가는 종이 말고 안에서 쓰이는 종이는 어떠할까.

십 년 전쯤에는 『성리대전』과 사서오경 반포로 종이 십삼만 장을 만들어 보낼 것을 충청, 전라, 경상도에 요구했고, 두 해 전에는 『자치통감』을 인쇄하기 위해 조지소와 전라도, 충청도, 경상도, 강원도에 종이 육백만 장을 제조할 것을 요구했다.

여기에 주기적으로 바치는 공납과 사족들이 개인적으로 사용하는 종이까지 포함한다면 조선의 종이 수요는 결코 적지 않았다.

"잘 들었지? 그러니까 이번 일은 종이가 아주 중요한 것 같단 말이지."

"……."

"네, 그렇군요."

오늘만큼은 설랑도 맞장구를 치기 힘들었는지 건성으로 대답했다.

이보정은 설랑의 미적지근한 반응에도 개의치 않는 듯했다.

"두박신을 모시는 이들이 바쳤던 종이 말이야, 무격들이 가져갔던 거. 품질이 제법 좋았단 말이지. 뭔가 있어. 그거 아나? 다른 곳에서는 포 한 필을 책지 스물다섯 권으로 바꿀 수 있네. 하지만 도성에서는 그 값이 열 배라네. 겨우 두 권만 살 수 있다고. 그런 종이를 도성과 경기 사람들이 앞다투어 바쳤단 말이야. 대체 그들은 종이를 어디서 구한 걸까?"

아무래도 아궁이 불목에서 종이가 담긴 석함을 발견한 일이 그에게 큰 격려가 된 모양이었다. 조사를 처음 하는 사람일수록 직접 찾은 단서에 큰 의미를 부여하곤 했다.

활인원에서 이보정에게 갑자기 끌려 나온 뒤로 침묵을 지키던 무산도 드디어 입을 열었다.

"그런데 지금 어디로 가는 겁니까?"

"종이를 매매할 수 있는 건 운종가에 있는 공랑뿐이지. 그곳 지전으로 갈 걸세."

그렇게 세 사람은 동활인원에서 나와 도성으로 갔다.

이보정은 가는 내내 말을 걸었다. 여관인 줄 알았던 이가 사실은 궁녀로 있다가 신병에 걸려 쫓겨난 무녀이고, 환관인 줄 알았던 이는 벽사 유생이라는 게 신기했던 모양이었다.

"그런데 설랑 자네는 유생이 맞는가? 어디서 배우고 있나, 청금록(靑衿錄, 성균관 등 교육기관에 적을 둔 유생 명부)에 올라 있는 것인가?"

"아니요, 사역원에서 한학생도로 있습니다."

"한학생도라고? 난 또. 유생이라기에 성균관이나 어디 향교에 있는 줄 알았네. 사역원도 좋은 곳이지. 그런데 한학생도라면서 벽사는 왜……?"

"아, 제가 그쪽에 관심이 많습니다. 재능도 있고요. 공자께서 미지생언지사(未知生焉知死, 삶을 모르는데 어찌 죽음을 알겠는가)라고 하셨지만, 안다는 것은 모든 걸 꿰뚫어 본다는 게 아닙니까. 그러니 공자님도 죽음을 알 수 없다고 하신 게지요. 다만 느끼는 것은 아는 것과 조금 다르지 않겠습니까? 이승이든 저승이든, 마음만 있다면 모두 느낄 수 있지요."

말을 마친 설랑은 자기가 잘했냐는 듯 무산에게 눈을 찡긋거렸다.

무산은 속으로 혀를 내둘렀다. 물어보기만을 기다렸는지 미리 준비해 둔 것 같았다. 정말로 벽사 유생으로 살아갈 생각인가? 뭐, 그렇게 되더라도 설랑에게 나쁠 건 없을 것이다. 신병에 걸린 천한 무격보다는 벽사에 심취한 한학생도가 되는 것이 낫겠지.

동활인원을 나선 뒤로 보리밥 한 솥지기 정도 걸었을 때, 세 사람은 운종가에 도착했다. 기와집과 초가집이 즐비한 거리에는 상점이 늘어서 있었다. 이보정은 무산과 설랑을 이곳에서 가장 큰 지전으로 데려갔다.

밖에서 호객하던 점원이 관복을 입은 이보정을 보고 만면에 웃음을 띠며 안으로 안내했다.

안쪽에서 종이를 정리하던 지전 주인이 말을 걸었다.

"어서 오십시오. 무엇을 드릴까요?"

"내 말을 좀 묻지."

이보정은 소매에서 종이 몇 장을 꺼내 지전 주인에게 보여주었다. 유화의 석함에 들어 있던 종이였다.

"이 종이에 대해 아는 게 있는가?"

지전 주인은 종이를 사러 온 게 아닌 걸 확인하고는 귀찮다는 눈빛으로 종이를 하나씩 펼쳐보았다. 그래도 관복을 입은 상대에게 책잡히고 싶지는 않았는지 목소리가 친절하게 나왔다.

"닥나무의 올이 그대로 살아 있는 걸 보니 조선의 종이가 분명하고, 색이 희고 두께가 적당하며 힘껏 두드려서 단단하게 만든 것을 보니 실력 좋은 지장이 만든 종이로군요. 보시면 이 종이는 초주지입니다. 나라님이 교서나 유서(諭書, 관찰사, 절도사, 방어사 등이 부임할 때 임금이 내리던 명령서)를 내리실 때 쓰는 종이로 상품 중의 상품이지요. 옆에 있는 것은 사실 더 좋은 종이입니다. 상품도련지로 초주지보다 두 배는 더 비싸거든요."

"아. 그건 나도 알지. 홍패를 쓰는 종이가 아닌가. 나도 항상 가지고 다니기에 잘 알고 있지."

"……예, 추증교지에 사용되는 종이이기도 합니다. 옆에 있는 이 종이는 하품도련지입니다."

"오, 소과(小科) 합격자에게 주는 백패는 그 종이에 쓰는 것이지."

"예, 그러합니다. 이 종이는 저주지이고요. 여기까지는 민가에서 쓰는 일이 거의 없는 종이입니다. 그리고 여기서부터는…… 이 종이는 작지(作紙, 관아에 일종의 수수료로 납부하던 종이)로 쓸 법하고, 이 종이는 유독 두꺼운 것이 준호구(準戶口) 발급에 쓰일 법합니다. 이것과 이것은 품질이 좋다고 볼 수는 없습니다. 뭐, 노비나 토지 계약서를 쓸 때나 사겠네요."

"하지만 만져봤을 때 못 만든 종이라고는 할 수 없어. 그렇지?"

"네, 그러합니다. 크게 품을 들이지는 않았지만, 실력 좋은 이가 만든 게 맞습니다."

이보정이 한걸음 바짝 다가서며 물었다.

"그러면 이런 종이를 만들 수 있는 이로는 누가 있는가?"

상인은 당연한 것을 왜 묻냐는 얼굴로 말했다.

"조지소로 가셔야지요. 조지소 지장 외에 또 누가 있겠습니까?"

* * *

조지소는 이십 년 전쯤 세워졌으며, 본래 각 도의 휴지를 모아 저화지(楮貨紙, 지폐를 만드는 종이)를 만들던 곳이었다.

지장은 총 팔십 명 정도였는데, 삼 교대로 일했기에 지금 조지소에 있는 지장은 이십여 명이었다. 이보정은 조지소에서 가장 오래 있었다는 지장을 불러와 종이를 보여주었다.

"혹시 이 종이들을 여기서 만들었나?"

"예? 그것은 저도 알 수가 없는데요."

하지만 지장은 종이를 이리저리 만져보며 말을 이었다.

"도침을 잘하였군요."

"도침?"

"예, 지통에서 종이를 뜨면 잘 말렸다가 한곳에 쌓아놓고 다듬이질하듯 두드립니다. 그걸 도침이라고 하지요. 저쪽을 보십시오."

나무를 들고 높게 쌓은 종이를 두드리는 사람들이 보였다. 여름이 성큼 다가오기는 하였지만, 아직 온몸에 땀을 흘릴 정도는 아니었는데, 이들의 옷은 흠뻑 젖어 살갗에 붙어 있었다.

"저들은 지금 뭘 하는 것인가?"

"저렇게 종이를 두드리면 아무리 설핀 종이여도 닥끼리 빈틈없이

붙게 됩니다. 눈에는 보이지 않지만, 닥과 닥 사이에 사춤이 있거든
요. 이렇게 두드리면 그 틈을 메우게 되지요. 고된 노동이지만 종이
의 가치가 올라갑니다. 먹의 번짐이 아예 달라요."

"아, 나도 조정에서 들은 적이 있네. 아주 고된 일이라지?"

"예, 종이를 만들 때 총 두 번 두드리는데, 한 번은 추라고 해서 잿
물에 불려 삶은 닥의 속껍질을 두드리는 것입니다. 나무를 갈아 만
드는 다른 나라의 지장들과 달리 저희는 닥의 겉껍질을 벗기고 속
껍질을 돌 위에 얹어 빨듯이 두드리지요. 그래서 종이에도 그 결이
그대로 살아 있습니다. 다른 한 번은 도침이라고 하는데, 뜬 뒤에 잘
말린 종이를 켜켜이 쌓아서 두드리는 것입니다. 손이 정말로 많이
가는 작업이지요."

지장은 종이를 조금 더 만져보더니 고개를 갸우뚱하며 말했다.

"그런데 이 종이는 어디서 구하셨습니까? 만든 지 얼마 되지 않은
종이 같은데……. 이 중 몇몇 장은 구하려고 해도 구할 수 없었을 텐
데요. 저희 조지소도 종이를 백만 장이나 만드느라 두 해 동안 눈코
뜰 새 없이 바빴습니다. 경상이나 전라, 충청, 황해, 강원도처럼 닥나
무가 자라는 지역에 사는 지장들도 마찬가지였을 겁니다. 거기도 종
이를 백만 장씩 만들어야 했으니까요. 와중에 이런 종이까지 만드는
건 불가능했을 겁니다."

"흠, 그렇다면 이 종이들은 쉬이 구할 수도 없는 거고, 쉬이 만들
수도 없는 거라는 거군?"

"예, 그런 셈이지요."

이보정은 기이한 일이라며 연거푸 수염을 매만졌다.

입궐했을 때 나라님에게 칭찬이라도 들은 걸까, 석함 발견을 참으로 잘하였다고? 사람을 죽인 홍수가 동활인원에서 두 눈 시퍼렇게 뜨고 있는데 여기까지 찾아와 종이나 묻고 있다니……. 무산은 사족들의 생각을 이해할 수 없었다. 이들은 위험할 일이 없어서 그런가?

하지만 조금 더 생각해 보면, 이보정의 말은 참이었다. 정말 기이한 일이었으니까. 유화는 이걸 왜 아궁이 불목 너머에 숨겼을까?

* * *

조지소에서 나와 한참을 걷자니, 세 사람 걷던 길이 다른 길과 포개졌다.

셋이 왔던 길에는 사람이 거의 없었지만, 포개지는 다른 길에는 오가는 사람이 많았다. 한 시진 전쯤 반대 방향에서 이 길을 걸었을 때는 미처 주의하지 못했던 점이었다. 그때는 조지소로 가야 했기에 갈라지는 다른 길에 관심이 없었다.

무산은 그 길을 망연히 보다가 순간 멈칫했다.

그 아이가……. 노랑 저고리에 다홍치마를 입은 그 아이가 종종걸음으로 걸어가고 있었다. 행인들 사이로 이리저리 피하면서 멀어지는 소녀는 분명 그 아이였다.

무산은 설랑의 소매를 붙잡았다.

"저기, 보여? 노랑 저고리에 다홍치마를 입은 여자아이."

설랑은 미간을 살짝 찌푸리며 한참을 살펴보다 말했다.

"없는데요?"

"그래……?"

무산은 입을 다물었다.

그래, 그 아이가 이곳에 있을 리 없었다. 자기가 보는 그 아이의 모습이 진짜일 리가 없었다. 이것은 환영일 것이다. 밤낮으로 그리워하다가 낮에도 그 아이를 꿈꾸는 것이다.

설랑은 무산의 흔들리는 감정을 눈치챘는지 입술을 달싹이다 물었다.

"저기는 어디로 가는 길이에요?"

엉겁결에 걸음을 멈추고 두 사람을 보던 이보정이 대신 말해주었다.

"장의사로 가는 길."

"장의사요?"

"그렇지. 조지소는 장의사동(藏義寺洞)에 있다네. 저 사람들은 불공을 드리러 가는 걸 거야."

그 말이 무산을 도로 현실로 돌려놓았다.

장의사라고? 어쩐지 지나치게 공교로운 우연인데.

그때였다. 누가 세 사람에게 말을 걸었다. 정확히는 무산의 옆에 있는 설랑에게.

"여기는 어쩐 일이냐?"

남색 치마와 옥색 저고리를 입은 여인이었는데 소맷부리의 끝동은 남색이었고, 고름은 자주색이었다. 곁에는 시비 한 명도 있었다.

　온화한 얼굴의 중년 여인은 조금 매서운 눈으로 설랑을 보았다. 마침 설랑의 소매를 붙잡고 있던 무산은 그의 몸이 뻣뻣하게 굳는 걸 느낄 수 있었다. 두려움이라기보다는…… 긴장에 가까웠다. 무산은 저 여인이 설랑의 적모라고 짐작했다.

　설랑이 머뭇거리자 여인은 무산과 이보정을 향해 살짝 고개를 숙였다.

　"부족한 점이 많은 아이입니다. 잘 부탁드립니다."

　그러자 이보정은 설랑이 참으로 성실하고, 성격도 좋은 사내라면서 칭찬을 늘어놓았다. 눈앞의 여인이 설랑의 어미라고 짐작한 모양이었다. 서자를 방관하는 적모도 어미라고 할 수 있는지는 모르겠지만……. 무산은 속으로 혀를 찼다. 여인은 이보정이 늘어놓는 칭찬을 듣더니 묘한 얼굴로 웃기만 했다.

　아무래도 말을 돌리는 게 나을 것 같았다. 무산은 바짝 긴장한 설랑 대신 입을 열었다.

　"어디로 가십니까? 장의사로 불공을 드리러 가십니까?"

　여인은 무산을 아래위로 훑어보며 잠시 무언가를 가늠했다. 아마도 신분일 것이다. 다행히 무산은 순심이 준 옷을 입고 있었다. 그렇지 않았다면 적모의 얼굴에서 지금과 같은 미소를 볼 수는 없었을 것이다.

　"네, 그렇습니다. 자식 걱정이 크다 보니 자주 갈 수밖에 없네요. 그러면 이만 가보겠습니다."

여인은 설랑을 보며 말을 이었다.

"정확히 무슨 일을 하는 건지는 모르겠지만, 가끔은 집에 돌아오기도 하거라. 네 걱정을 많이 하고 계신다."

"네……."

적모는 먼저 인사를 하곤 가던 길로 걸음을 옮겼다. 그건 세 사람도 마찬가지였다. 다만 설랑은 몇 번이나 흘깃흘깃 돌아보았다. 무산이 그의 어깨를 두드려 주었다.

설랑의 기대는 끝끝내 이뤄지지 않을 것이다. 그녀는 뒤를 돌아보지 않을 테니까.

자기가 보았던 의령도, 설랑이 보는 적모도, 두 사람은 점점 멀어질 뿐이었다. 끝까지 뒤를 돌아보지 않을 것이다. 떠나간 이를 그리워하며 과거를 돌아보는 것은 남겨진 이들의 몫이었으니까.

* * *

이보정은 예궐하였고, 무산과 설랑만 활인원으로 돌아갔다. 대문을 넘는데 돌멩의 목소리가 들렸다.

"무산! 무산!"

대문에서 가장 가까운 병막 아래 어떤 병자와 함께 앉아 있는 돌멩이 보였다.

병자에게 고맙다고 말하며 자리에서 일어나는 걸 보니 자기 대신 무산이 오는 걸 봐달라고 미리 부탁해 둔 듯했다. 돌멩은 지팡이를 툭툭 짚으며 급하게 다가왔다.

"왜 이제 와. 내가 너한테 할 말이 있다고 했잖아."

"일이 좀 늦어졌어. 무슨 일인데?"

돌맹은 위치를 가늠하며 조금 더 다가와서는 가만히 소리를 들었다. 주변에 누가 있는지 확인하는 게 분명했다. 무산과 돌맹은 오래 손발을 맞춰왔기에 척하면 착이었다.

"설랑도 들어도 되는 일이야?"

무산의 물음에 돌맹은 고개를 끄덕였다. 조금 탐탁지 않아 하는 듯한 얼굴이었지만, 주저하지는 않았다.

무산은 돌맹과 설랑을 데리고 한증소로 갔다. 그것도 불이 났던 곳으로. 지금 활인원에서 이곳처럼 사람이 없는 곳도 없었다.

주위에 아무도 없는 걸 확인한 무산이 문가에 서서 망을 보며 물었다.

"무슨 일인데 그래?"

"내가 그랬지, 판수라고 해서 다 앞을 못 보는 건 아니라고."

"어."

"옆집 할배가 너처럼 뚜렷하게 보지는 못해도 흐릿하게 볼 수는 있어. 알지?"

"알아. 그게 왜?"

돌맹은 잠시 숨을 들이켜더니 가둬두고 있던 말을 쏟아냈다.

"할배가 며칠 전 밤에 소변을 누러 대청 뒤쪽으로 갔다가 수군거리면서 대화하는 소릴 들었대. 이 할배가 잘 때는 천둥이 쳐도 모르지만 깨어 있을 때는 귀가 좀 밝아. 그리고 나처럼 사람 목소리를 잘 구분하지. 거기서 분명 유화 목소리를 들었대. 목소리를 낮추기는 했지만, 엄청 화를 냈다던데."

"유화 무녀가 화를 냈다고요? 누구한테요?"

설랑이 놀란 목소리로 끼어들자 돌맹이 질색하는 얼굴로 말했다.

"일단은 좀 들어줄래? 누가 내 말 끊는 거 엄청 싫어하거든!"

"네⋯⋯."

설랑이 의기소침한 얼굴로 물러서자 무산은 속으로 혀를 쯧쯧 찼다. 둘이 참 안 맞아.

설랑이 입을 다물자 돌맹은 하던 말을 계속했다.

"대화를 다 들은 건 아니고 띄엄띄엄 들었다던데, 그때 했던 말이 뭐라더라. 두박신을 알려준 건 소민이었다, 네가 도와달라고 해서 도와준 것뿐이다, 네가 무엇 때문에 그랬던 건지 나도 나름 알아보았다. 그런데 두 사람이 갑자기 말이 없더래. 가까워졌다가 다시 멀어질 때까지 한마디도 하지 않고, 미동도 하지 않았대."

"할아범이 주변에 있다는 걸 알아차렸던 거네. 판수라는 걸 알아보고는 앞을 못 볼 거라는 생각에 일부러 가만히 있었고. 소리를 내지 않으면서 할아범이 멀어지기를 기다렸던 거야."

"그렇지! 그때 유화와 싸웠던 이가 흉수가 아닐까? 할배가 겁을 잔뜩 집어먹고는 날 찾아왔더라고."

"그래서 할아범은 그자가 누구인지 봤대?"

"아, 봤대. 근데 얼굴이나 이런 건 전혀 모르겠고, 머리가 휑했대."

"머리가 횡했다고?"

"어, 중이라고 중. 유화 무녀가 어떤 중이랑 싸우고 있었던 거야."

* * *

처음에 관졸들은 무산을 평범한 유민으로 알았다. 그런데 감찰인 김윤오가 그녀를 데려가고, 갑자기 등장한 전농시 소윤 이보정이 대놓고 그녀와 동행하면서 무산의 신분이 범상치 않다는 걸 알아챘다. 그러다 조금 더 시간이 지났을 때, 무산을 알아보는 무당골 사람들 때문에 그녀가 무녀라는 걸 알게 되었다.

무녀가 관원과 함께 사건을 조사한다? 아무리 생각해도 말이 되지 않았다. 그럴수록 관졸들은 무산에게 남다른 힘이 있다고 여겼다.

그래서 대청 바로 옆 고방(庫房, 보관 창고)에 판수 할아범을 가두고 문을 잠근 뒤 멀리서 지켜봐달라는 무산의 당부를, 관졸들은 거절하지 않았다. 내키지는 않았지만, 순순히 따랐다. 나이도 많은 데다가 앞도 못 보는 판수를 고방에 가두는 게 이상하기는 했지만. 뭐 어쩌겠는가. 시키면 해야지.

그런데 어느 순간부터 무당골 사람들이 번갈아 가면서 고방을 지켜보는 듯했다. 다들 저자를 의심하고 있는 건가? 심지어 돌멩이라는 판수는 아예 앞에 자리까지 잡았다. 고방 앞에서 먹고 자며 떠날 생각을 하지 않았다. 이쯤 되자 관졸들도 고방에 갇힌 이가 흉수라고 반쯤은 확신하게 되었다.

그렇다면 더 열심히 감시해야지!

활인원을 지키는 관졸 대부분이 판수가 갇힌 고방을 주시하게 되었다.

진짜 흥수가 감시에서 벗어나게 된 것이다.

* * *

대청 안의 입직방(관아의 숙직실)은 역병이 돌 때마다 활인원 관원이 교대로 입직하며 잠을 자던 곳이었다. 활인원은 전 왕조에 생긴 곳이라 다른 오래된 가옥이 그러하듯 구들이 없었다. 설랑은 침상 구석에 앉아서는 코를 골며 꾸벅꾸벅 졸았고, 무산은 의자에 앉아 대청 뒤의 귀틀집을 생각했다.

무언이 두문불출하고 있었다. 묵언 수행을 한다면서 밖에서 누가 말을 걸어도 대답하지 않았고, 밖으로 나오지도 않았다. 성만이 끼니 시간에 맞춰 음식을 가져가고, 하루에 두 번씩 요강을 비우지 않더라면, 무산은 무언이 죽었다고 생각해 안으로 쳐들어갔을 것이다.

누구보다 빠르게 두박신 소문을 알아차렸던 사람인데, 무슨 연유로 태도를 바꾸었을까. 막념은 자기가 동활인원에 들어간 뒤로, 무언이 단 하루 만에 난색을 드러냈다고 했다. 정업원에 이 일을 알린 것을 뒤늦게 후회하는 것 같았다고.

왜일까, 감찰에게 한증 치료를 맡을 비구니를 들여보내달라고 부탁했다는 건 두박신 사건이 수면 위로 드러났을 때까지만 해도 진상을 조사할 마음이 있었다는 건데…….

무산은 이런저런 생각을 해보다가 돌맹이 들려줬던 말을 곱씹어 보았다. 들어본 적이 있는 이름이 인급되었기 때문이었다. 두박신을 알려준 건 소민이다, 소민.

어디서 들었더라. 분명 어디서 들었는데. 아니면 어디서 본 건가?

무산은 품에 넣어두었던 장계 전사본들을 꺼냈다. 한 장씩 훑어보며 이름을 확인했다. 그러다 병진년 오월 초아흐레에 사헌부 감찰 김윤오가 올린 장계를 보았다. 아, 이 사람이구나. 양성에 살다가 경기로 이사를 온 이. 두박신이라는 신을 양성에서 들은 적이 있다고 했던 사람이었다. 그런데 유화는 이자를 어찌 알았지?

그때였다. 누군가 입직방의 반쯤 열린 문을 두드렸다.

"저기, 밖에 누가 찾아왔는데…….

관졸이 대문 쪽을 가리키며 말했다.

"정업원 주지가 들어오겠다고 하고 있습니다."

"정업원 주지가요?"

활인원은 아직 출입 금지가 아니었던가? 무산은 대청을 나섰다. 병막이 세워진 너른 마당을 지나자 닫힌 대문이 보였다.

대문이 가까워지자 건너편에서 전해지는 목소리를 들을 수 있었다. 사람을 자기 발밑에 두고 내려다보는 성격이 그대로 느껴지는 목소리였다.

"다시 말하마. 문을 열어라."

"그것이…… 잠시 기다려 주십시오. 아까 부르러 갔잖아. 왜 아직도 안 오지? 자네도 가보겠어?"

"그, 그럴까? 잠시만."

문졸끼리 수군거리는 소리가 들리더니 대문 한쪽이 끼이익 소리를 내며 열렸다.

무산은 막 활인원 안으로 들어오려던 문졸과 눈이 마주쳤다. 정업원 주지에게 시달렸는지 지친 기색이었다. 그는 무산을 보자 크게 반색했다.

살인사건이 난 뒤로 활인원 관원들도 더는 이곳에 오지 않았다. 감찰 나리마저 떠났으니 여기서 결정이라는 걸 내릴 수 있는 이보정뿐이었고, 지금 그는 활인원에 없었다.

그래서 문졸들은 당장 정업원 주지의 출입 여부를 결정할 수 있는 유일한 이가, 공무 수행 중인 무녀 무산이라고 여긴 것이다. 더 정확히 말하자면, 지금 이들에게 무산은 정업원 주지를 들여보내든 들여보내지 않든, 반드시 선택이라는 걸 해야 하는 상황에서 수반되는 후과를 대신 짊어지게 할 수 있는, 화를 떠넘길 수 있는 유일한 대상이었다.

무산을 본 관졸은 아예 대문을 활짝 열어젖혔다.

"마침 잘 오셨습니다. 여기 이분이…… 계속 들어가야겠다고 고집을 부리시는데."

"어허, 지금 어느 안전이라고 그딴 말을!"

정업원 주지 옆에는 다른 비구니가 서 있었는데 호통에 능한 걸 보니 정업원 비구니답게 사족 출신인 듯했다. 막념은 같은 정업원

비구니면서도, 심지어는 정업원 주지를 스승님이라고 부르는 사람
이었는데도 이 사람과 달랐다. 다른 이들과 달랐다. 그녀는 누군가
를 내려다보지 않는 사람이었다. 그런 사람이 아니었다. 고작 며칠
간의 짧은 인연이었지만, 무산은 그렇게 느꼈다.

"어찌하면 좋을까요?"

관졸의 채근하는 물음에 무산은 입을 꾹 다물고 상황을 가늠했다.

정업원 주지를 안으로 들이면 득이 클까 실이 클까. 나중에 문제
가 되지는 않을까. 왜 정업원 주지는 가장 높은 이를 불러오라고 말
하지 않고, 무조건 안으로 들어가겠다고 고집을 부릴까.

혹시 이보정이 예궐해 이곳에 없다는 걸 알고 있는 건 아닐까.

그걸 알고 일부러 찾아온 건 아니겠지? 그런데 안에 들어와 대체
뭘 하려는 걸까?

그사이 무산의 시야에 기다리던 해답이 들어왔다. 소나무와 밤나
무가 늘어선 길 한가운데서 뒷짐을 진 채 걸어오는 이가 있었다. 관
복을 입고 꼿꼿이 허리를 세운 채 이 외진 곳으로 홀로 걸어올 사람
은 이보정밖에 없었다. 퇴궐 후 집으로 가지 않고 활인원으로 온 것
이다. 순심의 말 대로 이보정은 정말 성실한 사람이었다.

다른 이들도 무산의 시선을 따라 고개를 돌렸다. 어느새 다가온
이보정이 활짝 열린 활인원 대문과 그 앞에 선 비구니 두 명 그리고
무산을 살펴보았다. 그는 넉살 좋게 웃으며 먼저 말을 걸었다.

"아이고, 정업원에서 어찌 여기까지 오셨습니까."

"자네가 전농시 소윤인가?"

"예, 그러합니다."

"안으로 좀 들어가야겠네."

이보정은 검지로 자기 눈썹을 긁더니 씽긋거리며 물었다.

"이유를 여쭤봐도 될까요?"

"빈도가 제자인 막념을 좀 보아야겠네. 홀로 이곳에 있는 제자가 너무 걱정되어서 말이야."

"아, 막념이요. 제자라면 그럴 수도 있지요. 예, 그럼요."

빈도는 덕이 부족하다는 뜻으로 승려가 남 앞에서 자기 자신을 낮출 때 쓰는 말이었는데 정업원 주지에게서는 도저히 겸허함을 찾아볼 수 없었다. 정일품 정숙 부인도 관원에게 이리 하대하지는 않을 터였다.

이보정은 상대를 아는 건지 불쾌한 내색을 하지 않았다. 하긴 왕실의 어르신이라고 할 수 있는 이가 아니던가. 관원이, 그것도 도성 안 관리가 어찌 그녀를 모르겠는가. 나라의 녹을 먹는 관리로 윗사람 자주 상대했던 이보정은 다행히 이런 일에도 노련했다.

"하나 왕명이 지엄하니 안에 드실 수는 없습니다. 대신 막념을 불러오지요. 짧게 대화라도 나누고 싶으시다면 저희 앞에서 나누셔도 됩니다. 여기, 여기 대문에서 나누시면 되겠네요."

그리고는 관졸을 시켜 막념을 데려오게 했다.

정업원 주지 옆에 있던 비구니가 발끈했지만, 당사자는 수락하는 의미로 고개를 끄덕였다. 곧이어 막념이 왔다.

"여보게, 자네 스승이 왔다는군. 자네가 시신을 보고 놀랐을까 걱정이 되셨나 보네. 어서 안심시켜 드리게나."

이보정은 무산에게 눈짓하더니 성큼성큼 걸음을 옮겼다. 이곳에 남아 두 사람을 지켜보라는 뜻이었다. 무산은 그가 시키지 않아도 그리할 생각이었다.

무산은 막념이 정업원 주지에게 다가가는 것을, 정업원 주지가 그녀에게 속삭이는 것을, 막념의 얼굴이 굳어지는 것을 보았다.

정업원 주지는 짧게 몇 마디만 하곤 바로 몸을 돌려 가버렸다. 이보정이 자리에 없으니 굳이 인사치레도 할 필요가 없다고 여긴 듯했다.

대체 무슨 말을 한 걸까. 막념은 들은 걸 믿지 못하겠다는 얼굴로 잠시 뻣뻣하게 서 있다가 두 비구니가 열 보쯤 멀어졌을 때 고개를 돌렸다. 그녀의 두 눈이 그들의 뒷모습을 하염없이 쫓고 있었다.

그때 무산에게 다가온 누군가가 뒤에서 소곤거렸다.

"누님, 냄새가 나지 않아요? 뭔가 좀 싸한데."

* * *

정업원 주지가 뭐라 했는지는 몰라도 매우 심각한 내용이었던 건 분명해 보였다. 휘청거리듯 걸음을 옮기는 막념은 아예 혼이 나간 듯했다. 우연히 마주친 사람들이 인사를 해도, 막념은 들은 척도 하지 않았다. 아예 듣지를 못 한 것 같았다. 평소와는 전혀 다른 모습이었다.

무산은 소리 없이 뒤를 밟으며 막념을 살폈다. 그런 무산의 뒤는 설랑이 따랐고.

막념이 이른 곳은 대청 뒤 귀틀집이었다. 다른 승려들처럼 막념도 귀틀집에 머물렀는데, 한 귀틀집을 여럿이서 쓰는 다른 비구들과 달리 그녀는 귀틀집 하나를 홀로 썼다. 유일한 비구니였기 때문이었다.

대나무로 만든 사다리로 이 층에 오른 막념이 방 안으로 들어가 문을 굳게 닫았다. 삐거덕거리는 소리도 잠시 들리다가 뚝 끊어졌다. 막념은 자리에 앉은 걸까 아니면 누운 걸까. 생각에 잠긴 걸까 아니면 번뇌에 빠진 걸까.

무산은 잠시 귀를 기울이다 몸을 돌렸다. 해야 할 일이 있었다.

무산이 귀틀집에서 벗어나자 부리나케 뒤따른 설랑이 조잘거렸다.

"누님, 막념이 큰 충격을 받은 것 같은데……."

"모르지."

하지만 곧 알게 될 것이다.

정업원 주지가 해준 말은 아주 짧았다. 다른 이들의 이목을 고려했으니 길게 말할 수 없었을 것이다. 아마도 막념에게 무언가를 분부했겠지. 분부의 탈을 쓴 명령이었거나. 그 명이 무엇이든 막념이 모두의 눈을 속이면서 비밀스레 수행하지는 못할 것이다.

막념은 속세에서 오래 벗어나 있었다. 탐욕에 휩싸인 중생이 불법의 현묘한 도리를 쉬이 알 수 없는 것처럼 불자도 속세의 이치를 쉬이 파악할 수는 없는 법이었다. 속세를 몰라서가 아니었다. 근주자적, 근묵자흑이니까. 그 탐욕에 휩싸이지 않도록 의식적으로 경계하기 때문이었다. 인심을 사로잡고 속세의 이치를 이루는 그 탐욕을, 막념이 어찌 알까. 아니, 어찌 알고자 할까. 그래서 그녀는 무엇을 해도 티가 났으며 물에 뿌려둔 기름처럼 겉돌았다. 두박신 사건을 조사할 때처럼.

무산은 관리도 아닌 이가 그렇게 대놓고 조사하는 것은 처음 보았다. 정업원 주지가 분부한 대로 행할 수는 있겠지만 그 명령이 어쩌다가 내려진 것인지, 왜 그렇게 해야 하는 건지, 어찌해야 제대로 할 수 있을지는 알지 못할 것이다. 누가 하나하나 일러주면 모를까.

막념은 간자가 아닌 불자였고, 경계심이 아닌 자비심을 품은 사람이었다. 그러니 조금만 기다린다면, 정업원 주지가 무엇을 시킨 건지 알 수 있을 터였다. 두박신 사건을 조사했을 때처럼 막념은 자기가 무엇을 하는지 고스란히 드러낼 테니까.

무산은 설랑을 데리고 대청으로 갔다. 이보정이 어디로 갔을지는 빤했다. 입직방에서 잠을 청할 생각이겠지. 아니나 다를까, 입직방 문을 두드리자 이보정의 목소리가 들렸다.

"들어오거라."

이보정은 침상 위 보료에 앉아 있었다. 그의 얼굴에서는 조금 전 웃음기를 전혀 찾아볼 수 없었다. 그는 무산과 설랑을 보더니 짜증스레 대문 쪽으로 턱짓하며 말했다.

"그자는 갔는가?"

"네, 갔습니다."

"내가 예궐한 걸 뻔히 알면서 온 거야."

"그렇겠지요. 와서도 나리를 찾지는 않았습니다."

"제자에게는 말을 전하고 갔나?"

"예, 아주 짧게요. 뭐라고 했는지는 듣지 못했습니다."

"그렇겠지……. 막념이라는 니승은 정업원에 있는 이들 중 사족이 아닌 유일한 사람이야. 정업원 주지가 정말로 한증 치료를 돕기 위해 여기로 보내지는 않았을 거네. 따로 무슨 일을 시키려고 보냈겠지."

무산은 고개를 끄덕이며 말했다.

"맞습니다. 두박신 사건을 조사하려고 보낸 겁니다."

"두박신 사건이라……. 감찰이 그런 말을 하기는 했지. 나는 그 말을 믿지 않아. 조사는 관원이 하는 것이지, 무녀나 니승이 할 수 있는 게 아니야."

그러더니 아차, 하는 얼굴로 잠시 입을 다물었다가 말을 이었다.

"뭐, 자네처럼 특별한 경우는 좀 다르지만. 흠흠, 그런데 정업원은 대체 왜 나선 게지?"

무산의 머릿속에 생각 하나가 스치며 지나갔다.

활인원에 퍼졌던 두박신 소문은 승려와 관련이 있었다. 무녀 유화와 다투었던 이가 승려였다는 게 정말 우연의 일치일까? 천만에. 그랬다면 정업원이 갑자기 사람을 보내지는 않았을 것이다. 콧대 높은 사족은 쓸데없는 일에 관여하지 않는다. 그것도 성상이 관심을 두는 사안에는 절대로. 자신과 관련이 있지 않고서야 나설 리가 없었다.

만약 이 일이 장의사와 관련된 거라면? 정업원과 장의사가 틀어진 사이라 해도 같은 뿌리에서 나온 가지가 아닌가. 그 화가 자신에게도 미칠 터이니 걱정이 되었을 것이다. 그러니 정업원이 나서는 것도 이해할 수 있는 일이었다.

이해가 가지 않는 것은 성심이었다. 막념을 활인원으로 들여보낸 건 중인 감찰이었다. 그자가 성상의 심복이라 할 지라도 감히 대신 결정을 내릴 수는 없었다. 무산이 정업원 주지를 활인원 안으로 들일 수 없었던 것처럼, 중인 감찰도 그랬을 것이다. 그런 그가 막념을 들여보냈다는 건 자기 마음이 아닌, 성심을 따랐다는 뜻이었다. 그렇다면 성상은 어찌하여 정업원의 관여를 허락했을까?

나름의 속셈이 있었을 것이다. 어쩌면 정업원 주지보다 더 많은 걸 알고 있었을지도. 일부러 정업원을 끌어들여 장의사를 떠봤던 걸지도 몰랐다.

그래, 활인원이라는 단서를 주며 자기를 이곳으로 이끈 건 그들이었다. 그러니 이제는 스스로 단서를 찾아야 했다.

더는 그들이 끌고 갈 수 없도록 해야 했다.

무산은 이보정에게 판수 할아범이 목격했던 걸 들려주었다. 유화 무격이 승려와 싸웠다는 것을, 그 승려를 도와서 두박신 소문을 퍼뜨렸다고 자기 입으로 말했다는 것도. 그리고 다툼 중에 유화가 소민이라는 이를 언급하였는데 두박신이 양성에서 모셔지던 신이라고 증언했던 백성의 이름도 소민이라는 걸 알려주었다.

"그러니까 소민이라는 이가 감찰 김윤오가 성상께 올린 장계에 적혀 있었다는 거지?"

"맞습니다."

뒤에서 잠자코 있던 설랑이 감탄하듯 말했다.

"와, 누님! 성상께 보내는 장계도 읽을 수 있어요?"

무산은 굳이 대답하지 않았다. 보료 위에 앉아 꿈쩍도 하지 않은 채 자기 말을 듣는 이보정을 볼 뿐이었다.

"어쩌면 활인원에 맨 처음 두박신을 전한 이가 소민일 지도 모릅니다. 그자를 찾으러 가야 합니다."

"굳이 갈 필요가 있겠는가? 동명이인일 수도 있고, 무엇보다 그자가 유화를 죽이지는 않았을 터인데……."

"하지만 그때 같이 있었다는 승려에 관한 단서를 찾을 수 있을지도 모릅니다. 소민이라는 이가 마침 적전 옆 마을에 살고 있으니……."

그때 이보정이 두 눈을 부릅떴다.

"적전! 내가 그걸 까맣게 잊고 있었네. 종묘사직이 달린 문제인데!"

벌떡 일어난 이보정은 침상 아래 놓인 흑혜에 발을 꿰어 넣으며 다급하게 말했다.

"당장 출발하지. 어서 가자고!"

"지금요? 날이 저물어서 밤이 되었는데요. 차라리 이른 아침에 출발하는 것이……."

"아니 될 말이지. 이른 아침에 일하더라도 상태를 확인해야 하지 않겠는가."

"……."

세 사람은…… 정확히 한 사람은 흑혜를 벗어던진 채 적전으로 들어갔고, 나머지 두 사람은 잠시 기다리다 포기하고는 소민이 사는 마을로 찾아갔다.

달빛도 구름 뒤에 숨어 잠을 자는 밤이었다. 가난한 백성에게 등잔불은 언감생심이라 빛이 새어 나오는 집을 찾아볼 수 없었다. 무산은 마을 입구에서 가장 가까운 집으로 무작정 찾아가 소민이 어디 사는지 물었고, 잠에서 깬 주민에게 욕을 바가지로 먹고서야 답을 들을 수 있었다.

마을 사람이 알려준 집으로 찾아가 창호지 문을 두드렸다. 나지막한 목소리로 몇 번이나 청하자, 안에서 졸음이 가득한 목소리가 새어 나왔다.

"뉘시오."

"말씀 좀 여쭙겠습니다. 혹시 여기 소민이라는 이가 삽니까?"

곧이어 문을 빼꼼 열고 누군가가 고개를 내밀었다.

"내가 소민인데. 댁은 뉘시오?"

"뭘 좀 여쭤보려고 왔습니다. 두박신과 관련하여……."

두박신이라는 말에 소민이 헉 소리를 내며 급하게 문을 닫았다.

"우리는 두박신을 모시지 않았다니까요! 그 일은 다 끝난 것 아니었습니까?"

"……저희는 물어보려는 것이지 잡아가려고 온 게 아닙니다. 혹시 무녀 유화를 아십니까?"

"유화?"

닫혔던 문이 도로 열렸다. 소민이라는 이가 다시 고개를 내밀었다.

"그분은…… 내가 지난봄 온역에 걸렸을 때, 내 목숨을 구해줬던 사람인데?"

* * *

매년 봄이면 날씨가 따뜻해지면서 온역(瘟疫, 전염성 열병)이 창궐하곤 했다. 전염병 하나에 도성이 휘청이고, 나라가 위태로울 수 있기에 온역에 걸린 병자는 바로 활인원으로 보내졌다. 치료도 치료지만, 격리를 위해서였다. 온역의 전염력이 워낙 강한 탓이었다. 소민 또한 온역에 걸려 활인원으로 보내진 이였다. 그는 그곳에서 며칠을 앓았다가 다행히 목숨을 건졌다.

논둑에 앉은 무산은 논에서 피를 뽑는 이보정에게 조금 전에 들었던 걸 상세히 고했다. 듣고 있기는 한 건지 이보정은 묵묵히 피만 뽑을 뿐이었다. 늦은 밤에 이게 대체 무슨 짓인지. 구름이 걷히면서 달빛이 천지를 밝히자 이보정은 피를 뽑고 돌아가자며 고집을 부렸다.

"그때 그곳에서 유화에게 두박신을 얘기했다고 합니다. 한증 치료를 돕던 승려도 그 자리에 있었고요. 하지만 승려의 용모는 전혀 기억나지 않는다고 했습니다."

"……."

"나리? 나리! 듣고 계십니까?"

"응? 응. 다 들었어. 소민, 그래, 소민이라고 하였지. 그자는 황촌마을 사람이 아니야. 다른 무격에게 두박신에 관한 소문을 들었나 보군. 박두언이나 최우였겠지."

"맞습니다. 무격 최우에게 들었다고 합니다."

이보정은 끄덕거리더니 다시 피를 뽑는 데 열중했다.

무산의 눈에는 다 똑같아 보였는데 이보정은 사냥감을 노리는 매처럼 매서운 눈빛으로 벼의 파도를 훑더니 발톱을 내밀 듯 손을 뻗어 피만 쏙쏙 뽑아냈다. 달빛에 기대 농사를 짓다니. 저런 걸 보면 반딧불과 새하얀 눈에 반사된 빛으로 글을 읽었다는 형설지공이라는 말이 과언은 아닌 듯했다.

그는 발걸음을 옮기면서 투덜거렸다.

"물이 너무 적어 한 번 발이 들어가면 잘 빠지지 않는군. 물을 좀 더 대라고 해야겠어. 내년에는 수답을 하지 말든지 해야지."

그렇게 한참이나 피를 뽑던 이보정은 고개를 쓱 들며 무산에게 물었다.

"자네 생각에는 누구일 것 같나?"

"두박신을 같이 들었다는 승려 말씀입니까?"

"그래."

무산은 바로 답하지 않았다.

지금으로서는 무언이 가장 수상했다. 차기 주지로 점쳐지던 이가 갑작스레 활인원으로 온 것도 이상했고, 정업원을 끌어들이면서 막냇널을 데려온 것도 이상했다. 무엇보다 유화가 목숨을 잃은 뒤로 몸을 사리듯 두문불출하는 것이 가장 의심스러웠다.

그와 동시에 이해가 되는 면도 있었다.

군자감이 무너지면서 그 자신도 죽을 뻔하였고, 많은 이의 죽음을 보았다. 희생자 대다수가 장의사 승려였다. 무언에게는 벗이자 가족이었을지도 몰랐다. 무언이 그들의 죽음에 의연했다면, 그거야말로 이상한 일 아니었을까.

또한 두박신 소문이 활인원에서 퍼진 거라면, 장의사에게 알리는 게 당연했다. 무언도 장의사의 승려가 아닌가. 장의사가 듣지 않는다고 하여 정업원에 도움을 청한 건 조금 과하였지만 말이다.

가문 간의 싸움보다 치열한 게 가문 내의 싸움이라고 하던데.

무언은 무슨 생각이었던 걸까?

무산의 침묵에 이보정은 알겠다는 표정으로 말을 이었다.

"뭐, 아직 증거를 찾지 못했으니 오리무중일 수밖에. 자네가 모르는 것도 이해가 되네."

"……."

"그렇다면 유화는 왜 죽인 것 같나?"

"이유야 여럿 있겠지요. 입막음도 해야 하고, 희생양도 필요했을 테니까요. 여러 증거를 남겨 유화를 주범으로 만들지 않았습니까. 두박신 소문을 퍼뜨리기 위해 사람까지 죽인 이로요. 시신에 술을 부어 태우면서도 파두유가 담긴 주머니만은 시신 아래 남겨 타지 않게 하였지요. 저는 그게 우연이라고 생각하지는 않습니다."

"유화에게는 죄가 없다고 생각하나?"

"지금으로서는 알 수 없습니다. 파두유는 독이지만 활인원에서 응급약으로도 쓰입니다. 유화만 가지고 있는 것도 아닙니다. 유화가 가지고 다니던 파두유가 약으로 쓰였을지, 독으로 쓰였을지는 유화만이 알겠지요. 취심화로 빚은 술도 마찬가지입니다. 그걸 먹으면 헛것이 보이고 헛것이 들리지만, 고통을 잊을 수도 있지요. 병자를 위한 약이 될 수도 있다는 뜻입니다. 그러니 그 증거만으로는 진상을 파악할 수 없습니다. 판수 할아범의 말 대로라면, 아닐 가능성이 크고요. 소민이 기억하는 유화는 훌륭한 구료 무녀였습니다."

"흠, 도와달라기에 도와주었다. 그때 유화가 승려와 싸우면서 그렇게 말했다고 하였지?"

"예, 그리하였습니다."

이보정은 잠시 생각하더니 미간을 찌푸리며 말했다.

"그런데 말이야."

"예."

"왜 자네는 일을 돕지 않나?"

"네?"

"여기 상황을 보란 말일세. 피가 벼를 뒤덮고 있어! 종묘사직에 먹구름이 끼었다니까? 설랑은 오자마자 바짓단을 걷으며 일을 돕는데 자네는 나이도 더 많은 이가 입으로만 일을 하는군! 윗사람일수록 모범을 보여야지! 자, 어서 들어오게."

"……."

* * *

세 사람은 축시가 되어서야 활인원으로 돌아갔다.

이보정과 설랑은 입직방에서 잠을 청했고, 무산은 바로 옆 고방에 앉아 이런저런 생각을 하다 잠에 빠졌다. 얼마나 지났을까, 이보정이 무산을 몇 번이나 흔들어 깨웠다. 자기는 예궐 때문에 도성으로 가야 하니 설랑과 둘이서 조사를 하라고, 유화가 남긴 유일한 단서인 종이를 쫓으라나.

그놈의 종이, 종이. 어차피 시키지 않아도 조사하러 갈 생각이었다.

이보정은 정업원 주지가 찾아와 소동을 부리는 일이 반복되지 않도록, 아예 대문을 닫아 빗장을 내릴 거라 했다. 그러니 늑장 부리지 말고 빨리 나가라며 독촉했다. 그리고 설랑은 아무리 깨워도 일어나지를 않는다나. 요즘 젊은이들은 체력도 늙은이만 못하다며 구시렁거렸다.

이보정을 내보낸 뒤 무산은 고방을 나섰다. 입직방 안으로 고개를 빼꼼 들이밀자 아직 침상 위에 누워 있는 설랑이 보였다. 무산은 곧장 판수 할아범이 갇힌 고방으로 향했다.

돌멩은 휴식을 취하는 척 고방 문 앞에 앉아서는 밤새 망을 보고 있었다. 무산이 막념과 무언도 감시해 달라고 하자 돌멩은 대놓고 투덜거렸다.

"앞도 못 보는 판수에게 대체 몇 명을 지켜봐 달라고 하는 거야. 양심이 없어, 양심이."

351

"원래는 석명에게 부탁하려고 했는데, 얼굴을 볼 수가 있어야 말이지. 활인원에서 한 번도 본 적이 없네."

"석명은 역병에 걸린 사람들을 돌보고 있어. 거기는 활인원 내에서도 격리된 곳이니까."

"그러니까 네게 부탁 좀 할게."

"네가 사람들에게 직접 부탁하지 그래?"

"나는 너랑 달리 인덕이 없잖아."

"쳇, 그걸 알긴 아네? 알면 나한테 잘하란 말이야!"

돌멩은 뭐가 그렇게 불만인지 입술을 삐죽 내밀며 콧방귀를 뀌었다.

무산은 왕신을 모시던 가문의 가주가 쌀을 주고 가기로 했다면서 이번에는 육 대 사로 나누겠다고 돌멩에게 약조했다. 그 말에 돌멩의 태도가 급변했다.

"좋아, 그런 일은 나에게 맡겨."

돌멩이라면 여기 일을 믿고 맡길 수 있었다. 문제는 밖에 있을 단서였다. 종이에 관한 단서는 밖에 있을 테니까.

콩을 넣고 만든 과반(裹飯, 주먹밥) 두 개를 얻은 무산은 입직방으로 돌아가 설랑을 깨우려 했다. 그런데 아무리 불러도 반응이 없었다. 잠을 자는 건지, 일어나기 싫어서 자는 척을 하는 건지. 힘껏 흔들며 깨우려고 해도 엎어져서 자는 몸은 요지부동이었다.

무산은 어쩔 수 없이 설랑의 등짝을 후려쳤다. 그제야 설랑이 손을 뻗어 자기 등을 더듬었다. 욱하는 마음에 너무 세게 때렸나? 그런데 상체를 일으키는 설랑이 웃고 있었다.

배시시 웃는 얼굴을 보자 어쩐지 떨떠름해졌다. 뭐지, 이 반응은?

어쨌든 설랑을 깨운 무산은 그와 함께 활인원을 나섰다. 대문 밖으로 나가자마자 문이 끼이익 소리를 내며 닫혔다. 쿵 하고 빗장 내리는 소리도 들렸다.

눈 밑이 퀭해진 설랑은 돌아서서 잠시 닫힌 문을 보다가 입을 크게 벌리며 하품을 했다. 그는 입을 벌린 김에 그대로 과반을 베어 물며 말했다.

"활인원이 봉쇄된 뒤로 병자가 죽지 않았다면서요?"

"그렇다더라."

"신기한 일이네. 이럴 때는 사람이 더 죽어 나가지 않아요?"

"신기할 건 없어. 식량과 약재 덕분이니까. 활인원을 봉쇄하면서 안에 갇혀 있을 사람들의 식량과 약재도 생각하게 된 거지. 그래서 부랴부랴 식량과 약재를 보내준 거고."

"아, 전에는 식량이 부족했다고 했죠."

그러고는 충혈된 두 눈을 비비며 말을 이었다.

"그렇다면 활인원 사람들에게 이번 봉쇄는 전화위복이었겠네요. 최소한 먹을 것과 약을 걱정할 필요가 없잖아요. 앞으로가 문제겠지만……."

무산도 과반을 베어 물며 힘껏 씹었다.

앞으로가 문제라……. 그건 자신도 마찬가지였다. 이번 사건이 끝나면, 자신은 어떻게 될까. 이번 일이 전화위복이 될까, 설상가상이 될까. 아직은 알 수 없었다.

* * *

조지소는 장의사동에 있었다. 즉 장의사와 조지소는 서로 붙어 있었다. 평소라면 별게 다 의심스럽다며 코웃음을 쳤을 테지만, 지금은 조금 달랐다.

네가 무엇 때문에 그랬던 건지 나도 나름 알아보았다.

그날 밤 유화가 승려와 다투면서 내뱉었던 말이 사실이라면, 그래서 증거로 남겼던 것이 석함 안에 든 종이였다면, 분명 무언가 있을 터였다.

말이야 바른말이지 두박신 소문이 세간에 퍼지는 건 불자인 승려에게 도움이 될 게 없었다. 게다가 두박신은 복수의 신이 아닌가. 오욕칠정을 끊어내야 하는 승려가 분노를 부채질하는 신을 퍼뜨리고자 한다?

정말로 그랬던 거라면, 틀림없이 다른 이유가 있었을 것이다. 아주 세속적인 이유. 가령 종이라든지.

무산은 활인원이 봉쇄되었을 때 장의사 승려들도 안으로 들어가겠다고 고집 피웠던 걸 기억했다. 활인원에 갇힌 매골승들을 걱정하는 모습은 아니었다. 솔직히 말해 걱정할 필요도 없지 않은가. 그들은 원래부터 거기서 지내던 이들인데. 오히려 활인원이 봉쇄된 뒤로 식량과 약재가 들어왔으니 매골승의 처지는 나아졌다고 볼 수 있었다. 다른 걸 두려워했던 게 분명했다.

하나였다가 둘로 갈라지는 갈림길. 한쪽은 조지소로 다른 한쪽은 장의사로 향하는 갈림길에서 무산과 설랑은 길을 택하지 않았다. 길과 길 사이로 높이 솟아난 소나무와 울창한 수풀을 헤치며 걸어갔다.

다행히 이른 아침이라 오가는 이가 없었다. 그렇게 한참을 걷자더는 사람 소리가 들리지 않았다. 새 지저귀는 소리만 바람을 타고 전해졌다.

나무들 높이가 차츰 낮아지면서 소나무가 아닌 다른 나무들이 보였다. 밑동에서 바로 가지가 뻗어나는 나무로 모두 같은 종류였는데 성목도 있고 유목도 있었다. 그중 성목은 지난겨울에 가지가 잘렸는지 햇가지가 사방으로 돋아나 있었다.

설랑이 나뭇가지 하나를 움켜쥐니 가지가 딱 소리를 내며 꺾였다.

"누님, 이거 닥나무 같은데요?"

"닥나무?"

종이를 만들 때 쓰는 나무가 아니던가. 같은 종류의 나무만 자라나는 곳이라니……. 그것도 종이를 만들 때 사용되는 귀한 나무가.

햇가지가 이렇게 많이 돋아났다는 건 그만큼 가지가 많이 꺾였다는 뜻이었다. 금수나 비바람이 그리할 수는 없을 것이다. 이곳은 사람이 관리하는 곳이었다.

그렇다면 조지소의 땅일까, 장의사의 땅일까?

고민은 길지 않았다. 십몇 년 전, 절의 땅인 사사전(寺社田)이 나라의 땅인 공전(公田)이 되었고, 얼마 뒤에는 절의 노비가 혁파되었으

며, 도성 안팎에 있는 금산(禁山) 안 초암(草庵, 갈대나 짚, 풀로 지붕을
엮은 암자)도 철거되었다. 정업원을 제외한 대다수의 초암이 그때 사
라졌다.

그러니 이곳이 장의사가 소유한 땅일 가능성은 없었다. 과거에는
그랬을지 몰라도 지금은 아닐 것이다. 절은 나라에 땅을 빼앗겼으니
까. 틀림없이 조지소의 땅일 것이다.

이곳 말고, 다른 걸 찾아야 했다. 더 확실한 단서를.

그렇게 길도 없는 산속을 헤치던 무산과 설랑은 더는 닥나무가 보
이지 않는 깊은 골짜기에서 작은 마을을 하나 찾아냈다.

비탈진 언덕 아래 놓인 마을은 왕신 마을이 그러하였듯 작정하고
찾지 않는 이상 우연히 발견할 수는 없는 곳이었다. 무산은 이곳을
보는 순간 직감했다. 확실한 단서를 찾았다는 걸.

중앙에는 개울이 관통하며 흘렀고, 커다란 가옥이 두세 채 있었
다. 개울 바로 옆에는 커다란 솥이 대여섯 개 놓여 있었다. 물을 채
울 수 있는 커다란 틀 서너 개와 무언가를 걸어서 말릴 수 있는 기
구도 여럿이 보였다.

마을이라고는 할 수 없는, 아주 기시감이 드는 곳이었다.

"누님, 저거…… 조지소에서 봤던 거 아니에요?"

무산은 고개를 끄덕였다.

닥을 삶는 솥과 종이를 뜨는 틀, 삶은 닥이나 종이를 걸어두는 장
대, 도침을 위해 종이를 쌓아 놓는 대(臺). 조지소의 풍경과 같았다.
규모가 좀 더 작고, 작업을 하는 이가 없을 뿐이었다.

설랑이 언덕 아래로 내려가려는지 끙하는 소리를 내면서 바로 앞에 있는 나무를 붙잡았다. 무산은 설랑의 어깨를 움켜쥐며 고갯짓했다. 무산이 가리킨 방향의 끝에는 지팡이를 쥔 승려가 서너 명 있었다. 유일한 출입구일 게 분명한 길목을 지키고 있었다. 설랑은 들키지 말자는 뜻으로 고개를 끄덕였다.

두 사람은 기척을 숨기며 조심히 내려갔다. 경사가 가파른 데다가 소리를 낼 수 없었기에 두 사람은 뒤로 기어가다시피 했다. 언덕에 돋아난 나무를 붙잡거나 지면에 뿌리를 넓게 박은 풀을 움켜쥐면서 한참을 내려가자 드디어 평평한 지면이 발에 닿았다.

다행히 승려들은 눈치채지 못한 듯했다. 무산과 설랑은 먼저 커다란 가옥으로 향했다. 귀틀집이었다.

무산은 굳게 닫힌 나무 문 사이에 있는 작은 틈으로 안을 들여다보았다. 시선이 닿는 곳마다 새하얀 종이가 있었다. 바로 옆 다른 귀틀집에도 종이가 가득했는데, 이곳 종이는 닥나무 껍질을 덜 벗겨서 만들었는지 색이 유달리 짙었다.

무산의 머릿속에 덜그럭거리며 엇나가던 아귀가 딱 소리를 내면서 하나로 맞춰졌다.

유화가 종이 든 석함을 아궁이 불목 뒤에 숨긴 이유, 무격도 아닌 승려가 두박신 소문을 퍼뜨리는 데 나섰던 이유, 유화를 죽여 입을 막은 이유. 종이, 종이였다.

두박신에게 바친 종이를 가져가는 무격이 있다면, 그 종이를 바치는 신도가 있을 터이고, 종이를 바치고자 종이를 사는 이가 있다면,

그 종이를 파는 이도 있을 것이다.

지장이 『자치통감』을 찍어낼 종이를 제조하느라 바빴던 시기에 백성들도 종이를 요하게 되었다면? 그 종이를 승려가 만들어 낼 수 있었다면?

땅도 빼앗기고 노비도 빼앗긴 승려들에게는 좋은 기회가 아니었을까? 생계가 어려워졌다면 먹고 살 방도를 구한 거였고, 옛 부귀영화를 잊지 못해서 그랬던 거라면 남몰래 탐욕을 채울 수 있는 방도를 찾은 거였다.

무산의 생각은 바로 옆에서 들리는 소리에 더는 이어지지 못했다.

"으아악!"

설랑의 입에서 튀어나온 비명이었다.

설랑이 뒤늦게 자기 입을 가렸지만, 새어 나간 소리를 도로 집어삼킬 수는 없었다. 달음질 소리가 메아리를 남기며 빠르게 다가왔다. 승려들이었다.

이런, 젠장! 무산이 설랑의 손을 붙잡고 힘껏 뛰었다. 일단은 도망쳐야 했다.

비탈진 언덕을 오르려는데, 설랑이 무산의 손을 뿌리치더니 다급하게 속삭였다.

"누님, 여기로 내려올 수는 있어도 다시 올라갈 수는 없습니다. 제가 저들을 유인할 터이니 저들이 지키고 있던 곳으로 도망치세요. 제게 방법이 있어요. 그 갈림길에서 만납시다."

"아니, 잠깐만……."

설랑은 무산의 말을 듣지도 않고 부리나케 개울을 향해 달려갔다.

수면에서 달음박질하는 소리가 사방으로 퍼지면서, 이쪽으로 오던 승려들이 첨벙 소리를 쫓기 시작했다.

무산은 멀어지는 설랑과 그를 뒤쫓고 있는 승려들의 뒷모습을 보며 욕지거리를 내뱉었다.

망설임은 오래가지 않았다. 이미 엎어진 물이었으니까.

무산은 멀어지는 승려들을 곁눈질하며 그들이 왔던 방향으로 달렸다. 차오르는 숨을 가쁘게 이어 쉬면서 한참을 달리자 으슥한 숲길이 펼쳐졌다. 승려들이 지키고 있었던 길목을 빠져나온 것이다.

무산은 길섶에 있는 커다란 소나무에 몸을 숨기면서 숨을 골랐다. 기척을 최대한 감추면서 고개를 내밀며 안쪽을 살폈다. 얼마나 지났을까, 저 멀리 승려들이 되돌아오는 게 보였다. 그들은 설랑을 데리고 있지 않았다.

설랑은 빠져나간 걸까?

어쩌면 무사히 빠져나간 걸지도 몰랐다. 일단은 설랑과 만나기로 한 갈림길로 가야 했다.

무산은 지형을 살피며 다른 길을 찾아보았다. 이곳에서 승려들이 보인다는 건 승려들도 이곳을 볼 수 있다는 거였다. 바로 옆에 있는 길은 수레가 지날 수 있을 정도로 널찍하면서도 곧았다. 그러니 이 길로는 도망칠 수 없었다. 쉬이 눈에 띌 터였다.

무산이 몸을 숨기고 있는 소나무 뒤편에는 마침 해당화 덤불이 있었다. 밝은 양지라 모습이 드러날 가능성이 있지만, 덤불로 어느 정도 몸을 가릴 수 있었다. 또 그 뒤가 완만한 언덕이라 손쉽게 오를 수 있을 듯했다.

허리를 굽히며 몸을 낮춘 무산은 빠르게 뒤쪽으로 이동했다. 언덕에 오르자마자 뒤도 돌아보지 않고 힘껏 달렸다.

어느새 풍경이 닥나무로 채워졌다. 가지를 뻗은 닥나무가 짐승의 손아귀처럼 보였다. 무산의 몸과 부딪친 햇가지가 딱딱 소리를 내며 끊어졌다. 끊어진 가지가 무산의 치마 위로 떨어지면서 치맛자락을 붙잡고, 잎에 고여 있던 이슬은 잠시 붙잡힌 치마를 짙게 적셨다.

무산은 달리고 또 달렸다. 드디어 갈림길에 당도했지만, 설랑이 없었다.

무산은 초조하게 기다렸다. 잘 빠져나왔을까? 그냥 두고 나오는 게 아니었는데. 차라리 신분을 드러내고 강하게 나갈 것을. 그러면 무사히 빠져나올 수도 있었을 텐데. 그들도 감히 어찌하지 못했을 터인데.

아니지, 활인원 매골승이던 흉수가 유화의 목숨을 앗아갔던 것처럼 이곳 승려도 살심을 품을 수 있었다. 이건 개인의 탐욕 문제가 아니었다. 무녀 유화와 흉수인 승려가 단독으로 꾸민 일이 아니라, 장의사가 깊이 관여한 문제였다.

활인원이 처음 봉쇄되었을 때도 장의사 비구들이 어떻게든 안으로 들어가려고 하지 않았던가. 자신들이 엮여 있다는 게 탄로 날까 봐 두려워했던 게 분명했다.

그렇다면 설랑을 더더욱 홀로 남기지 말았어야 했다. 그 아이가 무슨 죄가 있던가.

괜히 이번 일에 엮이는 바람에……. 안 그래도 힘든 아이를, 더 힘들게 만든 것이 아닌가.

후회 하나가 가라앉자 또 다른 후회가 넘실거렸다. 쉴 새 없이 이어지는 후회가 파도가 되어 무산의 마음을 휩쓸었다. 그들이 설랑의 목숨을 앗아간 거라면, 그래서 자기들만 돌아왔던 거라면, 그럼 어찌하지?

생각이 여기에 닿자, 머리가 아찔해졌다.

무산은 걸음을 뗴었다. 설랑이 있는 곳으로, 그곳으로 돌아갈 생각이었다. 이렇게 그 아이만 두고 갈 수는 없으니까. 자기를 믿고 따라온 아이였다.

그때 한쪽에서 반가운 목소리가 들려왔다.

"누님!"

설랑의 목소리였다. 무산은 고개를 이리저리 돌리며 설랑을 찾았다. 설랑이 조지소와 이어진 길에서 달려오고 있었다. 늪에서 빠져나오기라도 한 것처럼 옷이 모두 젖은 채 흙먼지에 뒤덮여 있었다. 갓은 보이지 않았고, 망건에 놓인 풍잠도 반쯤 뜯겨 삐뚜름했다. 꼴이 엉망이었다. 후회가 순식간에 흩어지고 반가움이 울컥했다.

그런데 설랑이 남의 속도 모르고 천진하게 웃고 있었다. 웃으며 달려오고 있었다.

설랑의 웃음에서 드러나는 뿌듯함과 반가움 그리고 약간의 설렘……. 칭찬을 기대하는 어린아이를 보는 듯했다. 무산은 가슴이 답답해졌다. 아니, 화가 났다. 그게 뭐라고. 그게 정말 뭐라고.

무산에게 다가온 설랑은 그녀의 표정이 심상찮은 걸 보더니 아차, 하는 얼굴로 변명을 늘어놓았다.

"누님, 제가 일부러 소리를 지른 게 아니라요, 갑자기 귀가 나타나서 놀라서 그랬어요. 근데 정말 방법이 있었다니까요! 그 귀가 저희를 도와주려고 한 거였거든요. 개울을 거슬러 올라가다 보면 큰 칡이 있으니까 그걸 타고 오르면 된다고, 승려들이 모르는 길을 일러주겠다고 했어요."

"……."

"정말이에요. 보세요. 저도 잘 빠져나왔고, 누님도 무사히 나오셨잖아요?"

"너."

"네?"

"너, 앞으로 한 번만 더 이래 봐."

무산의 손바닥이 설랑의 등짝을 후려쳤다. 입에서 말이 폭포수처럼 쏟아져나왔다.

"너, 그 귀가 뭔 줄 알고 따라가. 수귀(水鬼)면 어쩌려고? 여귀(厲鬼)나 창귀(倀鬼)면 어쩌려고? 뭐 하는 귀인 줄 알고 개를 따라가. 왜 함부로 따라가. 가서 무슨 고생을 할 줄 알고 따라가. 왜, 대체 왜……, 왜……."

왜 따라왔어. 내가 어떤 사람인 줄 알고. 네가 어찌 될 줄 알고. 네가 어찌 될 줄 알고, 나는 왜…….

무산의 손이 다시 위로 올라갔다가 천천히 내려왔다. 무산은 설랑
의 옷에 묻은 흙을 털어주고는 더는 말하지 않았다.

* * *

무산과 설랑은 동소문(東小門) 앞에 서서 이보정을 기다렸다.

도성에서 동활인원으로 가려면 동소문, 즉 홍화문(弘化門)을 지나
야 했다. 반 시진 정도 기다렸을까, 오늘도 퇴궐 후 귀가하지 않은
이보정이 분주히 걸어와 두 사람 앞에 섰다.

집으로 돌아가지 못한 건 세 사람 모두 마찬가지인데 이보정의 옷
에서는 땀 냄새가 나지 않았다. 가노(家奴)가 찬합과 갈아입을 옷을
매일 가져다줬기 때문이었다.

이보정이 무산과 설랑을 보더니 껄껄 웃었다.

그는 갓도 없이 흙먼지만 뒤집어쓴 설랑을 보고는 알만하다는 얼
굴로 물었다.

"나를 기다리고 있었나? 종이 조사는 진전이 있었나 보네?"

설랑이 고개를 끄덕이며 조잘거렸다.

"저희가 장의사 주변을 탐색하다가 조지소와 똑같이 생긴 곳을
발견했습니다! 조지소보다 규모가 좀 작았지만요. 승려들이 입구를
지키고 있더라고요."

"오…… 조지소와 똑같은 곳이라고?"

"네!"

그런데 이보정은 전혀 놀라지 않은 얼굴이었다.

"뭐, 다른 점은 없었고?"

"고방 안에 종이가 가득 쌓여 있었습니다."

"그래? 그게 다인가?"

"음…… 누님 말로는 흰 종이도 있고, 누런 종이도 있었다고…….""

"누런 종이? 괴황지 같은 거?"

"그건 저도 잘…….""

설랑의 시선이 자연스레 무산에게 향했다. 이보정도 설랑의 시선을 따라 무산을 바라보았다.

무산의 머릿속에서 또 다른 아귀 하나가 맞돌지 못해 딸깍거렸다. 무산은 이보정의 낯빛을 한참 살펴보다가 입을 열었다.

"혹시 장의사 승려들이 종이를 만드는 일에도 동원이 되었습니까?"

승려가 나라님이 올리는 기우제에 불려 갔던 것처럼, 가옥을 수리하기 위해 군자감으로 보내졌던 것처럼, 병자의 시신을 수습하기 위해 활인원에 상주하는 것처럼, 종이를 만드는 일에도 승려가 동원되었던 게 아닐까? 그렇다면…….

무산의 의문은 곧 사실이 되었다. 이보정이 순순히 고개를 끄덕였기 때문이었다.

"맞아, 조지소 혼자서는 그 많은 양을 만들어 낼 수 없으니까."

"예? 장의사가 원래부터 종이를 만들었다고요?"

설랑이 반문하며 고개를 갸우뚱거리는 사이, 무산의 머릿속에서는 덜그럭거리던 아귀가 드디어 맞춰졌다. 그래서였구나! 그래서 왕이 왕명을 내렸고, 순심은 활인원이라는 단서를 넌지시 주었으며, 이보정이 종이에 집착하였구나.

이들은 두박신 사건이 활인원과 관련되었다는 것을 그리고 종이와 관련되었다는 것을, 더 나아가서는 장의사와 관련이 있다는 걸 처음부터 알고 있었던 거다. 확신은 못 했을지라도 가늠은 하였겠지. 그렇기에 이들은 자기들 대신 사건을 파헤쳐 줄 사냥개가 필요했다. 직접 조사하기에는 곤란했으니까. 무산은 그 이유도 알 것 같았다.

무산의 한쪽 입꼬리가 위로 올라갔다.

"원래부터 종이를 만들었다면, 이 정도 증거로는 아무것도 밝혀낼 수 없겠지요."

"⋯⋯."

"닥나무는 귀한 나무라 마을에서도 개수를 적어가며 그 수를 관리한다지요. 장의사가 종이를 만들었다 할지라도, 재료인 닥나무를 따로 구할 수는 없었을 겁니다. 조지소에서 보내주는 만큼만 얻을 수 있었겠지요. 귀한 나무이니 조지소가 여분을 주지는 않았을 터인데, 장의사가 여분의 종이를 만들어 냈습니다."

"누님, 지금 무슨 말씀하시는 거예요?"

"나라에서는 딱 정해진 양의 닥나무를 주었습니다. 그 양으로는 정해진 양의 종이만 만들 수 있을 터인데, 장의사는 무슨 수로 여분의 종이를 만들어냈을까요? 저희가 알아내야 하는 것이 이것입니까?"

그러자 잠자코 무산의 말을 듣고 있던 이보정이 웃음을 터뜨렸다.

"대단하군. 양성에서 봤을 때부터 무언가 남다르다고 생각하기는 하였지만, 이 정도일 줄은 몰랐네. 그때는 자네가 오지랖 넓은 여관이라고 생각했거든. 도성으로 돌아오고 나서야 자네 정체를 알게 되었지만 말이야. 자네는 궐에 있을 때도 이랬었나? 궁정상궁이 키우던 이였다지?"

"……."

"그런데 그것만 알아내야 하는 건 아닐세. 만들었다면, 그걸 파는 곳도 있어야 하지. 자네도 알다시피 도성에서 종이를 매매할 수 있는 상점은 시전에 있는 지전뿐이야. 그런데 지전은 장의사로부터 종이를 구매한 적이 없네. 두박신을 섬기던 백성들도 그곳에서 종이를 사지 않았어."

"지전에서 파는 종이는 값이 비싸니까요."

"그렇지. 지전이 공납을 담당하는 이와 결탁해 종이를 공납하러 온 지방 관리들에게서 폭리를 취하는 것이 하루 이틀 일은 아니니까. 그곳은 평범한 백성이 갈 만한 곳이 아니야."

"난전이 있을 가능성은요?"

"난전이야 있겠지. 하지만 난전을 통해 팔지는 않았을 거야. 그랬다면 흔적을 많이 남겼겠지."

"……."

"즉 장의사가 어떻게 닥나무를 구한 건지, 만든 종이를 어떻게 팔았는지를 알 수가 없다 이 말이야."

두 사람의 대화에서 눈치껏 빠져 있던 설랑이 때맞춰 말을 얹었다.

"그건 두박신을 섬기던 백성에게 물어보면 되는 것 아닙니까? 종이를 훔친 게 아니고서야 솔직하게 이야기할 텐데요?"

그러자 이보정은 이 말을 기다리고 있었다는 듯 흔쾌히 대답했다.

"그렇지. 그러면 이제 가보도록 할까?"

* * *

『후한서』의 「등훈전」에는 이이제이라는 말이 나온다. 한나라 때 호강교위가 이민족인 강족 중 한 명을 주살하면서 강족이 복수를 꿈꾸게 되는데, 후과를 걱정한 조정은 호강교위를 등훈이라는 사람으로 교체했다.

그는 능력과 인품이 훌륭한 사람이었다. 살해당했던 이의 아들은 변새까지 가 한나라 등훈을 공격하려고 하지만, 바로 공격할 수 없었기에 주변에 살던 호족을 위협했다. 이에 강족과 호족이 싸우게 되었고, 등훈은 둘 사이를 막으면서 싸우지 못하게 했다.

그리고 여기서 조정의 반대가 일어나게 된다. 조정 관리들은 강족과 호족이 서로 싸우는 것이 조정에 유리하기에 오랑캐로 오랑캐를 제압해야지 그들의 싸움을 막으면서 그들을 지켜주는 것은 마땅치 않다고 했다. 오랑캐는 오랑캐로 제압한다. 이이제이였다.

무산은 궁에서 지내면서, 시간이 지날수록 자신의 신세가 오랑캐와 같다고 생각했다.

아니지, 오랑캐만도 못하다고 여겼다. 자신은 바둑알이었다. 시키는 대로 이리저리 움직이는 바둑알. 수틀리면 버려지기도 하는 바둑알. 바둑알은 자기가 놓인 자리에서만 주변을 살필 수 있기에 대국을 그려낼 수 없었다. 그래서 남을 위해 움직이면서도 나를 위해 움직인다고 생각했다.

궁을 나선 뒤로는 더는 이런 일을 겪지 않을 거라고 여겼는데…….

오랜만에 이이제이를 당했더니 기분이 매우 뭣 같았다.

처음에 왕명을 받았을 때는 자기가 감찰궁녀였기에 그런 줄 알았다. 신병에 걸려 무녀가 되었으나 한때는 감찰궁녀였으니까, 궁정상궁의 총애를 받고 자라났으니까, 무당골에 살고 있지만 다른 무격과는 다르니까. 그래서 왕명을 받은 줄 알았다.

이 얼마나 큰 착각이던가. 은연중에 스스로가 특별한 사람이라고 생각했던 거다. 다른 무격과 다르다고 여겼던 거다. 천만에. 전혀 그렇지 않았다. 드러나는 명분은 감찰궁녀였다는 점에 있을지 몰라도 실질적인 이유는 무산이 무녀라는 점에 있었다.

무녀였기에, 그래서 왕명을 받은 거였다.

두박신 사건으로 가장 큰 곤욕을 치른 건 무격들이었다. 그런데 그들 중 한 명이 진상을 밝혀낸다면?

무격들은 자신들을 이용한 장의사를 탓할 것이고, 더 나아가 불자를 탓할 것이다. 장의사 또한 조정에 분노하기보다는 이 모든 걸 드러낸 무격에게 천노할 것이다. 요새에 있는 등훈을 공격하는 건 어렵지만, 주변에 있는 호족을 공격하는 건 쉬우니까.

이 일은 이이제이를 위해서라도 반드시 무녀가 앞장서야 했다. 어찌하여 이 이치를 빨리 깨닫지 못했을까.

하긴 알아챘다고 하여 무엇이 바뀌겠는가. 강족은 물러날 수 있지만, 자신은 물러날 수 없었다. 오랑캐가 아닌 바둑알이기에 위에서 놓아주는 대로 움직여야 했다. 어쩌면 그들은 몇 수 앞을 훤히 보면서 바둑을 두고 있는 걸지도 몰랐다. 모든 걸 알고 있으면서도 모르는 척 이끄는 걸지도 몰랐다. 그들이 몇 수 앞을 알고 있든, 무산은 그들이 이끄는 대로 끌려가야 했다.

무산과 설랑은 두박신을 섬기던 마을들 중 가장 많은 종이를 바쳤다던 마을로 향했다.

역시나 적전 근처에 있는 마을이었는데, 이보정은 위치를 일러주더니 종묘사직을 운운하며 적전으로 가버렸다.

이보정이 이리 행동하는 것은 적전을 떠맡은 전농시 소윤이라 그런 걸까, 아니면 무녀를 이용해야 해서 그런 걸까?

알 수 없었다. 어쩌면 둘 다일 수도.

무산과 설랑이 마을 어귀에 이르렀을 때, 풀피리를 불며 놀던 아이들이 두 사람을 보고 소리를 질렀다.

"나장이다!"

"도망쳐!"

아이들 외침에 우당탕탕 하는 소리가 뒤따랐다. 사람들이 우왕좌왕하며 제 집으로 뛰어 들어가고, 아이들도 재빠르게 도망을 쳤다. 그 모습이 마치 저승사자라도 본 듯했다.

후다닥 짚신을 벗어 마루에 올랐다가 방문을 굳게 닫는 소리가 이집 저집에서 이어졌다. 곧이어 마을 안에 적막이 감돌았다. 설랑은 쉽지 않겠다는 듯 나지막이 한숨을 내쉬다가 마을 어귀에서 가장 가까운 첫 집으로 찾아갔다.

"저기요! 계십니까? 뭘 좀 여쭤보려고 합니다."

굳게 닫힌 문 너머에서 목소리가 새어 나왔다.

"……우, 우리는 아무것도 몰라요!"

"저희는 나장이 아닙니다. 뭘 좀 여쭤보려고요."

"뭘 물어보려는 거요?"

문 너머가 아닌 다른 곳에서 들려온 소리였다. 옆집이었다. 고개를 돌리자 굽은 허리로 마당에 서 있는 할머니가 보였다. 설랑이 반색하며 다가갔다.

"예, 답만 해주시면 저희도 바로 돌아갈 것입니다."

"그게 무엇인데?"

할머니는 여인인 무산을 보고서야 안심하는 듯했다. 나장 중에 여인은 없으니까. 두 사람이 누구를 잡으러 온 게 아니라는 걸 깨달은 것이다. 설랑은 부러 무해한 웃음을 드러내며 말했다.

"종이요. 종이를 얻는 법을 여쭈고자 합니다."

"종이?"

"예."

그러자 두 사람을 보던 할머니의 두 눈에 경계심이 떠올랐다.

"도성에 있는 지전에 가서 사면 되는 것을. 그런 걸 왜 묻습니까?"

"아, 그것이…… 값이 너무 비싸더라고요. 남원 종이처럼 좋은 걸 파는 것도 아니던데 왜 그렇게 비싼지 모르겠습니다. 혹시 이 근처에 종이를 파는 곳은 없습니까?"

할머니는 고개를 저었다.

"없습니다. 먹고 살기도 힘든데 종이를 어찌 산다고."

"하, 큰일이네요."

그러더니 설랑이 얼토당토않은 얘길 내뱉으며 연기를 하기 시작했다. 두 사람이 유민인 척 활인원에 갔을 때처럼. 누이가 몇 년 전 혼인하였는데 자형이 몇 달 전에 저세상으로 가버렸다고, 청상과부가 된 누님과 함께 팔도를 유람하면서 자형의 극락왕생을 기원한다나.

그러다가 용한 무녀를 만났는데 동소문 옆 낙산에 올라 기원을 적은 종이를 태우면 그 정성이 하늘로 닿을 수 있다고 하였다고, 그러나 노잣돈이 얼마 남지 않아 비싼 종이를 살 수는 없다면서 방도를 찾고 있다고 하였다.

아니, 저런 말도 안 되는 말에 누가 속는다고? 그리고 지금 누가 과부라는 거야!

그런데 그게 통했다…….

할머니는 안타깝다는 듯 무산을 보았고, 굳게 닫혀 있던 문들이 하나둘씩 열리며 사람들이 얼굴을 내밀었다.

"아이고, 이를 어쩌나."

"그래서 저 사내가 몸에 안 맞는 옷을 입고 있었군. 한창 자라날 나이 같은데……. 저 소매 좀 보라고. 손목이 훤히 보여."

"집을 떠난 지 오래되었나 봐. 몰골이 말이 아니야."

"우리 막심이도 저렇게 흙먼지를 묻혀서 다니지는 않는데."

"자세히 보니 사족 의복이구먼. 그런데 갓도 안 쓰고 다니다니. 노잣돈이 부족해서 팔아 치웠나 보지?"

그렇게 사람들은 한참을 수군거렸다.

할머니는 가까이 오라며 설랑에게 손짓하더니 뭐라 뭐라 속삭였다. 다 듣고 난 설랑이 할머니 손을 붙잡더니 고개를 숙였다.

"감사합니다. 정말 감사합니다."

"어서 가봐요. 가족을 잃은 마음은 내가 잘 알지……. 돌아가신 자형도 꼭 극락왕생할 거야."

설랑은 눈물을 글썽이더니 할머니의 가족도 극락왕생할 거라고 거듭 말했다. 그러고는 무산에게 돌아와 어서 떠나자고 눈짓했다. 두 사람은 서둘러 걸음을 옮겼다. 마을 사람들의 동정 어린 시선이 오래 따라붙는 게 느껴졌다.

설랑이 무산의 귓가에 소곤거렸다.

"아니, 손뼉도 마주쳐야 소리가 나죠. 누님이 그렇게 뚱한 표정으로 서 있으면 들통난다니까요?"

"……."

"괜찮아요, 제가 알아냈으니까."

"……."

"여기 사람들이 종이를 구한 건 휴지(休紙) 덕분이에요."

"휴지?"

"예, 이미 사용해서 더는 쓰지 않는 종이 말이에요. 그런 건 생각 보다 쉽게 구하니까요. 그런 걸 차곡차곡 모아 새 걸로 바꾸는 거죠. 저보고 서책 가진 게 있냐고 묻더라고요. 있다고 하니까 그거 한 권 가져다주면 백면지 네다섯 냥은 얻을 거라고 하던데요?"

"어디서?"

"그게 제일 중요하죠. 장의사요. 휴지를 모아서 장의사로 가져다 주면 불경 필사를 하라고 백면지로 내어준대요."

지면에 닿은 무산의 발이 더는 움직이지 않았다.

장의사에서 휴지를 백면지로 바꿔준다고?

* * *

민간에서는 옛 문서로 더는 쓰임이 없는 종이를 휴지라고 했다. 지 금은 쓰이지 않더라도 잠시 쉬는 종이, 곧 쓰일 종이라는 뜻이었다.

실제로 조지소와 군기감에서는 휴지를 재사용한 적이 있었다. 조 지소는 휴지로 저화지를 만들었고, 병기를 제조하는 군기감은 과거 시험에 낙방한 이의 답안지인 낙폭지로 종이 갑옷을 만들었다.

그러나 이러한 시도는 잠시 행해지다 곧 끝이 났다. 조지소는 더 는 저화지를 만들지 않았고, 이미 만든 저화도 사용되지 않으면서 사섬서(司贍署) 안에 쌓여갔다.

군기감도 마찬가지였다. 지갑 제작을 위해 군기감에 공급되던 휴 지 공물이 민폐라는 청원이 각도에서 제기되면서 더는 군기감도 종이 갑옷을 만들지 않게 되었다.*

그 뒤로 관료들은 휴지로 환지(還紙, 재생지)를 만드는 일을 시도하지 않았다.

그런데 장의사가 휴지로 환지를 만드는 데 성공한 것이다.

무산은 석함에 담겼던 종이들을 기억했다. 상급에서부터 하급에 이르기까지 아주 다양한 종이였다. 휴지로 환지를 만드는 것은, 특히 좋은 품질의 종이로 만드는 건 아주 까다로운 과정과 능력을 요하는 작업이었다.

그 종이들이 장의사에서 만들어진 거라면, 위에서는 어찌 생각하였을까. 원칙대로 처벌하려고 할까, 아니면 적당한 선에서 기세를 누르면서 이용하려고 할까.

무산은 후자라고 생각했다. 그러니 무녀인 자신까지 끌어들여 이 이제이를 하겠지.

설랑의 말을 들은 이보정은 곧장 도성으로 돌아갔다. 입궐해 이를 알려야겠다나. 진짜로 몰랐던 건지, 알고도 모른 척하는 건지 모르겠다.

무산은 멀어지는 그의 뒷모습을 보며 이번 일도 곧 마무리될 거라는 걸 깨달았다. 저들이 원하는 것을 모두 물어다 주었으니까.

활인원에 있는 사람들 모두가 전농시 소윤이 무당골 무녀와 두박신 사건을 조사하고 있다는 걸 알았다. 조금 더 지나게 되면, 그 무

---

*   이정, 『장인과 닥나무가 함께 만든 역사, 조선의 과학기술사』, 푸른역사, 2023, 131p

녀가 신병에 걸리기 전에는 감찰궁녀였다는 소문도 돌게 될 것이다.

그렇게 되면 일개 무녀에게 나랏일을 맡긴 조정도 체면을 살릴 수 있고, 두박신 조사에 무녀를 끌어들인 조정의 저의를 의심하던 장의사도 어느 정도 속일 수 있게 될 것이다.

하지만 아직 끝나지 않은 일도 있었다. 끝내지 못 한 일이 있었다.

유화를 죽인 흉수를 찾아내지 못했다.

황촌 마을 소녀의 목숨을 앗아갔던 흉수도…….

무산은 입직방에 홀로 누워 이런저런 생각을 하다 두 눈을 감았다. 곧 수마가 몰려왔다. 얼마나 잤을까, 무산은 무슨 소리를 듣고 잠에서 깨어났다. 어쩐지 그리운 목소리였던 것 같은데. 꿈을 꿨었나? 두 눈이 촉촉하게 젖어 있는 게 잠결에 눈물을 흘린 듯했다.

설랑의 목소리가 들렸다.

"누님! 누님!"

설랑이 문을 두드려 댔다. 무산은 자리에서 일어나며 대답했다.

"왜."

"들어가도 됩니까?"

"들어와."

설랑이 문을 열어젖히며 안을 두리번거렸다.

"누님, 괜찮으세요?"

"……괜찮냐고? 내가 혹시 무슨 소리를 냈어? 잠꼬대했나?"

"예? 아뇨, 그게 아니라…….."

설랑이 주위를 살피더니 안으로 들어와 문을 닫았다.

입직방 창문을 지난 달빛이 설랑 위에 고이면서 윤곽을 드러냈다. 설랑은 흙먼지로 뒤덮인 비단옷이 아닌 다른 옷을 입고 있었다. 활인원 병자 아니면 유민과 같은 모습이었다. 무산은 그런 설랑을 보고 활인원에 왔던 첫날을 떠올렸다. 아픈 누이를 업고 달렸던 한 소년의 땀을 떠올렸다.

설랑은 그때처럼 심려가 담긴 눈으로 무산을 보고 있었다.

"정말 괜찮으신 거예요?"

"……어."

"그렇구나. 제가 잘못 들었나 봐요."

"뭘 들었는데?"

"여기로 가보라고, 어서 가라고 누군가 외쳤거든요."

"……난 아니야."

"네, 알아요. 사람이 외친 것 같지는 않았어요."

"……."

"괜찮다니 다행이에요. 이만 가볼게요."

무산은 다시 문을 열려는 설랑을 말로 붙잡았다.

"설랑아."

"예?"

"며칠만 지나면, 다 끝이 날 거야. 너도 집으로 돌아가게 될 거고."

"……네."

"그러니까……."

사실 널 이용했던 거라고, 그래서 미안하다고 해야 하는데.

입에서 말이 나오지 않았다.

한참이 흘렀는데도 무산은 뒷말을 내뱉지 못했다. 설랑은 소리 없이 웃더니 문을 열었다. 그런데 문이 다 열리기도 전에 검은 인영이 나타났다.

검은 인영과 함께 시퍼런 날붙이 하나가 쑥 들어와 설랑의 몸에 꽂혔다. 살을 갈랐던 단도가 빠져나가자 뜨거운 피와 함께 설랑의 신음이 새어 나왔다.

무산은 너무 놀라 소리도 지르지 못했다. 피에 젖은 단도가 달빛 아래서 번뜩였다. 무산은 번뜩이는 반사광에 순간 밝혀진 괴한의 얼굴을 볼 수 있었다. 승려 성만이었다.

성만은 쥐고 있는 단도로 설랑의 목을 찌르려다 여인이 아닌 남인이라는 걸 확인하더니 설랑의 어깨 너머를 보았다.

무산은 성만과 눈을 마주쳤다. 본능적으로 자기가 다음이라는 걸 알 수 있었다. 아니, 처음부터 성만은 자신을 노린 거였다. 전농시 소윤과 손을 잡고 장의사의 비밀을 파헤치는 무녀를 해치러 온 거였다.

성만은 설랑을 옆으로 밀치더니 곧장 무산에게 달려들었다. 성만이 쥐고 있던 단도가 뒤로 넘어진 무산의 하얀 목을 찌르려는 순간, 누군가 성만의 등을 가격했다. 땔감으로 쓰는 장작을 움켜쥔 막념이었다.

성만이 통증에 상체를 비틀자, 막념은 장작으로 성만의 손을 때렸다. 곧이어 단도가 바닥에 떨어졌다. 효율적이면서도 빈틈없는 움직임이었다. 막념은 정말로 무예를 익힌 사람이었다.

단도를 놓친 성만은 낭패라는 얼굴로 아랫입술을 깨물더니 그대로 도망을 쳤다. 막념은 그런 그를 쫓았고, 무산은 무릎걸음으로 설랑에게 다가갔다.

설랑은 양손으로 배를 움켜쥐고 있었다.

"설랑아!"

무산은 몸을 떠는 설랑의 배 위로 손을 얹었다. 축축하면서도 따뜻한 것이 손바닥을 감쌌다. 의령 그 아이가 흘렸던 피와 똑같은 촉감이었다. 무산은 이 온기가 곧 사라질 수도 있다는 것을 경험으로 알았다.

무산은 설랑의 배를 힘껏 누르면서 소리 질렀다.

"의무! 의무! 여기 의무를 불러다 줘요."

무산의 목소리에 사람들이 깨어났는지 웅성거리는 소리가 들렸다. 곧이어 석명이 입직방으로 달려왔다. 무산의 목소리를 알아듣고 달려온 것 같았다.

"무산아, 무슨 일이야."

"의무, 의무를 불러주세요. 이 아이가, 칼에 찔렸어요."

그 뒤로 여러 사람이 입직방에 오고, 여러 사람이 입직방을 나섰다. 의무들이 치료를 시작하자 무산은 어쩔 수 없이 뒤로 물러섰다.

대신 무산은 설랑의 손을 움켜쥐며 울었다. 그때 의령을 끝까지 말렸더라면, 그랬다면 그 아이가 살았을 터인데. 그때 설랑을 데려오지만 않았더라면, 이 아이도 이런 일을 겪지는 않았을 터인데.

뒤늦은 후회가 뒤섞여 범람하며 무산의 마음을 집어삼켰다.

무산의 울음소리에 간신히 눈을 뜬 설랑이 위로하듯 말했다.

"누님을 살리려고 귀가 절 불렀나 봅니다. 다행이에요, 누님이 아니라서."

"……."

"사기에서 이런 구절을 본 적이 있습니다. 선비는 자기를 알아주는 이를 위해, 목숨을…… 목숨을 바친다고요. 이렇게 아프다는 것도…… 같이 써줬으면 좋았을 텐데요. 그러면 선비 같은 거…… 되고 싶어 하지 않았을 터인데."

그 말을 끝으로 설랑은 말을 뱉지 못했다. 그대로 정신을 잃었기 때문이었다.

* * *

천만다행이었다. 설랑을 찌른 칼은 크기가 작은 단도라 깊이 찌르지 못했고, 급소도 비껴갔다. 목숨에는 지장 없을 거라는 말에 무산은 한시름 놓을 수 있었다. 아마 성만은 목을 찌를 생각으로 단도를 가지고 왔을 것이다.

얼마 안 지나 성만을 뒤쫓았던 막넘이 돌아왔다. 어찌 되었냐는 말에 막넘은 도리질만 했다. 놓쳤다는 뜻이었다. 아예 담을 넘어 활인원 밖으로 도망을 쳤다고 했다. 평소라면 불가능했겠지만, 관졸들이 고방에 갇힌 판수 할아범을 주시하느라 가능했던 일이었다.

무산은 막념을 입직방 바로 옆 고방으로 데려갔다.

"성만이 범인이라는 걸 알고 계셨습니까?"

무산이 묻자 막념은 바로 아니라고 대답했다.

"그날 주지 스님이 무슨 말을 했던 건가요?"

"아무것도…… 아무것도 하지 말라고 하셨습니다."

"아무것도 하지 말라고요?"

"예, 아무것도 하지 말라고요."

"……"

"어쩌면…… 이런 일이 생길까 봐 염려하셨던 걸 수도 있겠지요. 혹시라도 제가 다칠까 봐요. 하지만 아무것도 하지 않을 수는 없었습니다."

"……귀틀집 안에만 머무르셨던 것, 아니었습니까?"

"안에서도 마음만 비우면 밖을 알 수 있습니다. 소리로 아는 게지요. 고방에 판수를 한 명 가둬놓으셨다고 들었습니다. 그 소문이 퍼지면서 성만 스님이 눈에 띄게 불안해했습니다. 관졸들의 감시가 소홀해진 틈을 타 월담도 몇 번 했었고요. 그때 확신했습니다. 성만 스님이 이상하다는 것을. 오늘 두 분이 활인원으로 돌아온 뒤에는, 유독 대청에 있는 입직방 주변을 맴돌더군요. 그래서 저도 귀틀집에서 나와 주변을 지키고 있었습니다."

"……"

"이만 가보겠습니다."

막념은 고방 문을 열려다가 무산에게 물었다.

"오늘…… 밖에서 단서를 찾으셨습니까?"

"그건 왜 물어보십니까?"

"혹시 그 단서가, 정업원과 관련이 있을까요?"

무산은 잠시 망설이다 솔직히 답해주었다. 막념은 무산에게 생명의 은인이기도 하니까.

"없습니다."

"그렇군요. 감사합니다."

무산은 막념의 목소리에서 안도를 읽어낼 수 있었다.

막념이 떠난 뒤 무산은 다시 입직방으로 갔다. 의무는 최선을 다했지만, 약재가 없어서 치료가 쉽지 않고, 날이 밝으면 도성으로 데려가 의원에게 보이는 게 낫겠다고 했다. 무산은 말없이 고개를 끄덕였다. 의무 말이 맞았다. 활인원에서는 사람을 살리는 게 쉽지 않았다. 차라리 설랑을 견평방에 있는 본가로 보내는 게 나을 것이다.

모두가 나간 뒤 무산은 홀로 남아, 설랑의 곁을 지켰다.

잠시 후 지팡이가 땅을 두드리는 소리가 들렸다. 핀잔을 주는 석명의 목소리와 넉살 좋게 대꾸하는 돌멩의 목소리가 언뜻 들리더니 문이 열렸다.

돌멩이 혼자 안으로 들어왔다. 석명은 바로 돌아갔는지 보이지도 않았다.

"무산아."

다 알고 있다는 목소리였다. 무산은 돌멩을 보자 목이 메었다. 시야가 흐려지고 눈물이 흘러나왔다. 무산의 흐느낌에 돌멩은 팔을 뻗으며 무산을 안아주었다.

"괜찮아."

"……."

"네 잘못이 아니야."

등을 토닥이는 돌멩의 손은 따스했다.

무산은 의령을 잃었을 때 이런 위로를 바랐었다. 슬픔으로 뒤덮여 아무것도 하고 싶지 않았을 때, 그저 자리에 몸져누워 하염없이 과거만을 그려보았을 때, 누군가가 네 잘못이 아니라고 말해줬으면 좋겠다고 생각했다.

그런데 막상 그런 말을 듣자…… 아니라는 생각이 들었다.

그들이 의령과 자신을 바둑알로 보았던 것처럼, 자기 또한 설랑을 바둑알로 보지 않았던가.

구렁텅이에 빠진 아이의 간절함을 이용해 썩은 동아줄을 던지지 않았던가.

정말로…… 자기 잘못이 아니었을까?

무산은 자기 자신에게 던지는 그 어떠한 질문에도 답을 할 수 없었다.

* * *

다음 날 아침 활인원으로 온 이보정에게 무산은 지난밤 벌어진 일을 알렸다.

이보정도 이런 상황은 예상하지 못했는지 어쩔 줄 몰라 했다.

무산은 침착하게 관졸들을 셋으로 나눴다. 한 무리는 장의사로 가서 성만을 찾게 했고, 다른 한 무리는 설랑을 데리고 견평방으로 가게 했으며, 마지막 무리는 활인원에 남아 이곳을 지키게 했다.

무산은 장의사로 가는 관졸들과 동행하고, 이보정은 견평방으로 가는 관졸들과 같이 가기로 했다.

활인원을 지키는 관졸들에게는 대문에 빗장을 내린 뒤 내부를 샅샅이 뒤지라고 당부했다. 성만이 담을 넘어 도망쳤지만, 안에 증좌를 남겼을지도 몰랐고, 다시 돌아와 몸을 숨길 수도 있기 때문이었다.

장의사에 도착한 무산과 관졸들을 제일 먼저 기다리고 있던 이는 장의사 승려가 아닌 사헌부 감찰 김윤오였다. 소식을 듣자마자 말을 타고 온 것인지 땀을 삐질삐질 흘리며 안부를 물었다.

"괜찮으십니까? 소식을 듣고 많이 놀랐습니다."

자기 손으로 구렁텅이로 밀어 넣고는 괜찮냐고 묻다니. 역시 이자는 상판대기부터 마음에 들지 않았다. 하지만 무산도 설랑에게는 죄인이었고, 설랑을 걱정하는 마음도 거짓이라 할 수는 없었다. 그러니 자신을 걱정하는 이자의 마음도 거짓이라고 볼 수는 없을 것이다.

무산은 겨우 고개를 끄덕였다.

중인 감찰과 무녀 그리고 관졸들.

장의사 승려들은 터무니없는 조합을 보고는 기함을 토했지만, 이들을 막지는 않았다. 그런데 아무리 뒤져도 성만이 보이지 않았다. 나장 수십 명을 추가로 데려왔는데도 찾아낼 수가 없었다.

머리카락이 없는 승려라 다들 이목구비를 분간하지 못하나 싶어 성만의 용모파기까지 급히 만들었지만, 소용이 없었다. 성만을 닮은 눈썹 한 올도 찾아볼 수 없었다.

결국 무산은 김윤오와 함께 장의사에서 철수했다. 이들은 혹시나 하는 마음에 활인원 주변도 수색했다. 사람은 불안해지면 친숙한 곳을 찾아가기 마련이었다. 장의사에 있는 게 아니라면, 활인원 근처에 있을 가능성이 높았다.

그렇게 한참을 뒤졌을 때, 무산은 유화의 방에서 성만을 찾아냈다. 정확히는 성만의 시신을 발견했다. 모습을 보니 독을 먹고 죽은 듯했다. 복독(服毒, 스스로 알고 먹은 것)일까, 중독일까. 그런데 왜 하필 이곳이었을까. 무산은 성만의 옷을 뒤져보았다. 역시나 종이가 나왔다. 안에는 무녀 유화와 자신은 서로 연모하는 사이였으나 유화가 변심해 그녀를 죽였다고 적혀 있었다.

무산은 이런 서신을 궁에서 자주 보았다. 이런 서신이야말로 가장 믿을 수 없는 증거 중 하나였다. 일단은 글을 아는 이 자체가 소수이고, 종이와 붓 그리고 먹은 절대 누구나 가지고 있는 게 아니니까. 게다가 치정이라니. 죽음의 진상을 감추기 위해 치정처럼 자주 이용되는 것도 없었다.

이럴 때는 검험해야 했다. 사람은 거짓말할 수 있어도, 시신은 거짓말하지 않는 법이니까.

"시신을 검험해야 합니다."

무산의 말에 김윤오는 고개를 끄덕였다.

"그래야죠. 함께 일하는 검험산파가 있습니다. 바로 부르겠습니다."

무산은 죽은 성만의 얼굴을 보았다. 피를 흘리며 부릅뜬 두 눈에서는 더는 지난밤의 번뜩임을 찾아볼 수 없었다. 그는 죽었다. 깨진 바둑알이 되어 버려지고 말았다.

* * *

무산은 대청 입직방에서 검험산파가 작성했다는 초검 험장을 읽었다.

사람의 모습을 그린 종이에는 성만의 시신 특징이 적혀 있었다.

많이 열린 입과 눈. 검붉은 얼굴과 입술. 입, 눈, 코 그리고 귀에서 흘러내린 피. 줄어든 혀. 끝이 검어진 손발톱. 부푼 배. 입에 남은 오물과 부어서 돌출한 항문.

검험산파는 실인이 중독이라고 했다. 복독이 아닌 중독, 즉 타살이었다. 그 이유는 시신 밖에 있었다. 유화의 방에 토한 오물과 새어 나간 혈변이 없기 때문이었다.

그녀는 성만이 다른 곳에서 죽었으며 나중에 이곳으로 옮겨진 거라 했다.

하지만 그것 외에는 더는 알아낼 수 있는 게 없었다. 목격한 자, 즉 간인이 없었기에 더욱 그랬다. 유화와 함께 살던 무녀들은 모두 활인원에 있었으니까. 성만이 누구와 있었는지, 어쩌다가 그곳으로 옮겨졌는지, 누가 옮겼는지를 우연히라도 목격했을 사람이 없었다. 설사 간인이 있더라도 이곳이 아닌 다른 곳에 있을 것이다. 성만이 진짜로 죽은 곳에. 그런데 그곳이 어디인 줄 알고 찾아간단 말인가.

검험산파라는 이도 이를 걱정했는지 이대로 끝낼 수는 없다며 감찰 김윤오에게 항의했지만, 감찰 나리도 뾰족한 수는 없는 듯했다.

무산은 두 사람의 대화를 들으면서 이 사건은 이대로 파묻히게 될 거라고 생각했다. 흥수도 그러려고 성만을 죽인 거니까.

성만은 두박신과 유화 그리고 장의사와 종이를 이어주던 연결점이었다. 그를 잘라내면 더는 엮일 일이 없었다. 사실상 꼬리를 잘라버린 것이다.

그 말인즉슨 장의사가 나섰다는 건데…….

그때 누군가 입직방 문을 벌컥 열었다. 귀틀집에 틀어박혀 묵언 수행을 하고 있다는 무언이었다.

그는 무산을 보자마자 다짜고짜 물었다.

"그 말이…… 정말입니까? 정말 성만 스님이 목숨을 잃었습니까?"

무언은 세상이 무너지기라도 한 것 같은 표정이었다. 무산은 차분히 대답했다.

"네, 그렇습니다."

무언의 얼굴이 일그러졌다. 무산은 그의 두 눈에서 빛이 꺼지는 걸 볼 수 있었다. 뭐랄까, 그것은 믿음의 빛이었다. 굳은 믿음이 깨졌을 때 보일 법한 눈빛이었다. 무언은 넋이 나간 듯 휘청거리면서 걸음을 옮겼다.

다음 날, 죽은 성만을 대신해 그에게 식사를 가져다준 매골승이 귀틀집 안에서 무언의 시신을 발견했다. 그는 가부좌를 튼 채 열반했다. 깨달음을 얻은 듯 아주 평온한 얼굴이었다.

* * *

무언은 죽기 전에 모든 걸 끌어안고 갔다.

실인은 병사였다. 활인원 사람들은 그의 죽음을 슬퍼하면서도 담담하게 받아들였다. 무너진 군자감 건물에 깔리면서 크게 다쳤던 그는 그 뒤로 아주 오래 병마와 싸워왔다고 했다.

그리고 이번에도 서신이 놓여 있었다. 자기 죄상을 고백하는 서신이었다.

그가 저질렀다는 죄는 하얀 종이가 아닌, 가사(袈裟, 승려가 입는 법의) 위에 피로 적혀 있었다. 여러 천을 얼기설기 엮은 가사 위에 적힌 그의 문장은 시종일관 담담하면서도 확고했다. 그것이 그의 자백이자 유언이었다.

"무산아, 넌 거기 적힌 걸 믿어? 무언 스님의 필체인 게 확실해?"

입직방에 있는 의자에 앉은 무산은 탁자 위에 엎드려 있었고, 돌멩은 침상 위에 앉아서는 지팡이로 땅을 툭툭 두드렸다. 무산은 두 눈을 감으며 대답했다.

"사족이라 글을 알았잖아. 활인원 문서 중 상당수는 무언 스님이 작성한 거야. 대조해 보니까 필체가 같았어."

"하지만…… 활인원 재정을 해결하기 위해 두박신 사건을 꾸며냈다니, 말이 안 되잖아."

"……."

"너도 안 믿지? 혹시 누군가 억지로 쓰게 만든 건 아닐까? 유화가 빚었던 술 말이야. 취심화 약재도 장의사가 구해다 준 거라며. 무언의 가슴 통증을 줄이는 데 쓰라고. 그런 술을 사족 여인에게 먹인 뒤 환각에 빠지게 해 두박신인 척 속였다니. 그러면 호환으로 죽었다는 사족 여인의 정혼자도 사실은 무언 스님과 성만 스님이 죽인 거라는 거야? 난 못 믿겠어. 차라리 장의사가 그런 거라고 하면 믿겠다. 무언 스님, 정말 좋은 분이었다던데……."

"좋은 사람이었으니까, 좋은 사람이라서 그런 글을 남기고 죽은 거야."

"뭐?"

무산은 가사에 적혀 있던 마지막 구절을 떠올렸다.

부디 이를 경계하며 동사섭을 실천하기를 바란다는 구절을.

무산은 무언의 시신을 발견한 매골승에게 동사섭이 무엇이냐고 물었다. 매골승은 보살이 중생을 제도할 때 행하는 사섭법 중 하나라고 답했다. 고뇌하는 중생을 구제하고 성불의 길로 인도할 때 함께 일하고 생활하며 고락을 나누는 동사법을 행하면 자타불이(自他不二, 나와 남은 둘이 아니라 하나)의 진리를 체득하고 다른 이와 함께 부처의 경지에 이를 수 있다고.

무산은 무언이 남긴 마지막 말이 실은 장의사에게 건네는 말이라는 걸 알아차렸다.

무언이 두박신 사건과 관련하여 장의사에게 이상함을 알렸는데도 응답을 얻을 수 없었던 것은 사실 그 막후가 장의사였기 때문이었다. 그리고 어느 순간 무언도 이를 알아챘을 것이다. 성만이 유화를 죽이면서 확신하였을 테고.

그 충격으로 번뇌에 사로잡혀 귀틀집에서 묵언 수행을 했던 듯했다. 그리고 끝내 성만이 죽었을 때는…….

그러나 무언은 이를 폭로하지 않았다.

죄를 명백히 드러내면서도 자기 죄로만 만들어 장의사에 여지를 남겨주었다.

다만 죄를 일부만 적었다. 취심화로 빚은 술을 먹고 헛것을 보았던 병자와 파두유를 먹고 죽었던 바락 그리고 호환이라도 당한 듯 갑작스레 죽었던 조지소 관리는 언급하지 않았다. 두박신 소문을 이용해 장의사 종이를 만들어서 시중에 유통했다는 이야기도.

무언도 그것까지는 몰랐던 걸까? 아니면 알고 있었는데도 감춰야 했기에 말하지 않았던 걸까.

무산이 알고 싶은 건 이 부분이었지만, 아마 영영 알 수 없을 터였다.

가사에 피로 물들인 문장 사이사이에, 행간에 남아 있을 그 마음을 무산은 읽어낼 수 없었다.

* * *

무언이 모든 걸 자백하는 글을 남긴 뒤 병사했다. 이런 사건에서 그럴듯한 자백은 사실상 파루와도 같았다. 야금의 끝을 알리는 종소리처럼 모든 걸 끝내버렸다. 파루가 쳤으니 굳게 닫힌 활인원의 문도 곧 열릴 터였다.

함께 찾아냈던 크고 작은 진실의 파편도, 성만의 죽음이 사실은 복독이 아니라 중독이라는 것도, 모두 끊어진 연결고리를 이을 수 있는 단서였지만, 단서는 단서일 뿐 증거가 될 수 없었다.

무녀를 앞세워 이이제이를 노렸던 이들이 과연 단서 몇 개만을 쥔 채 본격적으로 나서려고 할까? 장의사와 척을 지면서 확실한 증거를 찾으려고 할까?

조선의 이치가 된 유학이 척불을 한다고 할지라도, 왕실은 여전히 절에서 불사를 행했고, 정업원처럼 특수한 절을 비호했다. 확실한 명분을 가진 게 아닌 이상, 그렇게 하지는 않을 것이다. 게다가 죽은 이들은 무녀와 매골승이 아닌가.

사바세계에는 사람의 목숨에도 경중이 있었다. 매에게 쫓기던 비둘기를 살리기 위해 자기 목숨을 내놓았다는 시비왕을, 이곳에서는 쉬이 찾아볼 수 없었다.

이대로 끝을 내겠지. 그때가 되면 무격들은 무적에 오르게 될 테고, 활인원에 무포세를 내거나 활인원에서 노역을 하게 될 것이다. 가사에 적혀 있던, 무언이 걱정했다는 활인원의 재정은 결국 무격의 주머니에서 빼낸 재물로 채워지게 되겠지. 그것이 두박신 사건을 겪으면서 나라가 준비했다는 대책이었다. 무당골 사람들이 활인원에 갇혀 있는 동안, 그들은 어떻게 무격을 통제할지, 어떻게 무격을 이용해야 나라에 득이 될지를 고민했던 것이다.

그것이 나라에 득이었다면, 무격에게는 실이 될 게 분명했다. 설사 그 변화가 무격에게 득이 된다고 할지라도 무산 본인은 받아들이고 싶지 않았다.

누군가의 손아귀에 있는 것이 싫어 탈궁하였는데, 결국 밖에서도 벗어날 수 없다니.

부처의 손아귀에서 놀아나던 손오공이 된 기분이었다.

그렇게 무산이 칠정 중에서도 성냄(怒)과 근심(憂), 두려움(懼) 그리고 미움(憎)에 휩싸여 있었을 때, 정말로 이보정이 찾아와 두박신 사건의 끝을 알렸다.

"그동안 고생 많았네. 사건이 잘 마무리되어서 다행이야."

다행이라고? 대체 누구에게 다행이란 말인가. 그러나 무산은 아무 말도 내뱉을 수 없었다.

의령이 소나무였다면, 자신은 대나무였다. 거센 바람이 불어오면 제 몸을 기울이는 대나무. 그래야 꺾이지 않는다는 걸 무산은 본능으로 알고 있었다.

"……."

"참, 견평방에 갔다 왔는데, 설랑의 상태가 좋지는 않더군."

"상태가 좋지 않다고요?"

무산의 격한 반응에 이보정은 괜찮다는 듯 손을 내저으며 말했다.

"큰 문제가 있다는 건 아니고, 분명 안정을 되찾았는데 깨어나지를 못한대."

"깨어나지 못한다고요?"

"때가 되면 깨어날 거라고, 너무 걱정하지는 말라고 했다던데⋯⋯. 집안 분위기가 말이 아니더라고. 그나저나 자네도 알았나? 설랑이 서자라던데?"

"아, 예."

"아쉬운 일이야. 사족이라면 크게 되었을 터인데."

"⋯⋯."

"하긴 뭐, 기회라는 게 언제 어떻게 올지는 아무도 모르는 것이지. 자네를 보게나. 여관 임명을 앞두고 신병에 걸려 무녀가 되었다가 이렇게 사건을 해결하면서 국무가 되지 않나."

"네? 국무가 된다고요?"

순심이 그냥 해본 말이 아니었단 말인가? 국무? 진짜로 국무가 된다고?

"몰랐는가? 이번 사건을 잘 해결하지 않았나. 자네는 국무가 될 거야. 그렇게 되도록 궁정상궁이 큰 힘을 썼지. 자네를 도울 수 있는 건 이번뿐이니까⋯⋯."

"⋯⋯."

무산이 이보정의 말을 알아듣지 못하자 그는 눈썹을 씰룩이며 말했다.

"모르고 있었는가? 궁정상궁은 큰 병에 걸려서 더는 궁에 있을 수 없네. 살날이 얼마 남지 않았지. 늦어도 내년 봄이면 궐에서도 나가게 될 거야."

* * *

『고려사』에서는 하지 초후(初候)에 사슴이 뿔을 갈고, 닷새 뒤인 차후(次候)에 매미가 울기 시작하며, 그 닷새 뒤인 말후(末候)에는 끼무릇이라고도 불리는 반하(半夏)가 열매를 맺는다고 했다. 다시 찾은 무당골은 여름의 길목에 놓여 있었다. 뜨거운 햇빛이 푸른 잎에 고이고, 그 아래 내려앉은 그늘에 몸을 숨긴 매미가 우렁차게 울었다.

무산과 함께 무당골로 돌아온 사람들이 마을을 살펴보며 놀라워했다.

"집이 멀쩡해."

"그러게. 우리가 그렇게 오래 집을 떠나 있었는데……."

"방울이랑 부채도 그대로 남아 있네! 다른 건 몰라도 내가 무구를 잃을까 봐 얼마나 걱정했다고."

"무구 잃어버리면 무당도 더는 무당이 아니지."

"하마터면 구애비(鬼業, 노화나 사망 등으로 무당이 더는 무업을 할 수 없게 되었을 때 쓰던 신구를 몰래 파묻거나 감추는데, 신병을 앓던 이가 이를 찾아내 모셔가면서 무업을 잇는 것) 뜰 뻔했어."

"나장놈들이 이걸 그냥 두고 갔을 리가 없는데……."

사람들 시선이 무산에게 향했다. 무산은 말없이 석명의 집으로 걸음을 놓았다.

무산은 자기가 한 일이라는 걸 드러내고 싶지 않았다. 정확히 따지면 무산이 한 것도 아니었다. 무산의 부탁을 받은 순심이 해준 거였다. 순심이 마을을 지켜준 것이다.

사실 무산은 그것이 얼마나 어려운 일인지를 알았다.

힘 있는 다른 이들에게는 쉬운 일일지 모르겠지만, 순심은 아니었다. 내외명부 여인을 단죄하는 궁정상궁으로 지내면서 청탁을 받지 않는 것이 순심의 원칙이자 지조였다. 그것이 큰 것이든 작은 것이든, 일절 받아들이지 않았다. 그랬던 순심이 무산을 위해 자기가 가진 힘을 대놓고 이용했다. 인연 한 번 맺은 적 없는 무당골을 지켜주었고, 무산을 구하고자 했다. 무산을 궐내 출입이 가능한 국무로 만들어 힘을 실어주고자 했다.

더는 자기가 지켜줄 수 없기에…….

그 생각을 하자 마음에 돌을 내려놓은 듯했다.

순심을 향했던 원망과 실망 그리고 분노는 그날 밤 이후로 사그라들었다. 그리고 그 자리에 피어난 다른 감정은 무산도 구분할 수 없을 정도로 복잡했다. 엉킨 실타래와 같아 오랜 시간 차근차근 풀어야만 알아낼 수 있을 듯했다.

그러나 차근차근 풀어내기에는 무산과 순심에게 시간이 없었다.

이런저런 생각을 하며 방문을 열었을 때, 방 안 가득 쌓여 있는 열 섬이 보였다. 하나, 둘, 셋, 넷, 다섯…… 열. 무산에게 쌀 열 섬을 보낼 이는 한 명뿐이었다.

왕신을 모시는 가문의 가주. 설랑의 사촌 형.

설랑은…… 설랑은 괜찮을까?

무산이 넋 놓고 쌀이 담긴 섬을 보는 사이 뒤에서 소리가 들렸다. 나무와 돌이 맞닿아서 나는 소리였다.

"무산아!"

돌멩이었다. 지팡이로 섬돌을 두드리며 돌멩이 무산을 찾았다.

무산은 돌멩을 돌아보았다. 앞도 못 보면서 자기 몫은 어쩜 이렇게 잘 찾아오는지. 어쩐지 웃음이 나왔다.

"내가 그랬지. 너 육 할에 나 사 할이라고."

무산이 능청스레 말했다.

"갑자기 뭔 소리야. 아, 가주가 주고 가기로 한 거? 쌀 다섯 섬?"

"열 섬이야."

"왜 다섯 섬이 늘었어?"

"가주가 더 준다고 했어. 다시 그 마을로 가서, 왕신을 떠나보낼 수 있게 해달라고 하더라고. 그래서 더 준 거야."

"흠…… 나는 반대야. 그 집안 좀 이상해. 그 집 마님이 소리 질렀을 때 기억 안 나? 나는 지옥문이 열린 줄 알았어. 야차가 올라온 줄 알았네. 그리고 그 집 가주도…… 엄청 이상하던데. 탐관오리들처럼 악독한 건 아니지만, 뭔가 지독해. 괜히 거기 갔다가 코 꿰이면 어쩌려고?"

"그래도 해보려고. 내가 할 수 있는 건 한번 다 해보려고."

"……뭔가 냄새가 나는데. 대체 무슨 바람이 불어서 우리 무산이 보살 마음이 되었을까? 다섯 섬 더 받으려고 이러는 건 아닐 텐데. 심지어 내가 육이고 네가 사인데?"

"무슨, 무슨 소리를 하는 거야?"

"냄새가 나. 냄새가. 내가 사람 마음은 좀 정확하게 보거든."

"뭔 소리를 하는지 모르겠네. 앞도 못 보면서."

"야! 그 말 좀 기분 나쁘다? 내가 너한테 눈에 뵈는 것만 볼 줄 알고 사람 마음도 못 본다고 말하면 기분 좋아?"

"아니, 내가 너를 놀리려고 했던 건 아닌데, 미안해……."

"미안하면 나 칠 할, 너 삼 할."

"……."

"……? 야, 너 내가 그때 얼마나 고생했는 줄 알아? 누가 너 붙잡고 얼굴도 못 본 남자랑 혼인해 보라고 한 시진이나 꼬신다고 생각해 봐."

"하하하하."

조금 전부터 입꼬리를 배회하던 웃음이 커다란 소리가 되어 나왔다. 어쩐지 낚인 생선이 된 기분이었다. 그러나 돌멩이라면…… 기꺼이 낚여줘야지. 마음을 내어준다는 것은 그런 걸 테다. 내가 원하지는 않더라도 상대가 원하는 것이라는 걸 알기에 모르는 척 휘말려 주는 것.

무산이 의령에게 그랬던 것처럼.

"그래, 그러자. 너 일곱 섬, 나 세 섬."

"진짜?"

돌맹의 얼굴에 금세 화색이 번졌다. 무산은 새어 나오는 눈물을 소매로 닦으며 말했다.

"대신 조건이 있어."

"뭐? 아니 또 무슨 조건 따위를 걸어. 양심이 없네. 활인원에서도 날 그리 부려 먹더니!"

"오늘…… 떡을 좀 만들자."

"떡?"

"응, 굿을 할 거야."

* * *

무산은 돌맹에게 쌀 일곱 섬을 내어주었고, 방에서 한 섬을 더 꺼냈다.

그런 뒤에는 돌맹과 함께 시루떡을 만들었다.

우물에서 퍼온 물로 쌀을 깨끗하게 씻은 뒤 물에 불렸다. 한참을 불린 뒤 가루로 빻아 고운 체에 거르고는 떡가루를 만들었다. 그 사이사이에 팥을 손질했다. 붉은팥과 거피팥이었다.

깨끗이 씻은 붉은팥을 솥에 넣어 무르게 찐 뒤 절구에 넣고 찧었다. 그런 뒤에는 성긴 체인 어레미에 내려 팥고물을 만들었다. 거피팥은 맷돌에 넣고 쪼개 겉껍질을 벗긴 뒤 물에 푹 불렸는데, 불린 팥을 힘껏 비벼 껍질을 남김없이 없앤 뒤 무르게 쪄서 체에 내렸다. 그렇게 거피팥고물도 완성되었다.

무산이 준비한 시루는 총 세 개였다. 하나에는 하얀 떡가루만 담았고, 다른 하나에는 떡가루와 거피팥고물을 층층이 담았으며 마지막 하나에는 떡가루와 붉은 팥고물을 층층이 담았다.

마지막으로 시루에 베 보자기를 덮어서는 끓는 솥 위에 얹어 떡을 쪘다.

피어오르는 연기와 함께 떡 찌는 냄새가 사방으로 퍼졌다.

방에 있던 석명은 문을 활짝 열고 그 모습을 말없이 지켜보았다. 평생 벽사 굿을 해왔던 석명이 보기에 탐탁지 않은 구석이 한두 개가 아니었다. 그러나 석명은 아무 말도 하지 않았다. 무산과 돌멩이 물어보는 것에만 답을 해줄 뿐이었다.

이제껏 무산과 돌멩은 제의 음식을 직접 마련한 적이 없었다. 그래도 서당개 삼 년이면 풍월을 읊는다고, 어디서 보고 들은 건 있어 떡을 세 종류나 만들었다. 백설기는 천신이나 용신, 산신에게 시루째 바치는 녹음이시루였고, 거피팥시루떡은 조상신이나 별성, 군웅 같은 그 아래 신에게 바치는 떡이었으며, 붉은팥시루떡은 잡귀에게 먹이는 떡이었다.

석명은 소매로 연신 땀을 닦아내며 더운 여름에 불을 피우는 무산을 보고 생각했다.

무산은 대체 무슨 굿을 하려는 걸까. 천도굿일까, 치병굿일까, 액막이굿일까, 당산굿일까.

정체를 알 수 없는, 아주 복잡한 굿일 것 같았다. 어쩌면 다 하고 싶었던 걸지도.

무산은 항상 복잡했다. 생각도 많았다. 생각이 많으면 감정도 많아지는 법인데, 자기 가슴을 들여다보려고 하지는 않았다. 처음 무당골로 왔을 때부터 그랬다. 무산의 문제는 사실 밖이 아닌 안에 있었다. 그러나 무산은 자기 마음을 마주하는 대신 마음에 벽을 쌓으며 궁에서 도망쳤다. 무당골로 도망 와 숨듯이 살았다.

자기 마음으로부터 도망칠 수 있는 이가 대체 어디 있단 말인가.

언젠가는 무산도 그 이치를 알게 될 것이다. 그리고 자기 마음을 제대로 바라보며 인정하게 되겠지. 어쩌면 지금이 그때일지도…….

그래서 석명은 아무 말도 하지 않았다. 대신 마음을 보태주었다.

아마 무산이 나눠준 떡을 받고 어리둥절해할 마을 사람들도 그러할 것이다. 떡을 한 입 베어 물며 무산을 생각하고, 떡을 씹으면서 무산을 위하는 마음을 품겠지.

무격이란 그러했다. 힘없는 잡귀를 뒷전에서 풀어먹이고, 생면부지의 남을 위해서도 마음을 보태는 이들이었다.

이렇게 크고 작은 마음이 모이면서 무산의 마음도 태산처럼 커질 것이다. 그렇게 마음이 커지면 무산도 제 마음을 세세히 들여다볼 수 있겠지. 그것이 복잡하게 얽혀 있다 할지라도, 풀어낼 수 있을 것이다. 가는 실타래와 달리 두꺼운 밧줄 더미는 쉬이 풀 수 있는 법이니까. 그렇게 되면 그 안에 담긴 걸 가지고 무언가를 해볼 용기도 얻지 않을까.

그래, 그럴 것이다.

석명은 진심으로 기원했다.

과거에 얽매여 지금을 살지 못하는 미련한 아이지만, 전혀 다른 신들에게 바치는 떡들을 시루째로 한꺼번에 올리는 모자란 아이지만, 강신도 없고 뒷전도 없는 불완전한 굿을 하는 부족한 아이지만…….

천지신명이시여, 부디 이 아이를 보우하소서.

이 정성을 갸륵히 여기소서.

* * *

자리에 누운 무산은 의령을 생각하고, 설랑을 생각하고, 순심을 생각했다. 사당에 갇혀 있을 왕신을 생각했고, 두박신을 복수의 신으로 만든 어린 소녀를 생각했다.

취심화로 빚은 술을 마시고 두박신을 찾았던 병자를 생각했고, 한 증막에서 파두 중독으로 죽었던 또 다른 병자를 생각했다. 두박신에게 복수를 청해 아직 혼례도 올리지 않은 지아비를 죽이려고 했던 사족 여인을 생각했고, 그 기원으로 호환인지 타살인지 알 수 없는 죽음을 맞았던 사족 남성을 생각했다. 유화를 생각하고 성만을 생각하다가 무언을 생각하기도 했다.

그렇게 다른 이들을 생각하다 마지막에는 자기 자신을 생각했다.

이제 무엇을 해야 하지? 알 수 없었다.

밖에서 부르는 소리가 들렸다.

"무산아."

순심의 목소리였다. 무산은 자리에서 일어나 문을 열었다.

달빛이 보슬비처럼 쏟아지는 마당에 순심이 서 있었다. 순심의 낯빛은 평소와 같았다. 병색을 찾아볼 수는 없었다. 다만 서늘한 달빛에 온몸이 밝게 물들어서 핏기가 없는 듯했다.

궁에서 나갈 정도라면 병환이 깊은 걸 텐데…….

이렇게 돌아다녀도 괜찮은 걸까?

무산은 입 밖으로 나오려는 걱정을 도로 삼키며 방에서 나왔다.

순심은 무산을 마을 바깥으로 데려갔다. 산자락에 멈춰 선 순심이 잠시 얕은 숨을 내쉬더니 미간을 살짝 찌푸리며 허리를 꼿꼿이 세웠다. 무산은 그 순간을 놓치지 않았다.

"장의사가 활인원을 더 적극적으로 돕겠다고 하더구나. 앞으로 승려와 무격이 동서활인원을 도맡게 될 거야."

"……진상을 파헤쳐 더는 이런 일을 하지 말라고 경고하고, 이를 드러내지 않으면서 상대의 체면을 살려줬군요. 그러면 상대도 그 대가를 내어놓을 테니까요."

"결과적으로는 잘된 일이다. 이제 활인원도 더는 쌀과 약재를 걱정할 필요가 없겠지."

"그래서 일부러 무격인 저를 내세웠던 게지요? 결과적으로는 잘 되게 하려고? 혹시라도 수가 틀어지면 저를 희생양으로 삼으면 되니까요."

"너는…… 총명하였지. 알아서 눈치껏 행동하였고. 나는 네가 잘 해낼 거라고 믿었다."

"그 밀명은, 그 밀명은 무엇입니까. 괴력난신이 진짜인지 알아내라고 했던 것. 그 명은 왜 내린 겁니까. 저를 방패로 내세우려고 했던 거라면, 그런 명까지 내릴 필요는 없었을 텐데요."

"사람의 쓰임새가 어찌 하나만 있겠느냐. 그래서 알아는 내었느냐?"

"……"

"그 일은 급할 게 없다."

사람의 쓰임새. 조금 전에 느꼈던 애잔함과 걱정이 순식간에 사라지고 욱하는 분노가 솟아올랐다. 무산은 잇새로 감정을 내뱉으며 말했다.

"그 명 때문에…… 그 명 때문에 제가 설랑을 끌어들여서, 그 아이가 칼을 맞았습니다."

"그 아이가 맞지 않았다면 네가 칼을 맞았겠지."

"……"

"말해보거라. 그 명의 무엇이 그 아이를 끌어들이게 하였더냐. 너는 어찌하여 그 아이를 끌어들였지?"

"……"

무산은 한참이나 침묵했다. 순심은 그 시간만큼 무산을 바라보다가 탄식하며 말했다.

"내가 정말로 몰라서 네게 묻는 게 아니다. 나는…… 나는 네가 말해주기를 기다리는 거다."

"……."

"그래, 기다리는 거야……."

그러나 순심은 무산이 끝끝내 말해주지 않을 거라는 것도 알고 있었다.

그렇다면 역시…….

순심은 마지막 말을 뱉었다.

"별다른 일만 없다면, 너는 국무가 될 거다. 그래, 별다른 일만 없다면 그리될 거야."

* * *

무산은 방구석에 앉아 순심이 해줬던 말을 곱씹어 보았다.

별다른 일만 없다면 그리될 거고? 그 말은…… 국무가 되기 싫으면 별다른 일을 만들어 내라는 것처럼 들리지 않는가. 아닌데…… 순심은 그런 말을 할 사람이 아니었다.

그런데도 왜 그런 것 같다는 생각이 들지?

무산은 심경이 복잡해졌다.

무산은 순심의 마음을 가늠할 수 있었다. 앞으로는 그도 자신을 도와줄 수 없으니까. 그래서 무산이 처한 환경이라도 바꿔주려고 하였다. 두박신 사건에서만 구해주는 게 아니라 모든 일로부터 구해주고 싶었기에 무산을 국무 자리에 올리려 했던 것이다.

그러나 국무가 된다고 하여 안전해지는 건 아니었다. 무녀에게 궐처럼 위험한 곳도 없었다. 살얼음판 위를 걷는 듯한 궁궐 생활. 그곳에서 마음을 들여다보는 것처럼 위험한 일도 없을 것이다. 그러나 국무는 그리하여야 했다.

무당의 일은 마음과 관련된 것이기에. 욕망을 들어주는 일이기에.

국무당 가이(加伊, 태종 때부터 이름을 날린 무녀)보다 신력이 뛰어났다던 흑무 보문이 어찌 죽었던가. 병에 걸린 성녕대군을 구하고자 궐에 주식(酒食)을 차려 기원하였건만, 성녕대군이 졸하자 조정 관리들은 이게 보문의 탓이라 했다. 재물을 탐한 보문이 궁 안에서 사술을 행하여 성녕대군이 졸한 거라고. 국무당 가이도 능히 기양하지 못해 화를 초래한 죄가 있으니 율에 의해 치죄해야 한다고 했다.

교형을 당할 뻔했던 보문은 결국 장형을 받은 뒤 관비로 유배되어 울산으로 향하다 성녕대군의 노복들에게 길에서 맞아 죽었다.

그 욕망이 충족되지 않는 순간, 무당에게 되돌아오는 건 원망이 아니라 폭력이었다.

그러니 국무가 된다고 하여도 무산은 안전할 수 없었다.

아니, 오히려 위험했다. 자신이 국무가 되어 궐로 들어가는 것만큼 탐관오리들을 자극할 만한 일도 없었다. 순심의 말대로 무당을 죽여 살인멸구하거나 괘씸한 마음에 해코지하는 이들이 아닌가. 궐에 가게 되어 그들의 죄상을 상감에게 고할 가능성이 커진다면, 그들은 절대 가만있지 않을 것이다. 어떻게든 몰아내려 할 것이다. 그러다 쫓겨나게 되면, 그때는 누구도 자신을 구할 수 없으리라.

원래부터 낮은 곳에 있던 이는 눈에 띄지 않아 쉬이 도망칠 수 있지만, 높은 곳에 있다가 낮은 곳으로 떨어지는 이는 모두의 표적이 되는 법이었다. 매사에 냉철한 순심이 미처 이 점을 생각하지 못했던 건, 조급함 때문이었을까? 시간이 얼마 남지 않았으니까.

어찌 되었든 다른 방법을 찾아야 했다. 국무가 되지 않을 별다른 일을 만들어야 했다.

국무가 되지 않으면서도 사기를 쳤던 탐관오리로부터 안전하게 살아남을 수 있는, 그런 별다른 일로…….

그러다 무산은 밀명을 떠올렸다. 두박신이라는 괴력난신이 진짜로 있는지를 알아보라고 했던 밀명을. 그래, 그걸 끝낼 때가 되었다.

무산은 이리저리 따져보며 방법을 생각해 보더니 문을 박차고 나갔다. 잠깐의 달음박질 끝에 돌멩의 집에 당도했다. 마침 돌멩은 툇마루에 앉아 아침 햇볕을 느끼고 있었다.

무산의 거친 숨소리에 돌멩은 미간을 찌푸리며 말했다.

"아침부터 뭐 하는 거야. 나장이라도 온 줄 알았네."

"돌멩아, 너, 나 믿지?"

"뭐래. 너 또 무슨 짓 했어?"

무산은 돌멩에게 귓속말했다.

귀를 내주었던 돌멩은 멍한 얼굴이었다가 이내 미간을 찌푸리며 말했다.

"너 이거 부탁하려고 어제 쌀 줬냐?"

"아냐, 그래서 그런 거 아니야."

"……."

무산의 별다른 일은 돌멩이 없으면 제대로 해낼 수 없었다. 그러나 돌멩이 거절하여도 무산은 이해할 수 있었다. 큰 화를 당할 일이 없도록 만반의 준비를 하겠지만, 그래도 위험한 건 사실이니까.

다만 돌멩이 거절한다면…… 다른 방법을 찾아봐야겠지.

잠시 후 돌멩이 심드렁한 얼굴로 입을 열었다.

"그러든지."

"진짜? 너 내가 한 말 자세히 들은 거 맞아?"

"야, 내가 눈이 안 보이는 거지 귀가 먼 건 아니거든."

"아니, 진짜로. 이거…… 위험할 수도 있어."

"위험은…… 네가 석명 대신 악독한 사족을 따라나섰던 그날부터, 그걸 듣고 너랑 같이 가겠다고 나섰을 때부터, 그때부터 내 운명이려니 하고 받아들였어."

그러고는 쥐고 있던 지팡이를 휘두르며 말을 이었다.

"그러니까 좀 제대로 하란 말이야! 내가 그 탐관오리 새끼들 그냥 놓아줬던 것만 생각하면, 자다가도 열불이 나서 앞이 보여요!"

* * *

동활인원 앞에 사람들이 모였다. 두박신의 실체가 드러날 거라는 소문을 듣고 사방에서 모인 사람들이었다.

이들 중에는 두박신에게 기원을 하던 이도 있었고, 궁금증을 이기지 못해 온 이도 있었으며 투서를 받고 찾아온 이도 있었다. 사헌부 감찰 김윤오와 전농시 소윤 이보정이 그러했다. 또⋯⋯ 빼앗긴 가족을 위해 온 이도 있었다.

웅성거리는 사람들 앞으로 가면을 쓴 이들이 모습을 드러냈다. 한 명은 거문고를 든 여인이었고, 다른 한 명은 지팡이를 짚는 남인이었다.

여인은 남인에게 길을 안내한 뒤 미리 펴놓은 멍석 위에 앉게 했다. 맹인이 자리에 앉자, 그 앞에 거문고를 놓아주었다. 그런 뒤에는 바로 옆에 앉아 멍석 위에 놓여 있던 지필묵을 움켜쥐었다.

종이를 펼친 여인이 먹물로 적신 붓을 세우자 맹인의 손끝에서 신들린 듯한 음률이 흘러나왔다. 사람의 마음을 잡아당기며 하늘 높이 들어 올렸다가 바닥이 보이지 않는 심연으로 떨어뜨리는 듯한 격한 음률이었다.

가락이 저 깊은 곳에서 천천히 기어올랐다. 저 소리를 형상으로 표현해보자면, 칠월 보름에 귀문을 지나며 이승으로 넘어오는 객귀 같았다. 등줄기에 소름이 돋아나고, 침이 꼴깍 넘어갔다.

이윽고 가락이 가장 높은 곳에 올랐을 때, 목소리가 들렸다. 노래하듯 울려 퍼지는 목소리였다.

앳된 여인의 목소리.

가면을 쓴 여인이 목소리를 종이 위에 적기 시작했다.

그때 구경하던 이들 중 한 명이 소리를 질렀다. 내 딸이야! 내 딸 목소리야!

목소리는 이야기를 들려주었다. 자신이 어쩌다가 목숨을 잃었는지, 누가 자기 목숨을 앗아갔는지. 그때 사람들의 입에서 침음이 터져 나왔다. 홍수가 실존하는 이였기 때문이었다.

저런 이가 녹을 먹으며 나랏일을 하다니. 어찌 이리 악독한 이가 있을 수 있는가.

목소리는 앳된 여인이 되었다가 어린아이가 되었고, 힘없는 노인이 되었다.

사방에서 통곡이 울려 퍼지고, 탄식이 이어졌다. 그들의 가족이, 그들을 아는 이들이 이곳에 있었다.

그때 어떤 사족 남인이 욕지거리를 내뱉으며 뛰쳐나와서는 두 사람에게 삿대질하며 호통쳤다.

사헌부 감찰과 전농시 소윤은 저자가 조금 전 어린아이의 목소리가 이야기하던 홍수라는 걸 알아보았다.

아이가 전한 정보는 상당히 자세했고, 너무나 또렷하게 저자가 홍수라는 걸 드러냈다. 당상관 아비를 둔 정육품 관리였던가. 평소 평판이 좋았던 이는 아니었다.

사헌부 감찰과 전농시 소윤은 저 목소리가 귀신의 소리라고 생각하지는 않았다. 다른 이의 죄상을 폭로하려고 누군가 꾸며낸 소리겠지. 하지만 목소리가 가짜라 할지라도 그 내용마저 가짜라고 할 수는 없었다. 목소리가 이야기하는 단서와 증거가 저리도 명확하다면, 그것을 모아봐야 하는 게 아닐까?

그때 뛰쳐나간 이가 거문고를 연주하는 이의 가면을 벗겨버렸다.

그런 뒤에는 바로 옆에서 글을 쓰고 있던 여인의 가면도 벗겨버렸다. 그자는 두 사람을 알아보았다.

네, 네놈들이! 분명 그때 악귀를 거둬갔다고 하지 않았더냐!

통에 가둬서 깊은 물에 빠뜨렸다고 하였는데!

그러자 노인의 목소리가 사라지고 아이의 목소리가 튀어나왔다.

나리, 제가 헤엄쳐서 나왔습니다. 보세요, 나리를 위해 수귀도 데려왔습니다.

그런 뒤에 울려 퍼지는 아이의 웃음소리.

그런데 가면이 벗겨진 이들의 입이 움직이지 않았다. 분명 목소리가 어딘가에서 나오고 있는데, 두 사람의 입술은 굳게 닫혀 있었다.

귀다. 진짜 귀다. 귀가 나타나 억울함을 토로하는구나.

허공에서 자기 소리를 내는구나.

사람들이 풍랑에 휩싸인 배처럼 소요했다.

사족 남인은 앉아 있는 두 사람에게 발길질하며 방해하기 시작했다. 그러자 사람들이 뛰쳐나가 그를 막았다.

그러는 중에도 목소리는 끊임없이 이야기했고, 거문고 음률이 울려 퍼졌으며 종이 위에는 죄상이 적혔다. 누군가는 통곡했고, 누군가는 악행에 분노해 소리를 질렀다.

아수라와 제석천이 싸워도 이리 난장판이 되지는 않았을 것이다.

그리고 이 모든 일을 꾸민 두 사람의 정체를 확인한 김윤오와 이보정은…….

기가 막혀 헛웃음만 지었다.

* * *

무산은 사헌부로 잡혀가 추문을 당했다.

그들은 묻고 또 물었다. 그래서 무산은 저들이 묻는 대로 답해주었다. 약간의 거짓말을 사실에 보태서. 저들의 죄를 어쩌다가 알게 되었는지, 자기가 어떻게 저들에게 협력하였는지, 그 죄로 어쩌다가 신력을 잃게 되었는지 그리고 뼈저리게 후회하였는지.

며칠 뒤 그들은 무산과 돌멩을 풀어주었다. 무산이 예상했던 대로였다.

사헌부에서 나온 무산과 돌멩을 제일 먼저 맞이한 건 이보정이었다.

"자네! 내가 그렇게 안 봤는데, 참으로 특이한 사람이군. 가만히 있으면 국무가 되는 것을, 대체 왜 그런 짓을 한 건가?"

무산은 돌멩을 부축하며 말했다.

"그래도 며칠 만에 무사히 나온 걸 보면, 나리가 힘써주신 것 아닙니까?"

"뭐, 그, 그렇기는 하지. 근데 나는 어쩔 수 없이 도운 거고. 감찰이 힘을 좀 썼어. 아니, 투서를 보내도 사헌부나 의금부에 보낼 것이지, 전농시에는 대체 왜 보내냔 말이야! 두박신이 어쩌구 해서 다 끝난 일이 또 터진 줄 알고 깜짝 놀랐네. 내가 자네 때문에 코가 꿰여서 얼마나 고생했는 줄 아는가?"

"감사합니다."

"내가 감사 인사를 받겠다고 그러는 건 아니고. 아무튼 자네가 불덩이를 던지는 바람에 지금 난리가 났네, 난리가. 무덤 파서 시신 검험하고, 사건 조사도 하고. 자네가 갇힌 다음 날에는 궁정상궁이 증좌들을 가지고 사헌부로 찾아가기까지 했다고."

"궁정상궁이요?"

무산은 잠시 말을 잇지 못했다.

김윤오와 이보정이 나서줄 거라는 건 무산도 예상했었다. 이보정은 어쩔 수 없이 나섰겠지만, 김윤오는 이런 일에 특화된 사람이었으니까. 성만의 시신을 발견하였을 때도 이대로 덮을 수는 없다는 검험산파의 말에 동조하지 않았던가. 뾰족한 수가 없어 대국을 뒤집지는 못했지만.

하지만 이번에는 달랐다. 소문이 퍼지면, 아무도 모르는 일을 세간에 드러내는 게 아니라 모두가 알게 된 일을 수습하는 게 된다. 조정도 지난번처럼 유야무야 얼버무릴 수 없을 것이다.

그리고 순심은…….

무산도 순심이 자신을 도와줄 거라고 생각했었다. 그걸 믿고 이렇게 일을 크게 벌인 거기도 하고. 하지만 이렇게 과감하게 도와줄 거라고는 미처 생각하지 못했다. 모은 증좌를 몰래 넘기기만 하면 되는 것을, 왜 굳이 사헌부로 찾아가 모습을 드러냈지?

무산이 의혹에 빠진 사이, 이보정이 설마 하는 얼굴로 말했다.

"자네 혹시 경차관(敬差官, 특수 임무를 띠고 지방에 파견된 관직)인가? 신병에 걸려 궁을 나간 게 아니라, 따로 밀명이라도 받아서 나온 거

411

야? 탐관오리를 잡으려고?"

"그럴 리가요."

"그래? 나도 혹시나 해서 묻는 말이네. 그런 소문이 돌더라고. 아무튼 앞으로는, 이런 일이 생기면 차근차근 순차대로 해결하게. 이렇게 툭 던지면 아니 된단 말일세. 알겠는가?"

위에서 뭘 할 때는 자기 맘대로 하더니 아래에서 뭘 할 때는 절차를 지키라고 하다니.

두박신 사건을 조사하라는 명을 갑작스레 받았을 때 이렇게 이야기했더라면 무산은 항명죄로 잡혀가지 않았을까? 그리고 '앞으로는'은 없었다. 이번이 마지막일 테니까.

무산은 비아냥대는 대신 공손히 고개를 끄덕였다.

그러자 이보정이 진짜 본론을 꺼냈다.

"자네가 두박신 사건을 해결한 공도 있고, 이런 일을 하면 안 된다는 율문이 있었던 건 아니었으니까. 그래서 말감(末減, 가장 가벼운 죄에 처함)하기로 하였네. 외방에 처해졌지. 자네는 도성은 물론이고 성저십리 안에도 머무를 수가 없어. 무당골로 돌아가면, 바로 짐을 꾸려서 떠나야 할 거야."

"돌멩도…… 저와 같이 잡혀갔던 판수도 그리해야 합니까?"

이보정은 무산에게 기댄 채 힘겹게 걸음을 옮기고 있는 돌멩을 보았다.

"저자는 거문고 뜯은 거 외에는 딱히 한 게 없잖나. 그래도 같이 떠나는 게 좋을 거야. 혹시 모르는 일이니까. 당분간은 어디 조용하면서도 안전한 곳에서 머물게나."

그런 곳을 무슨 수로 찾을까. 그래도 신경 써서 해주는 말이었기에 무산은 구태여 반박하지 않았다.

무산은 잠시 고민하다가 물었다.

"설랑은…… 좀 나아졌습니까?"

"안 그래도 잠시 견평방에 들렀다가 오는 길이네. 설랑은 괜찮아. 며칠 전에 깨어났다고 하더군. 다만 몸이 좋지 않아 당분간은 거동이 어려울 걸세. 달포는 누워 있어야 할 거야."

"……."

"설랑 그 아이가 자네 걱정을 많이 하던데."

"저는 잘 지낼 터이니, 쾌차하라고 전해주십시오."

"그래, 그리하지."

이보정은 무산과 돌멩을 무당골까지 데려다주었다.

마을 입구에 도착하니 복숭아나무 아래 사람들이 모여 있는 게 보였다. 커다란 보따리 두 개도. 하나는 무산의 것이었고, 다른 하나는 돌멩의 것이었다. 외방에 처했다고 이렇게 당장 쫓아낼 줄이야.

무산이 몸을 돌려 이보정을 보자 그는 어쩔 수 없다면서 어깨를 으쓱했다.

무당골 사람들이 무산과 돌멩을 둘러싸고 위로했다.

"우리가 힘이 없어서 미안하다. 너는 우리를 지키려고 애써주었는데."

"짐 쌀 때 보니까 두 사람 방에 쌀섬이 가득하던데, 그건 무거워서 가지고 갈 수가 없잖아. 그래서 우리가 재물로 바꿔 보따리 안에 넣었어."

그러고는 보따리를 건네주면서 선물로 무구를 하나씩 넣었다고 무산에게 일러주었다. 성심을 다해 수백 번 접었다는 살잽이꽃 지화와 이리저리 몸을 휘는 버드나무 나뭇가지, 소리가 나지 않는 외방울이었다.

외방울을 준 이는 자기가 가진 무구 중 가장 중요한 거라고, 가망신이 하도 닦달해서 빌려주는 거라면서 때가 되면 꼭 돌려줘야 한다고 했다.

재회를 기약하는 말이었다.

무산은 웃으며 고개를 끄덕였다. 언제가 될지는 모르겠지만, 언젠가는 다시 만나게 되겠지.

오래 머물면 무당골 사람들에게도 화가 닥칠 수 있었기에 무산은 돌멩과 함께 곧장 떠나려고 했다. 그런데 이보정이 갑자기 능장을 부렸다. 무당골 옆 죽림에 자리를 잡고 앉아서는 땀을 좀 식히고 가자면서 두 사람을 붙잡았다. 그 모습이 마치 누군가를 기다리는 듯했다.

"그러면 여기서 혼자 쉬십시오. 저희는 먼저 가겠습니다."

"어허, 갈 곳이 없다는 걸 내가 뻔히 아는데 먼저 가기는 뭘 먼저 가나. 잠깐 좀 쉬다가 가게. 자네는 멀쩡해도, 이자는 좀 쉬어야 할 듯한데?"

이보정의 턱짓을 따라 무산은 돌멩을 돌아보았다. 돌멩은 지친 기색이 확연했다.

무산은 궁녀 출신이었고, 두박신 사건도 도맡았기에 평문하던 이들도 손속에 사정을 두었다. 일개 무녀가 사건을 조사했다는 건, 심지어 상감의 총애를 받는 사헌부 감찰과 함께 일했다는 건 또 다른 내막의 존재를 의미할 수도 있으니까. 다들 혹시나 하는 마음이었을 것이다.

그러나 줄곧 활인원에 갇혀 있던 판수는 이들이 보기에 너무나 하찮은 존재였다. 관습도감 출신이면 뭘 하겠는가. 그래봤자 예인인 것을. 형문을 하지는 않았지만, 딱히 배려를 해주지도 않았을 것이다.

무산은 소매로 돌멩의 땀을 닦아주며 물었다.

"괜찮아?"

"응……. 그래도 좀 쉬었다 가자."

외방에 처했는데 감히 죽림에 머물다 갔다면서 도로 붙잡아 치죄하지는 않겠지?

무산은 댓잎이 수북하게 쌓인 곳에 돌멩을 앉힌 뒤 그와 등을 맞대고 앉았다. 두 사람이 서로에게 기댄 채 휴식을 취하자 이보정이 흠흠 헛기침을 했다.

"둘이 정말 친하군."

"예."

"그, 뭐, 혹시……."

"아뇨, 아무 사이도 아닙니다. 오누이라고 보시면 됩니다."

"아, 오누이……."

이보정은 말끝을 흐리며 수긍했지만, 두 사람의 모습을 탐탁지 않다는 눈으로 보았다.

아무튼 사족들은……. 무산은 그냥 눈을 감아버렸다.

불어오는 바람에 대나무가 쏴아아, 소리를 내며 몸을 흔들었다. 댓잎은 파도가 되어 이리저리 출렁였고, 무산의 얼굴에 내려앉은 햇빛은 윤슬이 되어 반짝였다. 무산은 소매로 땀을 닦은 뒤 귀를 기울였다. 돌맹이 잠들었는지 쌕쌕 소리를 내며 숨을 쉬었다.

이렇게 잠시 쉬어가는 것도 괜찮겠지.

문제는 그다음이었다. 이제 어디로 가지?

돌맹의 단골집에 잠시 들러 상황을 가늠하는 것도 나쁘지는 않을 듯했다.

그때 그 샛눈이라는 아이는 보릿고개를 잘 넘었을까? 아직도 죽은 어미를 위해 왕생진언을 읊고 있을까? 샛눈의 어미에게는 무슨 일이 있었던 걸까.

무산이 이런저런 생각을 하는 사이, 옆에 앉았던 이보정이 갑자기 외쳤다.

"왔다!"

왔다고? 설마 함정이었나?

무산은 화들짝 놀라 눈을 떴다. 그러고는 이보정의 시선이 향한 곳으로 휙 고개를 돌렸다.

무산의 시선 끝에도 사람이 한 명 서 있었다. 세 사람을 향해 격하게 손을 흔드는 이는…… 왕신을 모시는 가문의 가주였다.

* * *

전수련이 외숙의 집에 머문 지도 벌써 한 달이 되었다.

모친의 분노로부터 잠시 피해 있다가 무녀를 데리고 내려가려고 했는데…… 어쩌다 보니 일이 꼬여 이렇게 되었다.

생각해 보니 처음부터 제대로 된 게 없었다.

자형과 손을 잡고 왕신이 사당 밖으로 나온 척 일을 꾸몄다. 밤늦게 소리를 만들어 냈고, 아궁이 불도 꺼뜨렸고, 사당에 기거하면서 왕신에게 몸을 빼앗긴 척했다. 그런데 사당에 진짜로 왕신이 있을 줄이야!

모습이 보이거나 소리가 들리는 건 아니었지만, 분명 사당에 무언가가 있었다. 그래서 수련은 무산을 처음 보았을 때 왕신이 드디어 정체를 드러낸 줄 알았다. 그러나 낡은 짚신을 신은 여인의 발은 지면에 딱 붙어 있었고, 그 아래에는 그림자도 있었다. 왕신 문제를 해결하기 위해 자형이 데려온 무녀였던 것이다.

무산. 무녀의 이름은 무산이었다. 말도 잘 통하고, 머리 회전이 빠른 이라 일도 잘 해결할 수 있을 줄 알았는데. 하필이면 왕신단지를 내던지려 하는 순간에 모친이 돌아왔다.

수련은 모친이 그렇게 화가 난 모습을 생전 처음 보았다. 기세로 사람도 죽일 수 있을 듯했다. 남들 앞에서 차마 자친(慈親)이라고 부르기 민망할 정도였다.

일단은 급한 대로 삼십육계 줄행랑을 쳤다. 남은 일은 자형에게

417

맡길 수밖에. 사위는 백년손님이라고 하지 않는가. 모친이 가문의 손님을 죽이려 들지는 않으시겠지.

하지만 자기는 마을에 남아 있으면 모친의 손아귀에 목숨을 잃을 것이 분명했다!

그런데 설랑이 따라와서는 이렇게 말했다. 외숙의 허락을 받지 않고 내려왔기에 혼자 올라가면 매를 맞게 될 거라고. 그러니 같이 가자고. 아니, 매라니. 설마 외숙이 설랑을 구박하는 건 아니겠지? 적서의 구별이 엄연하다고는 하지만, 서얼을 핍박하는 것은 오랑캐나 하는 짓이었다. 그래서 수련은 설랑도 구해줄 겸 함께 한성부로 올라갔다.

수련이 같이 와서 그런 걸까. 외숙도 설랑을 크게 혼내지는 못했다. 이것은 그나마 불행 중 다행이었다. 그러나 자신은 누가 구해준단 말인가. 본가로 돌아가면, 모친에게 멍석말이를 당할 것이다. 이러나저러나 잃는 목숨! 사내가 칼을 뽑았으면 무라도 잘라야지! 그래서 수련은 왕신을 아예 내보내기로 결심했다. 모친이 반대하더라도, 이번에는 반드시 내보내리라.

게다가 설랑도 사당 안에 있는 왕신이 고통을 받고 있다고 했다. 모친이 이를 알게 된다면…… 어쩌면 동의할지도 모른다.

수련은 모친의 마음에서 가장 큰 비중을 차지하는 이가 왕신이라는 걸 알았다. 어쩌면 자식들보다 더 큰 존재일 수도……. 어렸을 때는 그게 섭섭했지만, 지금은 그러려니 하게 되었다. 이제 수련도 더는 모친만을 바라보는 어린아이가 아니었으니까.

그래서 곧장 무당골로 가 무산을 찾았다. 무산이 휘두르는 몽둥이에 맞을 뻔했지만, 지난번 경험을 살려 쌀과 베를 가지고 무산을 설득하려고 했다. 그런데 무당골 사람들이 왕명으로 잡혀갔다면서, 도저히 도와줄 수 없다고 했다.

이럴 수가. 마른하늘에 날벼락이 내리치는 줄 알았다.

그러나 상식이 있는 이라면 수련의 상황보다 무산의 상황이 훨씬 더 심각하다는 걸 알 터였다. 이쪽은 제 목숨 하나만 달렸지만, 저쪽은 무당골 사람들의 목숨 전체가 엮여 있었다.

물론 수련에게는 자기 목숨이 가장 중요했지만…….

그래도 마음이 안타까워 어찌 된 일인지 수소문해 보았다. 사람들이 장대에 종이를 걸어놓고는 두박신이라고 부르면서 기원을 했다나? 그게 나라님의 귀로 들어가면서 도성과 경기 지역이 난리가 났다고 했다. 그래서 무격들이 죄다 잡혀간 거라고.

왕신은 왕처럼 모신다고 하여서 왕신인데, 두박신은 꽈당 넘어지는 신이라 두박신인가? 높은 장대에 걸어놓으면, 자주 쓰러질 것 같기는 했다. 다만 수련이 이해할 수 없는 것은…… 어찌하여 무녀인 무산은 홀로 잡혀가지 않았느냐였다.

그래서 설랑의 형인 원랑을 통해 수소문을 해보았다. 알고 보니 무산은 그냥 무녀가 아니었다. 궁에 있다가 나온 사람이었다고! 무산과 관련하여 사족들 사이에서도 여러 말이 돌았는데, 그중에는 무산이 궐과 아직 연이 닿아 있다는 소문도 있었다. 무당골에서 우연히 마주쳤던 남인들이 욕을 퍼부으며 그런 말을 내뱉는 걸 듣기는 했지만, 그게 진짜였을 줄이야.

그래서 혼자 잡히지 않은 건가?

그나저나 이를 어쩐단 말인가. 도성과 성저십리의 무격들이 모조리 잡혀갔으니 다른 무격을 찾을 수도 없을 듯했다. 커가는 두려움에 속이 타들어 가고 있을 때, 설랑이 갑자기 오랫동안 출타한다고 했다. 노복 말로는 딱 봐도 궐 사람처럼 보이는 이가 집까지 찾아왔다던데……. 무슨 명을 받았다나? 수련은 설랑에게 대체 무슨 일이냐고 몰래 물어보았다.

그러자 설랑은 형님에게만 솔직히 말하는 거라면서 귀에다 대고 속삭였다. 왕명을 받아 무산과 함께 두박신 사건을 조사한다고. 자기가 그들에게 도움이 될 수 있다고 하니 꼭 돕고 싶다나. 그렇게 말하면서 눈물까지 글썽거렸다.

혼자가 된 무산이 홀로 무당골 사람들을 구해낼 수는 없으니, 조력자로 설랑을 택한 건가? 그날도 다짜고짜 설랑에 관해 물어보기에 어린 남인이 취향인가 싶었는데, 역시 오해한 거였다. 설랑이라……. 어찌 보면 탁월한 선택이었다.

설랑은 원체 정이 많은 아이였다. 이번에도 무당골 사람들이 잡혀간 걸 알게 되자 자기 일처럼 슬퍼했다. 언젠가 외숙에게 내쳐지면, 자기도 무격이 되어 부평초처럼 살아야 한다고 생각하는 듯했다.

설마 외숙이 자식을 내치기야 하겠는가. 서자도 자식은 자식인데. 그것은 천륜이었다. 게다가 외숙이 설랑을 사역원 한학생도로 만든 것을 보면, 거기다 신병도 철저히 비밀로 하는 것을 보면, 외숙도 설

420

랑을 퍽 아끼는 듯했다.

나중에 기회를 봐서 네가 오해하고 있는 거라고 타일러줘야지.

어찌 되었든 설랑이 무산을 도와 이번 일을 해결한다면, 무산도 설랑에게 고마움을 느낄 게 분명했다. 그렇다면 설랑의 사촌 형인 자신의 부탁도 전처럼 단칼에 거절하지 못하겠지. 그래서 수련은 설랑을 응원했다. 너는 할 수 있다면서 힘을 북돋아 주었다.

그런데 이제나저제나 돌아오기만 기다리고 있을 때, 설랑이 들것에 실려서 왔다. 배에 칼을 맞았다고. 수련은 이렇게 중하게 다친 이를 생전 처음 보았다. 모두가 놀라 어쩔 줄 몰라 할 때, 숙모가 노복에게 의원을 불러오라 외쳤다. 그런 뒤에는 서둘러 방에 자리를 폈고, 설랑을 눕히게 했다.

외숙이 설랑을 데려온 관리에게 이게 어찌 된 일이냐고 물었다. 자신을 전농시 소윤이라고 소개한 이는 자괴감 가득한 얼굴로 이렇게 설명했다. 사건 조사를 하다가 흉수의 공격을 받았다고.

그는 설랑이 걱정되었는지 바로 떠나지 않았다. 한 시진 뒤에 당도한 의원이 설랑을 진찰할 때까지 옆에 앉아 곁을 지켰다. 다행히 상처가 깊지 않아 목숨에는 지장이 없다고 했다. 며칠 뒤에 깨어날 거라고. 그제야 그는 안도의 한숨을 내쉬며 자리에서 일어났다.

그가 이만 가보겠다고 하자 외숙은 부리나케 일어나 그 뒤를 따랐다. 그때 수련은 처음으로 외숙에게서 위화감을 느꼈다.

그렇게 나간 외숙은 설랑 곁으로 돌아오지 않았다. 정말 코빼기도 보이지 않았다. 이따금 마루에서 헛기침하며 깨어났냐고 물을 뿐 방 안으로 들어와 얼굴을 살펴보지는 않았다.

수련은 속으로 혀를 찼다. 어찌하여 설랑이 불안에서 벗어나지 못했는지, 언젠가는 부평초처럼 떠돌아야 한다고 생각했는지 이제야 알 수 있을 것 같았다. 그러고 보니 무산이 설랑에 관해 물었을 때, 이렇게 말해줬었다. 외숙은 자식 사랑이 깊어서 자식을 성공시키는 일에 가장 큰 보람을 느낀다고. 그때 무산이 한심하다는 눈빛으로 저를 보았는데! 그래서 이랬던 거로군. 왜 누구는 듣자마자 바로 알아차리고, 누구는 직접 와서 보고 나서야 알게 되는 건지 모르겠다.

수련은 설랑을 데리고 본가로 가야겠다고 결심했다.

모친이 괴팍하기는 하였으나 외숙 같은 장사치는 아니었다. 자식으로 장사를 하려는 외숙 밑에 있으니 호랑이 같은 모친 밑에 있는 게 나을 것이다. 그래도 의견은 물어봐야겠지. 자기를 따라가면 사역원 한학생도 그만둬야 하지 않는가. 설랑도 딱히 그쪽에 뜻을 둔 것 같지는 않았지만……. 그보다는 청운의 꿈을 품은 듯하였는데, 그 꿈은 설랑이 서자가 아닌 적자라 할지라도 과거 급제를 하지 않는 이상 불가능한 꿈이었다.

그리고 며칠이 더 지났다. 설랑의 혈색이 눈에 띄게 좋아졌다. 그런데도 깨어나지를 못했다. 다시 불러온 의원조차 영문을 알 수가 없다고 할 정도였다.

그사이 외숙과 숙모는 여러 번 싸웠다. 외숙의 집은 본가에 있는 집과 비교했을 때, 너무나 작았다. 본채와 대문채뿐이었고, 본채에는 방이 두 개밖에 없었다. 외숙과 숙모가 방 하나를 같이 썼고, 건

너편 방을 원랑과 설랑 그리고 수련이 함께 썼다. 그렇기에 수련은 건너편 방에서 넘어오는 소리를 강제로 들을 수밖에 없었다.

자세히 들리지는 않았지만, 두 사람은 설랑을 두고 싸우는 듯했다. 외숙이 뭐라고 말하자 숙모는 그딴 게 중하냐며 적당히 좀 하라고 화를 냈다.

누워 있는 설랑도 저 소리를 듣고 있는 걸까? 이제껏 저런 소리를 듣고 살았던 걸까?

수련은 혹시나 하는 마음에 설랑의 귀를 양손으로 막아주었다.

어렸을 때 수련도 부친과 모친이 사당 안에서 싸우는 걸 우연히 들은 적 있었다. 그때 느꼈던 두려움은…… 어린아이가 감당하기에는 너무나 컸었다. 그나마 다행이었던 건, 수련이 살던 가옥은 숨어서 다툴 수 있을 정도로 아주 넓었고, 부친과 모친도 수련 앞에서는 싸우지 않으려고 노력했다는 점이었다.

낮과 밤이 몇 번은 더 바뀌었을 때, 설랑이 깨어났다.

드디어 깨어난 것이다. 수련이 호들갑을 떨며 설랑이 깨어났다고 외쳤다. 숙모는 방문을 벌컥 열며 설랑을 살폈다. 반면 부리나케 본채에서 달려 나간 외숙은 전농시 소윤에게 이 소식을 알리라고 노복에게 일렀다.

수련은 이를 알고 혀를 내둘렀다. 저걸 처세술이라고 해야 할지, 상술이라고 해야 할지…….

몇 시진 뒤, 전농시 소윤이 찾아왔다. 그는 설랑이 깨어난 걸 보더니 제 인척 일처럼 크게 기뻐했다. 그러나 누님은 어찌 되었냐는 설랑의 물음에는 낯빛을 바꾸며 주저했다.

누님? 설랑에게 언제 누이가 생겼지?

그런데 그 누님이 무산이란다!

설랑이 무녀인 무산을 누님이라고 부르는 것만으로도 기함을 토할 만한 일이었는데 전농시 소윤이 전해준 근황은 아예 믿기지 않을 정도였다.

두박신 사건을 잘 해결해 국무가 될 뻔하였는데, 사람들을 모아놓고 탐관오리들의 죄상을 폭로하는 바람에 사헌부로 끌려갔다나? 그것도 그냥 폭로한 게 아니라 요망한 술법으로 폭로했다고 했다. 억울하게 죽은 이의 혼을 불러 목소리를 내게 하였다고.

이 일을 두고 나라님과 당상관이 모여 논의까지 했다고 한다. 다행히 사헌부 감찰이 사건의 초점을 무산이 아닌 탐관오리들의 죄상으로 맞추었고, 궁정상궁이 그 증거들을 가져다가 사헌부에 내주면서 상황이 확 바뀌었다고.

그렇다고 조정이 요망한 술법을 부리는 무녀를 좌시할 수는 없었다. 과가 있어도 공이 있으면 죄가 감해지고, 공이 있어도 과가 있으면 공이 깎이는 법.

그렇게 공으로 더해지고 과로 깎이면서 무산은 말감되었고, 무당골에서 쫓겨나게 되었다.

설랑과 전농시 소윤은 무산의 향후 거처를 걱정했다. 가진 것 없는 젊은 무녀가 대체 어디서 자리를 잡는단 말인가. 수련은 그들의 걱정을 눈빛을 반짝이며 들었다.

남의 불행에 기뻐하면 안 되는 법이었지만, 이렇게 좋은 기회라니! 수련은 저도 모르게 큰 소리로 말했다. 무산을 자기 본가로 데려가겠다고.

* * *

왕신 마을을 외부와 차단하는 벽이자, 그 존재를 감추는 가림막인 관목 수풀은 주로 조릿대와 이대, 개비자나무로 이루어져 있었다.

길섶에는 야트막하게 자라는 조릿대를 심어놓아 접근을 막았고, 개비자나무 중간중간에 대나무를 심어놓아 서로 뒤엉켜서 자라게 했다. 그 결과 이곳의 관목 수풀은 누군가 일부러 조릿대를 밟고 다가가지 않는 이상 자세히 볼 수도 없게 되었다. 사실 바짝 다가가더라도 솔솔 부는 실바람도 통과할 수 없을 정도로 울밀하였기에 그 너머를 볼 수는 없을 터였다. 덕분에 세 사람은 한참을 헤매고 나서야 입구를 찾아낼 수 있었다.

"여기다!"

가주의 말에 돌멩이 투덜거렸다.

"내가 분명 이쪽이라고 했는데."

"아니, 자네는 몇 달 전에 한 번 와본 게 다이고, 앞을 못 보니까 당연히 틀렸을 줄 알았지⋯⋯."

그만 가야 한다와 더 가야 한다를 두고 한참을 옥신각신했던 두 사람이었다.

자기 집으로 가는 길이니 자기가 틀릴 리 없다는 가주의 고집에
세 사람은 앞으로 좀 더 나아갔고, 반 시진을 더 허비하게 되었다.
결국 되돌아와 돌멩이 말하는 곳을 찾고 나서야 세 사람은 마을로
이어진 통로에 들어설 수 있었다.

"이대가 길섶까지 조금 튀어나와서 자라난 곳이라는 건 대체 어
찌 알았는가?"

돌멩에게 감탄한 가주가 앞장섰고, 돌멩이 그 뒤를 이었다. 마지
막으로 무산이 뒤따르려고 했을 때, 뒤에서 인기척이 느껴졌다.

고개를 돌리자, 건너편 영산홍 군락에 누군가 서 있는 게 보였다.
무산은 돌멩에게 말했다.

"먼저 가. 조금 있다가 따라갈게."

"응? 알았어."

돌멩이 수풀로 이루어진 통로를 지난 걸 확인한 무산이 몸을 돌려
영산홍 군락으로 향했다. 그곳에는 검은 너울을 쓴 여인이 있었다.

가까이 다가갈수록 정신이 흐릿해지는 듯했다. 꿈을 꾸는 것 같달
까. 무산이 다가가자, 너울을 쓴 여인이 무언가를 품에서 꺼냈다.

부적이었다. 무산은 이 부적을 기억했다. 사당 시렁 밑에 붙어 있
던 부적과 모양이 같았다.

무산의 입이 잠꼬대하듯 말을 뱉어냈다.

"흑무 보문의 신딸, 흑무 공이······."

이십 년 전 왕신을 단지에 봉했다는 흑무의 신딸이었다.

그러나 그녀는 사람을 죽인 일이 밝혀져서 낭떠러지로 뛰어내렸

다고 하였는데.

죽지 않고 살아있었단 말인가?

곧이어 검은 깁을 스치며 목소리가 전해졌다. 서늘한 검날 같으면서도 창백한 달빛을 닮은 목소리였다.

"초혼부야. 이걸 붙이면, 왕신을 더 오래 붙잡아 둘 수 있어."

"초혼부?"

"이 부적을 쓰면 혼을 이곳에 남게 할 수 있어. 하지만 대가를 치러야 하지. 그때 이 집 아씨는 대가를 치르겠다고 했어. 그 대가가 무엇이든, 얼마든지 치르겠다고 하였지."

"그 대가가 뭐였죠?"

"보통은 부적을 쓴 사람이 생기를 빼앗기기 마련이야. 그러다가 목숨도 빼앗기지."

"그 말은, 이 집 마님의 생기로 왕신을 붙잡고 있다는 건가요?"

그녀는 웃음기가 묻어나는 목소리로 대답했다.

"이 집 아씨는 그렇게 생각했었지. 하지만 아직 살아있잖아? 실제로는…… 왕신이 그리하지 않았어. 그러기 싫어했거든. 대신 제 살을 깎아 먹었지."

자기 살을 깎아 먹었다니?

그녀는 무산의 손에 부적을 쥐여주며 말을 이었다.

"혼은 쉽게 사라지지도 못하거든. 쪼개지고 흩어졌다가 다시 합쳐지면서…… 끊임없이 고통을 받는 거야. 물론 그 고통에도 끝은 있어. 이십 년은 혼도 버틸 수 없을 만큼 긴 시간이지. 이제는 돌아가야 해. 네가 이 집 아씨에게 택일하라고 해. 왕신을 이곳에 남겨 소멸하게 할 것인지, 혼을 보내줘 저승에서 재회할지 말이야."

"왜 직접 가지 않고 저에게……."

"그 일은 너만 할 수 있어. 필요한 건 네가 다 가지고 있거든. 그리고 나는…… 이미 죽은 사람이야."

무산은 그 말을 알아듣지 못했다.

그때 누군가 무산을 불렀다.

"무산아!"

돌멩의 목소리였다. 무심결에 목소리가 들린 쪽으로 고개를 돌렸다가 도로 앞을 보았다. 그런데 아무도 없었다. 꽃잎을 찾아볼 수 없는 푸르른 영산홍만 있을 뿐이었다.

돌멩의 목소리가 이어졌다.

"뭐해, 왜 안 와? 혼자 뭐 하는데?"

무산은 자기 손을 내려다보았다.

부적은 여전히 손안에 남아 있었다.

* * *

마침 가주의 어미는 가주의 자형과 함께 무녀를 찾으러 밖으로 나가고 없었다.

마을 사람들에게서 모친이 없다는 말을 들은 가주는 크게 기뻐하더니 무산과 돌멩을 본가로 데려갔다. 그사이 무슨 일이 있었는지 알아보겠다며 가주가 행랑아범을 찾아간 사이, 무산은 돌멩에게 관목 수풀 앞에서 본 걸 얘기해주었다.

이때 돌멩은 방에 앉아 휴식을 취하고 있었다. 그런데 무산의 말을 듣더니 순간 숨을 쉬는 것도 잊은 듯했다.

잠시 후 돌멩이 말했다.

"무산아."

"응?"

"내가 아주 예전에, 죽림에서 해줬던 얘기 기억해? 우리가 처음으로 대화를 나눴던 날 말이야."

무산은 옛 기억을 더듬어보았다. 그때 두 사람은 죽림에 앉아 이야기를 나눴었다. 사실상 돌멩이 혼자 말하고, 자기는 듣기만 한 거였지만.

그때 돌멩이 무슨 이야기를 해줬더라.

죽었다가 살아난 것처럼 운명이 지워져 무당골 사람들이 관상과 기운을 읽어낼 수 없었다는 중인과 무당이 부리는 노비인 신노비로 바쳐졌으나 치우신을 모시게 되면서 조선 제일가는 흑무가 되었다는 한 무녀 그리고 관습도감에서 거문고를 타는 악공으로 지내다가 사람들 시선을 견디지 못해 무당골로 도망친 맹인 판수.

아, 맹인 판수 이야기는 집으로 돌아가는 길에 들은 거니까 좀 다르려나?

그때 무산은 돌멩의 왼손 무명지에 있는 굳은살을 보고 그 맹인 판수가 돌멩일 거라고 생각했다. 그리고 무산의 추측은 훗날 사실로 밝혀졌다.

"활인원에서 만났던 사헌부 감찰 있지. 그 사람이야. 운명이 지워진 사람."

그러고 보니 김윤오는 무당골 옆 죽림에서 산 적이 있다고 했다. 그래서 무당골 노인들과도 아는 사이였고. 죽었다가 살아난 듯 운명이 지워진 사람이라. 그래서 중인인데도 사헌부 감찰이 될 수 있었나?

그렇다면 검은 너울을 쓴 무녀는…… 신노비로 바쳐졌다는 소녀와 같은 사람인 걸까?

돌멩은 무산의 속마음을 알아차렸는지 고개를 끄덕이며 말했다.

"맞아, 그 사람이야. 무당골에서는 전설처럼 남은 사람이지. 신노비였던 이가 무녀가 되었으니까. 그것도 조선 팔도에서 제일가는 흑무가 되었잖아. 사람을 죽여 한성부도 뒤흔들었고."

"그 무녀는 벼랑으로 몸을 던져 죽었다고 하지 않았어?"

"하지만 시신을 못 찾았어. 무덤도 빈 무덤이래. 모르지, 그자는 대수대명에 능했으니까. 떨어진 자기 대신 다른 이의 목숨을 앗아가서 살았을지도……. 아무튼 무당골에는 이런 말이 있어."

"무슨 말?"

"혹시라도 흑무 공이를 만나게 되면, 아는 체를 하지 말라고."

"왜?"

"왜긴. 그자가 대수대명으로 되살아난 거라면, 그자가 살았다는 이야기가 퍼지면 안 되잖아. 사라진 운명이 도로 찾아와 그녀의 목숨을 앗아갈 수도 있으니까."

"사람을 죽인 흉수라면서?"

돌멩의 얼굴에 묘한 웃음이 떠올랐다. 어쩐지 씁쓸한 웃음이었다.

"그렇지. 근데 너도 알잖아. 우리처럼 천한 이들에게는 달리 방법
이 없다는걸. 정상적인 방법으로는 자기 자신을 지키거나 남을 보호
할 수 없어."

"……."

"나도 잘은 모르겠지만, 무당골 사람들도 미안해했던 것 같아. 신
노비로 부렸던 아이라서 그런 게 아닐까? 그러니 그렇게라도 보호
하고 싶었던 거겠지. 그러니까 너도…… 그냥 모르는 척해. 알았지?"

"알았어."

돌멩은 벽에 몸을 기대면서 긴 숨을 내뱉었다.

얼마나 지났을까……. 돌멩의 가슴이 고르게 들썩이고, 고개는 위
아래로 움직였다. 무산은 꾸벅꾸벅 조는 돌멩을 바닥에 눕혔다. 그
러고는 바로 옆에 앉아서는 쥐고 있던 부적을 품 안에 넣었다. 가슴
에 맞닿은 부적이 서늘했다. 초여름의 열기를 앗아갈 정도로 시원한
기운이었다. 무산은 냉기를 느끼면서 두 눈을 감았다.

잠시 후, 쌓여 있던 피로가 무산의 정신을 잠식하고, 수마가 그녀
를 뒤덮었다. 곧이어 꿈이 무산을 찾아왔다. 어쩌면 무산이 꿈을 찾
아간 걸 수도.

꿈에서는 아직 아이 티를 벗지 못한 무산과 의령이 아궁이 앞에
쭈그리고 앉아 있었다. 아궁이 안 잔불에 껍질을 조금 자른 밤을 파

묻은 두 아이가 서로를 보고 웃었다. 분명 무산의 기억에도 남아 있는 일이었다. 이날 내가 뭘 했더라. 의령과 무엇을 했더라.

그러나 무산의 기억은 아련한 만큼 흐릿했다.

밤이 화포(火砲)처럼 펑 소리를 내며 익었다. 밤이 익으면서 껍질이 터진 것이다. 무산은 밤을 하나 꺼내 의령에게 주었다. 의령은 이렇게 뜨거운 건 처음 만져본다면서 밤을 이쪽 손바닥에서 저쪽 손바닥으로 몇 번이나 허겁지겁 옮겼다.

무산은 그걸 지켜보며 웃다가 의령이 쥐고 있던 밤을 도로 뺏어와 껍질을 까주었다. 단단한 겉껍질을 까고, 얇은 속껍질을 깠다. 곧이어 노르스름하게 익은 밤의 속살이 드러났다. 깐 밤을 내밀자 의령은 한입에 털어 넣으며 오물오물 씹었다. 무산도 밤을 하나 꺼내 껍질을 벗기고는 입에 넣고 씹었다.

입속에서 부드럽게 뭉개지는 밤은 달콤하고도 따뜻했다.

무산은 아궁이에서 밤을 몇 개 더 꺼냈다. 호호, 붙어 묻은 재를 날린 뒤 작은 손으로 껍질을 깠다. 너 하나, 나 하나. 너 한 입, 나 한 입. 밤의 겉껍질과 속껍질이 어느새 무산 앞에 수북하게 쌓였다.

무산은 부지깽이로 잔불을 헤집어 보았지만, 더는 밤이 보이지 않았다. 무산은 눈에 띄게 아쉬워했다. 그러고 보니 예전에도 이렇게 아쉬워한 적이 있는 것 같았다. 의령이 무산의 얼굴을 보고 꺄르르 웃더니 소매로 무산의 입을 닦아주었다.

의령의 노란 저고리가 검게 물들었다. 무산은 민망해하며 뒤로 물러났다. 고개를 살짝 돌려서는 서둘러 손등으로 자기 입을 닦았다.

그러자 의령이 더 큰 소리로 웃었다. 검댕이가 더 묻었다면서 다시 자기 소매로 무산의 입을 닦아주었다. 이번에는 무산도 가만히 있었다.

소매로 무산의 얼굴을 깨끗이 닦아준 의령이 무산의 얼굴을 외우기라도 할 것처럼 찬찬히 살펴보다 말했다.

"이제 가봐."

"응? 어디를?"

"네가 가야 할 곳으로."

"무슨 소리를 하는 거야?"

갑자기 무산의 시야가 어두워졌다. 빛이 점멸하듯 밝아지다가도 어두워지고, 어두워지다가도 다시 밝아졌다. 술에 취한 듯 머리가 빙빙 도는 것 같기도 했다. 다른 어딘가로 빠져나가는 듯했다. 눈앞 풍경이 순식간에 멀어졌다.

"그거 알아? 죽은 이와 음식을 나눠 먹는 꿈을 꾸면, 만사형통이래. 아무리 어려운 고비를 맞아도 술술 풀린대."

죽은 이?

무산은 그제야 의령이 죽었다는 걸 기억해 냈다.

의령은 더는 무산이 사는 곳에 없었다.

대신 의령은 이곳에 있었다.

"안 갈래. 나 여기 있을래. 너랑 있을래."

"널 기다리고 있을게. 여기 사람들이 그러더라. 인생은 찰나라고. 그 짧은 순간에 나는 너를 만나서 찬란했어. 그러니까 가. 가서 내

몫까지 두 배로 행복하게 살다가 돌아와."

목소리가 점점 더 멀어졌다.

무산은 흐릿한 시야에서 의령을 찾아보려고 애썼다. 저 멀리 의령이 있었다. 모호한 윤곽이지만, 분명 의령이었다. 다만 더는 앳된 소녀의 모습이 아니었다. 죽기 전의 의령이었다.

의령이 무산에게 힘껏 외쳤다. 의령의 목소리가 메아리처럼 울려 퍼졌다.

"내가 좋아하는 거 말고, 네가 먹고 싶은 것도 좀 먹고!"

아냐, 아냐. 난 그런 거 없어.

말로 뱉지 않아도 죽은 이는 산 자의 마음을 들을 수 있는 걸까.

다시 의령의 목소리가 들렸다.

"거짓말. 네가 좋아하는 거 따로 있잖아."

의령의 마지막 말과 함께 눈이 번쩍 떠졌다.

무산은 마침 문을 열고 문지방을 넘던 가주와 눈이 마주쳤다.

가주는 잠시 멈칫하더니 민망하다는 듯 말했다.

"나 때문에 깼나?"

무산은 고개를 내저었다.

가주가 방 안으로 성큼 발을 내디디며 말했다.

"다행이군. 그러면 얘기를 좀 나눠볼까?"

"……예."

가주는 누워 있는 돌멩을 향해 고갯짓하며 말했다.

"저자를 깨우게. 사당으로 자릴 옮겨서 얘기하지."

* * *

무산은 사당을 둘러보았다. 예전에는 이곳이 어떠했더라. 깔다리
와 볏짚, 비사리, 싸릿개비 같은 풀이 가득했었다. 그 옆에는 깔다리
를 엮어서 만든 채반, 볏짚과 비사리를 섞어서 엮은 둥구미, 싸릿개
비로 엮은 다래끼가 놓여 있었고. 그러나 지금은 깨끗했다. 왕신단
지 외에는 무엇도 두지 않겠다고 작정했는지 먼지 한 톨도 남김없
이 모두 치워버렸다.

무산은 보따리 두 개를 내려놓았다. 자신의 보따리와 돌멩의 보따
리였다. 보따리가 바닥에 놓이면서 안에 있던 방울이 딸랑 소리를
내며 울었다.

가주는 중앙에 가부좌를 틀고 앉았다.

"일단 앉도록 하게."

무산과 돌멩이 자리에 앉았다.

가주의 말이 이어졌다.

"마을 사람들은 왕신을 쫓아내길 바라고 있어. 오랜만에 봤더니
내 안색이 좋아졌다고, 전에는 왕신 때문에 나빠졌던 게 분명하다고
하더군. 뭐, 외숙네 집에서 놀고먹어서 그런 거긴 한데······. 아무튼
문제는 자친이야. 우리에게는 두 가지 선택이 있네. 자친의 반대에
도 강행할 것인가, 아니면 자친을 설득할 것인가. 참고로 나는 전자
가 좋다고 보네."

"저희가 그런 것까지 논의해서 정해야 합니까? 그냥 시키시는 대

로 하겠습니다."

무산의 말에 가주가 충격을 받았다는 듯 눈썹을 씰룩였다.

"자네 정말 매정하군. 우리 인연이 그거밖에 되지 않던가?"

"죄송하지만 인연 같은 건 없고요, 굳이 제 의견을 물으신다면 후
자로 하겠습니다."

"이유는?"

"마님이 절 쫓아내시면 곤란하니까요? 저희가 당분간 지낼 곳이
없거든요."

"……자네 말도 일리가 있군. 갈 곳도 없이 쫓겨날 수는 없지. 그
런데 무슨 수로 자친을 설득하지?"

무산은 관목 수풀 앞에서 만났던 무녀가 해줬던 말을 떠올렸다.
왕신이 이승에 머무르라 고통받고 있으니 이 집 아씨, 아니 마님에
게 택일하라고 했던 말. 이곳에 왕신을 남겨서 소멸시킬 것인가, 아
니면 저승에서 재회할 것인가.

그런데 이 집 마님이 그 말을 믿어주기는 할까? 가주부터 무산, 돌
멩에 이르기까지 모두 왕신을 내쫓으려고 했던 사람들인데?

왕신과 직접 대화하지 않고서야…….

그때 다시 방울 소리가 울렸다.

딸랑, 딸랑, 딸랑, 딸랑.

"갑자기 웬 방울 소리지?"

두 사람의 대화를 가만히 듣던 돌멩이 고개를 갸우뚱하며 물었다.

"무산아, 너 방울 받아오지 않았어?"

"어? 어, 맞아."

"무구로 쓰는 방울은 안에 조각이 없어서 그냥은 소리가 안 나. 방울끼리 부딪치면서 소리를 내는 거거든. 칠성방울이나 아흔아홉상쇠방울처럼. 좀 이상한데."

"뭐가 이상한데?"

"너 외방울 받아왔잖아. 방울 하나짜리."

무산은 바로 옆에 있는 갈색 보따리를 풀었다. 살잼이꽃 지화와 버드나무 나뭇가지 그리고 외방울이 옷가지와 함께 모습을 드러냈다. 무산은 방울이 매달린 막대기를 쥐고 흔들어 보았다. 방울 안에는 아무것도 없었다. 당연히 소리도 나지 않았다.

"어?"

"안에 쇳조각 들어 있어?"

"아니, 없어."

그 말이 끝나기 무섭게 방울이 딸랑딸랑 소리를 냈다. 가주가 새파랗게 질린 얼굴로 헉 소리를 내더니 후다닥 뒤로 물러났다.

"아니, 그게 뭔가?"

무산이 소리를 내는 방울을 보는 사이, 돌멩이 코를 킁킁거렸다.

"무슨 냄새가 나는데."

얘는 맨날 냄새가 난대. 돌멩은 허리를 숙이며 고개를 내밀었다. 그러더니 정말로 무산의 보따리에 코를 처박고는 냄새를 맡기 시작했다. 이리저리 움직이던 고개가 살잼이꽃 지화 위에 멈췄다.

"이거다. 무산아, 이거 뭐야?"

"응? 지화. 살잽이꽃."

"살잽이꽃? 흠……."

"왜?"

"살잽이꽃은 바리데기꽃이라고도 해. 죽은 사람도 살려내는 생명의 꽃이지. 냄새도 그렇고, 소리도 그렇고. 무구가 왕신에게 반응하는 게 아닐까?"

무산은 고개를 숙여 손을 보았다. 손바닥 위에 가만히 놓인 방울이 딸랑딸랑 소리를 냈다.

* * *

공자는 괴력난신을 논하지 않는다고 했다.* 그렇다고 해서 괴력난신의 존재를 부정했던 건 아니었다. 공자는 사람이 죽으면 땅으로 돌아가는 귀와 하늘로 올라가는 신으로 나뉜다고 보았으니까.

공자가 제자들 앞에서 괴력난신을 논하지 않았던 건 그가 잘 모르기 때문이었다. 삶도 아직 모르는데 어찌 죽음을 알겠는가.**

그건 무산도 마찬가지였다.

알지 못하기에 말하지 않았을 뿐. 그 존재를 의심해 본 적은 없었다. 석명은 언젠가 네가 알 수 있도록 신령스러움이 모습을 드러낼

---

*   子不語怪力亂神,『논어』중「술이편」에 나오는 말.

**   未知生焉知死,『논어』중「선진편」에 나오는 말.

거라고 했다.

무산은 향이 나는 살잽이꽃 지화와 홀로 소리를 내는 외방울을 보고 생각했다.

이렇게 자기 존재를 확실하게 드러내는 경우가 있구나, 하고.

왕신이 소리를 내고, 향을 내뿜었다. 자기 존재를 뚜렷이 드러냈다.

* * *

"뭐? 죽은 사람이랑 먹을 걸 나눠 먹는 꿈을 꿨다고?"

"어, 근데…… 옛날 일이었어."

"뭐가?"

"옛날에 있었던 일. 조금 다르기는 했지만."

예전에도 무산과 의령은 함께 밤을 구운 적이 있었다. 침을 꼴깍 삼키면서 아궁이 앞에 나란히 앉아 있던 두 소녀는 결국 밤을 먹지 못했다. 밤이 펑 소리와 함께 터졌기 때문이었다. 꿈에서 터졌던 것과는 비교가 되지 않을 정도로 큰 소리를 내며 터졌다. 껍질을 자르지 않고 통으로 구우면 밤이 터질 수도 있다는 걸 어린 두 소녀는 몰랐다.

사방으로 튄 밤 조각과 휘날리는 검은 재.

두 사람의 비명에 나인들은 물론 여관과 내관도 달려왔다. 그날 두 사람은 순심에게 회초리를 맞았다. 무산은 울음을 참으며 눈물을 흘렸고, 의령은 엉엉 울었다.

그때 먹지 못했던 그 밤을 꿈에서 의령과 함께 먹은 것이다. 미처 끝내지 못한 일을 마저 끝내기라도 하는 것처럼. 삶의 여한을 풀기라도 하는 것처럼. 현재와 미래를 엮어가기 위해 과거를 매듭지으려는 것처럼. 게다가 평소에 꾸던 꿈과는 전혀 달랐다.

꿈이라기에는 너무 생생했다. 무엇보다 의령이…… 진짜로 말을 거는 것 같았다.

돌멩이 옛일을 더듬어 보듯 무언가를 생각하다가 말했다.

"죽은 사람이랑 음식 나눠 먹는 거, 그거 길몽인데."

"길몽?"

그러고 보니 꿈속에서도 의령이 같은 말을 했다.

"무슨 뜻이더라. 아, 그래. 뭘 기쁘게 나눠 먹는 건 다른 사람과 협력해서 일을 해결하는 꿈이라고 했어. 그래서 죽은 이와 나눠 먹는 꿈을 꾸면, 큰 고난을 마주했을 때 귀신이 돕기라도 한 것처럼 일이 술술 풀린대."

"……."

"그래서 네가 무구를 얻었나? 황선 승방이 산에 묻혀 있던 외방울 파내서 구애비 떴던 거잖아. 무녀도 그렇게 된 거고. 알고 보니 그거 파라고 했던 게 가망신이랑 제석신이었대. 황선 승방이 가장 아끼는 무구가 외방울일걸?"

무산의 시선이 시렁 위 왕신단지 옆에 놓인 지화와 외방울로 향했다. 정성이 가득 담긴 손길로 종이 수십 장을 수백 번 눌러야만 빚어낼 수 있다는 살잽이꽃 지화와 가망신이 하도 채근하여 어쩔 수 없이 빌려준다는 외방울. 왕신에게 반응하는 무구들이었다.

의령과 함께 밤을 나눠 먹은 꿈이 이 무구들로 왕신을 보내는 걸 의미한다고?

하지만 무슨 수로 보낸단 말인가. 왕신을 내쫓는 건 가문이어야 했다. 가주의 어미를 설득해야만 왕신을 내보낼 수 있었다.

왕신단지가 놓인 시렁으로 다가간 무산은 허리를 숙여 시렁 아래를 보았다. 아래 붙어 있는 빛바랜 부적이 절반 이상 찢겨 있었다. 품에 있는 부적을 붙이면 왕신은 이곳에 더 오래오래 머물 수 있겠지만, 혼이 영영 소멸하게 될 것이다.

가주의 어미가 이를 알게 된다면, 절대 그대로 두려고 하지 않겠지. 무슨 수를 써서라도 보내주려고 하겠지. 이미 떠나보낸 이를 다시 떠나보내면서, 그 한을 평생 가슴에 품고 살겠지.

가주의 어미가 무산의 말을 믿는다면 말이다.

과연 믿을까? 가주와 결탁해 자기를 속이려 한다고 생각하지 않을까? 왕신과 대화를 나눌 수 있는 게 아니고서야 절대 믿지 않을까? 돌멩이 죽은 이의 목소리를 들어본 적이 있다면, 거짓으로 속여보기라도 하겠는데……

하지만 그건 불가능했다.

활인원 앞에서 죽은 이의 목소리를 꾸며 모두를 속일 수 있었던 건 죽은 이들의 가족이 협조해줬기 때문이었다.

그날 그 자리에 죽은 이들의 가족이 있었던 것이, 죽은 이의 목소리가 분명하다면서 대성통곡을 했던 게 과연 우연이었을까? 그들은 죽은 이의 목소리가 어떠했는지를 돌멩에게 세세히 알려주었다. 그렇기에 협박 서신을 받고 그 자리에 찾아온 흉수도 돌멩이 낸 목소리를 듣고 냉정을 잃었던 거였다. 그 목소리가 너무나 비슷했기에.

바꿔서 말하자면 그들의 도움이 없었다면, 무산과 돌멩도 사람들을 속이지는 못했을 것이다.

그러나 왕신은…….

가주도 왕신의 목소리를 몰랐다. 나이 많은 솔거노비 중에는 미리의 목소리를 기억하는 이가 있을 수도 있겠지만, 가주의 어미만큼 또렷하게 기억하는 이는 없을 것이다.

그러면 무슨 방도로 어떻게 설득하지?

그때 밖에서 우당탕탕 하는 소리가 들렸다.

"아아아아! 어머님!"

"뭐? 누가 안에 있어?"

힘 있는 발걸음에 바닥이 쿵쿵 울렸다. 잠시 후 밖에서 누군가 크게 외쳤다.

"들어 올려라."

그러자 네 짝으로 이루어진 분합문이 벌컥 열렸다.

노복들은 중앙에 있는 두 짝을 양쪽으로 열어 좌우 가장자리의 두 짝 위에 한 짝씩 포개고는 문 아랫단을 번쩍 들어 올려 서까래에 매달아 놓은 들쇠에 걸었다.

그러자 문짝이 모두 올려지면서 사당 안 모습이 훤히 보이게 되었다.

노복들이 툇마루를 지나 썰물처럼 물러났다. 가주의 어미가 해안가에 우뚝 솟은 바위처럼 몸을 드러냈다. 그녀는 무산과 돌멩을 보지 않았다. 시렁 위에 있는 단지만 볼 뿐이었다.

어미에게 귀 한쪽을 붙잡혔던 가주가 미간을 잔뜩 찌푸리며 툇간에 올랐다.

"보세요, 제 말이 맞지요?"

가주의 어미가 가주를 노려보았다.

가주는 움찔하더니 바로 목소리를 낮추었다.

"정말입니다. 소자 정말 아무 짓도 하지 않았습니다."

가주의 어미는 성큼성큼 발을 내디디며 안으로 들어섰다. 무산은 키가 좀 큰 편이었고, 가주의 어미는 키가 좀 작았다. 그러나 작은 체구임에도 풍기는 기운이 강했다. 아주 단단한 사람이었다. 또한 그녀는 사람을 내려다보는 사람이기도 했다.

무산의 키가 분명 더 컸음에도…… 그녀가 내려다보고 있는 것 같았다.

무산은 속으로 한숨을 내쉬었다.

어쩔 수 없지. 정공법을 쓸 수밖에.

상대를 의심하면 자기가 바뀌려고 하지 않지만 자기 자신을 의심하게 된다면, 더는 고집할 수 없게 된다. 무산은 그 점을 이용하고자 했다.

무산은 품에 담긴 부적을 꺼내 가주의 어미에게 건넸다. 부적을 살펴보는 그녀의 눈빛이 태풍을 만난 파도처럼 요동쳤다.

"자네…… 이거 어디서 났나? 자네가 쓴 것인가?"

"초혼부입니다. 그 부적을 쓰면, 혼을 불러와 이곳에 머무르게 할 수 있지요."

"다들…… 쓸 수 없다고 하였는데. 이렇게는 쓸 수 없다고 했는데. 대체 어떻게 한 거지?"

"초혼부에는 대가가 있다는 걸 아시지요?"

"……알고 있네."

무산은 잠시 침묵하다 물었다.

"대가를 치르셨습니까?"

"……."

"초혼부를 쓰는 대가 말입니다. 분명 이 부적을 처음 전했던 무녀가 이야기했을 텐데요."

"아니."

"예, 그러니 살아계시겠지요. 그러면 누가 대신 대가를 치렀을까요? 대가를 치르지 않을 수는 없습니다."

"……."

가주의 어미는 말을 내뱉지 못하더니 고개를 돌리며 밖을 보았다. 그곳에는 가주가 서 있었다. 곧이어 사당 안에서 목소리가 울렸다.

"저 판수를 내보내고, 분합문을 내리거라."

노복들이 일사불란하게 움직였다. 돌멩을 내보낸 뒤 들쇠에 걸어 두었던 문을 내렸다. 그러고는 포개 두었던 문 두 짝을 원래 위치로 옮기면서 문을 닫았다.

툇마루에 선 가주가 외쳤다.

"저는 들어가도 되겠습니까?"

"……밖에서 기다리거라."

가주의 어미가 무산에게 다가갔다.

그녀는 무산을 올려다보지 않았다. 시선을 낮추며 속삭였다.

"몇 년 전, 수련의 아비가 병으로 죽었네. 그것이 대가였던 건 아닌가?"

"……무슨 병으로 돌아가셨습니까?"

"온병(溫病)이었네."

"온병은 뜨거운 사기인 온사(溫邪)가 몸에 오래 머물러서 음액(陰液)이 상하는 것입니다. 사람은 양이고, 귀신은 음입니다. 왕신은 혼인도 하지 못하고 죽은 여인이니 음 중의 음이지요. 양은 뜨겁고, 음은 차가우니 초혼부로 인해 생기를 빼앗긴 거라면 온사가 들끓지 않았을 겁니다."

가주의 어미는 놀랐는지 한 걸음 물러서며 무산을 올려다보았다.

"아니라고?"

"네, 아닙니다."

"그러면 누가……."

"혹시나 마님의 말씀이 맞더라도 이번에 초혼부를 새로 쓰면 대가도 다시 치러야 한다는 생각은 해보지 않으셨습니까?"

"……나는 목숨이 아깝지 않네."

"그분이 정말로 초혼부 때문에 돌아가신 거라면, 이번에도 다른 이가 마님 대신 대가를 치르지 않겠습니까?"

"다른 이?"

그녀의 고개가 저절로 옆으로 돌아갔다. 굳게 닫힌 사합문 너머로 툇간에 서서 기웃거리는 가주의 그림자가 보였다. 무산은 부적을 쥐고 있던 여인의 손에 힘이 들어가는 걸 볼 수 있었다.

"다른 방법은 없겠는가. 확실하게…… 내가 대가를 치르는 방법으로."

"글쎄요, 그건 저도 잘 모르겠습니다. 하지만 다른 방법은 확실히 있지요."

"그게 무엇인가?"

"산 자 대신 죽은 자가 대가를 치르면 됩니다."

"뭐?"

"산 자의 생기를 앗아가듯 혼의 힘을 앗아가는 게지요. 혼은 쉽게 소멸하지도 않으니까요. 혼이 쪼개졌다가 도로 합쳐지고, 흩어졌다가 다시 모이고. 그렇게 고통받으며 오래오래 버티면 됩니다. 언젠가는 혼도 소멸하겠지만, 족히 이십 년은 버틸 겁니다."

"……."

그녀는 말을 잇지 못했다. 손에 쥔 부적이 깊은 주름을 그리며 구겨졌다.

잠시 후 뒤늦은 깨달음으로 절망에 빠진, 후회 가득한 목소리가 울음처럼 새어 나왔다.

"처음에는, 강하게 느낄 수 있었어. 볼 수도, 만질 수도, 들을 수도 없었지만. 분명 내 옆에 있었어. 그런데 시간이 지나면서 그 느낌이 약해졌지. 더는 이곳에 존재하지 않는 것처럼 말이야."

"……."

"그 아이가 나 대신 대가를 치른 거야. 그렇지?"

"……."

그녀의 시선이 시렁 위로 향했다.

"자네는 가장 소중했던 이를 잃은 적이 있는가?"

"……있습니다."

"그러면 자네도 이해할 거야. 그 사무치는 그리움을……. 단 한 번만이라도 그 얼굴을 볼 수 있다면, 목소리를 듣고 그리운 체취를 맡을 수 있다면, 따뜻했던 체온을 느낄 수 있다면……."

"……보내셔야 합니다. 이제 그럴 때가 되었습니다."

그때 외방울이 울렸다.

딸랑. 딸랑. 딸랑딸랑. 딸랑딸랑. 딸랑딸랑딸랑딸랑딸랑딸랑.

중년의 여인은 의아해하며 시렁을 향해 걸어갔다. 살잽이꽃 지화와 외방울, 나뭇가지 그리고 왕신단지가 놓여 있는 시렁을 향해서. 그녀가 딸랑딸랑 소리를 내는 외방울을 들어 올리자 더는 소리가 나지 않았다.

그녀는 시렁 위에 놓인 나뭇가지를 만지며 말했다.

"이건……."

"버드나무입니다."

"절류(折柳)는…… 이별의 정표이지."

곧이어 시선이 시렁 위에 있는 지화로 옮겨갔다.

종이를 접어서 만든 꽃이었지만 그 모양이 아름다우면서도 풍성했다. 진짜 꽃이 아니었는데도, 가주의 어미는 습관처럼 지화에 코를 가져다 댔다. 숨을 들이쉬며 그 향을 맡았을 때, 익숙한 향이 폐부에 들어찼다.

그녀는 잠시 멈칫하더니 곧 숨을 몰아쉬기 시작했다. 그것은 두려움에 휩싸인 사람이 숨을 쉬지 못하는 모습 같기도 했고, 동굴 안에 오래 갇혀 있던 이가 힘겹게 빠져나와 얕은 숨을 몰아쉬는 모습 같기도 했다.

곧이어 여인의 두 눈에서 눈물이 뚝뚝 떨어졌다.

그토록 그리워하던 미리의 체취였다.

* * *

본래 왕신은 가문의 혼인하지 못하고 죽은 딸이었다. 죽은 딸을 마음에서 떠나보내지 못한 부모가 조상이 되지 못해 제삿밥도 얻어먹지 못할 딸을 위해 그 혼을 신으로 만들어 단지 안에 모시는 거였다.

모신 왕신을 다시 내보내는 방법에 관해서는 무격마다 의견이 분분했다. 그러나 모두가 입을 모아 말한 게 하나 있었다.

왕신을 내보내는 이가 외부인이 아닌 내부인이어야 한다고.

이는 천안군에 있던 한 새색시가 시댁이 오랫동안 모시던 왕신을 내쫓았는데도 왕신의 보복을 겪지 않고 잘만 살았다는 소문이 퍼지면서 생겨난 믿음이었다. 새색시는 왕신단지와 그 속에 들어 있던 물건을 부수어 가루를 내고는 태워서 숲거리에 버렸다고 한다.

노비도 가문의 일원이라고 볼 수 있을까? 아마 아닐 것이다. 그러나 무산은 가주의 어미인 소란만큼은 미리의 가족이었다고 확신했다. 그러니 이 일은 가문이 아닌, 진짜 가족이었던 소란이 해야 했다. 누구도 그녀를 대신할 수 없었다.

개비자나무와 이대가 뒤섞이며 자라난 마을 입구에 선 가주의 어미가 활을 들어 올리며 시위를 당겼다.

활촉 끝이 멀리 놓인 왕신단지를 가리키고 있었다.

왕신단지가 놓인 영산홍 나무 앞은 소녀였던 소란이 미리를 구해 줬던 곳이었다. 저기서 미리의 머리채를 붙잡았던 남인의 손을 화살로 꿰뚫었다.

그곳은 두 사람의 인연이 처음으로 엮인 곳이었다.

가주의 어미가 숨을 쉴 때마다 활촉이 흔들렸다. 활을 들어 올리며 시위를 당겼다가 다시 활을 내리며 시위를 풀었다. 그렇게 몇 번을 반복했다.

그녀가 쉬이 활을 쏘지 못하자 무산이 들고 있던 외방울이 울렸다.

딸랑. 딸랑. 딸랑. 딸랑.

가주의 어미가 그 소리를 듣고 눈시울을 붉혔다.

오래전, 소란이 활 쏘는 연습을 할 때면 옆에서 구경하던 미리가 저렇게 박수를 치면서 힘을 주곤 했다. 할 수 있다고, 활을 쏘는 소란의 모습이 세상에서 가장 멋있다면서 너스레를 떨곤 했다.

449

그러나 그 사실을, 다른 이들은 알 수 없었다.

그때 그 시절의 기쁨과 슬픔은, 그때의 마음과 추억은 오직 두 사람의 것이었기에.

몸은 나이 들었으나 마음은 그 시절에 머물러 있던 소란이 다시 활을 들었다. 줌손을 이마 위까지 올리며 활을 펼치고는 왕신단지를 겨냥했다. 뺨에 닿은 화살대가 유달리 따뜻했다. 각지를 떼자, 살대가 바람을 가르면서 날아갔다.

곧이어 왕신단지가 산산조각이 났다. 멀리 떨어져 있었기에 깨지는 소리는 들을 수 없었다. 그저 외방울만이 잘했다는 듯 느릿하게 울릴 뿐이었다.

딸랑…… 딸랑…… 딸랑…… 딸랑…….

그러고는 소리가 끊어졌다.

미리가 떠나간다. 소란이 울음을 터뜨렸다.

송신(送神, 제사가 끝난 뒤 신을 보내는 것). 송신이었다.

監察巫女傳

5장
五章

그날 무산은 가주의 어미와 함께 단지 안에 담긴 물건들을 태웠다.

화문(花紋)이 투조된 노리개와 금박을 찍어 장식한 댕기. 노리개에 달린 쌍봉술은 다 삭아 힘을 잃었고, 댕기도 빛바래 원래 색을 찾아볼 수 없었다. 그나마 온전한 건 소뿔로 만든 빗치개였다.

가주의 어미는 불에 타지 않을 것 같다면서 빗치개를 영산홍 나무 밑에 묻었다. 저승으로 선물을 보내듯 고이 묻었다.

왕신단지에는 묵은 벼도 들어 있었다. 왕신을 모시는 가문은 매년 단지 안에 든 벼를 햇벼로 바꾸었고, 전년도에 넣어두었던 묵은 벼로는 밥을 지어 먹었다. 가주의 어미는 묵은 벼를 남김없이 꺼내 밥을 지었다.

쌀을 씻어 솥에 넣고는 아궁이에 불을 피우자, 밥 짓는 냄새가 사방으로 퍼졌다. 갓 지은 밥 두 공기와 수저 두 벌 그리고 미리가 가장 좋아하였다던 건수어 한 마리가 상 위에 놓였다.

소란과 미리의 마지막 식사였다.

마지막을 방해하고 싶지 않았던 무산은 밖으로 나와 쭈그리고 앉아서는 턱을 괴었다. 일을 마무리 지었으니 이제 다음 일을 고민해야 했다. 앞으로는 뭘 하지? 어디서 지내지? 그런데 단 며칠 만에 이런 걱정이 무색해졌다.

왕신 일은 아직 끝이 난 게 아니었다. 가주의 어미가 왕신을 떠나보냈다는 걸 누구도 믿지 않았기 때문이었다. 마을 사람들을 모아놓고 왕신을 내쫓으려 했던 지난번과 달리 이번에는 아무도 모르게 미리를 보내주었다. 다른 사람들이 구경하는 건 오히려 방해가 될 거라고 여겼다. 그렇기에 소란과 미리는 작별하였으나 마을과 왕신은 작별하지 못하였다. 누구도 그리 여기지 않았다. 무산은 그 점을 간과했다.

미리가 떠났는데도, 사람들의 마음에는 왕신이 남아 있었다. 그들은 왕신이 없다는 말을 믿지 못했다. 그럴 만도 한 것이 가주의 어미가 하루아침에 마음을 바꾼 것이 아닌가. 왕신을 붙잡겠다고 무녀를 찾으며 사방으로 다니던 이가 갑자기 왕신을 떠나보냈다고? 왕신을 쫓아내려던 가주 아들과 반목까지 했던 사람인데? 그것도 아무도 모르게? 단둘이서?

"당분간 제가 사당에서 머물겠습니다. 그러면 왕신을 향한 소문도 잠재울 수 있고, 사람들의 불안함도 줄어들겠지요."

사실은 무산의 사심이 훨씬 더 많이 담긴 제안이었는데…… 가주의 어미는 외려 무산에게 미안해했다. 그리고 이 소식을 알게 된 가주는 기뻐하였고.

폐쇄적인 마을에서 오래 지냈던 가주는 타인과의 교류가 거의 없었기에 무산이 마을에 머무는 걸 아주 달가워했다. 하지만 돌멩과 같이 머물겠다는 말에는 절대로 안 된다며 반대했다. 같이 남으면 안 된다는 게 아니라, 사당에서 같이 머무르는 게 안 된다고 했다. 남녀유별이라나. 기어코 가주는 돌멩에게 다른 거처를 내주었다.

그러면서도 매일 사당을 찾아와서는 무산에게 잡담을 늘어놓곤 하였다.

어느새 여름의 열기가 꺾이고, 시원한 바람이 부는 초가을이 되었다.

오늘도 사당으로 놀러 온 가주가 툇간에 앉아 하늘을 보더니 시를 읊기 시작했다.

"예부터 가을이 오면 쓸쓸함을 슬퍼한다고 하였으나 나는 가을이 봄의 아침보다 낫다고 말하노라. 맑은 하늘에 학 한 마리가 구름을 헤치며 오르니 푸른 하늘까지 내 시취를 이끄는구나."*

반대쪽 툇마루에 앉아 경을 읊던 돌멩이 바로 옆에서 바느질하고 있는 무산에게 속삭였다.

"왜 저러는 거야? 내가 삭사 독경하는 게 싫어서 일부러 저러는

---

* 自古逢秋悲寂寥, 我言秋日勝春朝, 靑空一鶴排云上, 便引詩情到碧霄. 유우석(劉禹錫)의 추사(秋詞)

457

건가?"

"몰라……. 맨날 저래."

"맨날 저런다고?"

"어."

"뭔가 냄새가 나는데."

무산은 가주가 와서 당시를 읊든 송사를 읊든 창을 하든 신경도 쓰지 않았다. 그러든지 말든지. 지금 무산은 바느질 한 땀 한 땀에 정신을 쏟고 있었다.

요즘 무산은 겨울옷을 지었다. 솜을 넣은 천을 한 땀 한 땀 누비면 서 저고리와 치마를 만들었다. 아프면 추위를 많이 타기 마련이니 까. 이 옷을 입으면 그나마 따스하게 겨울을 보낼 수 있을 것이다.

담 너머에서 가주의 어미가 무산을 찾는 소리가 들려왔다.

"무산아!"

무산은 반짇고리에 실꾸리와 바늘을 넣은 뒤 짓고 있던 옷으로 그 위를 덮었다. 그런 뒤에는 자리에서 일어나 큰 소리로 외쳤다.

"예?"

"이리 나와보거라."

그러자 뒷간에 앉은 가주가 먼저 벌떡 일어나며 밖으로 나갔다.

무산도 뒷마루에서 내려와 신을 신고는 마당을 가로질러 사주문 쪽으로 다가갔다. 담 너머에서 픽, 하는 소리가 들렸다.

"아야."

밖으로 나섰더니 미간을 찌푸리며 손으로 허리를 문지르고 있는 가주가 보였다.

가주의 어미가 두 눈을 부라리면서 가주에게 말했다. 잔뜩 낮춘 목소리였다.

"너, 혼약도 있는 놈이 조신하게 방에서 서책이나 읽을 것이지, 자꾸 어딜 기어들어가?"

"제가 언제 기어들어 갔다고……. 걸어갔습니다!"

가주의 어미는 한심하다는 얼굴로 아들을 노려보더니 사주문을 나선 무산을 보고 표정을 바꿨다.

"무산아."

"저를 부르셨습니까?"

가주의 어미가 가볍게 고개를 끄덕였다.

"손님이 찾아왔다."

* * *

무산을 찾아온 이는 설랑이었다. 설랑은 무산을 보자마자 웃으며 달려왔다.

허겁지겁 달려온 설랑은 저도 모르게 손을 뻗었다가 곧 무언가를 떠올렸는지 내밀던 손을 거두었다. 그러고는 배시시 웃으며 무산을 보았다. 엉덩이에 꼬리가 달려 있었더라면, 틀림없이 좌우로 흔들리고 있었을 것이다.

무산은 반가움에 설랑의 손을 끌어당기며 잡았다. 다행히 맞잡은 손이 따뜻했다. 설랑이 깨어났다는 소식을 가주에게 듣긴 했지만, 건강한 모습을 두 눈으로 직접 보니 이제야 안심이 되었다.

"잘 지내셨습니까?"

그는 맞잡은 손을 흔들며 고개를 끄덕였다. 그러나 얼굴에 떠오른 서운한 기색을 감추지는 못했다. 오랜만에 만난 무산이 다시 말을 높인 것이 마음에 들지 않는 게 분명했다.

그는 몰랐다. 무산의 마음은 반말에 있는 게 아니라 반가이 건넨 안부와 걱정스레 맞잡은 손에 있다는 것을. 그리고 이 상황을 탐탁지 않게 여기는 이가 한 명 더 있었다. 바로 무산 뒤에 서 있던 가주였다. 그는 남녀수수불친이라며 구시렁구시렁했다.

구시렁대는 가주를 뒤로하고, 무산은 설랑을 사당으로 데려갔고, 돌멩과 함께 이야기를 나누었다.

설랑은 무당골 사람들의 근황을 말해주었고, 무당골 황선 승방이 외방울을 꼭 가지고 있으라고 신신당부하였다는 말을 전했으며, 가뭄으로 흉년을 맞은 이보정이 적전에서 어찌 고생하고 있는지를 통겨주었다.

또 막녕이 정업원에서 나와 죽은 무언 대신 활인원에서 병자들을 돌보기로 하였다는 걸 알려주었고, 무산과 돌멩이 죄상을 폭로했던 이들이 어떤 결말을 맞이했는지도 들려주었다.

유형, 장형, 파면……

그것이 누군가의 목숨을 앗아간 것에 대한 정당한 대가인지는 무산도 알 수 없었다. 그러나 남의 목숨을 앗아간 죗값으로 제 목숨을 내어놓는다고 할지라도, 이미 죽은 이를 되살려낼 수는 없을 것이다.

중요한 건 더는 희생자가 나오지 않게 하는 거였다. 조금 더 나은 세상이 되는 것.

무산 자신을 위해서 벌인 일이었지만, 그리될 수만 있다면, 무산도 조금은 기쁠 것 같았다.

의령이라면, 틀림없이 매우 기뻐하였겠지.

"참! 이거……."

설랑은 보따리에서 천 뭉치를 하나 꺼내 건네주었다. 묶인 매듭을 풀어 뭐가 들었는지 확인했다. 달큰한 꿀 냄새를 풍기는 약식이 갈빛 자태를 드러냈다.

"누님에게 전해달라고 하셨어요. 누님이 궁에서 가장 좋아하던 게 약식이었다고……."

무산이 약식을 좋아한다는 걸 아는 이는 세상에 오직 두 명뿐이었다. 한 명은 이승에 있었고, 또 다른 이는 저승에 있었다.

무산은 손에 놓인 약식을 한참이나 보았다.

"뭔 소리야. 무산은 약식 싫어해. 누가 줘도 냄새도 안 맡으려고 멀리 도망친다고."

"예? 이상하다. 분명 좋아한다고 하셨는데."

무산은 의령의 마지막 말을 떠올렸다.

내가 좋아하는 거 말고, 네가 먹고 싶은 것도 좀 먹고!

아, 그게 이 소리였구나. 너는 그게 안타까웠던 거구나.

무산의 올라간 입꼬리가 슬픈 미소를 그려냈다.

무산은 말없이 약밥을 한 입 베어 물었다.

돌맹은 가장 믿었던 이에게 배신당했다는 얼굴로 무산이 약식을 먹는 소리를 듣더니, 애가 정이 많아서 큰일이라며 혀를 쯧쯧 찼다.

설랑은 입술을 삐죽거리며 소리 없이 웃더니 흠흠 목소리를 가다듬다가 운을 떼었다.

"저기 누님, 그게 말이지요. 제가…… 사역원을 그만두었습니다."

"……?"

무산은 설랑을 아래위로 살펴보았다. 다행히 어디 부러지거나 멍이 든 곳은 없는 듯했다.

"그래서 집에서 쫓겨났습니다. 큰어머니도 화가 나서 집에서 나오셨고요."

"사역원을 그만둬서 화가 났다고요?"

"아, 아뇨. 제가 쫓겨나서……. 대문 밖에 쪼그리고 앉아 있는데 보따리를 싸서는 쾅 하고 대문을 열고 나오시더라고요. 부친께 작작 좀 하라면서 저를 데리고 친정으로 가셨습니다."

어쩐지 설랑은 집에서 쫓겨난 걸 기뻐하는 것 같았다. 아니면 적모가 자기편을 들어줬던 게 기뻤거나. 그 마음을 좀 더 일찍 보여주었다면 좋았을 텐데. 그러면 설랑도 덜 외롭지 않았을까. 무산은 벽사 유생이 되라는 조언에 의금부 뒷골목에서 눈물을 흘리던 설랑의 모습을 떠올렸다. 진짜 누이라도 얻은 듯 누님, 누님 부르던 목소리도.

무산은 쥐고 있던 약식을 내려놓으며 설랑에게 물었다.

"사역원은 왜 그만두었습니까?"

그러자 설랑은 엉뚱한 소리를 내뱉었다.

"누님, 왕신을 떠나보내신 게지요?"

"……"

"생각해보니 왕신을 만난 뒤로 더 잘 보이고, 잘 들렸던 것 같더라고요. 그런데 더는 전처럼 뚜렷하게 보이지 않습니다. 목소리도 물속에서 듣는 듯 불분명하고요. 그래도 가만히 살펴보면, 조용히 귀만 기울이면 분명 들을 수 있습니다."

"더 좋은 것 아닙니까? 전처럼 소스라치게 놀랄 일도 없을 텐데요."

"하지만…… 더는 누님에게 도움이 되지 않을까 봐 걱정됩니다."

"뭐 그런 쓸데없는 걱정을."

돌멩의 야기죽거림에 무산이 손을 뻗어 돌멩의 무릎을 툭 쳤다. 돌멩이 바로 입을 다물었다.

설랑은 큰 결심이라도 한 것처럼 깊은숨을 내쉬더니 다시 말을 이었다.

"예전에는 청운의 꿈을 꾸었습니다. 높은 자리에 올라 보란 듯이 보여주고 싶었습니다. 저도 할 수 있다는걸요. 그런데 막상 겪어보니…… 제가 생각한 것과 너무 달랐습니다. 활인원 사건도 결국 덮이지 않았습니까? 이번에 사람을 죽였다는 죄상이 폭로되었는데도, 공신의 자제라 파직으로 끝난 이도 있고요. 제가 나이가 어리기는 하여도, 복잡한 셈이 있다는 건 눈치로 압니다."

"……"

"그런데 누님은, 끝까지 포기하지 않으셨지요. 관리가 아닌 사람이었기에 윗사람들의 사정 따위 신경도 쓰지 않으셨고요. 그래서 활인원 앞에서 탐관오리들의 죄상을 폭로하지 않으셨습니까!"

그러더니 갑자기 감격에 휩싸이며 무산의 손을 붙잡았다.

"누님! 저는 누님이 제 말을 흘려듣지 않으실 거라는 걸 믿고 있었습니다!"

무산은 어리둥절한 얼굴로 설랑을 보았다.

혹시 약식에 약을 탔나? 내가 지금 헛것을 보고 헛소리를 듣는 건가?

설랑의 말은 아직 끝이 나지 않았다. 진짜 중요한 것이, 아니 무산이 뒷덜미를 잡을 만한 것이 남아 있었다.

"제가 그래서 누님을 위해 준비를 해왔습니다. 감찰 나리가 좋은 의견을 주셔서 궁정상궁 님과 이보정 나리의 도움을 구했지요! 이걸 보십시오!"

그러더니 품에서 종이를 한 장 꺼냈다.

그것은 교지였다. 그것도 어디서 본 적 있는 교지. 이보정이 품에 넣고 다니던 급제 패지인 홍패와 비슷했다. 연호가 적힌 곳에는 임금의 금도장인 시명지보(施命之寶, 책봉이나 벼슬을 내릴 때 사용하던 도장)도 찍혀 있었다.

무녀 무산을 경차관(敬差官, 특수 임무를 띠고 지방에 파견된 관직)

으로 임명하니 팔도를 돌면서 궐까지 전해지지 않는 백성들의 목소리를 듣고 전하라.

이게 무슨…….

무산이 섬뜩한 눈빛을 두 눈에 드러내며 반문했다.

"이 의견을 누가 주었다고요?"

"감찰 나리가……."

설랑이 무산의 반응에 놀랐는지 말꼬리를 흐렸다.

무산은 속으로 포효했다.

김윤오! 곱상한 상판대기가 전부터 마음에 들지 않더라니!

또 자신을 구렁텅이로 밀어 넣은 것이다. 무산은 언제 날을 잡아 김윤오에게 살을 날려야겠다고 생각했다. 오복 중 유호덕(攸好德, 이웃이나 다른 사람을 위하여 보람 있는 봉사를 하는 것)만 남기를 기원해야지. 그렇게 남을 위해 일하는 게 좋으면, 너나 평생 해라!

가서 내가 죽었다고 고하라는 말이 목구멍까지 솟아올랐지만, 물에 젖은 강아지처럼 눈치를 살피는 설랑을 보자 차마 말이 나오지 않았다. 결국 무산은 두 눈을 감으며 끙 소리를 냈다. 그러자 설랑이 보따리에서 또 무언가를 꺼냈다.

"누님, 이건 궁정상궁 님이 전해주라고 한 것입니다. 혹시라도 누님이 항명(抗命)할 것 같으면, 이걸 주라고……. 녹봉이라 생각하래요."

제법 묵직해 보이는 비단 주머니였다.

돌멩은 녹봉이라는 말에 솔깃하였는지 손을 뻗으며 말했다.

"나한테 줘봐."

설랑은 순순히 비단 주머니를 넘겼다.

비단 주머니가 손에 얹히자마자 돌멩이 흥분하며 외쳤다.

"와! 이거 은자다! 엄청난데! 무산아, 한다고 해! 이거면 우리 생계 걱정 없다!"

쟤는 앞도 못 보는 애가 진짜……. 저런 건 귀신같이 알았다.

무산은 기가 막혀 말이 나오지 않았다. 바둑판에서 벗어나 돌멩이가 되려고 그리 애를 썼는데, 결국 돌고 돌아 다시 바둑판 위에 놓인 바둑알이 되다니.

그러나 생계 근심을 덜어 기뻐하는 돌멩과 사역원까지 그만두며 앞으로의 일을 기대하는 설랑을 보자, 이번에 탐관오리의 죄상을 대놓고 고발하는 바람에 몇몇 세도가의 원한을 산 순심을 생각하자, 어쩌면 이 종이가 모두에게 호신부가 되어줄 것 같다는 생각이 들었다.

무산은 한참을 생각하다가 결국 고개를 끄덕였다.

그때 닫힌 분합문 너머에서 픽, 하는 소리가 전해졌다.

"아야!"

"쥐새끼처럼 기어 와서 또 뭘 엿듣는 거야?"

가주와 가주 어미의 목소리였다.

가주가 좀 조용히 하라며 뭐라 뭐라 속삭였다. 그러자 가주의 어미가 큰 소리로 외쳤다.

"뭐? 그렇게 큰 경사가 있으면 당장 잔치를 열어야지! 무산아! 너 뭐 좋아하니. 내가 네가 좋아하는 걸로 한 상 가득 차려주마!"

무산은 약식을 내려다보았다.

의령이 아닌 무산이 좋아하는 것. 자기가 먹고 싶어 하는 것.

무산은 약식을 다시 입으로 집어넣으며 큰 소리로 외쳤다.

"약식이요! 저는 약식을 가장 좋아합니다."

"그래? 내가 약식으로 한 상 가득 차려주마!"

곧이어 가주의 어미가 가주를 끌고 멀어지는 소리가 났다.

돌멩은 그 소리를 듣고 역시 냄새가 난다며 웃었고, 설랑은 그 말을 이해하지 못해 자기 옷에 코를 대며 냄새를 맡았다.

무산은 약식을 한 입 더 베어 물었다. 오물오물 씹자 찰진 단맛이 입안에서 퍼져갔다. 다시 한입 더 베어 물려다가 약식을 쪼개 설랑과 돌멩에게 한 덩이씩 주었다.

팔도를 돌려면 힘이 많이 들 터이니 좋아하는 사람들과 맛있는 걸 나눠 먹어야지.

세 사람은 약식을 오물오물 씹었다. 꿈에서 나눠 먹었던 군밤처럼 부드럽고도 따스한 무언가가 무산의 가슴을 가득 채우는 듯했다. 무산은 더는 자신이 혼자가 아니라는 것을, 자신의 찬란한 찰나가 아직 남아 있다는 것을 깨달았다.

설랑은 씹은 약식을 꿀꺽 삼키더니 눈빛을 밝히며 무산에게 물었다. 앞으로의 일을 매우 기대하는 눈빛이었다.

"누님, 그러면 먼저 어디로 가볼까요? 이제 백성의 목소리를 들으러 가야지요!"

위로도 올라가지 않고 안에서도 전해지지 않는 목소리로 무엇이 있었더라.

무산은 한 소녀를 떠올렸다. 차마 홍수를 알릴 수 없어 산마늘이 아닌 여로를 먹고 죽었던 소녀를. 두박신을 복수의 신으로 만들었던 소녀를. 그리고 한 사내를 생각했다. 번뇌에 사로잡혀 마을 사람들을 팔아치우고, 온갖 백에게 휩싸여 혼자서 살아가는 이를.

그 아이의 목숨을 앗아간 홍수일 수도 있는 이를.

"황촌! 황촌으로 가자. 가서 죽은 소녀에게 어떤 일이 있었던 건지 알아보자."

그런 뒤에는 향수산에도 가야지. 두박신에게 복수를 기원하려고 했던 샛눈 아범에게 가서 무슨 일이 있었던 건지를 들어야지. 죽은 샛눈 어멈을 위해 할 수 있는 일을 찾아봐야지.

두박신에게 복수를 기원했던 이들의 목소리를……, 그들의 마음을…….

설랑이 감격하며 무산의 손을 덥석 잡았다.

"누님! 저는 누님이 제 말을 흘려듣지 않으실 거라는 걸 믿고 있었습니다! 정말로요!"

그러며 헤헤 웃더니 자기는 약식보다 고기가 더 좋다면서 고모에게 고기도 차려주면 안 되냐고 말 좀 해달라고 부탁했다.

무산은 웃으며 고개를 끄덕였다.

그날 마을에는 밤새도록 잔치가 열렸다. 이제 이곳에 더는 왕신을 이야기하는 이는 없었다. 대신 사람들은 다른 여인을 이야기할 것이다. 감찰궁녀였으나 무녀가 되어버린 한 여인의 이야기를. 팔도를 돌아다니며 사건을 해결하는 감찰무녀의 이야기를.

그녀의 이야기를 전하고 또 전하며 찬란했던 찰나의 삶을 영원히 이어 나가게 할 것이다.

작가의 말

음력 7월 15일과 양력 11월 2일을 좋아한다. 음력 7월 15일은 중화권에서 '중원절(中元節)', 한국에서 '백중일(百中日)'이라고 불리는 날이고, 양력 11월 2일은 가톨릭교회의 전례력에서 '위령의 날(All Souls' Day)'이라고 불리는 날이다. 모두 죽은 이를 기리는 날이다. 산 자가 죽은 이를 생각하는 마음을, 끝끝내 삶과 죽음의 경계를 뛰어넘으며 산 자와 죽은 이가 이어지는 순간을 나는 아주 오랫동안 좋아해 왔다. 역사와 민속 신앙에 매료되는 것도, 소설 장르 중 미스터리와 판타지, 호러를 유달리 좋아하는 것도 그래서일 것이다.

첫 장편인 『한성부, 달 밝은 밤에』도, 스핀오프인 두 번째 장편 『감찰무녀전』도 나의 이러한 마음에서 태어난 소설들이었다.

다만 무언가를 좋아하는 마음만으로는 소설을 완성할 수 없었기에 책과 논문을 주로 참고하였다. 국립민속박물관에서 제공하는 《한국민속대백과사전》과 서울책방에서 판매하는 서울시 간행물(『한

양의 여성 공간』, 전시 도록『한양 여성 문밖을 나서다-일하는 여성』등)에게 가장 큰 도움을 받았고, 민속원(『경책 문화와 역사』등)과 대원사(빛깔 있는 책들 시리즈), 창비(『조선무속고-역사로 본 한국 무속』), 푸른역사(『장인과 닥나무가 함께 만든 역사, 조선의 과학기술사』,『15세기 조선 사람과 만나다-미아보호소부터 코끼리 유배까지』), 지식의날개(『뒷전의 주인공-굿의 마지막 거리에서 만난 사회적 약자들』), 문학동네(『처녀귀신-조선시대 여인의 한과 복수』), 소명출판(『귀신과 괴물-조선 유교 사회의 그림자』), 전통문화연구회(『사소절-선비 집안의 작은 예절』) 등 여러 출판사에서 나온 책들에게도 큰 신세를 졌다. 정업원과 활인원 같은 특정 장소와 종부법과 종모법 같은 특정 제도, 경차관과 매골승 같은 특정 직업은 소논문과 학위 논문에게 도움을 구했다.

씨앗이었던『감찰무녀전』을 발아시켜 소설로 키워내고 있을 때, 나는 사랑하는 가족 두 명을 하늘나라로 떠나보냈다. 무산이 의령과의 재회를 믿는 것처럼, 나 또한 사랑하는 이들과 재회할 것을 믿는다. 지금도, 그들이 내 마음속에 살고 있다는 걸 느낀다.

이 글을 읽는 독자의 마음에도 지금은 만날 수 없는 누군가가 다시 찾아오기를, 슬픈 이별의 뒷면에서 재회를 기다리는 기쁨을 얻기를 바란다.

감찰무녀전

4쇄 발행 2024년 11월 22일

지은이 김이삭
펴낸이 배선아
펴낸곳 고즈넉이엔티

출판등록 2017년 3월 13일 제 2022-000078호
주　　소 서울특별시 마포구 성지 1길 35, 4층
대표전화 02-6269-8166 **팩스** 02-6166-9199
이 메 일 gozknockent@gozknock.com
홈페이지 www.gozknock.com
블 로 그 blog.naver.com/gozknock
페이스북 www.facebook.com/gozknock
인스타그램 www.instagram.com/gozknock

ⓒ 김이삭, 2024
ISBN 979-11-6316-975-8 03810

표지/내지이미지 Designed by Getty Images Bank, Freepik
이 책의 본문 일부에는 '을유1945' 서체를 사용했습니다.